히에로니스무스 보슈 〈바보들의 배〉, 1490~1500년, 패널에 유채, 57.8×32.5cm, 파리 루브르 국립박물관.

왼쪽 날개

오른쪽 날개

패널 중앙

히에로니스무스 보슈 〈쾌락의 동산〉, 1504년경, 패널에 유채, 220×389cm, 마드리드 프라도 박물관.
　　　　왼쪽 날개 〈천국(에덴 동산)〉, 220×97cm　오른쪽 날개 〈지옥〉, 220×97cm　패널 중앙 〈쾌락의 동산〉 220×195cm

히에로니스무스 보슈 〈최후의 심판〉 3연식 제단화 중 중앙, 1504년, 패널에 유채, 163.7×127cm, 빈 미술 아카데미.

몬탁 씨의
특별한
월요일

Montag oder die Reise nach innen
by Peter Schmidt

Copyright ⓒ 1998 by Droemersche Verlagsanstalt Th. Knauer Nachf,. München
Korean Translation Copyright ⓒ MUNHAKDONGNE Publishing Co., Ltd., 2004
All rights reserved.

This Korean translation is published by arrangement with
Droemersche Verlagsanstalt Th. Knauer Nachf,. München
through Sibylle Books Literary Agency, Seoul.

이 책의 한국어판 저작권은 시빌 에이전시를 통해
독일 Droemersche Verlagsanstalt와 독점 계약한 (주)문학동네에 있습니다.
저작권법에 의해 한국 내에서 보호를 받는 저작물이므로
무단 전재 및 무단 복제를 금합니다.

이 도서의 국립중앙도서관 출판시도서목록(CIP)은
e-CIP 홈페이지(http://www.nl.go.kr/cip.php)에서 이용하실 수 있습니다.
(CIP제어번호: CIP2004000429)

몬탁 씨의 특별한 월요일

Montag oder Die Reise nach innen

페터 슈미트 장편소설 ― 안소현 옮김

문학동네

제1부

집착하지 말아라. 그 어떤 것에도 집착하지 말아라. 집착에서 완전히 벗어날 수는 없다. 자살을 시도하는 그 짧은 순간에도 마찬가지이다. 집착하지 않으려 애쓰는 것, 그것 역시 집착일 뿐이다. 집착하지 않는 것, 그 자체가 이미 집착인 것이다.

A. 몬탁

자아를 실현하는 사람들 ─ 성숙의 높은 경지, 건강, 자아 충만을 이룩한 사람들은 마치 인간 존재의 다른 종족인 듯 나타나 우리에게 너무나도 많은 가르침을 안겨준다.

아브라함 H. 마스로프

1

만약 내가 말짱한 정신으로―정신이 말짱하다는 게 뭐지?―'미술'이라는 불투명한 세계에 뛰어든다고 했다면 아버지와 어머니가 가만히 계실 리가 없었다. 노친네들에게 화가란 궁기에 찌든 삶을 사는 거리의 떠돌이 정도에 지나지 않았으니까. 한 걸음 물러나 미술사를 공부하겠다고 해도 매한가지일 터였다. 그래서 나는 물리학자가 되겠다고 했다. 서커스단의 광대처럼 학문의 국제적 무대 위에서 물질, 에너지, 수학공식으로 묘기를 부리는 물리학자 말이다. 그리고 미술은 부전공으로 하려고 했다. 절묘하게 어우러지는 한 쌍 아닌가. 하나는 물질과 우주의 심오한 비밀을 캐내는 일이고, 다른 하나는 미(美)와 감성의 세계에 들어서는 일이니까. 당시 나는 막 열여섯 살이 되었을 뿐이었지만, 꽤나 진지하게 앞날을 구상하고 있었다. 나는 완벽과는 거리가 먼 사람이었다. 토르소처럼 불완전한 상태였다. 나는 내 가족들―가족이라는 이름으로 불리는 사람들!―과는 달리, 스스로 변화할 준비가 되어 있었다.

교외에 살던 우리 가족이 시내 중심가로 이사 온 지 겨우 닷새 정도 지났을 때였다. 정확히 말하자면 이사를 온 건 부모님이었다. 나는 자연산 돌로 지은 옛 집을 떠나고 싶지 않았다. 거기서는 창 밖으로 아름드리 사과나무, 배나무가 늘어서 있었고, 그늘이 묘하게 드리워져 햇빛이 얼굴에 곧바로 내리꽂히는 일도 없었다. 집 전체가 마치 거대한 포도주 저장고처럼 음습하고 선선했다. 두터운 벽이 버티고 있어 원자탄 대피소처럼 든든하기도 했다.

그래도 나는 부모님과 함께 옮겨왔다. 겨우 열다섯 살인 나로서는 함께 이사를 가지 않는다면 거리로 나앉든지 보호소로 들어가든지 하는 것 말고는 다른 선택의 여지가 없었다. 나는 못마땅한 마음을 식구들에게 내색하지 않았고—그런 것쯤은 식은 죽 먹기다!—어차피 식구들도 각자 자기 일에 파묻혀 있었다. 그렇다고 이사에 대해 이러쿵저러쿵 겉치레 말을 꾸며댈 마음도 없었다.

결정을 내린 것은 아버지였다—목가적 생활보다는 돈이 우선인 사람이니까! 그러나 돈만 생각해서 그런 것도 아니었다. 정체를 알 수는 없지만 아주 어렴풋이 의식에 떠도는 그 무엇, 형태도 없고 뚜렷한 윤곽도 없는 어떤 목적, 무슨 일이 있어도 이루어내야 하는 어떤 것, 미지의 목표점을 향해 아버지는 발을 내딛기 시작한 것이었다. 아버지에게 돈은 그 목표를 위한 수단에 지나지 않았다. 그런데도 최소한 십억 마르크는 은행 구좌에 들어 있어야 돈벌이를 그만둘 것 같았다. 합법적으로 엄청난 돈을 벌면서 더 나은 삶을 누리고 있는 모리배들에 비하면 아버지의 십억 마르크는 별것 아니라고 생각할 수도 있지만 말이다. 사실 아버지라는 사람 자체가 자신이 세운 무형의 목표와 똑같은 존재였다. 돈을 벌어오는 무형물, 묘하게 형체도 없고, 손에 잡히지도 않는 그림자 같은 존재였다. 달리 말하면 아버지는 일종의 투명체였다. 아마 여러분이 아는 사람 중에도 이런 사람들이 있으리라. 마치 존재하고 있지 않은 것처럼 묘하게도 모든 것이 그대로 통과해버리는 그런 사람들 말이다.

어머니는 정치활동에 빠져 있었다. 지방의회에서 입장이 다른 의원들을 향해 목청을 높였다. 다 쓴 수은건전지를 별도 수거함에 넣지 않는 사람들이 있다, 아무 데나 버린 건전지로 몇몇 못된 사업가들이 유독성 물질을 만들어서 군수업체나 흑막이 있는 연구소에 팔아넘긴다, 이런 식으로 선량한 시민을 기만하고 있다, 폐건전지는 책임감 있고 양심적인 환경업체에 넘겨주어야 한다……

이 시기에 어머니가 성생활을 지속하고 있었는지 어떤지는 알 수 없다. 만약 그랬다면 아마 은밀하고 조심스럽게 하고 있었을 것이다. 그게 아니라면 '결혼이란 성욕을 마비시키는 제도'라는 고트프리트 벤의 냉철한 인식에 공감하면서 스스로를 위로하고 있었을 것이다. 어쨌든 이런 것들이 하나하나 모여 점차 총체적 억압이 되어갔다. 성생활에 전혀 가치를 두지 않고 살아간다면, 사람들은 아무리 다른 분야에서 비슷한 즐거움을 얻으면서 그럭저럭 지낸다 해도 스스로를 온전히 느낄 수가 없다. 지금 생각해보면 당시 어머니에게는 정치활동이 성생활에 대한 완벽한 대체물이었던 것 같다. 어머니는 정치활동을 하는 틈틈이 집안일을 돌보고 야채를 싸게 사기 위해 소형차를 몰고 여기저기 대형 할인마트를 돌아다니고 환경친화적 세제로 유리창을 닦으며 그런대로 말 잘 듣는 자식들을 돌보며 시간을 보냈다.

아버지의 생각은 이랬다. '시내 중심부에 사무실을 두고 있는 건축업계 경쟁자들은 계약 체결에 훨씬 유리하다. 나처럼 시내에서 삼십오킬로미터나 떨어진 곳에 있으면 헬리콥터라도 있어야 경쟁자들을 따라잡을 수 있다.' 사람이 사업을 우선적으로 생각하기 시작하면, 양치질을 할 때도, 치질이 얼마나 심한지 만져보면서도 회계장부에서 벗어나지 못하는 법이다. 장의 출구가 꽉 막힌 가련한 인간만이 걸릴 수 있는 병인 치질로 아버지는 고생하고 있었다. 오로지 책상과 침대를 오가며 생활하던 때부터였다. 보통 볼 수 있는 치질이 아니라 가장 통증이 심한 것으로, 의사들이 '석류 열매'라고 부르는 거대한 것이 출구를 막고 있었다. 어쨌든 이리하여 아버지는 쉰넷의 나이에 교통지옥인 쇼핑 구역과 건설부 청사에서 두 구역 떨어진 곳에다 옥외 승강기가 설치된 15층짜리 고층건물을 지어올렸다. 철도 부지와 납작한 집들 사이에서 이물질처럼 삐죽 솟은 이 건물은 시내에서 제일가는 신축 빌딩이었다. 수도설비, 전기설비, 건물 외벽에 설치된 엘리베이터를 제외하고는 건물 전체가 천연재료를 사용한 콘크리트, 목재, 유리로만 되어 있었다.

그러니까 이제 아버지는 편안히 두 발로 걸어다닐 수 있게 된 것이었다. 이 문장에서 중요한 것은 '걸어다닐 수 있게' 되었다는 점이다. 하지만 아버지는 운전기사가 모는 검은색 벤츠를 타고 일을 보러 다녔다.

이사 와서 며칠 동안 나는 창문 너머로 국립박물관을 바라보곤 했다. 그곳에서 나를 기다리고 있는 새로운 세계가 나로 하여금 줄곧 내면의 긴장을 느끼며 그곳을 바라보게 했다. 회화 전시관과 우리집 사이에는 잡초가 무성한 뜰이 있었다. 거기에는 볼이 불그레한 아기 천사, 코가 깨진 악마의 조각상이 서 있었다. 마치 어떤 손 하나가 구름을 비집고 튀어나와 닥치는 대로 내던진 것 같았다.

창유리를 통해 연갈색 전시실 바닥이 또렷이 들여다보였다. 반질반질한 바닥만 보고 있어도 왁스 냄새가 내 코에 와 닿을 듯했다. 전시실

에는 옛 거장들의 작품들이 걸려 있었다. 하지만 내 관심은 그림보다
는, 중앙 홀을 관리하는 백발의 기이한 노인에게 쏠려 있었다.

이따금 창을 통해 노인의 바짓가랑이가 보이곤 했다. 족히 예순 살
은 넘어 보이는 노인에게서는 평온함과 존귀함의 빛이 흘러나왔다. 단
순하기는 하지만 그러면서도 고귀한 어떤 것, 어쩌면 그건 사람이 세
파에 시달리다보면 누구나 그 나이쯤에는 얻게 된다는 그런 현명함에
불과한지도 몰랐다.

그의 눈빛은 늘 부드럽고 애틋했다. 어떤 용서받지 못할 사람이라
도 그 사람의 잘잘못에 크게 신경 쓰지 않고 인간이라는 피조물의 고
통을 넉넉히 이해해줄 수 있을 것 같은 그런 눈빛이었다. 노인이 하는
일이라고는 관람통제 라인 앞에 앉아 있는 게 다였다. 관람객들에게
방해되지 않도록 그렇게 앉은 채 전시실 전체를 둘러보고 있는 것이
다. 하지만 그의 모습에는 내가 여태껏 단 한 번도 보지 못한 고도의
노련함과 조화로움이 배어 있었다.

겉저고리 옷깃에는 반짝이는 황동 명찰이 붙어 있었다. 처음 두 번
박물관에 갔을 때는 이름을 정확히 읽을 수 없었다. 몬타우크 혹은 몬
탁, 뭐 그런 거였다. 의자에 앉으면 그는 곧 평온함의 화신이 되는 듯
했다. 호리호리하고 허약할 것 같은데도 그에게선 어떤 힘이 흘러나왔
고, 그 때문에 나는 바짝 긴장하곤 했다.

때때로 그는 두 눈을 감고 자는 듯 고개를 약간 숙이고 있기도 했다.
하지만 나는 그가 결코 잠드는 법이 없다는 걸 금방 알아챌 수 있었다.
그는 맑게 깨어 있었다. 잠을 잤는지 안 잤는지는 눈을 뜨고 나면 곧
알 수 있는 법이다.

옆방에서 음악 소리가 요란하게 울려나왔다. 천장에 매달린 전등이

흔들거리더니 벽에 걸린 기압계가 쿵 소리를 내며 화집 위로 곤두박질 쳤다. 그룹 '복스'의 굵은 베이스가 바닥이 목재로 된 집 전체를 뒤흔들고 있었다. 얄궂게도 내가 열여섯 살이 되던 바로 그날은 아냐 누나가 열아홉 살이 되는 날이기도 했다. 누나는 대학에서 성악을 전공하고 있었다. 하지만 공부에는 전혀 아랑곳하지 않았다. 고전음악에 관해서는 더욱더 그랬다. 누나 나이 때는 청력을 완전히 못 쓰게 되더라도 마이클 잭슨 유의 전자음악에서 나오는 윙윙대는 흐느낌으로 온 세계를 깔아뭉개고 싶어지는 모양이다. 내가 지금 옆방으로 가서 좀 조용히 할 수 없느냐고 한다면 분명히 누나는 나의 성생활에 대해 짓궂은 소리를 늘어놓을 것이다. 손가락 두 개로만 그 일을 하는지 아니면 손 전체를 다 쓰는지 물을 것이며, 오르가슴은 어떤지, 길게 계속되는지 짧게 끝나는지 추궁할 것이고, 오르가슴이 몸 전체로 퍼지는지 아니면 '그 물건'만 — 누나는 꼭 이렇게 한마디 덧붙이곤 했는데 — '고귀염둥이'만 아찔해지는지 캐물을 것이다.

그럴 때면 누나는 멋진 검은 두 눈을 죽은 동태처럼 멀겋게 뜨고는 입가에 웃음을 흘리며 가엾다는 듯 나를 바라보곤 했다.

아냐 누나는 주로 부티크와 디스코텍, 대학 구내 카페를 오가며 살고 있었다. 세미나실이나 강의실과는 언제나 멀찌감치 떨어진 채, 실없이 치근대는 한 무더기의 남학생들과 어울려 다녔다. 누나가 강의실 내부를 본 적이 한 번이라도 있을까?

점심식사를 하러 아래층으로 내려가려는데 시끄러운 소리가 갑자기 뚝 그쳤다. 그리고는 꼬리가 길게 끌리는 괴성이 들렸다. 곧바로 방문이 쾅 열리고 아냐 누나가 내 앞을 지나 아래층으로 우당탕 뛰어내려갔다.

"다신 그러지 말라고 했지? 죽여버릴 거야. 이 손으로 널 목 졸라

죽이고 말겠어.”

식당으로 들어서면서 누나는 소리를 질러댔다. 의자 하나가 바닥에 거꾸로 엎어져 있었다.

“정말 그럴 건가봐. 저 못된 년이 날 죽이겠대.”

롤로가 투덜거렸다. 롤로는 마흔둘의 나이에 어머니가 울며 겨자 먹기로 세상에 내놓은 아이였다.

막내 롤로는 잽싸게 빠져나와 식탁 밑으로 기어들어갔다. 식탁보가 길게 늘어져 있어 아이는 잘 보이지 않았다.

나는 또 시작이구나 싶어서 식탁에 앉아 프랑크푸르터 알게마이네 차이퉁을 읽기 시작했다. 이런 일은 가족관계에서 흔히 볼 수 있는 일상적인 장면 중 하나이다. 가정생활에서 일어나는 일종의 ‘과잉살상’이라고나 할까. 이것이 바뀔 가능성은 없다. 사고작용을 관장하는 에너지가 우연히 미결정 양자 도약을 하기를 기다리는 수밖에―그러니까, 우연과 카오스, 아니면 통계상의 확률을 기대하는 수밖에.

“이런 빌어먹을 맹추야, 넌 왜 가만히 보고만 있니?” 아냐 누나가 식탁보를 마구 걷어차며 말했다. “언젠가 이 꼬마 망나니가 너도 가만히 놔두지 않을 거야. 그러면 너도 내 꼴 당한다구!”

“그래 나 맹추다. 근데 맹추한테 왜 누나 일에 참견하라는 거야?”

“롤로가 내 방에 들어왔단 말이야.”

“방문을 닫아놓으면 되잖아.”

“별일 없나 잠깐 들여다본 것뿐이야.”

식탁 밑에서 롤로가 말했다.

“너 내 가방에서 뭘 뒤지려고 한 거니?”

‘뻔하지 뭐. 남자아이가 관심을 갖는 여자 물건이지.’ 나는 생각했다. 연애편지, 일기 등등, 나열하자면 끝도 없다. 아무 생각 없이, 아무 배려 없이 떠들어댈 수 있을 것이다. 그렇다고 우리 가족이 상식에서 벗어나는 별종은 아니다. 우리 가족은 지극히 평범했고, 다듬지 않은 통나무처럼 흔한 투박함을 지니고 있었다.

어쩌면 이 세상의 모든 가족 구성원들은 어떤 특이한 정신병에 시달리고 있는지도 모른다. 예컨대 어머니는 지상의 자원이 모두 고갈될지도 모른다는 망상에 시달리고 있었다. 미래의 세대들은 석유가 없는 세상에서 살게 될 것이고 오염된 물로 커피를 끓여 마시게 될 거라는 확고한 예감이 어머니를 괴롭히고 있었다. 얼마 전 로마 클럽이 '발전의 한계'를 지적한 이 시대를 살아가면서 어머니는 남달리 예민한 눈으로 미래를 내다보고 있었다. 언젠가 어머니는 아버지의 소개로—당신 스스로는 결코 상담실 문 근처에도 얼씬거리지 않았을 것이다—정신과 의사를 찾아갔는데, 입만 살아 있는 그 의사는 어머니가 치료하기 힘든 존재론적 갈등에 시달리고 있다고 진단했다. 질투심, 불감증, 우울증은 문제가 아니지만, 존재의 위기에서 나타나는 독단적 자기 확신은 편집증처럼 단단히 뿌리내리게 된다는 것이었다. 의사는 어머니에게 정계에 나가보라고 권했다.

"정신적으로 온전치 못한 사람이 건강해지려고 정계에 나간단 말입니까?"

아버지가 묻자 의사는 대답했다.

"물론입니다. 이는 극히 통상적인 자가치료법입니다."

나는 하품을 하며 신문을 밀어놓고는 아무에게도 눈길을 주지 않은 채 문 쪽으로 걸어갔다.

복도 쪽으로 가다가 부엌에서 쟁반을 들고 나오는 어머니와 마주쳤다. 아마 어머니는 가족의 건강을 위해 폭발력이 강한 혼합물 중 하나를 압력냄비에 익힌 모양이었다. 비타민과 무기질은 많으면 많을수록 좋은 것이고, 단 하나의 분자라도 빠져나가지 않도록 뚜껑을 닫아놓아야 최상의 상태가 되는 법이다. 요리를 끝낸 어머니의 얼굴은 늘 불그레했고 땀이 송송 맺혀 있었다. 간혹 까만 마스카라가 눈언저리까지 흘러내려 마치 눈가에 남아메리카 전갈이 달라붙어 있는 것처럼 보일 때도 있었다. 이제 쉰세 살인 어머니에게는 의회 일이 만만치 않을 거라는 생각이 들었다. 뒤처지지 않으려고 안간힘을 쓰고 있는 듯했다.
"얘, 어디 가는 거니? 이제 식사를 하려고 하는데. 우리 꼬마 이방인이 또 식구들한테 질려버린 거니?"
어머니가 물었다.

2

국립박물관에 가보면 노인은 대개 히에로니무스 보슈의 〈바보들의 배〉가 걸린 벽면 건너편에 의자를 두고 앉아 있었다. 루브르 박물관 소장품인 이 그림은 먹고 마시고 노래하고 서로 싸우는 얼빠진 사람들의 무리가 작은 배를 타고 정처 없이 떠다니는 모습을 보여주고 있다. 그중 한 사람은 돛대 끝에 걸린 고깃덩어리를 차지하려고 손에 칼을 쥐고 돛대를 기어오르고 있지만, 어느 누구도 돛대 꼭대기와 이어져 있는 숲―지혜의 새인 부엉이가 앉아 있는 숲―으로는 갈 생각조차 못 하고 있는 듯하다.
모티프는 구식이지만 나에게는 이 그림이 인간의 삶에 깃들인 불행의 비극적 의미를 형상화하는 아주 현대적인 것으로 여겨졌다. 나는 이 그림을 몹시 좋아했다. 매우 섬세한 갈색과 베이지색 톤이 어우러진 조화로운 색채 구성, 풍자화를 연상시키는 인물들 때문만은 아니었다. 내가 현대세계에서 느끼는 것과 똑같은 상실감이 이 그림 안에 들어 있기 때문이었다. 미술관에 갈 때면 식구들한테 대충 얼버무리고 집을 나서곤 했다. 다섯 번, 열 번씩이나 같은 박물관에 간다는 게 들통나면 물리학자처럼 확실한 직업을 갖겠다던 나의 약속이 거짓이었음이 곧바로 드러날 것이기 때문이었다.

몬탁, 묘하게도 그의 이름은 일 주일의 첫날인 월요일을 뜻하는 몬탁(Montag)이었다. 그가 나를 알아보는지 어떤지는 알 수 없었다. 어쨌든 그는 푸근하게 웃음지으며 내가 마치 투명한 유리잔이라도 되는 양 나를 꿰뚫어보았다. 그의 눈길이 나에게 닿았을 때 한순간 나는 어리둥절했다. 유리로 만든 것 같은 아버지를 내가 이미 닮아버렸을 수도 있다는 생각에 기분이 언짢았다. 그 언짢은 기분을 떨쳐내면서 나는 걸음을 옮겼다. 편치 않은 기분이 들었을 때 그것을 떨쳐버릴 수 있느냐 없느냐는 결국 정신이 자신의 상념에 대해 어느 정도의 지배력을 지니는가 하는, 힘의 문제가 아니겠는가.

옆 전시실에는 〈바보들의 배〉보다 더 유명한 보슈의 다른 그림, 마드리드의 프라도 미술관에 소장되어 있는 3연식 제단화 〈쾌락의 동산〉이 걸려 있었다. 보슈의 그림들은 우리 도시에서 단기순회전시를 하고 있는 중이었다. 그래서 나는 집에서 빠져나올 수 있는 모든 기회를 활용해서 가급적 자주 보슈의 그림들을 보러 갔다. 무절제와 방탕함의 천태만상, 감정과 욕망의 소용돌이, 최후의 심판, 지옥의 형벌, 일곱 가지의 죄, 끔찍하고 섬뜩한 환상을 불러일으키는 온갖 유혹들, 악덕과 패륜의 형상들, 기괴하고 흉물스러운 지하세계의 온갖 형상들이 거기에 있었다. 진기한 생김새를 한 동물들이 사람을 등에 태우고 가고 있고, 몸을 섞는 남녀들은 조개껍질을 타고 떠다니거나 열매 안에, 투명한 유리장 안에 갇혀 있다. 짐승의 모습을 한 악마들, 야수들,

이상야릇한 난쟁이들은 잔혹하게 제 할 일을 한다. 덩굴을 뻗는 식물들(주로 딸기가 나오는데, 이는 처녀의 관능적인 외음부를 뜻한다), 양막(羊膜), 실제보다 훨씬 크게 그려진 짐승들은 여러 가지 죄악과 범죄를 상징적으로 나타낸다. 까마귀는 불신을, 공작새는 허영심을, 죽은 물고기를 먹는 따오기는 허망한 쾌락을 상징한다.

나는 지금 교수가 되어 심리치료를 하고 있다. 돌이켜 생각해보면, 이런 유의 그림에 그토록 사로잡혔던 것은 수년 후 내가 몰두하게 될 문제들이 모두 그림 속에 담겨 있었기 때문이 아닌가 싶다. 이 문제들은 분명 정신질환의 '원자재'라 하겠다. 인간은 자신의 지옥을 스스로 만들어내고 있는 것이다. 하지만 처음으로 미술관을 찾았을 때 나는 옛 거장들의 걸작이 품고 있는 비밀을 캐내고자 하는 학구열 높은 학생에 불과했다. 그림의 테마를 이해하기는 했지만 거기에 특별한 가치를 두고 있지는 않았다. 내 잠재의식의 어두운 심연, 완전히 의식하지 못하는 것도 아니고 그렇다고 선명히 의식하는 것도 아닌 그런 내면의 공간에서는 가치를 두고 있었는지도 모르지만 어쨌든 표면적으로만 보더라도 나의 관심을 끈 것은 붓 터치만은 아니었다. 음영이 있는 불가사의한 어스름, 대비를 이루고 있는 색채, 윤곽의 선명성 혹은 불명료성, 세부묘사 등이 흥미로웠다. 전체는 보지 못한 채 세부에 매료되어 있었던 것이다. 그러다가 숨겨져 있던 보슈의 자화상을 발견하게 되면서 상황은 달라졌다.

몬탁은 대개의 박물관 관리인들이 그러듯 전시실에서 나를 따라다닌 적이 한 번도 없었다. 단체 관람 학생들 뒤를 따라가는 것을 본 적은 몇 번 있었지만 그때도 학생들에게 방해가 되지 않도록 적당히 거리를 두고 있었다.

그럴 때면 그는 두 손을 배에 포개고 서서, 백발이 성성한 머리를 약간 숙이고는 공간의 깊이에서 울려나오는 어떤 소리에 귀 기울이듯 무엇엔가 흠뻑 빠져 있는 모습이었다. 실없이 킥킥대던 학생들이 옆 전시실로 몰려가면 그는 말없이 고개를 끄덕이는 것으로 그 방 관리인에게 인계를 했다. 그것을 보고 있는 나는 그에게는 없는 것이나 다름없는, 유리잔처럼 투명한 존재였다.

언젠가는 순회전시중인 나폴리 국립미술관 소장품인 피터 브뤼겔의 〈눈먼 사람들〉 앞에 서 있다가 방귀를 뀐 적이 있었다. 무심결에 주위를 돌아볼 정도로 소리가 컸지만 그는 아무 기색도 내비치지 않았다. 그에게는 우리네 보통 인간들은 보이지 않을뿐더러 우리가 내는 소리도 들리지 않는 모양이었다. 그에게는 우리가 손에 긴 지팡이를 들고 시선을 허공에 둔 채 겹겹이 넘어지는 〈눈먼 사람들〉 속의 장님 같은 존재인 듯했다. 그래서 나는 일부러 조금 참았다가 더욱 요란한 소리를 내며 방귀를 뀌었다. 그래도 소용이 없었다. 만약 내가 이 세상에서 가장 비싼 그림인 보슈의 〈최후의 심판〉 옆에다 오줌을 누면 어떻게 될까 상상해보았다. 사이렌이 요란하게 울리고 사람들이 몰려나오고 결국 닭장차로 압송되는 내 꼴을 지켜보고 있을까?

아니면 비밀지령을 받은 요원이 걸레를 들고 나타나 내 파렴치한 행위가 남긴 흔적을 없앨 것인가? 그날 이후로 국립박물관은 기묘하고 은밀한 분위기를 자아냈다. 나는 그 할아버지가 주문을 외워 허공에 몸을 띄우고 전시실의 유리 천장 아래를 둥둥 떠다니는 도사라고 믿게 되었다. 그런 일을 할 수 있는 것은 그가 중력이라는 것을 무시할 수 있기 때문이다. 중력이란 우리 머릿속에 있는 유령이며, 습관에 의해 만들어진 기대감에 불과한 것 아니던가. 그때 이미 나는 물리학의 법칙을 신뢰하지 않고 있었다. 물리학자 중 어느 누구도 중력이 실제로 무엇인지 말할 수 없다. '공간의 휘어짐'이라니, 이 얼마나 대단한 방어막인가, 이 얼마나 그럴듯한 말의 껍데기인가. 이는 자신들의 무지를 감추기 위해 수학공식 몇 개로 세워놓은 가림막에 불과하다. 그렇다면 중력이 평상시에 숨겨져 있던 측면을 언제 내보일지는 아무도 모를 일이다.

그래서 나는 카프카적 분위기가 풍기던 그날 오전, 허겁지겁 박물관을 빠져나왔다. 우리의 우주공간이 그간 날조되어 있던 성분들의 껍질을 벗으며 서서히 해체되는 모습을 지켜보고 싶지는 않았다. 무슨 일이 있어도 물리학자는 되지 않을 거야. 그러기에는 나는 너무 똑똑해. 이미 나는 인식의 나무에서 너무 많은 것을 따먹어버렸어. 우리의 일상 현실은 의식과 무관한 부스러기 같은 형태의 입자들로 이루어져 있어. 단순하고 확실한 것 같아 보이지만 실은 모두 선입견이 낳은 결과일 뿐이야. 난 그걸 이미 알아버렸어. 그래도 한동안은 지금처럼 계속 연극을 해야겠지. 방황하는 영혼들에게 신앙심을 불어넣기 위해 예수님이 게네사렛 호수 위를 걸어서 건너갔다고 교회가 거짓말을 하는 것처럼 말이야.

집에 돌아온 나는 이 문제를 어떻게 풀 수 있을까 하는 고민에 잠겨 말없이 점심을 먹었다. 평상시 같으면 고기요리에 구역질이 났겠지만 그날은 그런 느낌조차 들지 않았다. 식탁에는 닭고기 수프, 압력냄비에 익힌 당근과 감자를 곁들인 돼지고기가 있었다. 나는 조만간 채식주의자 대열에 끼겠다고 단단히 결심한 상태였지만 오늘은 야채든 고기든 무슨 상관이랴 싶었다.

굉장한 아이디어가 그렇듯 해결책은 의외로 단순했다. 몬탁이 나를 쫓아오지 않는다면 내가 그를 따라가면 되는 거다! 그가 나를 유심히 봐주지 않고 투명체를 보듯 아무 신경도 안 쓴다면, 내가 그를 꼼꼼히 관찰하면 되리라.

"마크, 우주의 참된 근원에 대해 또 무슨 심오한 이론이라도 생각하고 있는 거니?"

어머니가 물었다.

누나는 젖무덤이 보일 정도로 가슴을 내 앞으로 쭉 내밀면서 깔깔거렸다. 누나는 어떻게 하면 나를 자극할 수 있는지 잘 알고 있었고 기회가 있을 때마다 이를 이용했다. 그럴 때면 나는 인간의 한계를 느끼지 않을 수 없었다. 정성을 다해 수도를 하고 있는 승려를 유혹하여 궤도에서 벗어나게 하는 성(性)의 멍에에 시달릴 수밖에 없었다. 아냐 누나는 싸구려 공책에 적은 내 일기를 들춰본 적이 있었다. 열여섯번째 생일을 맞기 두 달 반 전부터 쓰기 시작한 일기의 첫 문장은 섹스가 지적 능력을 저하시키므로 앞으로 섹스를 거부하기로 다짐했다는 내용이었다.

누나는 포크로 돼지고기 한 점을 찍었다.

"얘는 아직 숫총각이야." 누나는 안됐다는 듯 비아냥거리며 돼지고기를 육감적인 입술 사이로 집어넣었다. "그 잘난 철학을 방패 삼아 남자 구실을 외면하려는 거지. 하지만 아무도 섹스에서 벗어날 수는 없어. 이성(異性)과 섹스에 대한 그리움은 인간 삶에서 가장 강력한 거야."

'중력보다 더 강력하지. 하지만 그 역시 중력과 마찬가지로 허상에 불과한 거야.' 나는 생각했다.

"아냐! 제발 어린애 앞에서 그런 소리 좀 하지 말거라." 어머니가 얼굴을 붉히며 말했다. "롤로는 겨우 열한 살이야. 그런 이야기를 듣기에는 아직 너무 어리잖니."

고리타분한 늙은 귀부인처럼 어머니는 늘 이렇게 점잔을 빼곤 했다.

아냐 누나는 툴툴대며 포크를 내려놓았다.

몇몇 이상주의적인 몽상가들은 우리가 요람에 있을 때는 티없이 맑았다고 믿고 있지만 그게 무슨 소용이랴. 설사 순진했다고 하더라도 일단 어머니의 젖가슴을 보고 나면 그런 순진함은 사라지고 만다. 그러고는 벗어나려야 벗어날 수 없는 그 짜릿함에 어느새 중독되고 마는 것이다.

3

사람들은 내가 시대적 감각이 있는 의사, 현대적 의미의 도사, 인생의 모든 궁금증과 고민을 상담할 수 있는 비종교적 사제 역할을 해주기를 기대하고 있다. 그래서 나는 연구에 전념할 시간을 거의 낼 수 없는 형편이다. 이미 이렇게 될 운명을 타고난 것인지도 모르겠지만 어쨌든 지금의 내가 있게 된 것은 그때 박물관의 기이한 노인을 쫓아가겠다고 결심한 덕분이었다. 여러 가지 면에서 나는 그를 따랐다. 하지만 내가 그를 알게 됨으로써 도달하게 될 그 높고 깊은 세계에 대해서 당시에는 조금도 예감하지 못했다.

폐관시간을 기다리던 나는 몬탁의 뒤를 따라 인적이 드문 거리로 나섰다.

석조 다리를 건너, 전쟁 때 파괴되지 않고 남아 있는 아주 오래된 골목길로 접어들었다. 그의 집은 전쟁 전에 지어진 낡고 초라한 건물에 있었다. 열아홉 세대가 살고 있는 건물은 한결같이 거무칙칙해서 그게 건물의 원래 색깔인 걸로 착각할 지경이었다. 건물 꼭대기에는 돌출창이 있는 다락방도 몇 개 있었다.

건물 벽에는 으레 그렇듯 백묵으로 휘갈겨놓은 낙서가 있었다. 아이들의 키에 따라 어떤 것은 높은 곳에, 또 어떤 것은 낮은 곳에 씌어져 있었다. 낙서들은 아이들의 나이에 따라 그들 나름대로의 언어가 있고 웃음의 대상도 각기 다르다는 심리학이론을 증명해주고 있었다. 우리에게 웃음을 불러일으키는 것보다 더 확연히 우리의 나약함을 드러내주는 게 있을까! 경험과 안목을 바탕으로 상상을 하는 우리 어른들은 웃음을 짓고 나면 곧바로 그 웃음을 가소롭게 여기는 누군가가 옆에 있을지도 모른다는 불안에 사로잡히곤 한다.

처음 미행을 시작했을 즈음에는 집 건너편 도로까지만 따라갔다. 창문을 통해 몬탁의 집에 불이 켜지고 꺼지는 것을 지켜보았다. 나의 호기심이 정당했음을 입증해줄 어떤 신호가 나타나기를, 무슨 일인가 벌어지기를 기다렸다. 하지만 내가 너무 절실하게 기다린 탓인가, 특별한 일은 일어나질 않았다.

몇 가지 이상한 일이 있긴 했다. 크리스마스 직전이었는데, 어떤 사람이 창 밖으로 몬탁의 머리 위에 요강의 오줌물을 쏟아부은 적이 있었다. 골목에서는 때 이른 섣달 그믐 불꽃놀이가 벌어지고 있었고, 타다 만 불꽃들이 건물 입구까지 날아왔다. 그 사람은 아마도 몬탁이 불꽃놀이를 한 것으로 오해하고 있었던 모양이었다.

몬탁은 자신을 힐책한 것에 대해 감사의 표시라도 하듯 잠깐 위쪽을 쳐다보고는 모자를 벗어 손등으로 물기를 툭툭 털어낸 다음 유유히 걸어갔다. 그가 입은 검은색 긴 외투가 물기에 젖어 반짝거렸다. 사실 그는 머리끝에서 발끝까지 오줌을 뒤집어쓴 상태였다.

또 한번은 어떤 사람이 불테리어를 시켜 그를 공격한 일이 있었다. 죽든 살든 상관없이 사람을 물도록 훈련받은 개였다. 이런 개들은 사람을 한번 물었다 하면 설사 칼로 찔러 떼어놓으려 하더라도 절대 물러나지 않는다.

만약 몬탁이 마술사나 아마존 강의 주술사처럼 야생동물의 눈을 노려보는 것만으로 무릎을 꿇게 만들었더라도 내가 그렇게까지 놀라지는 않았을 것이다. 하지만 몬탁은 아예 눈길을 주지 않았다. 그러자 기적 같은 일이 일어났다. 몬탁을 향해 달려가던 개가 2미터쯤 떨어진 곳에서 갑자기 속도를 늦추더니 머리를 푹 숙이고 꼬리를 돌돌 말고는 그대로 몸을 돌려버리는 것이었다. 그 개가 나에게 덤벼들었더라면 아마 나는 그 자리에서 갈기갈기 찢어졌을 것이다.

내가 박물관을 드나드는 동안 아버지는 뉴욕 은행가에서 일하던 사람을 새 동업자로 맞이했다. 특히 금전 문제에 도통한 그의 이름은 도르넨포겔이었다. '가시 있는 새'라는 뜻의 그 이름은 별명이 아니라 본명이었는데, 그가 얼마 후 우리 가족에게 미친 영향을 생각해보면 이름값을 톡톡히 한 셈이다. 그는 세무조사 때문에 문제가 생겨 독일로 돌아왔노라고 했다. 그때부터 우리집 대장은 주둥이만 살아 있는 이 가시새와 함께 재산을 정비하느라고 눈코 뜰 새 없이 바쁜 시간을 보냈다. 그리고 어머니는 의회에서 힘겨운 시간을 버텨내고 있었다. 어머니가 소속된 생태분과에서는 일관성 있는 환경정책의 첫발을 내딛고 있었는데, 이것이 경제 발전에 저해된다고 정치가들이 공격을 퍼부었던 것이다. 어머니는 여전히 사막의 외로운 선지자였다. 이런 까닭에 그 동안 나에게는 못내 아쉬웠던 시간, 보슈의 기묘한 그림들과 함께할 수 있는 시간이 갑자기 넉넉해졌다.

보슈의 〈최후의 심판〉을 들여다보다가 그림 속에서 나는 보슈의 모습을 찾아냈다. 그림 전면에 있는, 배가 불룩한 늙은 난쟁이가 다름아닌 보슈였다. 난쟁이는 벌거벗은 몸에다 검은 두건을 두르고 검은 장화를 신고 있는데, 아랫배의 오른쪽은 살이 찢겨 붉은 피가 흐르고 있다. 그는 단순히 지옥을 묘사하는 것이 아니라 자신의 머릿속에서 지옥을 만들어가고 있는 창조주처럼 보였다. 이 화가가 왜 이런 그림을 그리게 되었는지 궁금증이 더해갔다.

햇볕이 따스한 평원, 천진난만한 망아지, 바닷가의 산책길, 사람의 발길이 아직 닿지 않은 해변까지는 아니더라도 악이나 혼돈에 뒤덮이지 않은 그림을 그릴 수도 있었을 텐데…… 어째서 그는 미치광이 같은 음침한 환상에 흠뻑 취해 있었단 말인가?

나도 언젠가는 이런 그림을 그리고 싶어질까? 이것이 그에게는 현실로 보였던 것일까?

화가가 되는 일이 두려워지기 시작했다. 추상미술만 해도 균형 잡히고 조화로운 모습을 보여주는 경우는 거의 없지 않은가. 묘사되는 현실은 대부분 일그러지고 찌그러져서 묘한 긴장과 이상한 기분을 자아낸다. 그 낯선 현실은 마치 전신경련이라도 일으킨 것 같다. 그렇다면 나는 알 수 없는 이유에서 삶의 그늘 안으로 발걸음을 옮겨놓으려고 했던 것은 아닌가. 마치 치과 의사가 평생 썩은 이, 바람 든 이, 뿌리만 남은 부러진 이, 곪은 잇몸, 염증 난 입 안과 씨름하는 것처럼 나 역시 평생 비참한 현실과 부대껴야 하는 것은 아닌가. 살이 터져 피가 흐르는 배의 상처가 생생한 자화상에서 나는 이 예술가가 자신의 예술로 얼마나 처절하게 고통받았는지 확연히 알 수 있었다.

생각이 이에 미치자 나는 박물관에 들르는 일을 중단했다. 성탄절 방학 내내 방 안에 틀어박혀 있었다. 현관 복도에 도도하게 서 있는 크리스마스 트리는 쳐다보지도 않았다. 불현듯 그 나무의 실체가 들여다보였기 때문이다. 그것은 옛 관습에다 유치하기 그지없는 허황된 망토를 입혀놓은 것, 아무도 믿지 않는 것을 소중한 진실인 양 치장해놓은 것에 지나지 않았다.

아버지는 크리스마스 선물을 온 집 안 구석구석에 숨겨놓는 데 그치지 않고 선물상자를 뒤바꿔서 포장해놓곤 했다. 이번에는 오디오는 청소기 상자에, 나에게 줄 화집은 커피 메이커 상자에 넣어두었다. 하지만 아버지는 크리스마스 파티가 끝날 때까지 혼자 이 놀이를 계속해야만 했다. 어디에다 무엇을 놔두었는지 전혀 기억하지 못했기 때문이다. 그 동안에도 아냐 누나가 튼 록 음악 때문에 모두들 귀가 멍멍해야 했다. 요란한 소리 때문에 사방 벽이 벌름거렸고 벽 틈새로 미세한 먼지가 폴폴 흘러나왔다.

나는 물리학 책을 펼쳐놓고 있었다. 대단한 과학자를 만들려는 희망에서 부모님이 선물한 한 무더기의 책들 중 한 권이었다. 하지만 건성으로 앉아 있을 뿐이어서 한 글자도 눈에 들어오지 않았다. 어차피 물리학이 드러내는 게 카오스밖에 더 있겠는가! 실제로 우리 생활에 적용되는 자연법칙이 몇 가지 있다고는 해도 이 세상은 여전히 카오스 상태일 뿐인데……

프로이트라면 내가 힘겨워하는 것은 나의 초자아 때문이라고 주장할 것이다. 나의 이드는 미술과 예술성을 향한 욕망에 사로잡혀 있으며, 윤리나 현실이 이런 리비도를 밀어내고 있다고 말이다. 하지만 현대의 여러 정신과 의사들이 그렇듯 나 역시 프로이트의 말을 신뢰하지 않는다. 이 양반의 주장이 전부 틀린 것은 아니겠지만 그는 강조점을 잘못 찍었다. 그러니까, 방향을 잘못 잡았다. 그는 섹스를 과도하게 포장하는 치명적인 오류를 범했고, 그 결과 그 오류의 제물이 되고 말았다. 내가 이런 사실을 깨닫게 된 건 단순히 연구활동을 통해서만은 아니었다.

4

혹시 이런 사람들을 알고 있나요? 뭔가 알고 있다는 듯 언제나 고개를 빳빳이 들고 살아가는 사람들 말입니다. 이들은 마치 감춰진 진리를 손에 움켜쥐고 있는 듯 행동하지요. 그 사람들은 어떤 중요한 규칙을 기반으로 그것을 단단히 밟고 있는 듯 생활하지요. 바로 그 규칙이 유일한 진리라고 생각하면서 말입니다.

세상은 이런 사람들로 가득 차 있습니다. 단 한 번만이라도 이 묘한 실태를 자세히 들여다보면 여러분 눈에 씌어 있던 꺼풀은 금방 벗겨질 것입니다. 나폴레옹이 추방되었고, 고르바초프가 실각했고, 달걀이 늦게 배달되는 일 같은 일회적 현상에 대해서는 말할 것도 없고, 그렇지 않은 일에 대해서도 자신만의 규칙을 적용하며 살고 있다는 걸 확인할 수 있을 겁니다. 각자 자신이 지닌 규칙이 가장 옳은 거라고 철석같이 믿고 있는 거지요.

이렇게 살아가는 게 여러분들에게 행복을 안겨주고, 고통에서 벗어나 편안한 삶을 살 수 있게 도와준다고들 말하겠죠. 우리의 교육체제도 이런 생각에 기반을 두고 있습니다. 이런 규칙들은 상점 진열대에서도, 어떤 모임에서도, 국회의 연단에서도 끊임없이 이야기되고 있는 것들입니다. 누구든 자신보다 더 잘 아는 사람은 없다고 생각하고 있는 거지요.

만약 제 아버지가 "마크, 이 썩어빠진 놈아, 도대체 누가 이 고린내 나는 양말을 목욕탕에다 내동댕이쳐놓은 거냐?"라고 말한다면, 그 말 속에는 고약한 냄새가 나는 물건을 집 안에 나뒹굴게 하지 않아야 우리 모두 좀더 편안할 거라는 뜻이 담겨 있는 겁니다.

하지만 만약 누군가 내 양말의 고린내 맡기를 좋아한다면 어떨까요?

절대적으로 통용되는 규칙이라는 게 있기나 한 것일까요?

다른 경우에도 마찬가지입니다. 여드름이 나지 않게 하는 방법, 자살이나 성병을 막을 수 있는 방법, 우울증에서 벗어날 수 있는 방법, 언짢은 기분이 들 때 마음을 가라앉힐 수 있는 방법 등 무수한 처방이 나돌고 있고, 그런 규칙들이 실제로 존재하는 듯 여겨지기도 합니다. 하지만 누구에게나 통용되는 규칙이란 어디에도 없습니다. 개개인이 실천에 옮겨 타당성이 입증되지 않는 한, 설득력이 전혀 없는 것들입니다. 게다가 타당성이 입증됐다고 해도 언제 또 정반대의 결과가 튀어나올지 모르니까요.

당시 나의 인식론은 이미 상당한 수준이었다. 그래서 그까짓 세상일들에는 꿈쩍도 하지 않을 자신이 있었다. 어머니가 고심해서 마련한 묘안을 얘기했을 때도 나는 흔들리지 않았다.

"마크, 우린 네 장래에 대해 깊이 생각해봤는데 아무래도 가정교사를 두는 게 낫겠다는 결론을 내렸다."

"가정교사라고요? 물리학 선생 말이에요?"

"아니, 꼭 물리학만이 아니고."

"내가 특별수업을 받을 정도로 월등하다고 생각하시는 거예요? 난 그냥 보통 수준이라고요."

"너네 학교 선생님들이 그러는데, 보태지 않고 그대로 말하마, 너에게 천재성이 있다고 하더라. 학교 성적을 소홀히 하는 경향이 있긴 하지만 말이야."

"그러니까, 재주는 있는데 노력은 하지 않는다, 그거죠?"

"좋은 선생님한테서 배우면 대학에 가는 게 수월해질 수 있다는 거지. 우린 네가 최고의 성적으로 고등학교를 졸업했으면 한단다."

아하, 일이 그렇게 된 것이었구만! 그러니까 졸업 성적이 별볼일 없는 자식은 원하지 않는다? 가정교사를 두려면 아버지는 고층건물 계약을 대여섯 건은 더 해야 하고 어머니는 의회에서 받는 수고비를 몽땅 쏟아부어야 할 텐데.

"교육청에서 뭐라고 하지 않을까요?"

"아니, 아무 문제도 없어. 특별수업일 뿐이니까. 수업을 받게 되면 집에 좀 붙어 있겠지. 네 아빠는 걱정이 이만저만이 아냐. 네가 학교 파한 후에 어디를 싸돌아다니고 있는지 염려하고 계셔."

"도서관에 처박혀 있는 거예요. 물리학 공부를 좀더 철저히 해보려구요."

"정말이니?"

어머니는 못 미더워하며 나를 쳐다보았다. 바람피운 적 없다고 맹세하는 남편을 바라보는 아내처럼 반신반의하는 눈초리였다.

"그러니 괜히 저 때문에 돈 쓸 필요 없어요."

"그래도 과외수업을 받으면 달라질 거야. 네 실력이 충분하다고 확인되면 수업은 그때 가서 중단하면 돼."

"그렇다면 벌써 가정교사를 고용했단 말씀인가요? 그 행운아는 어떤 사람이에요?"

"물리학을 전공하는 젊은 여대생이란다."

그 말을 들었을 때 내 표정은 아마 놀란 토끼 같았을 거다. 어쨌든 어머니는 나를 놀라게 하는 데는 일단 성공한 셈이었다. 볼륨 없는 엉덩이, 알이 두툼한 안경을 쓴 주근깨투성이 여자일 게 분명했다. 어쩌면 더 심할 수도 있다. 브래지어도 하지 않은 채 헐렁한 스웨터를 걸쳐 입고 손톱은 짧게 깎고, 쉴새없이 뭔가를 씹어먹는 여자. 외모가 그럴듯한 여자가 물리학을 공부할 리가 없지 않은가.

"어떻게 생겼는지는 묻지 말거라, 마크. 뛰어난 미모야."

"정말이요? 설마 외모로 뽑은 건 아니겠죠?"

"카롤라는 연구소에서 가장 뛰어난 학생이야. 학교 때는 두 번이나 월반을 했단다. 고등학교 졸업성적이 0.7(최우수)이었대."

이 수치는 분명 어머니의 마음에 대단한 경외감을 불러일으켰을 것이다. 대개의 인간들이 그러하듯 어머니의 생각은 늘 경쟁과 우열이 척도가 되는 좁다란 울타리 안에 갇혀 있었다. 언뜻 보면 타인을 딛고 올라서는 즐거움이란 나쁜 것도 아니고 어쩌면 성취감을 줄 수도 있다. 하지만 인간의 분별력은 경쟁과 우열이 척도인 좁다란 울타리 속에서 마치 폐기장 유독물 때문에 땅이 오염되듯, 서서히, 돌이킬 수 없이 마비되어가는 것이다.

"그러니까 천재 괴물이 예쁘기까지 하다는 거죠?"

"넌 정말 운수대통한 거야."

"공부 말고 덤으로 또 뭔가 있으려나?"

"마크, 그런 걸 생각하다니 창피한 줄 알아! 카롤라는 네 선생님이다, 그 이상은 아냐. 넌 여자와는 인연을 끊고 살겠다고 하지 않았니? 아버지는 너의 그 당당한 주장이 진심이었다고 믿고 계셔."

엎친 데 덮친 꼴이다. 물리학 과외수업이라니! 그것도 어깨 너머로 몸을 들이대는 똑똑한 젊은 여자의 체취를 맡아야 하다니! 그걸 어떻게 견뎌낸단 말인가. 과외수업이 아무 소용도 없을 거라고 아버지를 설득할 수 있을까? 그렇게 하려면 우선 성적을 올려야 할 텐데. 성적을 올리려면 미술에 대한 관심을 접어두어야 할 거고. 하지만 빨리, 잘 배우는 재주가 있는 내가 아니던가! 물리학 이론 전문지에다 모두들 놀랄 만한 논문을 한 편 발표할 수도 있으리라. 그러면 그 대가로 매일 오후 미술관을 한 바퀴 둘러보는 것쯤은 할 수 있겠지.

카롤라는 얼굴은 예쁘장했지만 육체적으로 특별한 무엇은 없었다. 내 귀까지 닿는 키에 스웨터를 즐겨 입는 여자였다. 탄력 있게 봉긋 솟은 피하지방이 나의 시각중추를 성가시게 하는 일도 없었다. 하지만 요가를 배우고 있나 하는 생각이 들 정도로 몸놀림은 아주 유연했다. 더구나 상대방을 대하는 태도가 꽤나 매력적이었다. 흔히 페미니스트들에게서 볼 수 있는, 자기 암시를 통해 습득된 부자연스러운 태도가 아니었다.

카롤라는 내가 태어나서 한 번도 에로티시즘이나 섹스에 관한 이야기를 못 들어봤을 거라고 생각하는 듯했다. 성에 관한 모든 것은 한참 후에야 일어날 거라는 듯, 나를 남성도 여성도 아닌 무생물을 대하듯 했으니까 말이다. 아냐 누나에게서 내가 금욕생활을 하기로 결심했다는 말을 들었을 때도 카롤라는 한순간 무심히 내 눈을 들여다볼 뿐이었다. 그때 나는 또 한번 투명 유리잔이 된 듯한 고약한 기분이 들었다. 카롤라도 아버지처럼 투명인간 족속일까? 나는 그녀의 생각을 읽어보려고 했다. 어쩌면 그녀는 이렇게 생각했을지도 모른다. 수도사가 뭔지도 모르면서 어떻게 수도사로 살겠다고 결심할 수 있단 말이지?

그녀가 머물고 있는 다락방을 생각하면 가슴이 마구 요동치곤 했다. 물침대가 있고 붉은 등이 켜진 홍등가에 있는 그런 방이 아니라 아주 신선한 감각으로 밀애를 나눌 수 있는 곳, 어서 오라고 손짓하는 사랑의 둥지가 거기에 있었다. 밤마다 나는 질투심에 휩싸여, 어떤 남자가 카롤라의 방으로 들어가는지 엿들으려 하다가 잠을 설쳤다. 하지만 그녀가 나보다 똑똑한 탓인지, 아니면 임시고용기간에 모험을 하지 않으려고 마음먹은 탓인지 아무 소리도 나지 않았다.

그러는 사이 나는 미술과 관련된 고민에서 벗어나게 되었다. 벗어났다기보다는 고민거리이던 문제가 평범한 일상사가 되어버렸다. 문제 자체의 힘이 사라진 것이다. 슬그머니 국립박물관에 들어가 그림 속에 묘사된 삶의 나락을 응시하면서 장래에 화가가 되어 접하게 될 세계를 그려볼 때마다, 나는 감미로운 기운에 휩싸여 짜릿한 흥분을 맛보곤 했다. 이렇게 나는 나에게 편집증적 질투심을 심어준 카롤라에 대해서, 미술관과 몬탁 사이를 이어주는 불가사의한 끈에 대해서, 그리고 이 양자 사이에서 팽팽한 긴장감을 느꼈다.

보슈의 배에 난 붉은 상처는 더이상 위협적으로 느껴지지 않았다. 나를 짓누르던 온갖 걱정들은 뇌가 과도하게 작동하다보니 불거져나온 것에 지나지 않았다. 도대체 화가로서의 삶을 긍정적으로 생각하지 못하게 한 것이 무엇이었을까? 지나간 과거? 미술의 전통? 이제 나는 위기에서는 벗어났다. 한 여자 덕분이었다. 대학 구내 매점에서 파는 싸구려 향수 냄새를 풍기는 여자 덕분이었다. 여성이 한 남자의 삶에 어떤 영향을 미치는지 다시 한번 증명된 셈이었다.

설명을 할 때면 카롤라는 마치 모자란 학생을 가르치듯 순박한 표정으로 해맑은 웃음을 지었고, 나는 그만 그 웃음에 반해버렸다. 그녀는 자연법칙은 언제나 반증될 수 있을 뿐 검증될 수는 없는 것이라고 했고, 나는 젊은이의 열정을 다해 그 의견을 반박했다. 내가 보여준 것은 천박하기 이를 데 없는 오기에 불과했다. 사실, 어떤 것이건 끝까지 추적해보면 실제로 검증된 적은 단 한 번도 없었다. 자연법칙이 결코 검증될 수 없다는 문장조차 검증될 수 없다. 고로 자연법칙 역시 검증될 수 없는 것이다.

지금 와서 생각해보면 어떤 것도 검증될 수 없는 이유는 인간의 사유가 검증되지 않았기 때문인 듯싶다. 뇌가 조립해낸 모호한 지각의 도움으로 사유가 세계를 만들어내고 있는 건지, 아니면 의식으로부터 독립해 있는 세상을 사유가 어떤 방식으론가 포착하고 있는 건지 알 수 없는 일이다. 카롤라가 범한 오류는 순진하게도 자신의 지각과 사유를 너무 신뢰했다는 것이다. 그녀는 지극히 정상적인 인간이었다. 우리 가족처럼 징그럽도록 정상이었다. 쇠기둥, 금도금한 수도꼭지, 인조 수지로 코팅한 널빤지 등으로 도배가 된 벼락부자의 집 내부에 그녀는 완벽하게 적응해갔다. 그녀는 나보다 나을 게 전혀 없었다. 정말이지 더없이 진부한 여자였다. 내가 나타나면 생리대를 옷장 안에 감춘다든지, 욕조에서 나올 때 타월로 몸을 감싼다든지, 흔히 통용되는 생활규칙이 몸에 밴 여자였다.

당시 나는 히에로니무스 보슈의 〈최후의 심판〉이 우리가 사는 이 거대한 정신병원과 거기서 생기는 처참한 결과를 그려낸 최고의 작품이라고 생각했다. 보슈에게는 사람들의 사유와 직감 속에 있는 것들이 현실보다 더욱 현실적인 것이었다. 우리는 사유에 의해 무언가를 잃거나 이득을 얻는다. 만약 내면을 들여다보는 눈이 있다면, 현실로 지각되는 것들이 실은 찢기고 부서지고 불에 타 남은 게 별로 없다는 사실을 통찰할 수 있을 것이다. 내면의 현실을 볼 수 없을 때, 심리적 장애에 이르는 최적의 조건이 마련된다.

금요일 오후에 나는 소형 카메라를 가지고 박물관을 찾았다. 영광과 찬양을 받으며 광채를 발하는 '최후의 심판관'의 발 밑에서는 악몽처럼 잔인한 묵시록이 실현되고 있었다. 온 세상이 불길에 휩싸여 있었고, 악마와 야수들은 맡은 일을 가차없이 실행에 옮기고 있었다.

차가운 겨울 햇살이 커다란 유리창문을 통해 쏟아져들어왔다. 아쉽지만 플래시를 터뜨리지 않는다면, 노출을 1/15초로 해서 손가락 하나로 셔터를 살짝 누르기만 하면 된다. 카메라를 막 눈앞으로 가져가는 순간 뒤에서 몬탁의 목소리가 들려왔다.

"내면을 투시하는 훌륭한 그림이지."

5

몬탁은 '그 망할 놈의 카메라를 가지고 썩 꺼져버려' 라는 말 따위는
하지 않았다. 그 대신 비로소 나에게 눈길을 주었다. 나를 똑바로 쳐다
본 건 그때가 처음이었다. 순간 나는 내 존재를 되찾았다. 나는 더이상
그림자가 아니었다.

온화하고 너그러운 그의 표정이 나에게 삶의 숨결을 불어넣어준 것
이다. 그의 눈앞에서 나는 가뿐함과 든든함을 동시에 느끼게 되었다.
무겁게 짓누르던 바윗덩어리가 말끔히 치워졌고, 그러면서도 보이지
않는 대기가 나를 감싸주었다.

"여기서 사진촬영을 해서는 안 된다는 건 잘 알고 있어요. 플래시의
강한 빛이 그림의 색을 손상시키니까요. 하지만 이 그림을 좀더 오랫동
안 보아야겠다는 생각이 들었어요. 여기서 보는 걸로는 부족해서요."

"이 그림이 그만큼 많은 것을 우리에게 이야기하고 있다는 거니?"

"그런 것도 있지만, 회화기법을 좀더 연구해보고 싶어서요."

"애정을 가지고 진지한 마음으로 꼼꼼하게 대상을 관찰한다면, 기
법이란 저절로 우러나오게 되어 있어. 보슈가 자기 스타일을 체계적으
로 만들어냈다는 생각은 들지 않는구나. 물론 자신이 무엇을 하고 있
는지는 알고 있었겠지. 하지만 그는 예술적 직관으로 작업을 했어. 그
러니까 자신이 만드는 형태와 혼연일체가 되어 있었던 거야. 자신을
둘러싸고 있는 현실을 진하게 느끼고 그 느낌이 자라나서 그대로 그림

속에 재현되는 것, 그게 바로 그림의 생명력이란다."

"여기서 근무하시니까 생각할 시간이 충분하겠네요."

"의자에 앉아 있다가 눈을 뜨면, 보슈와 내가 하나가 된 것 같은 때가 종종 있지. 마치 너와 내가 똑같은 그림을 보고 있는 걸로 착각하는 것처럼 말이야."

"우리가 보는 건 똑같은 그림이잖아요."

"내가 말하는 건 그림 밑바탕에 깔려 있는 현실이야."

"천사와 악마가 나오는 세계가 정말 있다는 건가요?"

"그런 말이 아니야. 내 말은, 그러니까 그림에서 보여주는 것은 우리 내면의 악(惡)이라는 거지."

"신과 사탄은요?"

"형상일 뿐이야. 우리 내면이 삶의 추상적 현실을 투사해서 보여주는 거지. 사람들은 진짜 현실이 아니라 투사된 모습을 보면서 스스로를 위로하고 불안과 짜증을 누그러뜨리고 있는 거야. 아직 유아기에서 벗어나지 못한 단순한 영혼들은 이런 미숙한 버팀목으로 자신을 지탱하고 있는 거지."

몬탁이 한 말은 내 머릿속에 강한 파문을 일으켰다. 나는 저녁 내내 그가 한 말을 곰곰이 생각해보았다. 그의 말을 통해서 완전히 새로운 어떤 것을 알게 된 것은 아니었다. 오히려 아주 오랫동안 내 의식의 문 앞에서 서성이던 생각들이 이제야 마침내 내 의식 안으로 들어올 수 있게 된 것 같았다.

흰 수염이 난 신도 없고 살아 숨쉬는 악마도 없다면 금욕(禁慾)이란 아무런 의미도 없을 것이다. 그렇다면 무엇이 나로 하여금 금욕생활을 하겠다고 마음먹게 만든 것일까? 가톨릭적 망상이 기독교도도 아닌 사람들의 머릿속에까지 스며들어와 떠돌고 있는 건가? 아니면 뭔가 '유익한' 일을 하기 위해 늘 노력해야 한다고 오랫동안 교육받은 나머지 즐거움을 죄악으로, 절제를 미덕으로 느끼고, 그래서 자신의 감성을 거부하는 태도가 생겨난 것일까?

이제 현실은 조작된 사고로 인해, 양심의 노예가 되어야 한다는 윤리로 인해 바싹 말라버린 모습으로 내 앞에 나타났다. 우리의 내면이 투사한 현실은 색깔도, 깊은 울림도, 내적인 활력도, 존재의 즐거움을 끌어내려는 진지한 노력도 없는 일그러진 것이었음을 나는 깨달을 수 있었다.

그래서 나는 검은색 콘돔 세 개로 무장했다. 혈액순환을 시켜 발기가 잘 되게 하려고 서늘한 저녁 바람을 쐬며 발코니에서 무릎운동을 서너 번 했다. 그런 다음 거실을 지나 살며시 계단을 올라갔다.

주먹을 단단히 쥐고 카롤라의 방문을 두드렸을 때는 마침 텔레비전에서 50년대의 신파조 드라마가 방영되는 중이었다. 다른 때 같으면 어머니가 집 안을 돌아보며 문단속을 할 시간이지만 오늘은 소파에 푹 파묻혀 손가락 하나 까딱하지 않고 드라마에 푹 빠져 있을 터였다. 그리고 그 덕분에 아버지 역시 잔소리에 시달리지 않고 곧바로 꾸벅꾸벅 졸 수 있을 것이다.

잠에 취한 카롤라의 목소리가 방문 너머로 들려왔다. 마치 수백 년 동안이나 밀봉되어 있던 무덤에서 흘러나오는 소리 같았다. 반자기 (反磁氣) 분야의 시험 준비로 카롤라가 며칠 밤을 꼬박 새웠다는 걸 나는 알고 있었다. 반자기란 모든 물질에 있어서 외부 자기장에 의해 유도될 수 있는 자기(磁氣)이다. 하지만 자기니 반자기니 하는 것에 관심을 가지는 사람은 아무도 없다. 물질의 비밀 속으로 더욱 깊이 들어갈 수 있다고 믿는 몇몇 정신나간 물리학자들을 제외하면.

"나야, 마크."

"이 시간에 웬일이니?"

"급한 일이거든."

겨우 여덟시였다. 카롤라처럼 활력이 넘치는 젊은 여자에게는 너무 이른 시각이었다. 하지만 영혼의 도약을 도와주는 일을 하기에 적당한 시간이기도 했다. 콘돔으로 무장한 나는 카롤라의 방문 앞에 서 있었다. 손에는 시든 꽃다발처럼 콘돔 상자를 쥐고 있었다. 나는 얼른 손을 등뒤로 보냈다. 순간 방문이 열리고 벼룩시장에서나 샀을 법한 꽃무늬 잠옷을 입은 카롤라가 모습을 드러냈다. 양손으로 허리를 받치고 있는 그녀의 두 팔이 눈에 띄었다. 황홀할 만큼 하얀 살결……

"무슨 일이니?"

눈썹을 치켜올리며 그녀가 물었다. 나는 무슨 말인가 하려 했지만 긴장과 흥분 때문에 순간 혀끝을 꽉 깨물고 말았다. 너무 아프고 놀란 나머지 나는 그만 몸이 빳빳이 굳어버렸다.

"등뒤에다 뭘 감추고 있는 거니?"

"아무것도 아냐. 난……"

"이리 보여줘봐."

"안 돼, 제발 그러지 마."

그녀가 내 눈을 들여다보던 그 순간 나는 그녀에게 더이상 투명한 유리잔 같은 존재는 아니었다. 그녀는 무슨 일인지 알아내려고 했다. 어쩌면 벌써 낌새를 눈치챘는지도 몰랐다. 생식능력이 있는 여자는 남성 호르몬의 냄새를 정확히 감지할 수 있다고들 하니까.

"두 손 앞으로 내놔봐, 그게 싫으면 문 닫고 가든지."

협박조의 목소리였다.

나는 상자를 쥔 손을 쭉 펴 보였다.

"'표범' 표네."

콘돔 든 남자들이 문 밖에 줄줄이 서 있기라도 한 듯 그녀의 말투는 덤덤했다.

"이게 그렇게 급한 일이니? 네가 좀 어리다고 생각하지 않니?"

"난 너보다 머리통 하나는 더 커."

"머리통 반만큼. 여자가 남자보다 키가 좀 작은 편이잖아."

"키 따위가 무슨 상관이야."

"어째서 내가 응해줄 걸로 생각하지? 무슨 권리로 나를 그렇게 생각하는 거야?"

카롤라는 발뒤꿈치를 들썩대며 어디 한번 생각해보자는 듯, 아니 가소롭다는 듯 씁쓸한 웃음을 지었다. 그녀의 하얀 어깨 위로 꽃무늬 잠옷의 어깨끈 하나가 비스듬히 흘러내려와 있었다. 복도에 켜져 있는 전등이 그녀의 얼굴에 그림자를 드리웠다. 그 그림자는 마치 악의 화신처럼 보였다. 이건 내가 응큼한 상상을 하기 때문에 투영되는 모습일 뿐이야. 나는 스스로를 타일렀다.

"처음이니?"

나는 고개를 주억거렸다.

"누구나 한 번은 처음으로 하게 되지. 대개 처음은 그다지 만족스럽지 않아. 너무나 짓눌려 있던 탓이지." 그녀는 양손 중지로 자신의 관자놀이를 톡톡 두들겼다. "그때는 영락없이 잘못된 프로그램이 작동하지, 첫 경험에서는 말이야."

"나는 그렇지 않을 거야."

내가 반박했다.

"넌 이미 여러 번 나를 힐끔힐끔 훔쳐봤지. 몰래 숨어서 보기도 하고."

"아니, 무슨 근거로 그런 얘기를 하는 거지?"

"내가 장님인 줄 아니?"

"남자들이 찾아올까봐 그랬던 것뿐이야. 나 말고 다른 남자가 있을 거라는 생각만 해도 돌아버릴 것 같아."

"아이고, 애야. 그 나이에 벌써 남정네 기질을 부려보겠다는 거니? 내 말 좀 들어봐, 설사 내가 너의 요구에 응한다 해도 널 나한테 묶어놓을 생각은 전혀 없어. 내가 너랑 한다면 그건 단 한 가지 이유에서야. 내 자신이 거기서 즐거움을 얻을 수 있기 때문이지. 알아듣겠니?"

"물론이지. 그게 아니면 뭐겠어?"

우리는 침대 모서리에 나란히 걸터앉아 뭔가 해보려고 한동안 애를 썼다. 하지만 허벅지를 쓸어주는 그녀의 손길에서 나는 편안함과 안락함을 느꼈을 뿐, 다른 가능성은 열리지 않았다. 콘돔은 너무 컸다. 아니면 불안한 나머지 신체의 특정 부위가 너무 작아져버렸는지도 모른다. 내가 가지고 있던 건 보디빌딩을 한 남자에게나 적당한 것임이 틀림없었다. 자동판매기의 버튼을 잘못 눌러 특대 사이즈를 뽑았나보았다.

놀랍게도 카롤라는 경험이 풍부한 창부(娼婦)처럼 상처 입은 나를 자상하게 어루만져주었다. 그것이 그녀에게는 일상적인 일인 듯했다. 그녀의 손길은 믿기지 않을 정도로 능숙했다. 알렉산더 몬탁과 처음으로 개인적인 만남을 가진 후 나는 잃어버린 욕망의 탈환을 시도했고, 내가 맞이한 결과는 결국 이렇게 초라했다. "원숭이들의 섬에서 우리는 무슨 생각을 하게 될까?" 몬탁은 이런 질문을 던진 셈이었다. 나는 이 질문을 나름대로 해석했고, 내가 끌어낸 결론이 욕망 탈환이었던 것이다.

그제서야 나는 아주 서서히 깨닫게 되었다. 그가 나에게 가르쳐주려고 한 것은 통속적인 쾌락이 아니었다. '신이 죽어버린 세계라면 삶

을 즐기며 살아야지' 하는 단순한 감각적인 태도를 넘어서는 어떤 것이
었다.

6

악마가 정말로 존재하느냐 하는 문제는 여전히 나를 힘들게 했다.
전학을 한 후에 이미 나는 살아 있는 악마를 만났기 때문이다. 악마는
같은 반 친구의 모습을 하고 있었다. 그리고 그의 이름은 하롤트 파이
퍼 뮐러였다.

정체를 감추려고 미국식 이름인 파이퍼(Piper, 피리 연주자)를 붙였
을 것이다. 흔히들 악마는 한쪽 다리가 말 다리이고 머리에 뿔이 났다
고 한다. 그렇다면 악마도 여자에게 잘 보이기 위해 다리털을 매만지
거나 머리에 난 뿔을 손질할 것이다. 나는 이런 모습을 확인하기 위해
며칠 동안 밤낮으로 그를 감시했다. 그러나 어찌나 교묘한지 그는 그
때마다 다시 어엿한 사람의 모습으로 되돌아와 있곤 했다.

만약 안네 마리가 여동생이 아니었더라면 그는 나한테는 아무 관심
도 없었을 것이다. 불타오르듯 빨간 머리카락에 인디언 장식이 달린
까만 가죽 헤어밴드를 하고 다니는 안네 마리는 우리 학교에서 제일
예쁜 여학생이었다. 그 모습만 보면 나는 짜릿한 쾌감에 사로잡혔다.
어떻게 하든 그애와 사귀어보려고 안간힘을 썼지만, 그애는 늘 입가에
희미한 웃음을 지을 뿐이었다. 그애에게 접근하는 일이 어떤 결과를
낳을지 나는 전혀 예상하지 못하고 있었다.

파이퍼는 내 마음을 진작에 알아차렸다. 그리고 그 다음부터 학교
는 나에게 지옥이 되었다. 그가 나에게 폭력을 행사했더라면 차라리

괜찮았을 것이다. 그러나 그는 우리 또래에게 가장 치명적인 '말'을 이용했다.

학교에서 나를 위한 환영 파티가 열린 날이었다. 파티가 끝난 후 파이퍼와 술 취한 친구 몇 명이 나무를 타고 창문을 넘어 내 방에 들어왔다. 그들은 아냐 누나가 그랬듯이 순식간에 방을 뒤져 눈에 띄지 않는 싸구려 공책에 불과한 내 일기장을 찾아냈다. 거기에는 파이퍼가 기대하던 구절, 내가 안네 마리를 짝사랑하고 있다는 바로 그 내용이 들어 있었다.

열여섯번째 생일을 맞기 두 달 반 전의 날짜가 적힌 일기의 첫 문장은 "섹스란 인간의 지성을 미혹의 길로 이끄는 것이므로 앞으로도 계속 섹스를 거부하리라"였다. 그리고 그 다음에 안네 마리에 대해 쓴 구절이 있었는데, 아마 이 글이 파이퍼의 심기를 건드린 모양이었다. 틈만 나면 악마는 단테의 『신곡』이라도 읽는 듯한 장엄한 표정을 지으며 낭랑한 목소리로 내 일기를 읽었다. 내 마음은 찢어질 듯 아팠다. 체중이 사 킬로그램이나 빠졌고 얼굴에서 핏기가 사라졌다. 거울을 보니 어깨가 굽어지고 등은 휘어져 있었다. 더구나 그때는 카롤라와의 일이 불발로 끝난 직후라, 나는 세상이 무너져도 다시는 그녀에게 다가가지 않겠노라고 다짐하고 있던 참이었다. 카롤라는 그 일을 흥미로운 모험 정도로 여기고 있는 모양이었지만, 나는 또다시 실패하면 영영 발기부전이 될지도 모른다는 공포에 사로잡혀 있었다.

그래서 안나 마리와 할 때도 발기부전이면 어쩌나 하는 고민을 일기장에다 길게 적어놓았는데, 이건 파이퍼에게 더할 나위 없이 맛있는 먹잇감이었다. 우리 반 담임선생님은 알퐁스 도넬리로, 부전공으로 신학을 공부한 사람이었다. 이탈리아 출신인 그는 독일을 고향으로 택했다는 걸 자랑스럽게 이야기하곤 했다. 선생님은 우리 반에서 무슨 일이 일어나고 있는지 확실히 알지는 못했다. 타고난 악마인 파이퍼가—나는 보슈의 〈최후의 심판〉에서 파이퍼의 얼굴을 발견했다!—워낙 교묘한 방법으로 나를 괴롭혔기 때문이다. 하지만 선생님도 학생들 주위를 떠도는 증오와 잔혹함의 음침한 기운은 느끼고 있었다. 우리 반 아이들은 자신들의 나약함을 숨기기 위해 희생양을 찾아냈고, 이를 눈치챈 선생님은 나름대로 이런 혹독한 놀이를 저지해보려고 애쓰셨다. 그의 얼굴을 보면 나는 몬탁이 생각났다. 그보다 삼십 년은 젊었지만 몬탁처럼 섬세하고 점잖은 얼굴이었다. 선생님이 우리를 종교의 세계로 끌어들이려 한다는 사실을 반 아이들 모두 잘 알고 있었다. 아무리 훌륭한 학문이라고 해도 그에게 다른 모든 과목들은 준비단계, 종교적 선(善)의 힘에 대한 이런저런 생각을 불어넣어주기 위한 기초작업에 불과했다. 물론 선생님도 문을 열지 않고는 집 안으로 들어갈 수 없다는 것을 분명히 알고 있었다. 사람들의 지배적인 의식상태가 냉소인 시절이라면 그 문을 여는 길은 단 하나밖에 없다. 몸소 본보기를 보여주는 것, 도넬리는 바로 그 본보기였다.

교황이 딱 한 번만이라도 그의 충직한 영혼을 대면했더라면 그 자리에서 당장 그를 성도(聖徒)로 공표하고 나중에 성인(聖人) 명부에 올릴 것을 검토했을지도 모를 정도였다. 도넬리는 하늘이 내려주신 최고의 성령이라도 받은 듯 은혜로 충만한 웃음을 머금고 자주 하늘을 우러러보았다. 그런데 그의 비극은 어느 누구도 그의 말에 귀 기울이지 않는다는 것이었다. 학생들은 전지전능하신 주님보다는 오히려 피에 굶주린 모기, 악랄한 심해 상어, 전립선 암세포처럼 지독한 것들을 창조해낸 사탄과 악령을 믿고 있었다. 이런 것들이 존재하게 그냥 놔두는 걸 보면 신이란 아예 존재하지도 않던가 아니면 약간 정신이 돌아버렸다는 생각들이었다. 달리 반박할 수도 없는 말이었다.

신의 존재를 믿지 않았기에 학생들은 잔혹하고 끈질기게 나를 괴롭혔다. 착한 일을 한다고 복을 받는 것도 아니고, 못된 짓을 한다고 벌받는 것도 아닌데, 무엇 때문에 신나는 일을 포기한단 말인가. 파이퍼의 여동생 안네 마리 역시 내 일기를 읽었음이 분명했다. 아이들 사이에서 나는 오로지 '임포텐츠' 일 뿐이었다. 사정이 이런데 안네 마리가 뭣 하러 나한테 관심을 보이겠는가. 불구와 교제하는 게 무슨 소용이 있단 말인가.

나의 우주는 내 얼굴빛처럼 온통 잿빛이었다. 머리 위에 있는 컴컴한 밤하늘은 내 영혼을 보여주는 거울이었고, 떠다니는 구름은 먹이를 포획하는 솔개의 날갯짓이었다. 귓가에 들리는 모든 소리는 나의 내장에 가하는 전기 충격이었고, 도랑을 흐르는 잿빛 빗물은 썩은 쓰레기 물이었다. 나의 비통함은 시계 초침이 째깍거리는 순간 순간 커져만 갔다. 욕망이 크면 클수록 그 욕망의 대상에 더 힘껏 매달리듯이, 안네 마리를 원하는 나의 애절한 마음은 걷잡을 수 없이 커져만 갔다.

우리를 둘러싸고 있는 사물들과 사람들이 이렇게 말하고 있는 듯 느껴질 때가 있다. '여기까지야, 더는 안 돼! 이렇게 놔두어서는 안 돼!' 늘 들어왔던 어떤 말이 문득 이해되는 순간이 있다. '마크 에라스무스 헤르츠바움, 너의 그 망할 욕망을 버려. 욕망은 너를 불행에 빠뜨릴 뿐이야. 욕망과 소유욕은 결코 행복을 가져다주지 않아. 소유하고자, 부유해지고자, 명성과 권력을 얻고자 하는 욕망으로 살아온 사람들을 봐! 모두 끔찍한 방식으로 대가를 치렀잖니.'

카롤라는 여성 특유의 직감으로 내게 무슨 일이 있다는 걸 알아차렸다. 나는 카롤라의 책상 앞 소파에 몸을 푹 파묻고 있었다. 경직된 시체처럼 뻣뻣하게 두 다리를 앞으로 쭉 뻗고 고개를 약간 숙여 목 근육이 바짝 긴장된 채 초점 잃은 시선은 허공으로 향했다.

"프레넬의 회절이 호이겐스의 원리에 어느 정도까지 입각해 있는지 설명해보렴."

"음, 그러니까, 프레넬의 회절은 빛의 굴절을 이해하는 데 중요한 수단인데……"

"그걸 물은 게 아니잖아. 1818년 물리학자 프레넬은 빛의 회절을 이용해서 호이겐스의 원리를 확장했다구."

내 생각은 다른 곳에 가 있었다. 물리학을 증오하는 마음이 생기기 시작했다. 벼랑 끝에 서서 더이상 어찌할 방도가 없을 때 거기서 벗어날 수 있도록 온 마음을 쏟아부을 땅을 찾아 헤매고 있었다.

"여자 문제니?"

검은색 기모노 차림에 두 손으로 허리를 받치고 있는 카롤라에게서 인도 향수 냄새가 풍겨왔다. 광택이 있는 얇은 천으로 된 옷을 입고 있어서인지 그녀의 조그마한 몸은 마치 물 흐르는 듯 부드럽고 유연하게 보였다.

그날 밤 이후 그녀에 대한 내 생각은 완전히 바뀌었다. 카롤라는 결코 속물이 아니었다. 오히려 그녀야말로 이상적인 여성일지도 모른다는 생각마저 들었다. 하지만 뭔가 알 수 없는 두려움 때문에 나는 그녀에게 다시 접근할 엄두를 못 내고 있었다.

"나는 사실 지금까지 한 번도 화가가 되고 싶다는 생각을 접어본 적이 없었어." 벌어진 기모노 자락 사이로 보이는 하얀 살결의 가냘픈 다리에 나는 애틋한 눈길을 보냈다.

"최근의 심리학이론에 따르면 예술이란 사랑을 갈구하는 은밀한 방식이라고 하지."

"그래? 그렇다면 내가 알아야 하는 건데. 그래서?"

"사실 우리 마음속에 있는 많은 것들은 우리가 의식하지 못하는 사이 이루어진 거야."

"학교에서나 집에서나 겉모습에 매달려 건성건성 살아가고 있는 사람들을 보면 역겨워. 정말 지긋지긋해. 사람들은 항상 엉성한 틀에다 자신을 맞추며 살아가잖아. 나는 차라리 박물관 할아버지와 시간을 보내는 게 훨씬 좋아."

"진심이니? 그럼 물리학에는 아무 관심도 없는 거야?"

"두번째로 관심이 있다고 할 수 있지."

"그 다음은? 세번째로 관심 있는 건 뭐지?"

나는 아무 말 없이 그녀의 하얀 다리를 노려보았다.

"여자?"

"우선은 여자가 나에게 어떤 의미인지부터 밝혀내야겠지. 아직은 잘 모르겠어."

그날부터 카롤라는 내 동지가 되었다. 우리는 숙제를 간단히 검토하는 정도로 수업시간을 줄였다. 카롤라는 오직 사랑하는 여인만이 해줄 수 있는 일, 즉 내 영혼을 치료하는 일을 도맡았다. 그녀는 자상한 배려를 아끼지 않았다. 엉겁결에 나의 삶이 제2의 어머니를 선물받은 듯한 느낌이었다. 제1의 어머니와는 달리 제2의 어머니는 여성이 지닐 수 있는 모든 자연적 직관을 품고 있었다. 그녀는 나에게 문학의 세계를 보여주었고, 명성에 목을 맨 물리학자로 만들려는 내 가족으로부터 나를 보호해주었다. 그리고 무엇보다도 나에게 헌신적인 애정과 온기를 선사해주었고, 이를 토양으로 나는 성장을 계속할 수 있었다. 내 책상 위에 풍성한 들꽃이 한 아름 꽂혀 있는 듯했다.

나는 몰라볼 정도로 빨리 회복했다. 교정에서 안네 마리를 봐도 예전처럼 당황하지 않았다. 더이상 그애를 생각하지 않으려고 했다. 하지만 파이퍼의 괴롭힘은 여전했고, 내 일기 역시 아직 그의 손 안에 있었다.

마음의 병이 나아가던 즈음에 오랜만에 국립박물관을 다시 찾은 나는 몬탁에게 이상한 변화가 생겼음을 알 수 있었다. 예전에도 나이에 걸맞지 않는 그의 빛나는 용모와 날렵한 동작 때문에 놀라곤 했는데, 이제는 거기다가 몇 살 더 젊어 보이기까지 했다. 평생 단 한 번도 병치레를 하지 않은 사람의 얼굴이라는 생각이 들었다. 자주 그랬듯이 두 눈을 감고 고개를 약간 숙인 채 중앙 홀의 의자에 앉아 있는 모습은 흡사 잠자는 사람 같았다. 그러나 그의 얼굴은 내면의 광대한 에너지 샘에서 빛이 뿜어져나오듯 특이한 광채로 빛나고 있었다.

내가 곁으로 다가가 인기척을 하자 놀랍게도 그는 눈도 뜨지 않고 이렇게 말했다.

"저쪽에 있는 의자를 가져다가 옆에 앉으렴, 헤르츠바움."

"제 이름을 알고 계세요?"

"사진기를 가지고 왔던 날, 책가방에 적혀 있는 걸 보았지. 내 어머니 처녓적 성도 헤르츠바움이었어."

"책가방이라고요? …… 그리고 헤르츠바움은 결코 흔한 성이 아닌데…… 우리 아버지가 알아보셨는데 말예요, 독일 전체에서 우리 가족 말고는 이 성을 쓰는 사람이 없다고 했어요. 그건 그렇고, 할아버지는 정말 이름이 몬탁이세요?"

"신분증에 그렇게 적혀 있으니까."

옷깃에 달린 명찰에도 그렇게 적혀 있었지만, 왠지 나는 뭔가 미심쩍은 마음으로 가득 차 있었다.

어째서 나는 이런 우연을 믿지 못하는 거지? 우연을 연구하는 학자라면 '두 갈래 인과사슬의 교차' 정도로 풀이할 현상일 뿐인데. 몬탁 어머니의 성이 내 성과 같다고 해도 그게 무슨 상관이람. 나는 마음속 불쾌감을 무시하기로 했다. 하지만 무언가를 억압하거나 미화하려고 할 때 흔히 그렇듯, 내 안의 불쾌감은 오히려 더욱 커져만 갔다. 알렉산더 몬탁이 우리 가족의 먼 친척뻘이 되는 건 아닐까? 우리 가족의 선조는 서부 개척 시절에 아메리카 대륙으로 이주해갔다가 50년대 경제 기적 시기에 다시 독일로 돌아온 지벤뷔르거 작센 출신인데……나는 기회가 되면 우리 족보에 그의 이름이 있나 샅샅이 뒤져보리라 마음먹었다.

"내가 한 말에 대해 좀 생각해보았나보구나."

"신과 사탄에 대해서 말이에요?"

"예술, 그리고 예술의 바탕을 이루는 섭리에 대해서도 그렇고."

"내가 되고 싶은 것은 화가라는 결론에 도달했어요. 전에는 화가가 될 수도 있다고 막연히 생각했을 뿐이었거든요. 그런데 이제는 내가 오래 전부터 그걸 원했다는 사실을 알게 되었어요."

"훌륭한 화가가 되는 능력은 삶의 비법과 관련되어 있지. 네가 삶의 비법을 익히게 되면, 화가가 되고 싶다는 마음이 없어질지도 몰라. 화가가 되고 싶은 마음이 지극히 긍정적인 내면의 샘에서 흘러나와 성장을 도와주는 것이 아니라면 말이야. 어때, 그럴 각오가 되어 있는 거니?"

"잘 모르겠어요. 삶의 비법이라는 게 정말 있어요?"

"사람들은 대부분 그걸 전혀 모르고, 동물처럼 단순하게만 살고 있지." 몬탁은 천천히 눈을 뜨고 생각에 잠긴 듯 나를 바라보았다. "생각이 없는, 의식이 없는 동물 같아. 그러면서도 그 상태로 편안함을 느끼지."

"지성인들은요? 학자들과 예술가들은 어떻죠?"

"글쎄, 그들도 정작 본인들이 생각하는 만큼 현명하지는 않아." 몬탁은 미소를 지으며 손을 가로저었다. "지성과 현명함은 혼동하기 쉽지. 지성이라는 것은 말하자면 차고에 문을 만들어 달아 경제적 효율성을 높이는 능력이야. 하지만 현명함이 없다면 감정의 문제로 인해 좌초할 수밖에 없어. 현명함이란 자신을 둘러싸고 있는 것들과 완전한 합일을 이루면서 살아가는 능력이란다. 그렇다고 모순과 위험, 고통이 없어지는 건 아냐. 어차피 우리는 삶의 고통에 시달리며 살아가지. 하지만 현명함을 지니면 보다 높은 경지, 지금과는 다른 차원에서 살아가게 돼."

"할아버지는 이 방면에 전문가인가요?"

"생각할 시간이 넉넉하니까." 몬탁은 반질반질하게 빛나는 갈색 마룻바닥을 가리켰다. "네 의식이 저 광채 안에서 우주의 모든 진리를 읽을 수 있게 되면, 모든 게 너무나 간단해진단다."

"반짝이는 마룻바닥에서 뭔가를 읽어내고 계신 거예요?"

미심쩍은 마음에 나는 물었다.

"그렇게 직설적으로 받아들이면 안 되지. 그렇지만 어떤 식으로든 모든 사물은 인간의 의식을 더 높은 경지로 끌어올릴 수 있어. 모든 대상이 촉매가 될 수 있다는 말이야. 마루의 광채도 그럴 수 있는 거고. 그중에는 좀더 나은 촉매도 있고, 그보다 못한 촉매도 있게 마련이지만 말이야."

"무슨 말인지 잘 이해가 안 되는데요."

"성숙한 사람만이 이해할 수 있지. 충분히 익어 나무에서 떨어지는 열매만큼 성숙해야 해."

"그럼 저는 어때요?"

"그거야 두고 봐야지. 마음속을 들여다보고 싶다는 절실함이 네 안에 있는 것 같니?"

"잘 모르겠어요."

"좋은 대답이야."

그는 다시 두 눈을 감고 말이 없었다. 나는 그의 옆에 앉아 박물관 유리창으로 떨어져내리는 차가운 겨울 햇살이 그의 얼굴 위에 떠다니는 모습을 지켜보았다.

7

이 시기에 우리 가족의 상황은 별로 좋지 않았다. 도르넨포겔은 아버지에게 대담한 투자사업을 권했다. 지금은 완공된 건물보다는 콘크리트 골조를 판매하기에 좋은 시점입니다. 조립도에 맞춰 콘크리트 골조를 완성할 수 있는 조립식 자재를 제3세계에 판매해야 합니다. 자재를 구입한 사람들은 벽돌이나 진흙 혹은 부식토로 된 블록으로 자재를 조립하기만 하면 되는 거죠. 다른 재료가 없다면 골 함석이나 점토, 인피 섬유질 같은 걸로 결합할 수도 있구요. 콘크리트 골조는 합성수지 접착제를 사이에 바르기만 하면 모르타르가 없어도 이음새 없이 붙습니다. 탁, 하면 짝, 끝나는 겁니다. 어떻습니까, 헤르츠바움 씨?

어리숙한 우리 아버지는 머뭇머뭇 중얼거린다.

"기발한 아이디어군요. 괜찮을 것 같아요."

아버지는 미국의 세무조사를 교묘히 빠져나온 도르넨포겔의 말을 곧이곧대로 믿었다. 단단한 시멘트 토대 위에 철근 콘크리트 기둥을 세워 그럴듯한 고층건물을 지을 만한 기술자가 거의 없는 게 제3세계의 형편이라는 사기꾼의 말을 그대로 믿은 것이다. 튀니지의 함마멧에서 휴가를 보낸 적이 있는 도르넨포겔은 그곳 농부들이 얼기설기 담벼락을 올리는 것을 보았을 테고, 그래서 그네들은 문명국에 비해 형편없이 뒤떨어진 수준이라고 판단했을 것이다. 여행 안내 책자나 사전만 조금 뒤져보았더라도 이미 세계 곳곳에 독일처럼 훌륭한 고층건물들이 들어서 있다는 건 금방 알아차릴 수 있었을 것이다. 하지만 그는 이런 깨달음이 들어오지 못하도록 아예 자신의 의식을 닫아버렸다. 달콤한 젖꼭지를 문 갓난아이가 스르르 잠에 빠지듯 도르넨포겔은 얼마 안 있으면 솟구치게 될 돈의 분수에 흠뻑 빠져 자신의 의식 안으로 현실이 들어오지 못하도록 빗장을 걸었던 것이다.

도르넨포겔은 나이지리아에 있는 한 회사에 하청을 주었고, 그 회사는 곧장 건축 자재 생산을 시작했다. 물론 자금줄은 아버지였다. 도르넨포겔의 현지 동업자는 치부치 가문의 할레루야 둠보라는 제조업자였는데, 건설부 장관과 친분이 있다고 했다. 하지만 아버지는 채 구개월도 못 되어서 재산의 절반을 날렸고, 이 일은 암세포처럼 흉측해진 '석류열매'보다도 더 심한 고통을 안겨주었다. 그때부터 아버지는 변을 전혀 못 보다시피 했다. 매일 아침 욕실 문을 통해 흘러나오는 신음 소리가 아버지의 처절한 고통을 말해주고 있었다.

그사이 어머니는 내가 다니는 학교의 10학년 남학생과 사랑에 빠졌다. 나보다 세 살은 더 나이가 들어 보이는 그 학생은 코미디 영화의 주인공 같은 금발에다 근육질의 몸을 하고 있었는데, 아령에 손끝 하나 대지 않아도 밤사이에 근육이 불끈 솟게 해준다는 근육성장제를 먹고 부풀린 것 같았다.

어머니는 매일같이 그 '타잔'을 데리러 학교에 왔다. 물론 당신의 아들과 마주치는 일이 없도록 몹시 신경을 썼다. 예를 들자면 타잔은 광장공포증이 있어서 운동장으로 다닐 수 없다며 수위 아저씨한테서 열쇠를 받아 뒷문으로 드나드는 식이다. 우리가 창피함을 느끼는 것은 부끄러워할 만한 일을 해서가 아니라 그런 일을 하다가 덜미를 잡혀서가 아닌가.

나는 나름대로 할 일이 많았다. 그래서 어머니의 애정행각을 추적하는 일은 그만두기로 마음먹었다. 많은 여성들이 폐경기에 즈음해서 한번 더 사랑에 빠진다는 통념을 그냥 받아들이기로 했다.

그리고, 나는 몬탁의 집에 초대를 받았다. 왠지 모르지만 이상하리만큼 신경이 곤두섰다. 몇 번씩이나 뒤를 밟았던 초라한 임대 아파트 건물 안 그의 방을 드디어 보게 된다는 기대감에 가슴이 떨렸다. 어쩌면 나는 그때 그의 방이 보슈의 그림처럼 온갖 신비한 물건들, 그 속에서 이루어지는 불가사의한 예배, 거기서 춤추고 있을 반나체의 마녀들로 가득 차 있을 거라 기대하고 있었는지도 모르겠다. 하지만 그의 방 안은 사방이 빽빽이 책으로 가득 차 있었다. 둥근 천장을 장식하고 있는 촌스러운 조형물에 닿을 정도로 책장은 높이 늘어서 있었고, 복도는 아주 짧았다. 공간은 널찍한 아치 문을 통해 연결되어 있어 마치 오밀조밀한 옛날 도서관에 있는 것 같은 느낌이 들었다.

"맙소사, 이 많은 책을 모조리 다 읽은 거예요?"

"어릴 적부터 난 독서광이었어."

"이 고서들은 꽤 값이 나가겠는데요. 그런데도 박물관에서 일하세요?"

"돈 벌려고 박물관에서 일하는 건 아냐."

"의자에 앉아서 시간만 보내는 게 지겹지 않으세요?"

"전혀 그렇지 않아." 그는 슬며시 미소를 지으며 말했다. "영화보다도 훨씬 더 흥미진진하단다. 얘야, 이리 와서 차나 한잔 하자꾸나. 박물관에서 난 즐거운 여행을 하고 있단다. 어떤 여행인지 이야기해주마."

"여행을 한다구요?"

"내면으로 떠나는 여행이지. 어느 여행이나 다 그렇지만 목적지를 잘 찾아가야 해. 그러려면 여행지에 대해 사전에 충분히 알아야 되지."

"의자에 앉아 꿈을 꾼다는 말씀이세요?"

"아니, 아주 맑게 깨어 있는 상태야. 꿈결 같은 상태가 나타날 수도 있지만, 실은 보통 때보다도 더 또렷이 깨어 있는 거지. 그건 신경조직의 상태에 따라 달라. 그리고 어떻게 살아왔는지에 따라서도 다르고."

그는 눈을 몇 번 깜박였다. 그저 박물관 의자에 앉아 반짝이는 마룻바닥만 쳐다보고 있는 게 아니었구나 하는 생각에 내 궁금증은 더해 갔다.

"그런 게 이 책 속에 다 씌어 있나요?"

"책을 읽고 그런 걸 배울 수는 없어. 개인적인 스승이 있어야 하지. 책 속의 단어의 뜻을 이해하는 건 그다지 어려운 문제가 아니야. 하지만 실제로 무언가를 이해한다는 것은 단순히 그 단어의 문자를 이해하는 것과는 달라. 이해한다는 것은 공감하면서 동시에 체험하는 거지. 예를 들자면 '창 밖에는 비가 온다' 라는 문장을 읽고 실제로 비가 오는지 창 밖을 내다보는 것과 같은 거라고 할까."

그는 다기 주전자에 담긴 사과차를 따라주었다.

"내면으로 여행을 하면 뭐가 보여요?"

"나에 대한, 그리고 다른 이들에 대한 진실이 보이지."

미심쩍어하면서 나는 사과차를 한 모금 마셨다. 약간 신맛이 나는 게 다른 과일이 섞여 있는 것 같았는데, 다 마시고 나니까 왠지 기분이 상쾌하고 신선해졌다.

"누구나 다 자기가 뭔가 알고 있다고 생각하는 것 아닌가요?"

"그럴지도 모르지."

"할아버지가 생각하시는 게 다른 사람들의 생각과 어떻게 다르죠?"

"효과가 나타난다는 게 다르지. 다른 사람들의 생각엔 성과가 따르질 않아. 대개 사람들은 허상과 편견에 푹 빠져서 살고 있을 뿐, 정작 삶의 비법에 대해서는 아무것도 아는 게 없어. 그러니까 쓸데없는 괴로움에 시달리면서 살아가는 거야. 내면에서 일어나는 일에 대해 말해주는 사람이 아무도 없으니까 진짜 자신의 모습을 낯설어하지. 사람들은 수족관에 갇혀 있는 열대어들과도 같아. 자신을 휘감고 있는 물에 대해서는 아무것도 모르면서 그 안에서 허우적대고 있는 색색의 물고기들 말이야."

"설마 그럴 리가."

"내 얘기에 관심이 좀 가니?"

"글쎄요, 잘 모르겠어요. 전 자연과학을 좋아해요. 합리적인 과학을 더 신뢰하는 편이죠. 과학에서는 하늘이 파랗다고 생각하는 건 어리석다고 하잖아요. 할아버지는 공중을 날아다니고, 허공에서 뭔가를 만들어내고, 영원히 죽지 않는다고 주장하는 요가 도사인가요?"

"질문 잘 했어." 그는 무덤덤하게 대답했다. "그게 아니야. 내가 너에게 보여주려는 건 그런 것과는 아무 상관도 없어. 판단력은 삶에서 가장 중요한 능력이라고 할 수 있지. 난 네가 비판적이라고, 깨어 있는 오성을 지니고 있다고, 그래서 힘겨운 내면 여행을 시작할 수 있을 거라고 믿어. 너에게는 판단력이 있으니까 무엇이 중요한지는 네가 결정할 수 있어. 그 능력으로 넌 삶의 진실을 파악하는 법을 배우게 될 거야."

"어떻게 그 여행길에 오를 수 있죠?"

"내일 오후에 박물관에 오렴. 네가 여행을 떠날 만한 능력이 있는지 한번 시험해보자꾸나."

이런 이야기를 나눈 후 나는 몬탁이 수집한 그림들을 살펴보면서
나머지 시간을 보냈다. 뒤러의 판화 몇 점을 제외하면 나로서는 이름
조차 들어보지 못한 옛 화가들의 그림들이었다. 놀랍게도 그는 여러
가지 회화기법과, 각 화가들의 세계관에 대해 훤히 알고 있었다. 어떤
붓을 사용했는지, 붓 터치는 어떻게 했는지, 색채의 효과에 대해, 또
자신의 화풍에 대해서는 어떤 생각을 하고 있었는지 모두 알고 있었
다. 상당부분은 그가 수집한 화가들의 편지나 일기책에서 알게 되었다
고 했다. 나는 그간 몰랐던 새로운 세계에 푹 빠져들었다. 파이퍼나 안
네 마리와 관련된 골칫거리들을 잊을 수 있었다. 잠시나마 그 문제들
은 나와는 아무 상관도 없는 듯 느껴졌다. 자정 즈음 화장실에 갔다가
열린 창문으로 위층 사람들이 싸우는 소리를 들었을 때는 그 소리가
매우 생경하게 느껴질 정도였다.

"왜 날 못 잡아먹어 안달이냐? 니 꼬라지는 어떻고?"

남자 목소리.

"애가 둘인데, 어떻게 살라고 요 모양이난 말이야."

여자 목소리.

"남자들하고 붙어먹는 주제에 잠자리는 그게 뭐냐?"

"남자 구실도 못 하는 애물단지가 말은 잘하네!"

"남자 구실을 못 한다고? 그럼 애들은 어디 하늘에서 떨어졌냐?"

"정말 알고 싶어? 그럼 말해주지. 이애들이 진짜 당신 애들일 것 같
아?"

말싸움은 한참 동안 계속되었다. 고함 소리는 내 머리 위 누렇게 색
바랜 네모난 창문으로 한바탕 쏟아져내려오고 있었다. 이들의 처지라
면, 내 입에서도 저런 소리가 나올까?

실은 나 역시 좌절과 모멸에 허덕이며 과민반응을 보이는 이 기괴

한 인간들의 지옥에 붙박여 살고 있지 않은가. 숨겨놓았던 생각과 감정을 학교에 포진해 있는 야생 원숭이들에게 들켜버렸다는 모욕감에 휩싸여 전전긍긍하고 있는 건 아닌가. 원숭이들의 말은 총알이 되어 내 가슴을 짓이긴다. 생각만 해도 손에서 진땀이 났다.

시간이 그렇게 늦은 줄은 까맣게 모르고 있었다. 집에 가면 엄마가 날벼락을 내릴 텐데.

그러나 다행히도 나를 염려해주는 공범자, 명민한 여성의 직감으로 상황을 파악한 카롤라가 부모님께 이미 이야기를 해놓은 상태였다. 그녀의 지도교수가 마련한 '물리학 우수학생들의 모임'이 한밤중까지 계속될 거라고 말이다. 매번 적당한 거짓말을 기가 막히게 꾸며대는 걸 보면 카롤라는 정치가로 나서도 될 듯했다. 출세하려는 야망이 전혀 없는 당신 아들이 그런 모임에 초대될 정도로 우수한 학생이라는 이야기를 들은 우리집 대장은 도르넨포겔의 투자사업과 파산 위기로 인한 고통을 잠시 잊고 뿌듯한 기분으로 화장실에 들어가 막힌 대변을 시원하게 뚫어냈다.

화장실 물 내리는 소리가 났을 때 나이트 가운을 걸친 어머니가 침실 문을 열고 나타났다. 어머니의 머리 위로 금발 보디빌더의 모습이 선명하게 떠올랐다. 어머니는 이 모임이 정기적으로 계속되는 거냐고 물었다.

"계속되냐고요?"

어머니의 말을 제대로 듣지 못한 나는 순간 더듬거렸다. 내 머릿속에는 계속 몬탁이 한 말이 맴돌고 있었다.

"그럴 수도 있겠지, 안 그래?"

카롤라가 다급히 말을 막으며 눈치를 보냈다. 난 어깨를 움찔하며 고개를 끄덕였다.

"교수님이 너의 특별한 재능에 대해서 뭐라고 말씀하셨겠지?"

"물리학자 못지않게 화가로서도 재능도 있다고 하셨어요."

말을 잘못 했다 싶어 나는 그만 입술을 깨물고 말았다.

"화가라고? 네가 뭘로 봐서 화가가 될 자질이 있다는 거지?"

물리학자가 될 자질은 또 뭐가 있다는 거야. 나는 마치 팬터마임을 하고 있는 기분이었다.

어머니는 실내용 슬리퍼를 신고 서 있었다. 면도를 하지 않아 다리에는 털이 북슬북슬했고, 숱이 적은 머리는 나일론 망으로 묶고 있었다. 다른 모든 사람처럼 인정받고 싶어하는 어머니는 사회적 지위를 얻고 경력을 쌓으려고 노력했다. 사랑을 갈구하지만 사랑을 얻지 못하는 여인…… 사람들은 흔히 사랑을 낭만적이고 도취적인 것이라고 치부해버린다. 그래서 사랑은 이룰 수 없는 것이 되고 만다. 사람들은 늘 자기 감정에만 충실하기 때문에, 그리고 이런 사랑은 유아기적 감정일 뿐이므로, 실은 이때 우리는 타인의 모습을 통해 자기 자신을 사랑하고 있는 것에 지나지 않는다. 대부분의 사람들은 이런 사랑을 넘어서는 또다른 형태의 사랑을 알지 못한 채 살아간다.

"내가 묻는 말에 대답 안 할 거니, 마크?"

어머니의 질문에 나는 이렇게 되받을 수도 있었다. 내 대답은 어머니의 삶을 이루고 있는 그 모든 거짓말과 다르지 않아요.

"그래서 그냥 교수님이 미술사에 해박하신 것에 놀랐다고 말씀드렸어요."

내 대답에 곧바로 카롤라가 끼어들었다.

"아주머니, 발트 교수님은 정말 미술에 조예가 깊은 분이세요. 작품 수집도 하시고요. 물리학자들 중에는 미술에 남다른 감각이 있는 사람들이 꽤 있거든요."

어머니는 순간적으로 너그러운 표정을 지었다. 캔버스에다 그림을 그리는 것도 환경오염에 속하긴 하지만, 그게 당신 아들의 출세에 도움이 된다면 괜찮다는 건가?

화장실 문이 열리고 아버지가 가뿐한 모습으로 나타났다. 변비 때문에 늘 누렇게 뜬 얼굴을 하고 있던 아버지가 그런 모습을 보인 건 몇 주 만의 일이었다.

이상하리만큼 경쾌한 목소리로 아버지가 말했다.

"이제 그만 자러 가지. 자정이 훨씬 넘었어."

8

알렉산더 몬탁을 만나면서 겪은 이상한 일 중에는 파이퍼와 관련된 것도 있었다. 몬탁의 집에 다녀온 지 일 주일쯤 지나서, 그가 준 뒤러의 판화를 넣을 액자를 사기 위해 몬탁과 나는 화방에 들렀다. 그때 파이퍼가 우리를 보았다.

그는 예의 그 고약한 웃음을 흘리며 또 한번 악마의 장난을 하기 위해 내 곁으로 다가왔다. 그리곤 일기에 적힌 내용 중에서 그때까지 써먹지 않았던 부분들을 인용하면서 나를 놀리기 시작했다. 너무나 창피했지만 어떻게 할 도리가 없었다. 그때 몬탁이 천천히 몸을 돌려 파이퍼를 쳐다보았다.

언젠가 몬탁에게 달려들다가 머리를 숙이고 꼬리를 감추며 뒤돌아섰던 개처럼, 파이퍼는 몬탁과 눈이 마주치자마자 하던 말을 꿀꺽 삼켜버렸다. 그리곤 내 발 앞에다 침을 찍 뱉으며 말했다.

"마크, 나중에 보자. 내 동생에 관해 써놓은 말에 대해 넌 대가를 치러야 할 거야."

파이퍼가 어떤 녀석인지 설명하려고 하자, 몬탁은 말 안 해도 다 안다는 듯 손을 휘휘 내저었다.

"저 아이는 환자야. 눈빛을 보면 알 수 있지."

"파이퍼가 환자라고요?"

"정말로 위험한 정신병자들은 병원에 수용되어 있지 않아. 자유롭게 거리를 활보하고 있지. 그런 사람들의 행동을 이상하게 생각하지 않는 건, 우리가 그런 정신장애에 이미 너무 익숙해져 있기 때문일 뿐이야."

"그런데 어떻게 했기에 파이퍼가 꽁무니를 뺀 거죠? 아무한테도 그런 적이 없었거든요. 저애는 요즘 나를 괴롭히고 있어요. 아주 패죽일 듯한다고요."

"저애는 병자야. 애처로운 마음으로 친절하게 대해주렴. 안됐어, 평생 두려움과 공격성을 갖고 살아갈 텐데 얼마나 힘들겠니? 분노와 조소를 껴안고 있으니 불쌍한 노릇이지."

"아까 어떻게 하신 거냐구요!"

"순간 저애는 자기 안에 있는 또다른 자신을 본 것뿐이야. 정신의 거울에 비친 다른 반쪽……"

그러니까 파이퍼는 몬탁의 눈에서 그것을 발견했다는 것이다. 그건 극히 예외적인 사람들에게서 흘러나오는 기묘한 광채이며 에너지다. 나는 차원 높은 의식에 관한 임상진료를 수없이 해보았지만 우리가 쉽사리 꿰뚫어볼 수 없는 놀라움이 자연 속에 깃들어 있음을 겸손히 인정할 수밖에 없다. 인류의 생존을 위해 남다른 일을 하는 사람에게 자연이 마련해주는 놀라움이란 결코 어쩌다 드러난 우연이 아닐 것이다.

몬탁 집에 다녀온 다음날 박물관을 찾았다. 몬탁은 여전히 두 눈을 감은 채 히에로니무스 보슈의 〈바보들의 배〉가 걸려 있는 벽 맞은편에 앉아 있었다. 나는 잠자코 의자를 가져다가 그의 옆에 앉았다. 옆 전시실로 통하는 문으로 또다른 박물관 관리인이 보였다. 몬탁보다 키가 작고 가느다란 콧수염을 기른 사람이었는데, 커다란 귀가 툭 튀어나온 게 꼭 동물원에서 본 작은 코요테 같은 인상이었다.

박물관에 갈 때마다 그 사람은 내가 뭔가 훔쳐가지는 않을까 졸졸 따라다니며 감시를 했다. 아마 미술에 이렇게까지 관심 있는 사람이 있으리라고는 상상하지 못해서였을 것이다. 그는 늘 내가 액자에서 그림을 빼내 재킷 안에 숨겨 나가지는 않나, 의심하는 눈초리로 훑어보곤 했다. 터무니없는 의심이었다. 전시회 팸플릿에 적힌 대로라면 박물관에는 최신식 보안장치가 설치되어 있다. 캔버스에 손가락 하나만 닿아도 박물관과 해당 파출소에 경보가 울리면서, 창문과 정문이 자동으로 잠기고 쇠창살이 내려오게 되어 있다.

적외선 센서를 작동시키는 전기회로를 차단하는 건 불가능한 일이다. 회로는 일반 회로망, 박물관 내 자체 발전기, 지하 금고실 축전기 등 삼중으로 연결되어 있어서, 어떤 교활한 녀석이 전기회로를 끊으려고 한다면 곧바로 박물관에 갇히게 되어 있었다.

몬탁은 박물관의 보안시설은 사형수를 수감하는 미국의 중앙교도소보다 확실하다고 말했다. 박물관에서 일하는 관리인 다섯 명은 구시대의 호화로운 유물일 뿐이라고, 보험회사의 인가를 받기 위한 눈가림일 따름이라고 했다.

"결정하셨어요?"

몬탁이 눈을 뜰 기미를 보이지 않아 내가 물었다.

"무슨 결정?"

"내가 여행을 할 만한지 어떤지 시험해보겠다고 하셨잖아요."

"너 정말 진지하게 받아들였구나."

"궁금해 죽겠어요."

"그래, 그래. 호기심은 좋은 출발점이 될 수 있지."

몬탁은 웃으며 말했다.

"하지만 말 그대로 시작일 뿐이야. 내가 말하는 여행은 그리 쉬운 게 아니야. 아주 길고 힘겨운 여행이지. 세 걸음 앞으로 나갔다가 다섯 걸음 뒤로 물러서게 되는 경우도 드물지 않아. 사람들은 대부분 열네 살쯤 되면 생각을 멈춰버리고 말지. 그래서 새로운 것을 경험하면서 바른 길을 찾아가기가 어려운 거야."

"시험은 어떤 거예요?"

"간단한 테스트야. 여기 걸린 그림을 한번 사용해볼까? 보슈의 〈쾌락의 동산〉이 어떨까. 네가 그림에 대해 설명하면 난 그걸 듣고 네가 자신을 바라볼 만큼 성숙했는지 어떤지 판단할 거야. 어제 판단력에 대해 내가 했던 말 기억하고 있니?"

"네, 기억하고말고요. 더구나 〈쾌락의 동산〉은 내가 좋아하는 그림이에요."

"그럼 더 잘할 수 있겠구나."

우리는 보슈의 제단화가 걸려 있는 옆 전시실로 갔다. 콧수염을 기른 관리인이 우리가 오는 걸 보고는 놀란 듯 자리에서 일어섰다. 그때까지 나는 몬탁이 다른 관리인과 이야기하는 걸 한 번도 본 적이 없었다. 그런데 몬탁이 몇 번 고개를 끄덕여 보이자, 그는 곧장 몸을 돌려 전시실 뒤쪽으로 슬며시 사라졌다. 그의 눈빛에는 비굴함 같은 것이 담겨 있었다.

"뭐가 보이니? 네 느낌을 편하게 이야기해보렴."

"무절제와 방탕함의 천태만상이요. 감정과 욕망의 소용돌이, 최후의 심판, 지옥의 형벌, 인간의 죄와 유혹, 악덕과 패륜의 형상들이 있구요, 망측한 괴물들, 흉물스러운 난쟁이들 그리고 지상의 낙원……또 아담의 갈비뼈로 이브를 만드는 모습도 보여요. 중앙에는 쾌락의 미궁이 있구요. 조개껍질에 둘러싸인 채 떠다니며 몸을 섞는 남녀, 열매들, 유리로 된 새장, 무성하게 뻗은 풀, 처녀의 외음부를 상징하는 딸기, 양막, 온갖 죄악과 범죄를 상징하는 기괴한 동물들이 있는데 까마귀는 불신, 공작새는 허영, 따오기는 덧없는 욕정을 나타내고 있어요."

"좋아, 아주 좋아. 넌 지금 그림의 내용과 그것이 담고 있는 정신을 이야기했어. 묘사한 대상의 의미를 풀이했다고 할 수 있지."

"의미는 그림으로 표현된 것 그 자체와 그것들에 대한 정신적 해석이라는 두 가지 측면으로 나누어져요."

"맞는 말이야…… 예술작품에 대한 해석도 그렇지만 보는 이의 의식이 전개되는 양상에도 중요한 차이가 있지. 또 뭐가 보이지?"

"또 뭐가 보이냐고요?" 나는 머뭇거리며 그림을 바라보았다. "그림 속 대상 하나하나에 대한 설명을 넘어서서 전체를 아우르는 테마, 최종적인 완결된 주제 같은 걸 말씀하시는 거예요?"

"아니, 해설을 하라는 게 아냐. 여긴 학교가 아니잖니. 미술시간이라면 그런 걸 말할 수도 있겠지. 난 단지 너의 시선이 얼마나 예민한지 보려는 거야."

"지금 말한 것 말고는 아무것도 보이지 않는걸요."

알렉산더 몬탁은 고개를 끄덕였다.

"바로 여기가 고비야. 넌 제일 중요한 것을 보지 못했어. 보려고 하지 않으면 지나쳐버리고 말지. 우리는 자연스럽게 어떤 일들을 체험하고 있는 것 같지만 정작 중요한 것은 제멋대로 건너뛰고 있어. 자연은 이런 작은 함정들을 만들어놓음으로써 목표를 향해 나아가고 있지."

나는 그가 하는 말을 전혀 알아들을 수가 없었다.

"그러니까, 너는 의식의 흐름 속 깊은 곳까지는 들어가지 못했다는 말이야. 너에겐 아직 투시력이라는 게 없어. 죽을 때까지 그 단계에 이르지 못하는 사람들도 많지만……"

"그게 뭔지 조금이라도 가르쳐주실 순 없어요?"

"물론 이야기해줄 수 있지. 비밀이랄 것도 없어. 그림을 보면서 자신을 들여다보고 내면의 움직임에 세심하게 주의를 기울이다보면 금세 알게 될 테니까. 모든 지각작용과 함께 아주 섬세한 감성이 깨어난다는 걸 말야. 사물은 그런 감성의 빛을 받으며 모습을 드러내지. 그건 말이지, 정밀한 감성의 안경을 쓰고 세계를 바라보는 것과 같아. 아주 여러 번에 걸쳐 관찰해야 한다구. 저기 저 의자에 앉아 네가 느끼는 미세한 감성의 흐름과, 네가 내용으로 인지하는 그림을 한번 비교해보렴. 그림을 보다가 텅 빈 벽을 바라보다가 다시 그림을 보는 식으로…… 자, 해봐, 차이가 느껴질 때까지 계속해서 반복하는 거야."

몬탁은 의자 두 개를 가져왔다.

"감성의 섬세한 흐름과 진한 감정을 혼동해서는 안 돼. 내가 말하는 감성이란 권태, 분노, 두려움, 욕망 같은 게 아냐. 너의 기분을 말하는 것도 아니고. 감성적 지각의 섬세한 차원과 색깔이나 형태, 의미 같은 대상에 대한 인지를 구분해야 해. 어떤 사람들은 힘들게라도 해낼 수 있지만 또 어떤 사람들은 도저히 할 수 없는 일이기도 해. 네가 어떤 부류에 속하는지 알아보려고 박물관에 오라고 한 거야. 감성적 지각의 섬세한 차원으로 가는 문을 닫아걸고 있는 사람이라면 내면 여행에서 멀리 갈 수 없어. 우선 너는 감성의 형태에서 지각의 내용을 분리해내야 해. 그러려면 보면서 비교하는 연습을 아마 수백 번도 더

해야 할 거야."

"이제 무슨 말인지 조금 알 것 같아요. 〈쾌락의 동산〉과 빈 벽면을 번갈아 보는 도중에 내 안에서 어떤 변화가 일어날 거라는 말이죠?"

"그래, 맞아."

"사실 아직 잘 모르겠어요. 그게 뭔지……"

"진보한 의식이 어떤 식으로 현상을 지각하는지 보여주려는 거야. 진보한 의식은 단순히 감성을 느끼는 게 아니야. 감성을 제대로 알고 있는 거지. 어떤 사물을 보거나 대할 때, 그리고 또다른 순간순간 느끼는 감성을 각각 알 수 있게 되는 거야."

"왜 그래야 하는 거죠?"

"잘 물어봐주었다. 의식하지 않아도 그냥 느껴지는 게 감성인데, 무엇 때문에 감성을 눈여겨봐야 하느냐는 거지? 아주 불쾌한 감성도 있을 텐데 말이야. 안 그래도 삶이 고달픈데 도대체 왜 이런 걸 하냐는 말이지? 애야, 네가 느끼는 감성이 어떤 작용을 하는지 한번 생각해보렴. 감성이 뭘 말해주지? 감성의 두 가지 주요 범주는 무엇일까? 그것들은 우리 삶에서 각각 어떤 역할을 할까? 이런 질문들에 네가 확실하게 대답할 수 있게 되면, 그땐 여행을 시작할 수 있을 거다. 때가 되면 차를 한 대 주마. 그걸 타고 너는 광활한 내면의 세계로 나아갈 수 있을 거야."

"차라고요?"

"이를테면 그렇다는 거지. 마룻바닥의 광채에 대해 말했던 것 기억하니? 모든 사물이 촉매가 될 수 있어. 자동차도 일종의 촉매 같은 거지. 네가 준비되는 대로 특별히 힘 좋은 놈으로 한 대 마련해주마."

9

몬탁은 나를 제자로 삼을 만하다고 판단한 듯했다. 하지만 당시 나는 그가 어떤 스승인지 알 수 없었다. 그의 말대로 대부분의 사람들이 열네 살이면 생각하기를 중단하는 이 세상에서 몬탁이 맡은 스승의 역할이란 낯설고 신기한 것이었다.

사물을 지각하면서 동시에 그런 나 자신을 관찰해보라는 그의 말대로 나는 그후 꼬박 24시간 동안 눈에 보이는 모든 사물의 '감성의 아우라'를 탐구했다. 대략 천 개쯤 관찰한 듯했다.

국립박물관의 전면, 천사와 악마의 조각상이 놓여 있는 뜰, 침대 위 천장…… 집 안 곳곳을 돌아다니며 꽃병과 양탄자도 들여다보았다.

몬탁이 관찰하라고 한 것은 비단 사물뿐만 아니라 사람들의 생각이나 의도까지 포함하는 것 같았다. 더욱 놀라운 것은 사람들의 얼굴에서도 무언가를 읽어낼 수 있었다는 사실이었다. 몬탁이 말하는 감성의 차원이 아니라 내 멋대로 해석한 것이기는 했지만 말이다. 열한 살짜리 아이치고는 너무 크고 삐죽한 롤로의 코를 보면서는 성도착자의 기미를 느낄 수 있었고, 아버지의 얼굴에서는 변비뿐 아니라 파산의 조짐까지 읽을 수 있었다. 나는 무엇에 홀린 듯 몬탁이 하라는 대로 이것저것 해보았다. 안네 마리를 스쳐 지나가면서는 그녀를 감싸고 있는 아름다움의 아우라를 뚫어지게 바라보았다. 그러자 불같이 빨간 머리카락을 감싼 까만 가죽 헤어밴드가 눈앞에서 반짝이기 시작했다.

"무슨 일이니, 헤르츠바움? 갑자기 사팔뜨기라도 된 거야? 왜 그렇게 이상한 눈으로 쳐다보는 거야?"

"나 무작정 너를 사랑하게 된 것 같아."

"사랑이니 뭐니 하면서 사람 놀리지 마."

“꿈에서라도 널 놀릴 생각은 없어.”
“오빠가 널 조심하라고 하던데.”
“네 오빠는 사탄이야. 왜 너 스스로 판단하지 않는 거지?”
“왜 그래야 하는데?”
“우린 서로 통하니까. 방과후에 아이스크림 어때?”
“이 겨울에?”
“그럼 카푸치노를 한잔 하든가.”
“한 잔을 나눠 마시자는 거니, 아니면 각각 한 잔씩?”

안네 마리는 천연덕스럽게 말꼬리를 잡았다. 당시 나는 그애의 태도를 제대로 읽어내지 못했다. 그 순간 나는 몬탁의 말을 까맣게 잊고 있었던 것이다. 내 눈빛이 너무 강렬해서였을까? 안네 마리의 헤어밴드를 고정시키고 있던 은색 핀이 빠지면서 밴드가 땅바닥에 툭 떨어졌다. 나는 떨어진 밴드를 주워들며 우연인 것처럼 어깨로 그애의 팔을 건드렸다.

눈부시게 하얀 치아로 핀을 물고, 주근깨가 촘촘히 박힌 예쁜 손으로 붉은 머리카락에 헤어밴드를 하던 그애는 놀랍게도 이렇게 말했다.
“정 그렇다면…… 좋아!”
“어디서?”
“한 블록 뒤에 있는 이탈리아 카페에서.”
“좋아, 그럼 둘이서만 보는 거다!”

믿기지 않는 마음으로, 나는 그애가 여신처럼 아름다운 몸을 살랑거리며 운동장을 가로질러가는 모습을 한참 동안 바라보았다. 몸집 좋은 애들 몇 명이 음흉한 눈으로 나를 쳐다보고 있었다. 저 녀석들은 안네 마리에게 말을 걸 엄두조차 못 내고 있겠지!

어떻게 된 걸까? 내 눈빛에 그애가 넘어간 건가? 몬탁이 가르쳐준 감성의 관찰이 마술을 부린 건가? 내 몸 어디에 그애에게 데이트를 신청할 용기가 숨어 있었을까?

파이퍼와 안네 마리는 삼촌과 함께 언덕 위에 있는 집에 살고 있었다. 한때 중개상을 하던 파이퍼의 아버지가 부인과 아이들을 살해한 곳은 이 집이 아니라 북쪽으로 삼십 미터쯤 떨어진 곳에 위치한 정자였다. 하지만 이곳 역시 워낙 음침하고 스산해서 친구들은 모두 이 집을 '히치콕 하우스'라고 불렀다.

안네 마리의 눈에서 일렁이는 두려움의 불꽃은 가족들을 도끼로 내리치던 아버지에게서 간신히 벗어났던 기억의 흔적일 것이다. 사람들 말로는, 그애의 아버지는 일을 '완수'하기 직전에 정신을 잃고 쓰러졌다가, 병원에서 스스로 목숨을 끊었다고 한다.

카페에서 나와 안네 마리를 집까지 바래다주었을 때, 파이퍼는 근처에서 스케이트를 타고 있었다. 저 녀석이 얼음구덩이에 빠져 영원히 나오지 못했으면…… 그의 삼촌 마틴은 이탈리아 출장중이었다. '히치콕 하우스'에 있는 안네 마리의 장밋빛 방에서는 은은한 재스민 향이 풍겨나왔다. 배우나 가수의 브로마이드는 한 장도 붙어 있지 않았다. 몸에 딱 달라붙는 가죽 바지를 입고 공연히 눈에 힘을 주고 있는 녀석들의 사진이 없어서인지 그런대로 마음이 편했다.

"스파게티 좋아하니? 내가 만든 스파게티는 아주 유명하거든."

"그럼, 이탈리아 사람들을 빼면 내가 이 세상에서 스파게티를 제일 좋아할걸."

나는 그애 기분을 맞추려고 거짓말을 했다. 실은 먹을 때마다 빨간 소스가 옷에 튀는 스파게티는 질색이었다.

하얀 허벅지를 살짝 가리는 앞치마를 두르고 부엌에서 일하는 그애의 모습은 정말 매력적이었다. 그애는 김이 모락모락 나는 스파게티

국수를 체에 담았다. 집 안에 있는 물건들은 검은색이 많았다. 그애가
두르고 있는 앞치마도 검은색이었다. 답답했다. 거실 벽에는 검은색
승마용 채찍이 걸려 있었다. 그래도 그건 괜찮았다. 그런데 재떨이도,
받침대도, 심지어 양초도 검은색이었고, 식탁도 검은색 대리석으로 되
어 있었다. 복도도 검은색으로 칠했고, 시커먼 마룻바닥 위에는 희미
한 인디언 문양이 들어간 검은색 양탄자가 깔려 있었다. 계단 옆 벽에
걸린 사냥총의 나무로 된 개머리판만 진갈색이었다.

"결혼은 언제 할 건데?"

스파게티에 곁들여 마시던 적포도주 한 병이 거의 다 비었을 때였
다. 순간 나는 성모 마리아라도 본 듯 얼이 빠졌다.

"침대로 가기 전에 먼저 결혼 얘기를 해야 하는 것 아냐? 구식이라
고 생각할지 모르지만 난 헤픈 여자가 아니거든."

"우리가 곧 잠자리를 함께 할 거라고 누가 그랬지?"

"남녀가 함께 포도주 한 병을 비우고 나면 그렇게 되는 게 당연한
거 아냐?"

"그럴 수도 있겠지. 하지만 그렇다고 결혼해야 해?"

"그 말은 나를 사랑하지 않는다는 뜻이니?"

"아니, 널 미치도록 사랑해."

나는 그애를 쳐다보았다. 그애의 눈에서는 위험을 예고하는 불꽃이
타오르고 있었다. 자식들 앞에 도끼를 들고 서 있던 그애의 아버지도
아마 이런 눈을 하고 있었을 거다.

"그럼 우리 이제……"

"결혼 약속을 해야 되는 거야?"

"물론 약속해야지. 난 아직 처녀야. 그거면 여자가 남자에게 줄 수
있는 최고의 선물 아니니? 혹시 너 소문대로 진짜 임포텐츠 아냐?"

가장 민감한 부분을 꼬집는 말이었다.

"누가 그런 말을 해?"

"네가 일기에 그렇게 적어놨던데?"

안네 마리는 어깨를 으쓱하며 장롱 서랍에서 내 일기책을 꺼내 가져왔다. 그리고 내 앞에다 일기책을 펼쳐놓고 우아하게 구부러진 집게 손가락으로 원하는 구절을 찾아냈다. 그애의 손길이 닿은 내 일기책에서 재스민 향이 풍겨왔다. 어쩌면 그렇게 어처구니없는 말들을 써놓았는지…… 민망할 뿐이었다. 정확하게 내가 뭐라고 써놓았는지는 이미 까맣게 잊어버린 뒤였다.

"가정교사하고는 콘돔이 너무 커서 어려웠다고 적혀 있는 것뿐이 잖아."

"정말 콘돔이 너무 컸던 거니? 네 페니스가 너무 작았던 게 아니고?"

영화 속의 주인공처럼 나는 그녀를 번쩍 들어올려 장밋빛 침대 위에 뉘었다. 그녀가 말하는 동안 내 머리통에서는 무언가가 빠져나가 방 천장으로 올라가는 듯했다. 그리고 그것은 곧 증발해버리고 말았다. 아마 그건 자제의 정신, 어쩌면 마지막까지 남아 있던 양심과 인내의 정신이었는지도 모른다.

그녀의 방 안에는 검은색 물건이 단 하나도 없었다. 그 방은 마치 우주의 반(反)물질처럼 집과 일종의 반(反)세계를 형성하고 있는 것 같았다. 주된 색조는 베이지, 화이트, 핑크였다. 방을 보고 있노라니 마음이 한결 가벼워졌다. 그애가 숫처녀였다는 증거는 나타나지 않았다. 침대보에 핏자국이 남지도 않았고 그것 말고도 그애가 처녀임을 말해줄 만한 어떤 것도 없었다. 그리고 그건 내가 나중에 듣게 된 소문에 들어맞는 일이었다. 안네 마리는 내 물건의 크기에 아주 흡족해했다. 카롤라와의 일 이후 내 영혼을 짓누르고 있던 돌덩이는 사라지고 없었다. 만약 몬탁이 침대 곁에 있는 의자에 앉아 우리가 몸을 섞는 장면을 목격했더라면, 그는 말했을 것이다. '너도 똑같이 네 또래의 젊은이를 지배하는 상념에 사로잡혀 있구나'라고. 의식이 낮은 단계에 있을 때는 늘 자신이 만든 상념의 희생물로 머물러 있는 법이다.

첫 사업 실패 후 도르넨포겔은 다시 한번 아버지에게 제안했다. 지금보다 저렴하게 콘크리트 골조를 생산할 수 있도록 하청업체를 바꾸자는 것이었다. 태국에 있는 작은 공장을 하나 알고 있는데, 중국산 기계를 사용해서 아시아 시장에 건축자재를 공급하는 그 회사 공장주의 동생이 그곳 건설부의 건축 담당자라고 했다. 그 공장에다 생산을 맡기면 생산비를 25퍼센트는 감축할 수 있다는 계산이었다. 멍청이 중의 멍청이인 우리 아버지는 머뭇거리며 말했다. "괜찮은 것 같군. 가능성이 있겠어."

아버지는 세금조작기술이 뛰어난 도르넨포겔에게 더할 나위 없는 존경심을 품고 있었고, 그래서 이 동업자가 훌륭한 사업가라고 잘못 판단하고 있었다.

아버지와 도르넨포겔은 종종 건물 꼭대기 층에서 밤을 꼬박 새워가며 일하곤 했다. 도르넨포겔은 사업계획서에 길게 늘어선 숫자들을 하나하나 연필로 짚어가며 장황한 설명을 늘어놓았다. 하지만 그것들은 모두 머릿속에만, 허공에만 떠돌고 있을 뿐이었다. 옛 철학자들이 개념들만으로 신이 존재한다는 결론을 내렸듯, 그들은 오랫동안 계산하고 머리를 굴리면서 사업을 검토했다. 심각하게 고심하는 듯한 도르넨포겔의 얼굴을 대할 때면 나는 철학자 비트겐슈타인이 떠오르곤 했다. 하지만 도르넨포겔의 소화기관에는 아무 문제도 없었다. 아버지의 눈에는 이것이 그의 육체적 정신적 온전함을 입증해주는 것이었다.

건물 꼭대기 층에서 아버지와 도르넨포겔은 시내를 내려다보았다. 커다란 자단목 책상 위의 스탠드가 내뿜는 창백한 푸른 빛에 휩싸여 밤늦게까지 회의를 하다보면 밝고 확실한 미래가 기다리고 있는 듯했을 것이다. 꼭대기에서 내려다보면 인생이란 한없이 계속되는 건설 현장으로, 이 세상은 자재를 겹겹이 쌓아올려 그 위에 새 지붕을 얹을 수 있는 광활한 대지쯤으로 여겨졌을 것이다.

그러는 사이 아냐 누나는 젊은 음악 교수로부터 현대적인 감각의 춤을 배우기 시작했다. 예전에 유럽 육상경기에서 메달을 탄 적도 있다는 이 대단한 영웅은 태권도라는, 일종의 무술을 가르쳤다. 그는 태권도를 '획기적인 새로운 춤'이라고 말하곤 했다. 누나는 그와 발차기 연습을 하다가 가슴뼈를 다쳤다고, 또 어떤 날은 젖가슴 아랫부분을 다쳤다고 말했다.

발차기 연습하다가 다쳤다고? 잘도 갖다붙이는군. 나는 누나와 그 교수가 카페에 함께 있는 걸 본 적이 있었다. 광장에 모여 있는 비둘기들처럼 둘은 바싹 달라붙어 몸을 비벼대고 있었다. 그 교수는 누나한테 홀딱 빠져 있는 것 같았다. 어쨌든 태권도 수업을 받기 시작하면서 누나는 마이클 잭슨의 전자음악에는 아무런 관심도 보이지 않았다. 우리집은 쥐 죽은 듯 조용해졌다.

"애들아, 도대체 무슨 일이니?"

어머니가 물었다.

"무슨 일이요? 전 아무 일도 없는데요. 엄마의 다른 자식들은 어떤지 모르겠지만……"

"넌 눈에 뭐가 씌인 녀석처럼 집 안을 멍청하니 돌아다니고, 아냐는 갑자기 조용해졌으니 말이야."

"그게 왜요? 사춘기가 끝나가는 우리 또래에서는 으레 그런 거잖아요."

"과외수업은 어떠니?"

"아주 좋아요. 호이겐스의 원리를 바탕으로 프레넬의 회절에 대해 배우는 중이에요."

"프레넬의…… 그렇구나."

나는 이런 식으로 어머니의 잔소리를 따돌리고 박물관에 갈 수 있었다. 어머니가 프레넬의 회절에 대해 더이상 캐물을 리가 없다.

내가 박물관에 가 있는 동안 카롤라는 무얼 하면서 지내는 것일까?

언젠가 내가 불쑥 방에 들어간 적이 있었다. 그때 그녀는 침대에 엎드려 있었다. 침대 위에는 어머니가 열네 살 때부터 수집해온 낡은 패션 잡지가 쌓여 있고, 그 옆에는 잡지 부록으로 나온 패턴 화보들이 펼쳐져 있었다.

박물관 안으로 들어서자 귓가를 맴돌던 몬탁의 질문은 더욱 또렷해졌다. 아홉 살 때 라이프니츠의 「단자론」을 읽으면서—거의 이해한 게 없었지만—처음으로 정신의 세계를 발견한 이후로 개념의 마법은 한 번도 나를 실망시킨 적이 없었다. 의사이자 교수인 지금도 흔히 보이는 현상 뒤에 숨어 있는, '정신'이라는 또다른 현실을 발견할 때마다 나는 감탄하곤 한다. 개념의 숲에서 길을 잃지 않고 그릇된 추론에 엉켜들지 않으면서 예민한 감각으로 정신을 사용할 때, 정신이라는 도구로 시추할 수 있는 깊이가 얼마나 대단한지 확인할 때마다 감탄을 금치 못하는 것이다.

그날 박물관은 단체 관람 학생들로 아수라장이었다. 관리인들은 관람통제 라인을 붙들고 서서 학생들이 그림에 가까이 가지 못하게 하면서 다른 전시실로 몰아넣고 있었다. 학생들은 천방지축으로 날뛰는 어린 양떼 같았다. 그 난장판이 끝날 때까지, 나는 삼십 분 이상 기다려야 했다. 그러나 정작 몬탁은 불안하거나 지친 기색이 조금도 없었다.

"내가 말한 것 좀 생각해봤니, 마크?"

"감성이 대상에게 일종의…… 그러니까 어떤 가치를 부여하는 것 같아요."

"음, 그래. 그런데 왜 그렇게 머뭇거리면서 대답하는 거지?"

"감성이 대상의 가치를 만들어낸다면—가치 말고 또 뭘 만들어낼 수 있겠어요?—그렇다면 삶의 모든 것이 결국 감성으로 좌우된다는 거잖아요?"

"그래, 훌륭한 대답이었어. 그러니까, 감성이 대상에게 가치를 부여하는 기능을 지니고 있다는 거지? 자, 또 이야기해봐."

"감성에는 긍정적인 것과 부정적인 것, 그 두 가지가 있다는 말을 하라는 거죠?"

"우리가 아는 우주에서 긍정성과 부정성을 지닌 건 오로지 감성밖에 없어. 사물이 긍정성을 지닌다고 말할 수도 있겠지. 망치는 훌륭한 연장이고, 법은 우리를 범죄에서 보호해주고, 차량은 우리를 병원으로 수송해주고, 수술은 우리의 생명을 건져준다고 말이야. 하지만 이런 건 모두 다른 데서 이끌려나온 거야. 그 연결고리들을 따라가보면 맨 끝에는 언제나 너무나도 매혹적인 긍정적 감성이 놓여 있게 마련이지. 긍정적 감성이 없다면 수단이란 아무것도 아니야. 단지 허상일 뿐이지."

"왜 그렇게 감성이 중요한 거죠?"

"생각보다 훨씬 많은 결과를 가져오니까. 이런 사실을 통찰하지 못한다면 너의 내면 여행은 결코 성공적으로 시작될 수 없어."

나는 몬탁의 다음 말을 기다렸다. 하지만 그는 아무 말도 하지 않았

다. 내가 길을 제대로 들었다고 여기는 모양인지 그는 다시 의자에 앉
았다. 의자 옆 바닥에는 색색의 말린 들꽃이 수북이 담긴 꽃병이 놓여
있었다. 그는 마른 꽃잎들을 만지작거리더니 손가락 끝으로 잘게 부수
어버렸다. 부서진 꽃잎들은 미세한 먼지처럼 그의 바짓가랑이와 바닥
으로 흩뿌려졌다. 미동조차 없는 그의 모습은 얼핏 신도들이 뿌린 꽃
잎에 휩싸인 석가모니 같았다.

　"그런데 감성에는 어떤 의미도 함께 들어 있는 것 같아요. 무엇으로
존재하는가, 또 무엇이 될 것인가 하는 것에 대한…… 그렇다면 감성
을 통해 미래를 내다볼 수도 있지 않을까요?"

　나는 머뭇거리면서 말했다.

　"아니, 그건 아냐. 범하기 쉬운 실수지. 생각이 자연스레 그쪽으로 연
결되는 게 사실이니까. 하지만 아냐. 내가 말하는 것은 감성이 지닌 순
수한 긍정성, 그리고 순수한 부정성이야. 감각의 지각이나 사유와는 아
무 관련이 없는 내면현상이지. 예컨대 괴로움이나 즐거움은 다른 지각
행위와 결합하기도 하지만 독립적으로도 존재하지. 아름다움 역시 독
립적이지만 아름다운 여성의 얼굴, 아름다운 얼굴에 대한 생각과 결합
할 수 있고. 내면세계를 탐구하다보면 알게 될 거야. 대상의 내용이 감
성과 결합하여 제3의 새로운 성질을 만들어낸다는 걸 말이야. 그 자체
에는 아무 가치도 없기 때문에, 사물은 사람을 끌어당기는 감성의 세
례를 받음으로써 새로운 성질을 만들어내고, 이럴 때 색깔, 형태, 다른
사물들과의 연관성 같은 사물의 특성은 다시 감성을 확장시키지. '아
름다움이란 언제나 보는 이의 눈에 달려 있다' 는 말은 바로 이런 뜻이
야. '행복은 구체적인 상황에서 오는 게 아니라 사람의 마음속에서 이
루어진다' 는 말도 마찬가지지…… 이제 우리는 아주 중요한 대목에
이르렀어. 그건 그러니까 바로 이런 식으로 이른바 객관성이라는 게

만들어진다는 점이야. 우리가 내면세계를 제대로 검토한 적이 없기 때문에, 그리고 수련을 하지 않고서는 하나하나 그 요소들을 끄집어낼 수 없기 때문에, 그 자체가 아름다운 얼굴이라고 속아넘어가는 거지."

"왜 자연이 우리를 속이는 거죠? 뭐 때문에 이런 못된 장난을 하는 거예요?"

"더불어 사는 삶의 가치를 깨닫게 하기 위해서지. 하지만 이런 길이 늘 유용한 것만은 아니야. 풍습, 관습, 도덕적 태도를 만들어내는 기능만 하지는 않는다구. 그것은 때론 우리가 우리의 본질과 개성을 자유롭게 펼쳐나가지 못하도록 방해를 하기도 하지. 맹신과 독선을 만들어내는 거야. 겉보기에 객관적인 가치들이 실은 파시즘, 나치즘, 테러리즘, 근본주의를 자라게 하는 씨앗이지. 그렇지 않다면 이 세상은 다원주의의 원칙이 지배했을 테고 결정은 투표로만 이루어지게 되었을 거야. 그리고 공동생활을 지배하는 원칙은 관용이 되었을 거고. 가까운 역사에서 한번 찾아볼까? 유태인 학살을 생각해봐. 유태인 대학살이 자행될 수 있었던 정신적 전제조건은 외면상 객관적으로 보이는 가치였다구."

나는 얼빠진 표정으로 몬탁을 바라보았다. 마음속에서 지진 같은 것이 일어나는 듯했다. 지각과 결합되는 감성이라는 소소한 내면현상에서 출발해서 어느새 몬탁은 심각한 역사 문제에까지 도달해 있지 않은가!

"내가 했던 말 기억하니? 외면상 객관적인 듯 보이는 가치는 우리의 내면이 투사된 그림들일 뿐이야. 삶의 축을 이루는 여러 추상적 현실들은 결국 우리 내면을 통해 투사된 것일 뿐이라구. 사람들은 이 거짓 그림에 의존해서, 설익은 의식상태를 짓누르는 엄청난 다양성에 대한 두려움을 잠재우고 위안을 찾는 거지. 이 그림은 유아기에서 벗어나지 못한 단순한 영혼들이 몸을 기대고 있는 미숙한 버팀목인 셈이야."

10

2월 초, 날씨는 의외로 따뜻했다. 얼음판에 쌓였던 눈이 다 녹고, 나무들은 짙은 빛깔의 가지를 창공을 향해 뻗고 있었다. 적응이 좀 되어서일까? 이사 온 직후처럼 새집이 끔찍하지는 않았다. 옛 집에 대한 그리움은 이미 사라져버린 후였다.

안네 마리와 함께 남쪽 언덕으로 스케이트를 타러 갔다. 거기라면 파이퍼가 나타나지 않을 거라고 생각했다. 그애가 자기 오빠를 어떻게 생각하고 있는지가 나에게는 미스터리였다. 그애는 오빠에 대해 감탄을 연발하다가도 금방 다시 오빠를 경멸하곤 했다.

스케이트를 타고 얼음판을 한 바퀴 돈 다음 우리는 공사장 위쪽에 있는 장애인 학교의 카페에서 뜨거운 그로그 주(酒)를 한 잔씩 마셨다. 그 카페는 희한한 곳이었다. 정신박약아들과 일반인들이 자연스럽게 어울릴 수 있도록 세심하게 신경 쓴 곳이었다. 침을 질질 흘리고 몸을 부들부들 떨면서도 농담이랍시고 떠들고 있는 젊은애들이 모여앉아 또래의 비장애인들을 동물원의 원숭이 보듯 빤히 쳐다보고 있었다. 하지만 양쪽 무리들 중 어느 쪽도 상대편 쪽으로 건너가는 일은 없었다. 그들 사이에 유리벽이라도 놓여 있는 것 같았다. 그래도 음료수 가격은 다른 곳의 절반 정도였고 매점에는 비싸지 않은 레코드판이 많이 있었다. 그래서 부근에 사는 다른 학교 학생들도 이 카페를 즐겨 찾았다.

우리는 바싹 붙어 팔짱을 끼고 베란다에 앉아 있었다. 파이퍼가 이

곳에 나타날 리는 없었다. 파이퍼는 정신박약아를 싫어했다. '정신적 불구'에 대해 구역질을 느낄 정도였다. 그애에게 '정신적 불구'란 자연이 자신의 패배를 인정하는 징표였다.

안네 마리의 말로 미루어보면 파이퍼는 살아 있는 악마일 뿐만 아니라 상상을 초월하는 야심가이기도 한 모양이었다.

"오빠는 널 경쟁자로 생각해. 그래서 널 싫어하는 거야. 자기보다 잘난 사람은 눈뜨고 못 보는 성미거든."

안네 마리는 삼촌을 한번 찾아뵙자고 막무가내로 졸라댔다. 삼촌은 너그럽고 사교적이고 속이 트인 분으로, 파이퍼나 그녀의 아버지와는 전혀 다른 사람이라고 했다. 결코 돈 자랑을 하는 분은 아니지만, 조카들이 원하는 거라면 망설임 없이 들어줄 수 있을 정도는 된다고도 했다.

"마틴 삼촌은 널 마음에 들어하실 거야."
내 어깨에 머리를 기대면서 그애가 말했다.

그애의 삼촌한테 인사할 마음은 없었다. 그애의 집에서 케이크를 먹고 있는데 파이퍼가 불쑥 거실로 들어와 나를 골탕 먹이는 장면이 자꾸만 떠올랐기 때문이었다. 게다가 동생 롤로 문제도 있었다. 사흘 전 롤로는 아냐 누나가 비열하게 괴롭힌다는 편지 한 장을 남겨놓고는 사라져버렸다. 경찰이 찾아냈을 때는 석탄 창고에서 며칠 밤을 보내기라도 한 듯 새카매져서는 요란스럽게 기침을 해댔다.

아버지는 동생을 제대로 돌보지 않았다고 나를 나무랐다.

"난 대장암으로 죽게 될 거야. 그렇게 되도록 되어 있어. 하지만 내가 이 세상을 떠나더라도 너희들이 잘 지낼 수 있도록 모든 걸 해놓으마. 그때가 오면 네가 바로 이 집의 가장이다. 넌 롤로를 돌봐야 해. 그렇게 하겠다고 약속해주겠니? 네 엄마는 점잖게 늙어가기는 이미 글

러먹었어. 아마 그 보디빌더하고 어디론가 달아날 게다. 아냐는 저렇게 되는 대로 떠돌다가 어느 사창가로 흘러갈지도 모르겠고."

아버지가 어머니의 애인을 알고 있다는 사실에 나는 어리둥절했다.

"아버지, 그 정도로 장이 안 좋으세요? 병원에서 진단이라도 받으신 거예요?"

"병원 얘기가 아냐. 의사들은 도움이 못 돼. 내 장은 기력이 쇠진해서, 더이상 일을 못하고 있어."

손을 아랫배에 갖다대면서 참담한 표정으로 아버지는 말했다.

"그렇다고 하더라도 왜 암이라고 생각하는 거죠?"

"암을 느끼니까. 뱃속에 암세포가 있는 게 느껴진단다."

사실 그 동안 내게는 아버지가 어떤 사람인지 곰곰이 따져볼 여유가 없었다. 그런데 이제 보니 아버지는 지칠 줄 모르고 궁상을 떠는데다 아주 작은 일도 심각하게 받아들이는 성향이 있었다. 백 광년이나 멀리 떨어진 근심을 당신의 머리 바로 위에 있는 칙칙한 구름으로 느끼는 감상적인 사람이라는 걸 그제야 깨달을 수 있었다. 아버지는 삶에 짓눌려 고통받고 있었다. 당신 자신이 그렇게 정해놓았다. 삶과 대면하면서 삶을 조율하는 대신, 삶의 찌꺼기를 내부에 쌓아두고 있겠다는 결정을 어느새 스스로 내려놓고 있었던 것이다.

"어떤 감성들은 우리가 인지할 수 없도록 의식의 언저리에 있으면서 우리를 제멋대로 조절하고 있어. 비유를 통해 설명해볼까?"

순회 전시중인 보슈의 작품을 보려고 박물관을 찾은 단체 관람객들을 피해 전시실 위층으로 자리를 옮겼던 지지난 주말, 몬탁은 말했다.

"침대에 누워 있는데 잠이 오지 않는다고 해보자. 넌 자꾸 몸을 뒤척일 거야. 옆으로 누웠다 바로 누웠다 하면서 자꾸 방향을 바꾸겠지.

왜 그럴까?"

"글쎄요, 일종의 반사작용 아닐까요?"

"그건 그러니까, 어떤 미세한 불편함 때문인 경우가 많아. '지금 이 상태가 편치 않으니 몸을 움직여야겠어' 라고 의식적으로 생각하는 게 아니라, 잠재의식에 그저 반응하는 거지. 엄밀히 말해 꼭두각시 같은 상태인 거야. 부정적 감성이 '움직여라!' 하고 명령하면 그렇게 하고, 긍정적 감성이 '그대로 있어라!' 하고 명령하면 또 그렇게 하는 거지. 이런 식으로 감성은 다른 지각과 결합하고 있어."

"그게 잘못된 건가요?"

"꼭 그렇지는 않아. 습관이 된 반응행위는 일을 수월하게 해주니까. 하지만 해를 끼치는 행동양식을 습득했다면 어떨 것 같니? 그렇게 되면 평생 그런 반응 틀에 묶여 살아야 해. 바꿀 수도 없고 없애버릴 수도 없지. 거기에 구속되는 거야. 그럴 때 부자유란 곧 고통을 뜻하지." 몬탁은 잠시 말을 멈추고 뭔가 기대하는 눈빛으로 나를 바라보았다. "이런 얘기가 너에게 어떤 의미를 주니?"

"무슨 말인지 이해했냐는 말인가요?"

"아니, 이게 네 눈에 어떻게 보이느냐는 거야. 지적 장난? 아니면 시간 낭비 같진 않니? 이 세상에는 많은 말들이 있으니까 말이야. 그런 말들로 도서관이 꽉 차 있잖니."

"장난이라구요? 그건 아니에요. 아니에요."

"여기저기 널려 있는 온갖 쓸데없는 말들에서 벗어날 수 있는 길은 단 하나뿐이야. 무슨 말인지 알겠니? 중요한 건, 우리가 무엇을 생각하고 있는가, 우리가 무엇을 믿고 있는가 하는 게 아니야. 문제는 경험이지. 거짓, 환상, 억측은 시간과 에너지를 낭비할 뿐이야. 그건 곧 삶이라는 집을 모래 위에 짓고 있다는 얘기가 돼. 정말 고통스러운 깨달음이지."

"하지만 누구나 자신의 일은 자기가 제일 잘 알고 있다고 생각하는
거 아닌가요?"

"그래서 진짜 경험이 중요하다는 거야. 우리의 교육은 많은 걸 가르
쳐주고 있지만 정작 중요한 것, 그러니까, 보다 본질적인 것을 놓치고
있어. 내일 저녁에 자동차를 한 대 주마. 그걸 타고 너는 내면의 진실
에 다가가게 될 거야."

"왜 저를 위해서 이 모든 걸 해주시는 거죠?"

"네 또래 아이들이 빠지기 쉬운 잘못된 길로 가지 않게 널 도와주고
싶을 뿐이야. 이 세상 누구도 자신이 앞으로 어떤 경험을 하게 될지,
그 경험에서 무엇을 얻게 될지 미리 알 수는 없어. 경험이 건네주는 가
능성을 맛보렴! 너의 자유를 누리렴! 네가 원한다면 여행을 하는 동안
네 곁에 있어주마. 그럼, 내일 저녁 여덟시, 집에서 보자."

11

최근 내 진료실에는 여러 사람들이 오간다. 내 아버지의 일로 큰 타
격을 입은 사람들은 잡히지 않는 것을 붙잡아보려고, 자신의 배설물이
라도 붙잡아보려고 안간힘을 쓰고 있다. 그러나 이들은 코앞에 있는
것밖에는 보지 못한다. 현실을 제대로 보지 못하는 눈먼 사람들. 그중
에는 내가 잘 아는 사람들도 있다. 아냐 누나 역시 마찬가지다. 그녀는
유명해진 동생에게 상담하러 오는 것을 꺼리지 않는다. 누나도 그렇지
만 많은 사람들이 자신이 환자라는 것을 인정하지 못한다. 이들이 겪
는 고통의 원인은 아무것도 인식하지 못한다는 것, 그리고 아무것도

선택하지 않는다는 것에 있다. 이들에게 현실은 늘 알 수 없는 것으로 남아 있다. 그들은 수족관 안에서 형형색색 아리따운 모습으로 헤엄치고 있는 물고기와도 같다. 바다와는 너무 멀리 떨어져 있는.

그들은 나를 찾아올 때마다 이렇게 말한다.

"선생님, 고통에서 벗어나게 해주세요. 뇌신경이 어딘가 잘못됐어요. 자꾸만 골치가 아프고 괜히 심란해져요. 도대체 왜 그런지 모르겠어요."

나는 스물아홉의 젊은 나이에 교수가 되었다. 전통 심리학과 정신의학 분야에서는 오랫동안 내가 공부한 분야를 인정하려 들지 않았지만 진료 성과는 나날이 쌓여갔다. 최면술과 프로이트의 정신분석 역시 무의식을 중요하게 생각했지만 인간의 생각은 점점 더 사회와 개인의 운명에 막대한 영향을 미치고 있다. 내 환자들이 이를 증명해 보이고 있다. 그들은 문턱이 닳도록 나를 찾아온다. 죽음을 눈앞에 두고 교회나 심령술사를 찾는 것은 너무 형이상학적이라고 생각하는 사람들이 말이다. 나는 삶의 '저편'에 대해서는 별로 말하지 않는다. 부활에 대해서도 마찬가지다. 내 생각을 늘어놓지도 않는다. 내가 하는 일은 환자들이 향상된 의식상태를 '경험' 하도록 하는 것이다. 신에 대해 말하는 경우는 단 한 번도 없다. 그런데도 사람들은 내 진료를 받고 마음이 맑아져서 연구소를 떠난다. 내 방법으로도 치료되지 않는 사람은 단 한 사람도 없을 것이다. 이것은 그간의 경험에서 나온 말이다. 어떤 신앙이나 사상, 어떤 이데올로기를 믿든, 아니 모든 희망을 잃어버렸다고 해도 이 치료법은 실효를 거둘 수 있다.

이 모든 것을 나는 박물관 관리인에게서 배웠다. 상황이 허락할 때면 며칠이고 두 눈을 감고 의자에 앉아 자신의 내면을 탐구하던 노인, 내면 탐구에서 도출한 몇 가지 소박한 경험과 사실을 간략한 개념으로 파악했던 그 순박한 노인에게서.

몬탁의 집을 찾았던 그날 밤만 해도 나는 내 삶에 이러한 전환점이 오리라고는 전혀 예감하지 못했다. 나는 처음 보는 훈련용 먹이를 눈앞에 두고 있는 한 마리 개와도 같았다. 호기심에 찬 마음은 한껏 들떠 있었다. 거기에 뭔가 있을 거라는 생각에 코가 절로 벌름거렸다. 그러나 그것이 무엇인지 알아내는 일은 결코 쉽지 않았다.

가져간 꽃을 건네주자 몬탁은 고맙다고 하면서 그림이 그려진 중국 꽃병에다 꽃을 꽂았다. 그리고 나서 그때까지 본 적이 없는 공간으로 나를 데리고 갔다. 은은하고 푸근한 빛에 감싸인 그곳에선 백단향 향기가 풍겨나왔다. 다른 방들과는 달리 책장이 하나도 없는 곳이었다. 수수한 벽지로 도배되어 있는 사방 벽에 역시 아무것도 걸려 있지 않았다. 그 흔한 성화(聖畵) 한 장 없었다. 공간 한가운데는 단출하니 나무의자 세 개가 놓여 있었다.

"마음 가는 대로 골라 앉으렴."

다 똑같은 의자라서 나는 창문을 볼 수 있는 쪽으로 골라 앉았다.

"잘 골랐구나. 동쪽을 향해 앉는 게 제일 좋지."

"동쪽이라고요? 꽤 신비하게 들리는데요."

"아니, 전혀 신비할 것 없어. 경험에서 나온 간단한 이치야."

몬탁이 하라는 대로 저녁식사를 하지 않았기 때문에 배에서 꼬르륵 소리가 났다.

"내가 너에게 줄 자동차는 일종의 울림말이야. 흔히 만트라(Mantra)라고 하지." 다른 의자에 앉으면서 그가 말했다. "보통 말하고는 달리 만트라에는 아무 뜻도 없어. 만트라는 오래 전부터 있어왔어. 인도의 전통 종교에서 유래했지. 하지만 만트라의 중심에는 종교적 내용이나 세계관, 뭐 그런 건 들어 있지 않아. 만트라 수련에서는 뭔가를 믿는다는 게 필요치 않지. 에스키모에서 유래했든 인도나 동양 어디서 유래했든 그건 아무 의미도 없어. 만트라는 단지 기술적으로 도움을 줄 뿐이지. 토대를 쌓기 위한 준비라고 생각하면 돼.”

“참선을 말하는 거예요?”

“참선만으로는 충분하지 않아. 어떤 시대든 늘 정신 수련법이 있었지만 그 성과는 늘 비슷했지. 어차피 대부분이 정신 집중과 크게 다르지 않았으니까. 하지만 제자들은 물론 그 스승이라는 사람들도 다른 방법이 있다는 건 모르고 있어. 정신을 집중한다는 것은 결국 자연스럽게 흘러야 하는 것을 강제로 흐르게 만드는 거야. 어쨌든 참선이 가장 효과적인 방법이긴 하지만 이것도 결국은 준비단계일 뿐이야. 일상적 의식을 변화시키기 위한 어떤 마음의 자세를 만들어내는 거지. 그건 곧 점차 자아를 지각하고 그 자아를 행동이나 다른 인지작용과 분리해서 경험할 수 있게 되고, 그래서 의식의 또다른 지평에 도달하게 되는 과정이야. 운이 좋으면, 넌 빠른 시일 내에 삶과 의식의 주요 원리를 인식하는 단계에 들어서게 될 거야. 그러고 나면 관성과 부정적 태도를 각성하고 그때까지 터득한 것을 확실하게 파악하게 될 테고. 그후에는 선택을 해야지. 너의 삶을 규정할 긍정적 결단을 해야 하는 단계에 도달하는 거야.”

“자기 암시나 최면술 같은 건가요?”

“아니, 자기 암시나 최면술은 눈속임에 불과해. 실제론 거지인 우리를 왕으로 착각하게 하는 그런 걸 하려는 게 아냐. 모든 것은 네 결정에 달렸어. 가능성을 보고 자유롭게 결정하는 거야.”

몬탁은 자리에서 일어났다. 밖에서 소음이 들려오는 것도 아닌데, 그는 앞마당 쪽으로 난 조그만 창문을 닫았다. 다시 의자에 앉은 후 그는 말했다.

"이제 만트라를 들려주고 수련방법을 알려주마. 지시사항을 정확하게 따라하는 것이 중요해. 작게 소리를 내면서 따라해보렴. 시ー링……"

나는 그 소리를 따라했다.

"좋아, 아주 잘했어. 두번째 음절에 강세를 두어야 한다, 알았지? 하루에 두 번씩 십오 분간 눈을 감고 속으로 만트라를 읊는 거야. 시작하기 전에 편안하게 앉아. 조용하고 어두운 공간에서 하는 게 좋지. 반복하기 전에 이 분 정도 사이를 두어야 해. 다른 참선법도 마찬가진데, 멈추고 있는 동안에는 생각과 느낌이 완전히 자유롭게 흘러가도록 해야 해. 편치 않은 생각이나 느낌이 들어도 마찬가지야. 이게 두 가지 주요 원리 중 첫번째야. 네 생각과 느낌을 심각하게 받아들여선 안 돼. 분석하려고 하지도 말고. 그저 그대로 놔두기만 하면 되는 거야. 그리고 준비단계가 끝나면 속으로 다시 만트라를 읊는 거지.

보다 중요한 또다른 원칙은 만트라에 어떤 압력도 가해서는 안 된다는 거야. 어떤 정해진 형태나 리듬을 강요해서는 안 돼. 만트라가 어떤 형태로 나타나든, 또렷한 소리든 희미한 소리든, 섬세하든 투박하든 그대로 놔두어야 해. 만트라에서 어떤 의미를 찾으려고 해서는 안 돼. 자동차 열쇠가 점화를 일으켜 모터를 돌리기 시작하듯 소리의 울림이 생길 때 어느 정도 추진력을 부여하기만 하면 되는 거야. 느낌이나 생각이 자유롭게 펼쳐지도록 해야 하고 만트라의 형태 역시 자유롭게 흘러가도록 해야 해. 너의 주의력이 만트라에서 벗어나 다른 대상을 향하게 될 수도 있어. 그건 잘못된 게 아니야. 아주 자연스러운 과정이지. 그 과정에서 에너지ー부정적 에너지인 경우가 많아ー가 없어지게 될 거야. 그럴 때는 자책하지 말고 다시 만트라로 돌아가면 돼."

말을 멈추고 그는 나를 유심히 쳐다보았다.

"만트라에 집중하라는 거죠? 하지만 뭐 때문에 그렇게 해야 하죠?"

"집중하라는 게 아냐. 집중한다는 건 곧 만트라에서 벗어나지 않으려고 노력한다는 건데, 그렇게 되면 소리에 어떤 형태를 부여하게 되거나 일정한 리듬을 타게 돼. 예컨대 한 호흡에 한 음절씩이라는 틀을 부여하게 되는 거지. 그렇게 되면 내적 긴장이 생겨날 수밖에 없어. 하지만 내가 말하는 건 그것과는 정반대 과정이야. 어떤 생각이든 자유롭게 풀어주고, 길을 잘못 들었다 싶으면 언제든지 자연스럽고 가뿐하게 만트라로 되돌아오라는 거야. 자연스럽고 사뿐하게 말이야."

"이제 알 것 같아요. 정신분석에 나오는 자유연상법과 연관이 있는 건가요?"

"아니, 우린 지금 사유를 분석하려는 게 아니야. 지각작용이 모두 자유롭게 이루어지게 하는 걸로 충분해. ……사유란 정서나 감성으로 채워지는 경우가 많지. 이 수련을 통해 우리는 지각이나 감성에 끌려다니지 않을 새로운 길을 닦는 거야. 현대심리학에서도 공포증 환자를 치료하기 위해 탈감상화 기술을 도입하고 있지만, 내가 말하는 탈감상화(脫感傷化)는 이보다 훨씬 넓은 의미야. 일상의 의식 안에서 너라는 존재는 두려움, 부정적 감성, 어떤 맹목적인 생각일 뿐이지. 하지만 참선을 통해 발전한 의식 안에서는 가뿐하고 자연스럽게 자아가 분리되어 나오게 돼.

여기서 분리란 무얼 말할까? 그건 상실도, 도피도 아냐. 분리란 '마주 보기' 같은 어떤 것, 배제와 반대되는 것, 보통때 하나로만 있던 것이 둘이 되는 어떤 거야. 참선을 하면서 만트라를 말로만 되풀이하지 않고 때에 따라 거기에 적합한 형태를 허용하면, 네가 주의를 쏟는 대상과 일정한 간격이 생겨나. 그렇게 되면 일상 속에서도 감성과 사유에서 떨어져나올 수 있게 돼. 어차피 구조는 동일한 것이니까. 진행되

는 것을 그대로 놓아두는 미세한 조절기구는 새로운 질(質)을 만들어
내고, 그것이 의식을 재편성하면서 점점 더 세밀한 감성과 사유의 영
역에 도달하게 되지. 세상사를 잊어버리기 위해 만트라에 함몰되거나
너 자신을 만트라 안에 용해시켜서는 안 돼. 그건 잘못된 거야. 만트라
에 함몰된다는 건 만트라와 하나가 되는 것이고, 그렇게 되면 마주 보
는 대상으로서의 자아가 생겨날 수 없으니까.

주체와 객체, 자아와 만트라가 서로 마주 보고 있다는 것은 자아가
감성과 사유, 예컨대 불안이나 어떤 다른 문제를 바라보는 것이기도
해. 이 바라보기는 편안한 것이기에, 의식은 점점 더 '거리 두기'와
'벗어나기'의 행복한 상태를 일상생활에까지 전이시키려고 하게 되
지. 마음을 다잡거나 굳이 애쓰지 않아도 자연스럽게 이루어지도록 말
이야. 몇 가지 간단한 원칙만 실천할 뿐 그 어떤 것에도 집착하지 않는
참선이나 다름없는 상태가 되는 거야. '풀어주기' '놔두기', 어떤 대상
에 집중하지 않으면서 '바라보기' 같은 원칙들 말이야. 그러니까 일정
한 방식으로 의식을 잡아두려고 애쓰지 않는 거지. 이게 무슨 말인지
알 수는 있겠지? 하지만 참선과정이 가져오는 결과를 이런 설명으로
평가할 수는 없어.

점차 의식은 이러한 상태가 더 편안할 뿐만 아니라 더 지적이고 창
조적이라는 것, 또 더 많은 성과를 가져온다는 것을 발견하게 되지. 보
다 평화롭고 비폭력적이며 관대하고 공감의 폭이 넓은 상태라는 걸 말
야. 참선과정이 가져오는 엄청난 힘을 이해하는 게 중요해. 이런 전개
과정을 지적으로 이해하지 못하거나 얼마 지나지 않아 잊어버리면, 기
껏 발견한 것이 다시 사라져버리고 말지. 탈감상화는 심리학자들이 생
각하듯, 점점 커지는 불안에 익숙해지는 것만이 아니야. 그건 그러니
까, 필요할 때면 언제라도 자신의 자아가 두려움을 마주 볼 수 있게 되

는 거야. 바로 이런 게 향상된 의식의 특징이라고 할 수 있지."

내 생각을 이미 알고 있다는 듯 그는 슬며시 미소를 지으며 덧붙였다.

"지금 말한 건 앞으로 우리가 다루게 될 여러 작용 중에서 아주 작은 한 부분에 불과해. 빙산의 일각일 뿐이라구. 탈감상화는 오히려 부수적 효과라고 할 수 있지."

그는 옆방으로 가서 찻주전자와 찻잔 두 개를 쟁반에 담아들고 돌아왔다. 사과차의 미묘한 향내가 방 안에 퍼지기 시작했다.

"첫 수련을 시작하려면 아직 시간이 좀 남았는데, 뭐 질문할 것 있니?"

"탈감상화가 부수적 효과에 불과하다고 했는데, 그럼 이 수련의 목표는 뭐죠?"

"의식의 점진적 발전이야. 의식만이 아니라 신체, 정신, 영혼 등 모든 영역의 발전이 목표지. 수련이 진전하면 점차 단계가 높아질 거야. 하지만 그렇게 되기 전에 너는 방심한 상태에서 벗어나 자신을 점점 더 중심에 놓게 될 테고, 그러면 너의 구심점이 확장될 거야. 사유와 감성, 창의성과 지성을 구분하는 능력, 이완을 취하고 깊은 안정에 도달하는 능력이 커지지. 그런 식으로 내면의 자유가 커지는 거야. 생각의 울타리, 감성에의 집착, 객관적 가치관의 올가미는 점점 사라지고 전(前)의식적 사고과정에서 의식적 선택으로 발전하는 거야."

그는 다시 말을 멈추고 생각에 잠긴 눈으로 나를 바라보았다.

"신기하지? 인류는 외부세계를 정복하는 기술을 눈부시게 발전시켜왔어. 달 착륙에 성공하고 원자를 분해하고 DNA의 비밀을 벗길 수 있게 되었지. 하지만 내면세계는 아직 철부지 어린애 같은 상태야."

"그런데 그 모든 것이 뜻도 없는 간단한 말로 가능하다구요? 믿기지 않는걸요."

“마법을 부리는 주술 같니?”

“아뇨, 환상에서 나오는 건 아니라고 말씀하셨잖아요. 하지만 도대체 어떻게 그렇게 될 수 있는 거죠?”

“참선과정의 구조를 이해하게 되면 이 구조와 작용이 똑같다는 걸 알게 될 거야. 구조와 작용이 합치된다는 말이야, 알겠니? 만트라 수련의 원리 안에는 영적 건강에 필요한 거의 모든 것이 포함되어 있어. 신경을 곤두세우지 않고, 특정한 목표를 염두에 두지도 않고 그저 내면을 바라보는 것, 침범당하지 않고 유연성을 견지하는 것, 부정적 감성을 외면하지 않고 멈춰 서게 하는 것, 긍정적 감성에 얽매이지 않는 것, 자아에 중심을 두는 것, 힘의 중심에 자신을 연결하는 것, 내면 깊숙이 이완하는 것, 내면적 지각을 섬세하게 하는 것, 평소에 인지 못하던 감성과 사유를 의식하는 것 등이 그런 것들이지.

좀더 지나면 알게 되겠지만 그러기 위해서는 경험을 쌓아야 해. 모든 사람이 혼자 힘으로 수련과정을 하나하나 바르게 분석하고 전체의 흐름을 파악할 수 있을 정도의 능력을 가지고 있지는 않아. 이 과정을 언어로 이해하는 게 어렵기 때문이기도 하지. 모든 것이 너의 내면에서 벌어지기는 하지만, 개념으로 파악할 수 없을 때가 많아. 인습이나 사변에 의해서가 아니라 대상 그 자체가 인도하는 대로 적절하게 이해하는 것, 분별해내는 것, 이것이 그런 능력을 갖춘 사람의 특징이야. 그래서 대부분의 경우 판단력을 갖춘 스승이 필요한 거야. 물론 처음 시작할 때 그렇다는 거지. 스승이 할 수 있는 일은 도움을 주는 것뿐이니까. ……참선은 하나의 사다리라고 할 수 있어. 사다리를 타고 올라간 후에는 더 높이 가기 위해서 자신이 타고 올라온 사다리를 치워버려야 하지. 이렇게 해서 수련과정이 완벽하게 이루어지면 우리의 영혼은 건강해지고 숨어 있던 가능성도 자유롭게 열리게 되지. 이것이야말로 삶의 법칙과 합치되는 것이란다."

12

그가 참선을 시작하라고 했고, 나는 그의 말대로 했다. 내 생각이 자유롭게 흘러가도록 내버려두었다. 아주 편안한 느낌이었다. 어떠한 의도도 의무도 없는 내면으로 깊이 가라앉는 자유로운 느낌이었다. 잠이 들까봐 걱정스러웠지만 조바심 내지 않고 가만히 마음속으로 만트라를 읊기 시작하면 어느새 나는 다시 맑게 깨어 있곤 했다. "시—링"의 'ㅣ'가 어떤 생명력을 지니고 있어서, 꿈같이 몽롱한 상태에 빠져들려고 하는 것을 막는 것 같았다.

불현듯 누군가가 내 영혼의 덮개를 벗겨버린 것 같았다. 만트라는 사라지고 나는 오로지 나 자신만을 보고 있었다. 깨끗이 닦은 유리를 통해 보는 것 같았지만 그렇다고 단순히 거울로 비추어보는 듯한 느낌은 아니었다. 점점 밀도를 더해가던 생각이 독립을 해서 내 주의력을 꽉 채우고 있는 것 같았다. 그것은 힘이 넘치는 감성이었다. 자아가 이 힘의 원천인 듯했다. 놀라운 나머지 나는 저도 모르게 팔을 들어 이마를 쓸었다.

"자, 오늘은 그만 끝내도록 하자. 잠시 시간을 두면서 천천히 눈을 뜨도록 해."

나는 거의 숨을 쉬지 않고 있었지만 몸은 전혀 힘들지 않았다. 몬탁의 말을 듣고 나서야 비로소 나는 평소처럼 호흡하기 시작했다. 자유롭게 풀려난 듯한 느낌은 처음과 마찬가지였지만, 마치 폭풍우가 몰아친 다음 마지막 구름이 걷히듯 생각과 형상이 흘러갔다.

"가뿐하고 편안했니?"

내가 눈을 뜨자 몬탁이 물었다. 대답을 하려고 목청을 가다듬었지만 말이 나오지를 않아 나는 고개만 끄덕였다.

"이런 울림말은 역사가 꽤 깊어. 수천 년 전부터 도인(道人)들이 만트라를 갈고 닦아 후세에 전해주었지. 그러니까 결코 얕잡아봐서는 안 돼. 이쪽에 대해 현대심리학은 아는 게 너무 없어. 이제 겨우 이 세계를 연구하기 시작하는 정도니까."

"내 자아에 대해 신기한 경험을 했어요. 지금까지 난 단 한 번도 나 자신을 그렇게 순수한 형태로 의식해본 적이 없었어요. 어릴 때 몇 번 비슷한 체험을 한 것 같기도 하지만 오늘처럼 그렇게 강한 건 아니었어요. 죽을 수도 있다는 생각이 드는 순간 갑자기 나의 자아가 튀어올라와 그렇게 사라져버릴 수는 없다고 죽음에 대들며 반항하는 듯한 느낌 말이에요."

"참 잘했어." 그는 웃으면서 말을 이었다. "이런 경험이 일상적인 것으로 되기 전까지는 경험을 미리 예상하지 말아야 해. 배우는 과정에서 부풀려 상상하는 것을 피해야 한다구. 네가 말한 것은 참선이 성공적으로 이루어졌다는 증거야. 자아를 인식하는 것은 커다란 힘의 원천이야. 체험의 감상성(感傷性)에서 풀려나는 능력을 차츰 얻을 수 있게 될 거라고 내가 말했지? 그런 능력을 얻게 되면 너는 자신의 내면에서 일어나는 일들을 지켜보는 증인이 될 거야. 그리고 그건 너에게 자유를 줄 거야."

"참선을 하는 동안 내가 읊는 만트라가 점점 더 섬세해지고 있다는 느낌도 들었어요."

"섬세한 의식에서 힘은 점점 커지고 가능성 또한 무르익어가지. 더욱 섬세하게 지각하게 되면 사고의 원천에까지 도달하게 될 거야. 생각이 이제 막 생기려고 할 때 이미 그 생각을 지각하는 상태가 되는 거지. 그렇게 되면 이제 생기려는 생각을 구체적으로 발전시킬 것인가 말 것인가는 너의 선택의 문제가 돼. 이게 우리가 도달할 수 있는 최고의 정신적 자유란다. 이것과는 달리 보통의 의식이란, 생각의 습격을 당하고 심지어는 생각의 괴롭힘을 당하기도 하지.

　내가 말하는 향상된 의식상태란 힘과 선명성과 관련된 거야. 이런 상태에까지 도달하는 사람은 거의 없지. 이게 뭔지 이해하는 사람조차 별로 없어. 한 유명한 철학자가 말했지, 관조 없는 개념은 공허하다고. 하지만 억지로 애쓰는 건 아무 소용이 없어. 그건 조작일 뿐이야. 억지로 관조하려고 애쓰면 애쓸수록 참선의 체험은 너에게서 빠져나갈 테니까. 체험이 스스로를 드러낼 수 있도록 해야 해. 이를 방해하는 긴장이 부정적 정서 속에서 나타날 수도 있지만, 너의 신경조직이 이런 훼방꾼들을 없애준다면, 그만큼 네가 성숙해진다면, 그때 비로소 참선의 체험은 온전히 자신을 드러내게 될 거야. 그러니 참선의 대원칙을 반드시 명심하거라. 만트라는 자신의 형태를 스스로 찾아낸다는……

　그날 밤 집에 돌아온 나는 예전과는 다른 자유로움과 편안함을 느꼈다. 이제 막 시작하고서 마치 대가가 된 듯 착각하는 애송이와도 같았다. 수련과정에 상승과 하강이 포함되어 있다는 걸 나는 미처 알지 못했다. 삶은 오만함에 대해 그에 상응하는 처벌을 내린다. 높이 날고자 하는 사람은 그만큼 더 깊이 떨어지게 마련이다. 몬탁은 나에게 경고하지 않았다. 아마 그 정도 위기는 스스로 이겨낼 수 있을 만큼 내가 강하다고 생각한 모양이었다. 그후 나는 몇 년에 걸쳐 어려운 시험들을 겪어내야 했다. 발전이 크면 클수록 시험은 그만큼 어려워진다.

　"무슨 좋은 일 있니?" 내 방 앞 복도에서 마주친 아냐 누나가 물었다. "크리스마스 트리처럼 얼굴이 빛나네." 가슴이 많이 팬, 훤히 비치는 블라우스를 입고 있는 누나는 테니스 가방을 들고 있었다. 가방 안에는 태권도 수업을 받기 위해 챙겨넣은 것들이 들어 있을 것이었다.

"아니, 무슨 일이 있다는 거야?"

"지금 내 젖가슴 훔쳐보고 있는 거니, 마크?"

"무슨 말이야. 왜 그런 소릴 하는 거지?"

"남자의 시선이 어디에 가 있는지 여자가 알아차리게 하면 안 되지."

"누나가 동생한테 못 하는 말이 없네."

"누나라고 가릴 것 같지는 않은데."

"내가 섹스에 미친 놈인 줄 알아? 그리고, 난 애인이 있다구."

"같은 학교에 다니는 그 꼬마애 말이야?" 비시시 쓴웃음을 지으며 누나가 물었다. "그애, 미친 남자 딸이지?"

"안네 마리의 아버지가 미쳤다고 해도, 그게 그애 탓은 아니잖아."

"가족 모두 제정신이 아닌 것 같던데."

"그게 무슨 소리야?"

"걔들은 악마한테 예배를 드린다고 하던걸."

"누가 그래?"

나는 놀라서 물었다. 온통 까만 것투성이던 그애의 집이 떠올랐다.

"내 친구가 그러더라. 걔 동생이 그 예배에 참석한 적이 있대. 파이퍼는 자기가 지상에 등장한 악마의 화신이라면서 축하연을 했다던데. 안네 마리는 그의 신부이고."

나는 말없이 누나를 노려보았다.

"너 왜 그러니? 내가 말 잘못한 거 있어?"

"누나 얘기는, 그러니까 안네 마리가 자기 오빠랑 관계를 한다는 거야?"

"몰라, 내가 그 집에 들어가서 본 건 아니니까. 어쨌든 파이퍼라는 그애, 머리가 어떻게 된 게 틀림없어. 이 세상엔 악이 충분하지 않다고 한다니까. 거기다 자기 여동생을 원하기도 하고. 그래, 그럴 수도 있을 거야. 그런 사람이 어디 한둘이니?"

누나는 짐짓 요조숙녀인 양 블라우스의 옷매무새를 고쳤다.

13

이제 막 지긋지긋한 라틴어 수업이 끝났다. 도넬리 선생님은 자신의 신념을 우리에게 불어넣기 위해 교재를 읽다가 의도적으로 종교적 일화를 삽입하곤 했다. 그의 말에 따르면 세상의 구원은 이천 년 전에 예수가 십자가에 못 박혀 죽은 이유를 이해하고, 예수의 고통이 세상을 바꿔놓았다는 것을 인정하면 이루어질 수 있는 거였다.

지치고 지겨웠던 우리는 쉬는 시간을 알리는 종이 울리기가 무섭게 책상과 의자를 밀어젖히며 해방의 순간을 맞이했다. 화장실에 갔더니 파이퍼와 그의 친구 두 명이 다가왔다. 내가 오기를 기다리고 있었던 게 틀림없었다. 파이퍼는 황소라도 감전시킬 수 있을 것 같은 미국제 신형 전기 충격기를 쥐고 있었다. 보통은 미성년자에게 판매가 금지된 물건이었다.

"내가 왜 이러는지 알지?"

충격기를 내 눈앞에서 빙빙 돌리며 파이퍼가 시비를 걸었다.

"알아, 물론 알고 있지. 넌 문제를 안고 있어. 그래서 폭력으로 다른 사람을 괴롭히는 거야."

놀랍게도 내 입에서는 이런 말이 흘러나왔다. 너무도 낯설고 멀게

만 느껴져서 내 목소리 같지가 않았다.

난 느긋하게 운동장으로 걸어나왔다. 파이퍼는 놀란 눈으로 나를 쏘아보고 있었다. 예전에는 접하지 못했던 무언가를 내 목소리에서 느낀 것이다. 그건 담대함이었다. 어떻게 그렇게 했는지는 나도 알 수가 없었다. 모르긴 해도 참선 체험이 나의 내면 어딘가를 변화시킨 것 같았다. 하지만 정작 수련이 끝고 난 뒤에는 내가 어떤 체험을 했는지 잘 떠오르지도 않았다. 아침에 일어나면 그저 피곤할 뿐이었다. 게다가 만트라가 잘 기억나지도 않았다. "시—링"이었는지 "리—싱"이었는지도 확실치 않았다.

"너 내 동생한테 무슨 짓을 한 거야?"

"무슨 소릴 하는 거야?"

"얘들아, 이 녀석 좀 봐라." 파이퍼는 의기양양하게 자기 친구들을 쳐다보며 말했다. "잡아뗄 거라고 내가 그랬지? 이걸로 자백을 받아내야겠어."

그는 보란 듯이 까만 전기 충격기의 버튼을 눌렀다. 양쪽 전극 사이에서 시퍼런 불꽃이 번쩍거리며 일어났다. 최고 17,500볼트의 전압을 내는 기구였다.

그때 다행히도 선생님 한 분이 나타났다. 붉은 수염에 몸집이 거구여서 학생들이 모두 무서워하는 선생님이었다. 선생님은 파이퍼의 팔을 잡고 전기 충격기를 뺏었다.

"가져가도 되겠지? 이런 건 학교에 가져오면 안 되는 것 몰라? 방과후에 수위 아저씨한테서 찾아가도록 해."

파이퍼가 당황하고 있는 사이 나는 슬쩍 다른 아이들 틈에 섞여 운동장을 빠져나왔다. 운동장 뒤편에는 연못이 하나 있었다. 울타리 너머로 얼어붙은 연못이 보였다. 연못가에 서 있는, 앙상한 가지만 남은 검은 나무가 피터 브뤼겔의 겨울 풍경화를 생각나게 했다. 쉬는 시간이면 내가 즐겨 찾는 곳이었다. 그곳에서 나는 거친 현실에서 다른 시간으로 도피하곤 했다. 옛 그림에 대한 나의 애정도 아마 그런 것이리라.

착잡했다. 파이퍼의 말이 나를 혼돈 속으로 몰아넣었다. 파이퍼가 한 말과 누나가 한 얘기 사이에 어떤 연관성이 있는 걸까. 울타리로 쓰던 판자가 쓰러진 곳을 넘어 연못 쪽으로 갔다. 서리가 남겨놓은 기이한 무늬가 판자 위에서 반짝이고 있었다. 오르막을 걷다보니 연못가에 안네 마리가 서 있는 게 보였다. 아니, 저기서 나를 기다리고 있었단 말인가. 다른 애들이 운동장에서 볼 수 없도록 수풀 뒤에 서서 그애는 나에게 손짓하고 있었다.

"무슨 일인지는 알고 있겠지?"

양손으로 허리를 받치고 선 안네 마리가 물었다.

"아니, 정말 무슨 일이야? 왜 여기저기서 나한테 그런 소릴 하는 거지? 교황이 에이즈에 감염되기라도 했니? 아니면 예수의 유골이 티베트에서 발견된 거니?"

"지금 그런 농담이나 하고 있을 때가 아냐. 나 임신했어……"

나는 멍하니 그애의 잘록한 허리를 바라보았다. 그애는 진 재킷에다 목이 높은 검정색 부츠를 신고 있었다. 생리가 없어 초조해하는 모습은 전혀 아니었다. 얼굴이 약간 상기돼 있긴 했지만 그건 날씨 탓일 수도 있었다.

"뭐라고? 딱 한 번뿐이었는데 그렇게 됐단 말이야?"

"한 번이라고 안 되는 줄 아니? 난 신체 건강한 젊은 여자란 말이야."

"그래, 그렇지. 기분 나쁘게 생각하지 마."

"기분 나빠하지 말라고? 난 아이를 가졌어. 임신을 했단 말이야. 난 지금 기분 나빠하고 있는 게 아니라 우리 아이의 장래를 염려하고 있는 거라구."

"내 아이인 건 확실하니?"

아마 이 말은 이런 상황에서 할 수 있는 가장 어리석은 질문이었으리라.

"그럼 누구 아이란 말이니? 내가 아무하고나 침대에 기어올라가는 애인 줄 알아? 너 책임을 피하려는 거지? 또 그런 식이구나. 일기장에 써놓은 것과 똑같아."

"네가 임신한 것과 내 일기장이 무슨 상관이야?"

"삼촌이 날 가만두지 않을 거야."

아, 그랬던 거구나…… 나는 누나의 말을 떠올렸다. 안네 마리는 사탄의 자식을 세상에 내놓으려고 했던 거구나. 밖으로 내세울 아버지를 만들기 위해 나랑 있었던 거야. 자기 오빠와 악마의 미사를 거행해놓고, 그때 임신한 것을 내 책임으로 돌리려는 건가?

"지우는 게 어때?"

"살인을 하란 말이니?"

"그 점에 대해선 아직 확실하지가 않잖아. 어느 시점부터 한 생명으로 봐야 하는지 아직 아무도 모른다구."

"정신나간 사람이 아니라면 아빠나 엄마가 돼가지고 어떻게 그렇게 말할 수 있지?"

순간 온갖 생각들이 한 번에 밀려들었다. 아이가 나오는 즉시 애를 연못에 수장시키면 돼. 그러면 일은 끝나는 거야. 하지만 아이는 아직 태어나지도 않았잖아. 게다가 연못에 넣으려면 얼음을 깨야 하는데…… 생리를 그냥 한 번 거른 게 아닐까? 상상임신은 아닐까?

"정말 임신이 맞긴 한 거야?"

"약국에서 임신 테스트 시약을 사와서 해봤어."

도저히 믿기지 않아 나는 도리질을 했다. 말도 안 돼. 나는 그 아이의 아버지일 수가 없었다. 나는 그저 그애의 멋진 애인인 척 연기를 했고, 그걸 증명하려 했을 뿐이었다. 거기에 나 자신의 감정이 들어갈 자리는 없었다. 하지만 이걸 어떻게 증명하지? 친자 확인이라도 해야 하나? 그러면 사람들 입방아에 오르게 될 테고 아버지 어머니는 엄청난 갈등에 시달리게 될 텐데…… 북아메리카 인디언들에게 미국의 대통령이 누가 돼도 아무 상관이 없듯, 지난 몇십 년간 계속되어온 성의 혁명적 해방 역시 아버지와 어머니에게는 남의 나라 이야기였다.

"나한테 할 수 있는 말이 고작 그게 다니?"

안네 마리가 물었다. 난 붉디붉은 그녀의 머리카락을 감싸고 있는 인디언 풍 헤어밴드를 차근차근 살펴보았다. 돌연 헤어밴드가 그냥 헤어밴드가 아니라는 느낌이 들었다. 저승사자를 불러오는 부적 같았다.

"시간을 좀 줄래?" 선뜻 내키지는 않았지만 나는 그애 볼에 부드럽게 입을 맞췄다. "우선은 아버지가 된다는 사실에 좀 익숙해져야 할 것 같아."

이날 밤 나는 다시 한번 만트라를 감행했다. 마치 나 자신이 지하의 저승세계를 향해 한 걸음씩 내려가고 있는 것 같았다. 내면의 눈앞에 온갖 얼굴, 가면, 일그러진 표정 들이 자꾸 떠올랐다가 사라졌다. 나를 둘러싼 모든 것이 흔들리고 있었다. 미친 듯이 돌아가는 어둠침침한 소용돌이가 나를 휘감아 옭아매려고 하고 있었다. 두려움이 내 목을 감고 조여왔다.

그래도 나는 엄격하게 원칙을 지켰다. 모든 지각과 감성이 자유롭게 흘러가도록 했다. 만트라가 반복될수록, 희미한 꿈이 불려나오듯 숨죽이고 있던 두려움이 끌려나왔다. 나는 마음의 눈으로 그걸 볼 수 있었다. 천만 개의 증거를 들이대는 것보다도 더 확실하게 볼 수 있었다.

몬탁의 도움이 없었더라면 나는 아마 불안과 걱정 때문에 미쳐버렸을지도 모른다. 이성을 잃어버릴지도 모른다는 두려움에 만트라를 중단했을 수도 있다. 그렇게 하지 않은 걸 보면 나름대로 준비과정을 탄탄히 다졌었나보다. 느닷없이 차디찬 전율이 온몸을 덮쳤다. 전신에 소름이 돋았다. 그러다가 어느새 소용돌이는 가라앉고 다시 편안한 만트라의 길로 접어들었다. 만트라가 좀더 섬세한 형태를 띠게 되면 그건 한 걸음 더 나아갔다는 표시이며, 고비를 넘겼다는 증거였다. 그럴 때는 내가 수련을 제대로 하고 있음을 직감으로 알 수 있었다. 마음속에 펼쳐진 공간이 점점 넓게 퍼져나가 무한으로 뻗어나가는 것 같았다. 깊은 안정감과 고요가 나를 감쌌다. 자의식, 선명성, 에너지, 평안, 행복, 자유가 있는 내면의 에너지 중심으로 다시 다가가고 있다는 느낌이 들었다.

우리가 다시 만난 곳은 박물관이었다. 주중에는 관람객들의 방해를 받는 경우가 거의 없었다. 눈을 감고 그림 앞에 앉아 있어도 우리를 이상하게 여기는 사람은 아무도 없었다.

"제가 치료를 받아야 할 정도로 큰 문제를 안고 있는 건가요?"

본격적으로 이야기를 시작하기 전에 내가 물었다.

"내가 너에게 가르치는 건 우리 모두에게 필요한 수련이야. 영혼의 병을 낫게 하는 건 그 다음 문제지. 지금 우리 모두가 깊이 병들어 있는 거라구. 긍정적인 삶을 위해서 우리는 새로운 길을 개척해야만 해."

"제가 어딘가 잘못된 건가요?"

"그렇게 말하자면, 정신이 제대로인 사람이 거의 없지." 그는 느긋하게 미소를 지었다. "우리는 우리 개개인이 지닌 가능성에 훨씬 못 미치는 삶을 살고 있어. 근본적으로 연관되어 있는 것들을 못 보고 지나치기 때문이야. 지능이 높은 원숭이가 있다고 가정해보자. 그 원숭이는 일상생활을 훌륭하게 해나갈 거야. 무리의 우두머리로 군림하면서 암컷들과 바나나를 독차지하겠지. 그렇지만 아무리 지능이 높다고 해도 그 원숭이가 상대성이론에 대해 알 수 있을까? 자신의 생활공간 너머에 숫자와 물리적 관계로 이루어진 또다른 세계가 있을 수 있다는 건 아마 상상조차 못 하고 있을걸?"

"대답을 교묘하게 피해가시는군요. 날 정신이상자로 생각하시는 거죠? 그렇죠?"

"정신병리학의 기준에서 말이니? 그건 아니야."

"하지만 할아버지는 내가 못 보는 걸 보고 계시잖아요."

"넌 아직 젊어. 모든 가능성이 열려 있는 나이지. 그런데 지금 넌 다른 또래 친구들이 그렇듯, 좀처럼 빠져나오기 힘든 물살에 휘말리려고 해. 웅크리고 있던 소용돌이에 휘말릴 위험에 처해 있다구. 곧 바닷물이 밀려와 넌 물 속에 가라앉을지도 몰라. 가족들도 너에겐 도움이 안 되지. 넌 부모님이 미술을 반대하니까 물리학을 전공하려는 척하고, 아버지는 사업에 온 정신이 팔려 있고, 어머니는 너희 학교 학생과 연애중이고, 대학생인 누나는 공부엔 관심이 없고, 남동생은 온종일 밖으로 쏘다니지."

"그렇다면……"

"그 모든 게 심각한 무지(無知)에서 나온 결과야."

"하지만 문제가 전혀 없는 사람이 어디 있어요?"

"자기 자신과, 그리고 타인과 끊임없이 전쟁을 치르며 산다고 해서 꼭 평화가 불가능한 건 아니야…… 무지는 자기 소외의 표식이야. 하지만 자기가 소외됐다는 걸 인지하지 못할 정도로 우리는 자기 소외에 익숙해 있어. 그래서 그걸 정상으로 여기는 거지. 내가 예전에 했던 말

기억나니? 우리가 자신으로부터 소외되어 있는 건, 아무도 우리 내면에서 벌어지고 있는 일에 대해 말해주지 않았기 때문이야. 자신이 그 속에서 살아가는 물에 대해서는 전혀 모르면서 그저 헤엄만 치고 있는 수족관 속 물고기 같은 존재가 바로 우리 인간이라구."

파이퍼와 안네 마리가 떠올랐다. 카롤라와 공모해서 부모님을 속였던 일도 생각났다. 현실은 더욱더 위협적인 모습을 띠고 나타났다. 어머니는 미래에 대한 불안 때문에 정치계로 도피했고—당시 나는 어머니의 심리상태가 실제로 얼마나 위태로운지 알아차리지 못하고 있었다—아버지는 예전의 호사스러운 생활에 쓰던 것보다 더 많은 돈을 벌기 위해 수상쩍은 사람들과 모험을 감행했다. 그러면서도 아버지는 머지않아 자신이 장암으로 죽을 거라고 확신하고 있었다.

나 자신은 화가가 되는 것에 이미 회의를 느끼고 있었지만, 그렇다고 앞으로 어떤 일을 하고 싶은지에 대해 정확하게 파악하고 있는 것도 아니었다. 게다가 사탄을 대신해서 한 아이의 아버지가 될지도 모르는 상황이었다. 설사 안네 마리의 오빠가 살아 있는 악마가 아니라고 할지라도, 내가 그들 남매의 사랑을 위한 대용품으로 쓰일 수 있다고 생각하니 가슴이 답답했다.

"눈여겨 살펴보면, 사방에 재앙이 깔려 있다는 걸 알 수 있을 거야. 막연한 불안, 탐욕, 망상, 무력감, 고독, 위기감, 권태, 질투, 소유욕, 결혼생활의 파경 등 속세의 고뇌들은 곳곳에 널려 있어. 사람들은 대개 자신들의 처지가 그렇게 나쁜 건 아니라고 스스로 위로하면서 살아가지. 하지만 통계를 보면 상황은 달라. 두 사람 중 하나는 허리나 관절이 아프다고 하소연하고, 세 사람 중 하나는 무력증에 빠져 있고, 네 사람 중 하나는 불면증에 시달리고 있어.

사람들은 또 이토록 많은 근심과 좌절에 대해 그들 나름대로 그럴

듯한 이유를 찾아내지. 성공과 행복 그리고 기쁨보다는 실패와 고통이 늘 더 가까이 있어. 자연은 우리에게 고통을 느낄 수 있는 위대한 능력을 주었어. 고통은 우리의 태도를 조정하지. 충고에 귀 기울이지 않는 사람은 따끔한 맛을 보게 되기 마련이니까. 사람에게 기쁨을 주는 것보다 고통을 주는 게 훨씬 더 쉬운 일이야."

"그렇지 않을 수도 있나요?"

"고통을 없앨 수는 없겠지. 하지만 마음을 달리 먹으면 고통을 줄일 수는 있어. 고통이 다른 모습으로, 변화된 차원에서 나타나는 거지."

"어제 참선할 때 무시무시하고 흉측한 얼굴들을 봤어요."

"그건 신경조직에서 에너지가 올라온 거야. 에너지가 올라왔다는 징조는 육체적으로 나타날 수도 있고 정신적으로 나타날 수도 있어. 처음엔 잘 이해가 되지 않겠지만, 모든 것, 말 그대로 '모든 것'이 이렇게 나타나 가면을 쓰고 너에게 달려들 거야. 그럴듯한 이유를 내세워 너를 방해하고 너를 막으려고 하지. 새들이 짹짹거리고 있어, 시계가 째깍거리잖아, 신발이 더러우니 닦아야 해, 이러고 있으면 난 미쳐버릴지도 몰라…… 방해를 받거나 고통을 느낀다는 건 뭔가 제대로 되지 않고 있다는 신호야.

'풀려나기'를 수월하게 해주는 자그마한 원칙을 하나 더 얘기해줄까? 고통이 느껴지는 부위나 부정적 지각에 네 주의를 집중시켜보렴. 그건 일종의 생명 에너지를 그곳에 보내 건강에 필요한 균형을 되찾도록 도와주는 행위야. 그러다가 어느 날 너를 짓누르던 압박이 멈춘다면, 그건 곧 네가 싹트고 있는 병을 막아냈다는 증거가 될 거야."

"그러다가 해를 입는 경우는 없나요?"

"내가 말했잖니. 그건 너의 성장을 촉진시켜주는 거야. 없어서는 안 될 정화과정이지. 예전의 긴장이 사라지고 성장을 가로막던 장애물이 없어지는 거야. 네가 심리적으로 나약하면, 사변이나 환상으로 도망치는 일이 벌어질 수도 있어. 그래서 스승이 있는 게 좋다는 거야. 참선의 체험을 해석해주고 올바른 방향으로 이끌어줄 수 있으니까. 정신 착란에 가까운 사람은 이런 압력을 견뎌내질 못해. 모든 감성과 사유가 자유롭게 흘러가게 해야 한다는 원칙을 잊어버리고 정반대로 하겠지. 그러면 공포에 빠지게 돼. 공포는 나약함을 더욱 심화시키지."

나는 곧바로 참선에 들어가, 마음속으로 침잠했다. 그리고 아주 놀랍고 생소한 경험을 했다. 가면이나 일그러진 얼굴들이 떠오르는 대신 형태가 없는 무엇인가가 이리저리 흔들리며 마음의 눈 앞에 나타나더니, 이중 하나가 차츰 추 모양이 되면서 시야를 꽉 채우는 것이었다. 불편하지는 않았지만 더이상 만트라를 계속할 수는 없었다.

그래서 나는 정신력으로 추의 움직임을 지탱하기라도 할 것처럼 흔들리는 추를 그저 따라가기만 했다. 언젠가는 추의 에너지가 소진될 것 같았다. 내가 만트라를 다시 해보려고 하는 순간, 나지막한 몬탁의 목소리가 들려왔다.

"이제 만트라를 멈추고 서서히 눈을 떠보렴."

마음속이 깨끗이 청소된 것 같았다. 그때껏 이토록 완벽한 자유를 느낀 적은 없었다. 추의 에너지 안에 갇혀 있는 듯했던 극도의 긴장이 풀어졌다. 나는 입을 다물고 잠자코 앉아 전시실을 둘러보았다. 마치 도수가 높은 안경을 새로 쓴 것처럼 그림의 부분부분이 너무나 상세하고 선명하게 느껴졌다.

"추가 흔들릴 때 무언가 묘한 것을 본 것 같아요."

마침내 내가 입을 열었다.

"그것 역시 투사된 거야. 그 현상들을 굳이 해석하려고 해서는 안 돼. 정신분석에서처럼 그것들을 추적하는 일은 하지 않는 거야."

"그건 눈앞에 나타난 자기 자신에 대한 인식을 외면하는 게 아닌가
요?"

"환자에게 옛 경험을 떠올리게 하는 정신과 의사는 환자의 마음을
또 한번 휘젓는 거나 다름없어. 그렇게 하면 가라앉았던 찌꺼기가 떠
오르지. 정신분석학은 이제 겨우 백년도 되지 않은, 역사가 짧은 학문
이야. 내가 너에게 가르치려는 자아 인식은 그것과는 전혀 다른 거야."

"움직이던 추의 힘이 언젠가는 떨어질 거라는 느낌이 들었어요."

"참선은 하는 사람마다 다르지. 시간이 지날수록 참선중에 나타나
는 모습도 점점 더 편안하고 원만한 상태가 될 거야. 부정적 에너지가
점점 사라지는 거지. 그건 또다른 중요한 경험을 할 예비단계인 셈이
야. 참선에 빠져 있는 동안 떠오르는 생각은 잠잘 때 꾸는 꿈과도 비슷
해. 그렇게 신경조직이 자연스럽게 정화되는 거지. 신경조직이 건강하
고 맑은 상태가 되면, 그땐 확장된 의식을 경험할 능력이 생긴 거야."

14

고백하건대, 당시 나는 몬탁이 보여준 세계에 홀딱 빠졌다. 달리 말
하면 운 좋게도 몬탁의 말을 신뢰하게 된 나는 그것을 직접 경험하라
고 지시하는 내 직감을 따라갔다.

나의 집중력은 나날이 향상되었다. 지겨운 학교 수업도 열심히 따
라갈 수 있게 되었다. 아무런 압박도 없는 과정, 만트라에다 나를 싣
는 수련을 반복할수록 난 힘들이지 않고도 그 상태에 머물 수 있게 되
었다. 침착해지고 마음이 흡족해졌다. 화가 치솟는 일도 거의 없어졌
다. 암담한 앞날도 담담하게 바라보기 시작했다. 하지만 이런 상태가

오래 지속되지는 않았다.

몬탁이 가르쳐준 것이 현실 앞에서 눈을 감게 하고 그저 허황된 초월로 유도하는 건 아닐까? 일종의 마약 같은 건 아닐까? 하지만 몬탁은 그 이상이 있다고 했다. 이 길을 가다보면 비로소 참된 현실주의자가 될 거라고 했다.

이사 온 지 몇 주가 지났지만 나는 아직 새 친구를 단 한 명도 사귀지 못하고 있었다. 내 또래 애들에게는 관심이 없었다. '시골'에서 온 전학생을 환영해준다며 학교 근처 디스코텍에서 시끌벅적한 환영 파티를 열어주긴 했지만 아이들은 다만 형식적인 호의를 보였을 뿐이었다. 게다가 우리집은 아이들이 없는 건축업자, 치과 의사, 변호사들이 사는 구역에 있었다. 그들도 우리 가족처럼 화단과 단단한 울타리로 선을 그으며 이웃과 담을 쌓고 살아가고 있었다. 무엇보다 아버지는 새 사무실을 너무나 마음에 들어했다. 그중에서도 로비 양편으로 난, 둥글게 휘어진 넓다란 이중 계단을 좋아하는 듯했다. 그 계단에 서 있으면 상류층에 속해 있는 듯한 뿌듯함을 느낄 수 있기 때문이었다.

아냐 누나는 이따금씩 눈두덩이 시퍼렇게 멍들어서 집으로 돌아오곤 했다. 매번 넘어져서 그런 것 같지는 않았다. 누나는 태권도를 가르치는 교수와 가망 없는 사랑에 빠져 있었다. 그가 누나를 구타하는 것 같았다. 육상경기 유럽 챔피언인 그 남자는 화가 나면 불같이 성미를 부린다고 소문이 자자한 사람이었다. 예전과는 다르게 나는 이 모든 것을 담담하게 바라보았다. 몬탁의 예견대로 나 자신의 감성을 점점 더 의식할 수 있게 된 때문인 듯했다. 세상이 일종의 실험실이기라도 하듯 나는 내 주변의 일을 관찰했다. 파이퍼의 위협과 안네 마리의 임신도 마찬가지였다. (안네 마리의 임신 여부에 대해서는 일단 그애의 배가 불러오는지 어떤지 두고 보기로 마음을 굳혔다.)

"네게 상처를 주는 사람을 대할 때는 네가 지불하지 않은 고지서를
가져다주는 심부름꾼이라고 생각하렴." 몬탁은 말했다. "그러면 그를
미워하거나 그에게 화를 내느라고 시간을 낭비하는 일은 없을 테니까.
그 고지서는 이제까지 네가 늘 똑같은 기만에 빠져 있었다는 증서야.
넌 이제 시험을 치러야 해. 마음의 상처든, 질병이든 불행이든 매한가
지야. 중요한 건 네가 너의 운명을 똑바로 보고 그걸 헤쳐나가면서 배
워야 한다는 거야. 삶의 섭리를 이해하게 되면 질투나 증오에 시달리
지 않게 되지. 누군가가 너에게 해를 끼친다 해도 복수하려고 하지 말
거라."

몬탁이 말한 새로운 대응방식을 실행에 옮겨볼 기회는 충분히 많았
다. 아시아에서 사업 계약을 체결한 후 도르넨포겔은 아버지에게 런던
증시에 밝은 피콕이라는 은행 직원을 비서로 채용하자고 했다. 피콕은
붉은 스포츠 머리에 뿔테 안경을 쓴 젊은이였다. 시내에 빈방이 없었
기 때문에 피콕은 당분간 우리집에 머물기로 했다. 나를 친구로 삼는
것이 자신에게 좋을 거라고 판단했는지, 그는 기회가 있을 때마다 나
에게 증권 거래의 트릭을 설명해주었다.

"모든 게 돈에 달려 있다는 걸 알아두어야 해. 지금은 잘 지내고 있
지만 앞으로 무슨 일이 일어날지는 아무도 모르는 거니까."

그의 말은 맞는 말이었다. 나도 짐작은 하고 있었다. 애당초 피콕과
도르넨포겔의 계획은 가능하면 빨리 아버지의 돈을 자신들의 수중에
넣는 것이었다. 조지 피콕은 증권계에서 천재적인 브로커로 알려져 있
었다. 어머니가 쾰른 출신이어서 독일어를 유창하게 구사했지만 라인
강변의 경쾌하고 쾌활한 기질은 거의 찾아볼 수 없는 사람이었다. 그
의 행동은 모두 극도로 치밀한 계산에서 나온 것이었다. 그는 내 주변
에서만 알랑거린 게 아니라 압력 냄비 요리법에 탄복하며 어머니에게

도 아첨을 일삼았다. 잠자리에서마저 점잔을 빼는 태도 때문인지 타잔이 어머니에게 질려버린 즈음이었다. 피콕은 두려울 정도로 완벽하게 자신에게 유리한 환경을 만들어갔다. 하지만 카롤라만은 마음대로 할 수 없었다. 카롤라는 깨어 있는 감각으로 피콕이 방패로 가리고 있는 게 무엇인지 알아차렸기 때문이었다. 그리고 눈두덩이 시퍼런 아냐 누나는 별로 매혹적이지 않았는지 피콕은 누나에게는 크게 신경 쓰지 않는 눈치였다.

나는 이 모든 것을 담담하게 바라보았다. 나에게는 새로 발견한 매혹적인 세계가 있었던 것이다. 예전에 몽롱한 느낌이 나를 지배할 때는 자욱한 안개 속에서 몇 가지 불안과 갈등이 산봉우리처럼 삐죽 솟아오르곤 했는데, 이제는 어느새 풍경 전체가 선명하게 눈에 들어오는 것이었다. 더욱이 이 풍경 속에 가파른 바위와 빛이 거의 닿지 않는 깊은 골짜기도 있다는 것을 발견할 때면 정신이 번쩍 들곤 했다.

몬탁의 지시대로 나는 하루에 두 번, 십오 분에서 이십 분 정도 내면으로 들어갔다. 어쩌다가 시간을 넘길 때, 두 배나 세 배로 시간이 길어질 때면 내 자신의 신경조직이 이를 소화할 정도로 성숙하지 못했음을 느낄 수밖에 없었다. 그럴 때면 어둠침침한 형상이 튀어나오고 마음이 어수선해졌다. 참선도 더이상 맑게 정화시켜주고 생기를 불어넣는 효과를 가져오지 않았다. 그래도 이 상태가 지나고 나면 다시 경쾌함이 찾아왔다. 신경조직을 헝클어뜨리던 커다란 돌덩이가 제거된 듯한 느낌이었다. 참선 속에서 체험하는 세계는 점점 더 일상적인 것이, 평이한 것이 되어갔다. 괴상망측한 모습도 사라져갔다. 그것은 내가 옳은 방향으로 나아가는 증거인 듯싶었다. 때때로 내가 내면세계에 들어가 있다는 사실조차 알지 못할 정도였다. 내면에 나타나는 형상들을 바라보고 그것들을 인정하고 강화시키면, 진동하는 추를 체험했을 때처럼 매번 상쾌하게 깨어나곤 했다.

그후 몬탁의 집에서 다시 만났을 때 그는 이렇게 말했다.

"얼마 지나지 않아 넌 다음 단계로 넘어갈 정도로 성숙할 거야. 하지만 아직은 좀 기다리면서 네가 침잠하는 과정을 좀더 지켜보도록 하자꾸나."

몬탁은 보석 세공사나 시계 조립공이 사용하는 것 같은, 알이 작고 두툼한 돋보기 안경을 이마 위에 올린 채 커다란 고서적을 들고 서재에 앉아 있었다. 그가 말한 다음 단계가 어떤 것인지 궁금했지만 내색하지는 않았다.

"심도 있는 변화가 꼭 참선을 통해서만 이루어지는 건 아니야……참선은 준비과정에 불과해. 일종의 촉매제라고 할 수 있지. 이 준비과정이 끝난 후에는 네가 자발적으로 선택해야 해. 하지만 그러려면 '인식' 능력이 있어야 하지. 사람들은 삶과 의식의 토대가 무엇인지 모르는 채 혼미한 상태로 살아가고 있어. 넌 이런 혼미함을 넘어서야 하는 거야. 사람들이 겪는 방황의 정체가 무엇인지는 나중에 말해주마."

그는 사과차 한 주전자를 준비해놓고 있었다. 마침 나는 생기를 불어넣어주는 사과차 향내를 맡고 싶었던 참이었다. 그는 대개 계피와 약초를 섞어 사과차에 맛을 더하곤 했다. 부엌 가스레인지 위 선반에는 흰색 도자기 단지들이 놓여 있었고, 그 안에는 먼 나라에서 자란 풀을 곱게 빻은 가루가 담겨 있었다.

그게 뭐냐고 묻자 그는 대답했다.

"건강한 성장을 도와주는 물질이야. 내면의 불화를 없애주지."

"그래서 할아버지는 한 번도 병이 나지 않았나요?"

"병이란 대개 육신과 영혼 양쪽 모두에 장애가 생길 때 걸리는 거야. 의식이 성숙한 사람도 때로는 어떤 감정이나 다른 요인으로 동요를 겪는 수가 있지. 그럴 때 몸이 병에 노출되는 거야. 자세히 살펴보면 너도 알 수 있을 거야. 아주 어려운 상황에 놓여 있을 때라도 그것을 분명히 의식하고 건강을 유지하겠다고 단단히 결심하면 감기에도 걸리지 않아."

"그럼 의지의 문제일 뿐이라는 건가요?"

"흔히 의지라고 부르는 그런 문제는 아냐. 그건 입으로만 다짐하면서 뭔가를 변화시키려는 헛된 노력일 뿐이야. 연초에 대개 식사량을 줄이겠다든지 담배를 끊겠다든지 하는 소용없는 계획들을 세우잖니. 내가 말하는 결단이란 좀더 깊은 지평에서 이루어지는 것, 보다 놀라운 작용을 하는 것이야. 그때 자아는 자신이 처한 상황과 자유를 의식하게 되지."

사과차를 마시면서 나는 생각에 잠겼다. 종종 '자유'라는 말이 나왔다. 그 말을 통해 그는 오래 전부터 내 영혼에 들어 있던 어떤 부분에 말을 걸었다. 그가 했던 말들이 귓가에 울렸다. '그건 부자유(不自由)이고 부자유는 곧 고통이다' '너의 가능성을 이용해라. 너의 자유를 이용해라' '이런 식으로 내면의 자유가 확대된다' '그건 인간이 도달할 수 있는 정신적 자유의 최고봉이다'……

"철학시간에 자유의지에 대해 공부한 적이 있어요. 자유의지가 가능한 것인지 어떤지에 대해서는 아직 논란이 분분하죠?"

"그래. 사고와 행동에 있어서 그렇게 할 수밖에 없게 만드는 원인이 있냐는 논란이지. 인과법칙에 의하면 모든 변화에는 원인이 있다고 하니까. 조건들이 일정하게 서로 관련을 맺으면, 그러니까 변화를 일으키는 요인들이 결합할 경우, 원인이 같으면 그에 따르는 결과도 같다는 거야. 이 원리를 이념, 모티프, 결정, 그리고 그 자유의지 등과 같은 사고와 심리과정에 한번 대입해볼까? 그러면 모든 것은 영원토록 반복되는 인과관계로 연결되어 있는 셈이 되지. 그 안에 자유의지가 들어설 자리는 없어. 그렇다면 내가 사과차가 아니라 홍차를 끓일 수도 있었을 텐데, 하고 생각하는 것조차 아마 자기 기만일 거야. 이런 생각도 어떤 인과과정의 결과인 셈이니까."

"하지만 현대물리학에서는 소립자의 운동을 확실하게 규정할 수 있는 원리는 없다고, 이것을 파악할 수 있는 건 확률적 개연성뿐이라고 하잖아요."

"네가 문제를 제대로 파악한 것 같구나." 흡족한 미소를 지으며 그가 설명했다. "상반된 이론을 주장하는 과학자들이 있어. 하이젠베르크 진영에서는 더이상 인식할 수 없는 곳에서는 숨은 매개변수를 전제해서는 안 된다고 하지. 반면 결정론자들은 그건 현존 지식의 한계이므로 밝혀지지 않은 조건에 대해 말하는 것도 합당하다고 주장해. 혹 가정이 들어맞지 않는다 하더라도 확률적 개연성과 상관없이 거시적 차원에서는 분명히 인과관계로 연결된다는 거야. 사고작용은 어떻게 이루어지는 걸까? 인과적으로 이루어지는 것이 아닌 자유의지란 결국 인과관계의 연쇄작용이 무(無)에서 시작한다는 뜻이지. 신이 무(無)에서 세계를 창조했다고 하는 것처럼 말이야.

이 문제를 정확히 포착해낸 칸트는 적절한 해결책을 찾아냈어. 인과관계라는 원리는 오성의 개념일 뿐이고 오성 개념은 현상세계에만 해당한다는 게 바로 그거야. 물자체, 그러니까 현상세계에서 지각할 수 없는 대상은 이 규정에 속해 있지 않다는 거지. 원인을 찾지 않고는 어떤 변화에 대해서든 더이상 생각을 진전시킬 수 없기는 하지만, 그렇다고 해도 자유의지는 구제해야 한다는 게 칸트의 생각이었어. 그래서 자유의지를 실천이성의 요구로 고양시킨 거야.

논리학이나 물리학에서 뭐라고 말하든 그건 중요하지 않아. 지금과는 다르게 행동할 수 있는 자유가 아예 배제되어 있으니, 범죄나 죄악, 실책을 범할 수밖에 없다고 생각하면서 살아간다는 건 너무나 고통스런 일이야. 그렇다면 우리는 모두 꼭두각시이고, 자신을 속이는 프로그램에 따라 움직이는 로봇일 뿐이잖니."

"수련을 통해 의식이 성장하는 것과 이 문제는 관련이 있는 거죠?"

"자유의지에 관해서는 당분간 논외로 해두자. 일단 수련하는 동안에는 우리에게 자유가 있다는 태도를 견지해야 할 거야. 그렇게 하지 않으면 의식이 성장함으로써 얻게 되는 긍정성을 모두 빼앗겨버릴 테니까. 우리가 처한 상황과 행동 가능성을 인식함으로써 내면의 자유로운 공간을 확대해나가는 거야. 처음에는 어떤 행위의 동기가 받아들이기 힘들 때는 그 행위를 부인하려고만 들 거야. 하지만 탐욕과 소망이 과거의 어떤 행위에서 비롯된 것이고, 자신에게 어느 정도 책임이 있는지 깨닫게 되면 선택과 자유의 새로운 공간을 발견할 수 있게 돼. 내면의 현상이 선명한 언어로 말하는 걸 듣게 되지. 그리고 일정한 수준에 도달하면 자아가 사고를 만들어내는 장본인이라는 게 드러나게 될 거야. 이론적 사변에 의해서가 아니라 선명한 경험으로 다가오는 거지.

그리고 이런 비인과성이 전부가 아니라는 것도 알아야 해. 개는 줄에 묶여 있어도 아주 편한 상태일 수 있어. 있는 그대로의 상태가 자유니까. 목줄로부터의 자유는 그에게 아무 의미도 없어. 결론을 말하자면 지금 우리가 말하고 있는 자유는 어떤 희생을 치르더라도 얻어야 하는 자유도, 모든 굴레에서 벗어난다는 의미의 자유도 아냐. 그건 우리가 긍정적이라고 여기는 것을 얻는 자유야."

15

막 잠이 들었는데 창문에 돌 부딪치는 소리가 났다. 처음에는 물받이를 타고 떨어지는 빗물 소린가 했다. 오후부터 쏟아지기 시작한 비는 하수도가 감당할 수 없을 정도여서, 부근 도로며 지하실에 빗물이 콸콸 넘치고 있었다.

잠결에 옆으로 돌아눕는데 또 한번 돌이 날아들었다. 이번엔 꽤 큰 돌이었다. 유리창이 깨지지 않은 것이 다행일 정도였다. 나는 후닥닥 침대에서 일어나 창가로 갔다. 유난히 잠귀가 밝은 아버지가 들을까 걱정이 되었다. 아버지의 무의식은 언제나 침입자에 대한 경계심으로 가득했다. 소규모로 건축업을 시작하던 시절에 공사장에서 시멘트와 자갈을 도둑맞으면서 생긴 습관이었다.

아래편 화단을 보니 머리고 진 재킷이고 흠뻑 젖은 여자아이가 서 있었다. 안네 마리였다. 나는 그애에게 손짓을 한 후 아버지의 큰 우산을 꺼내 들고 서둘러 아래층으로 내려갔다.

그애는 흐느끼며 내 품에 와락 안겼다.

"맙소사, 무슨 일이야?"

예전에는 그애와 몸이 닿는다는 생각만 해도 짜릿한 황홀감이 등골을 타고 흘러내렸지만, 임신했다는 이야기를 들은 후 그런 느낌은 없어졌다. 불쌍한 아이에게 내가 너무 가혹하게 대하는 건 아닐까? 내가 정말 아이의 아버지일까? 뜰 한쪽에 서 있는 붉은 볼의 천사상과 코가 깨진 악마상을 껴안듯 그애를 안아줄 수도 있을 텐데.

"무슨 일인지 말하지 않을 거니?"

그애가 고개를 들었다. 검은 마스카라가 얼룩진 그애의 얼굴에 흘러내리는 게 빗물인지 눈물인지 분간할 수가 없었다. 눈가에 작은 전

같이 붙어 있는 것 같은 어머니의 모습과 비슷해 웃음이 터져나오려는 걸 겨우 참았다. 갑자기 뱃속에서 커다란 공기방울이 둥실둥실 떠올라 목까지 올라왔다. 그리고 다음 순간, 교수형을 당한 이의 목에서 밧줄을 떼어낼 때 나온다는 트림 소리 비슷한 게 터져나왔다. 몬탁과의 참선 수련이 감성을 제거해버린 건가? 점점 감각을 둔하게 만들어서 급기야 인간적인 감응을 모조리 사라지게 한 건가?

"이제 날 사랑하지 않는구나."

실망한 그애가 날 밀쳐냈다. 나를 바라보는 그애의 얼굴은 내가 자신의 말을 강하게 부인해주기를 기대하고 있었다. 하지만 나는 잠자코 있었다. 우리가 지금 무슨 말도 안 되는 코미디를 하고 있는 거지? 나는 내 눈앞에 벌어진 상황을 멀리서 지켜보고 있는 나를 보았다. 그 또 다른 나는 마치, 자신이 연출하고 있는 장면이 정확하게 무엇을 말하려고 하는지는 알지 못하지만, 무척 세심하게 신경을 쓰고 있는 감독과도 같았다.

"일단 차에 타."

"차? 무슨 차? 넌 지금 겨우 열다섯이야. 언제부터 열다섯 살짜리한테 면허증이 나왔지?"

"삼촌 차야. 힘들게 하지 말고 얼른 차에 타, 응?"

검은색 벤츠 한 대가 두 바퀴를 보도에 올린 채 서 있었다. 나는 쭈뼛거리며 안네 마리 옆자리에 올라탔다. 우린 아무 말 없이 달렸다. 차는 곧 도심을 벗어나 외곽도로로 나갔다. 쉬지 않고 쏟아지는 비 때문에 가로등 불빛이 잘 보이지 않았다. 어디로 가고 있는 건지 전혀 알 수가 없었다. 한참 후 빗줄기가 조금 가늘어지고 나서야 나는 우리가 지방도로를 달리고 있음을 알 수 있었다.

"지금 어디로 가는 거야? ……설마 우리 아이가 태어날 때까지 비밀인 건 아니겠지?"

'우리 아이'라는 말이 돌발사태를 일으켰다. 그애는 급제동을 하더니 급기야는 흐느끼며 내 무릎 위로 몸을 던졌다. 맙소사, 도대체 무슨 일이 생긴 거지? 도무지 짐작할 수가 없었다. 참선이 가져다준 아늑함은 순식간에 사라져버렸다. 다 읽고 나서 다시 서가에 꽂아둔 이상한 책처럼 참선과 그 작용이 아련하고 낯설게 느껴졌다. 어떻게 해야 할지 알 수가 없었다. 나는 곧 아버지가 된다, 하지만 그 아이는 내 아이가 아니란 말이야!

안네 마리는 눈물로 범벅이 된 얼굴을 들었다.

"우리 도망가자, 마크."

"도망이라고? 누구에게서?"

"악마로부터."

"뭐라고? 악마란 인간의 영혼이 투사되어 만들어진 거야. 상상의 존재일 뿐이라구."

"지금 내가 말하는 악마는 너나 나처럼 살아 있는 사람이야. 파이퍼 말이야. 오빠는 자기가 악마라고 생각해."

"그렇다면 당장 정신병원으로 보내야지."

"파이퍼는 자신이 지상에서 해야 할 사명이 있다고 확신하고 있어. 네가 상상도 못할 악한 일들이지."

"그럴수록 더 나빠질 뿐이야."

"오빠는 네가 나에게 못된 짓을 했다고 생각하고 있어."

"그래? 우리에 대해 어떻게 알았지?"

"장애인 학교 카페에 우리가 같이 있는 걸 누가 봤나봐."

"그래? 아주 잘된 일이군."

"오빠는 아버지의 밧줄을 갖고 있어."

“뭘 갖고 있다고?”

“오빠가 그걸 보관하고 있었어. 경찰이 증거를 모두 압수하려고 했지만 그건 어느새 사라지고 없었지. 오빠에게는 그게 악마의 성유물(聖遺物)이나 다름없어.”

“그렇다면 당장 경찰에 알려야지.”

“뭐라고 얘기하지? 파이퍼가 제정신이 아니라고? 자신을 사탄이라고 생각한다고? 하지만 오빠가 누굴 협박한 것도 아니잖아. 난 그가 무슨 생각을 하는지 알아. 경찰은 순진한 계집애가 괜히 겁내고 있는 거라고 생각하겠지만……”

“그럼 어떻게 하겠다는 거야?”

“오빠가 마음을 가라앉힐 때까지 우선 며칠간 몸을 숨겨야 해.”

“숨는다고? 어디로?”

“모아둔 돈이 조금 있어.” 안네 마리는 콘솔박스에서 백 마르크짜리 지폐 몇 장을 꺼냈다. “싼 여관에서라면 며칠 지낼 수 있을 거야.”

“신분증도 없이? 넌 이제 열다섯 살이라구.”

“하지만 우린 나이가 좀 들어 보이는 편이잖아. 며칠은 괜찮을 거야.”

눈물은 다 마른 것 같았다. 그사이 우린 다시 차를 몰아 어디론가 가고 있었다. 컴컴한 도로 위에서 호텔이나 모텔을 찾는 듯 그애는 몸을 약간 앞으로 숙이고 있었다. 하지만 아무것도 보이지 않았다. 만약 있다 해도 이미 오래 전에 간판등을 꺼놓았을 늦은 시간이었다. 집에서 점점 더 멀어지고 있다는 생각에 나는 초조해졌다.

“우리집에 숨어 있으면 어때? 어떻게든 꾸며댈 수 있을 거야. 카롤라 방에 있으면 돼. 카롤라도 뭐라고 하지 않을 거고.”

“카롤라가 누구야?”

질투로 가득 찬 가시 돋친 목소리였다.

"내 가정교사."

"가정교사도 있니?"

"좋은 성적으로 학교를 졸업하려면 과외를 받아야 한다고 부모님이 구해주셨어."

"그래? 선생님은 예뻐?"

"상당히."

"그렇구나."

"나이가 꽤 많아."

"어머니 콤플렉스가 있는 남자들은 나이 든 여자를 좋아하지."

이런 천박한 말에는 대꾸하지 않는 게 낫다고 생각했다. 야단났군, 내가 뭐에 말려든 거지? 아주 착한 애였는데, 그래서 그렇게 좋아한 거였는데, 청어구이에 딸기를 곁들여 먹는다 해도 상관하지 않을 정도로 좋아했던 애였는데! 임산부의 신경과민인가? 아니면 원래 저렇게 징징대는 타입이었나?

우리가 탄 차는 어두운 밤을 뚫고 달려갔다. 그친 줄 알았던 비가 다시 내리기 시작했다. 구름 사이로 반짝이는 별들은 마치 암초를 경고해주는 등대의 불빛 같았다. 나는 자동차 엔진이 고장나주기를, 타이어에 갑자기 구멍이 나주기를 간절히 바라고 있었다. 하지만 고물이라고는 해도 벤츠는 여간해서는 망가지지 않는다. 디젤 모터는 더욱 그렇다. 희미한 여관 불빛이 돌연 우리 앞을 가로막았다. 그애는 안도의 숨을 내쉬었다.

"하늘이 도우셨어. 이젠 살았어."

"신분증이 없으면 방을 못 얻을 거야."

"우리가 신분증이 없다고 누가 그래?" 그애는 콘솔박스에서 여권을 꺼냈다. "이거면 될 거야. 너는 가만히 보고만 있어."

여관 주인은 자동차 고장으로 며칠 후에나 부모님을 만나게 될 가여운 남매를 너그럽게 받아주었다.

"숙박부를 쓰도록 해라."

꽃무늬 홈드레스에 번쩍이는 촌스러운 안경을 쓴 여관 주인이 말했다. 시선은 안경 너머 텔레비전에 고정시킨 채 그녀는 소파에 앉아 뜨개질을 하고 있었다. 치렁치렁 늘어뜨린 곱슬머리 가발 때문에 얼굴은 거의 보이지 않았다. 어린 나이에 어떻게 자동차를 몰고 왔냐는 따위의 질문들은 전혀 떠오르지 않는 모양이었다. 안네 마리는 이틀치 숙박비를 미리 지불했다.

"짐은 전혀 없니?"

우리가 계단을 막 오르기 시작할 때 여자는 큰 소리로 말했다. 시선은 여전히 텔레비전에 가 있었다.

"차에 있어요. 오빠가 가서 가져올 거예요."

안네 마리는 다시 나에게 귓속말을 했다.

"트렁크가 있을 거야. 저 멍청한 아줌마한테 아무 내색도 하면 안 돼, 알았지?"

트렁크 무게로만 보면 그애는 나와 세계일주라도 할 작정인 듯싶었다. 나는 무거운 트렁크를 질질 끌며 위로 옮겼다. 내가 지나가자 페키니즈 두 마리가 으르렁거렸지만 주인 여자는 힐끗 한번 쳐다보며 기특하다는 표정을 지을 뿐이었다. 숲이 우거진 언덕을 향해 창이 나 있는 방은 좀 좁다 싶은 더블베드 말고는 가격에 비해 그런대로 괜찮은 곳이었다.

"너무 멋지지 않니?" 침대에 걸터앉으며 안네 마리가 말했다. "이거 진짜 프랑스 산 침대야."

"나 너무 피곤해. 조금만 옆으로 비켜줄래?"

다행히도 난 잠옷 위에 대충 옷을 걸쳐입고 온 상태였다.

"진심이니? 이 상황에서 잠을 자겠다고?"

얼굴을 찌푸리며 그애가 물었다.

"앞으로 어떻게 살 건지 결혼하기 전에 얘기를 좀 해야 하는 거 아니야?"

"우린 아직 결혼할 나이가 안 됐어. 임신을 했다고 해도, 또 어느 한 쪽이 나이가 찼다고 해도 열여섯 살이 되기 전에는 결혼할 수 없다구. 우리가 아무리 머리를 굴려봐야 소용없단 말이야."

"우리가 확실히 결혼하게 되기 전까지는 파이퍼가 가만 놔두지 않을 거야. 결혼할 나이가 될 때까지 기다려야 한다고 해도 소용없어. 그때가 되면 아이는 벌써 두 살이 된다구."

"파이퍼가 네 아버지의 밧줄을 가지고 우리를 뒤따라오고 있겠구나?"

"오빠는 널 미워해. 그래도 내 아이의 아버지니까 인정할 수밖에 없을 거야. 네가 의무를 다한다면 내가 오빠를 달래볼게."

"넌 왜 아버지도 없는 아이를 낳으려고 하는 거니? 안 그래도 미혼모 문제는 거의 매일 신문에 오르내리고 있잖아."

"너 어쩜 그렇게 뻔뻔할 수가 있니!" 그애의 두 눈에 금세 눈물이 고였다. "넌 내 소중한 것을 모조리 부숴버렸어. 그래도 난 널 사랑해. 난 모든 여자들이 원하는 걸 바라는 것뿐이야, 가정 말이야. 무슨 일이 있어도 내 아이를 죽이지 않을 거야."

"알았어. 그만 진정해. 그럼 우리 서둘러 결혼하자." 내 입에서 튀어 나온 말에 나 스스로도 놀라지 않을 수가 없었다. 난 그애의 어깨를 감싸안고 내 쪽으로 끌어당겼다. "내가 성년이 되자마자 가정을 꾸리는 거야. 정신나간 네 오빠한테 일이 다 잘 되었다고 전해.”

　'내'가 말하는 것이 아니라, 내면의 다른 어떤 것의 연출에 따라 움직이는 듯한 상황, 잠시 넋이 나간 이런 상태에서 사람들은 모두 결혼을 약속하는 건가? 그런데 이상한 것은 이런 생각을 하는 내가 그다지 못마땅하지 않았다는 점이었다. 내 말이 떨어지기가 무섭게 안네 마리는 후닥닥 뛰어가서 냉장고 문을 열어젖혔다.

　“작은 거지만 샴페인이 세 병이나 있네.” 들뜬 목소리였다. “축하연을 하라는 뜻인가봐.”

　“물론,” 난 떨떠름하게 대답했다. “두말하면 잔소리지.”

　우린 냉장고에서 꺼낸 스페인 산 적포도주 한 병과 샴페인을 마시기 시작했다. 처음에 조금씩 홀짝거리기만 하던 그애는 어느새 임산부가 마셔도 되는 적정량을 넘어서고 있었다. 술을 마시는 내내 그애는 싱크대 붙박이장을 무슨 색깔로 할 건지, 의류 건조기를 사용할 때는 어떻게 하면 전기를 아낄 수 있는지 따위의 이야기들을 늘어놓았다. 아이의 치열이 고르지 않으면 치아교정기를 끼게 할 거라는 얘기도 했다. 이런저런 계획을 늘어놓다 그애는 스르르 잠이 들었다. 나는 그애의 작고 깜찍한 코를 바라보았다. 숨을 내쉴 때마다 붉고 긴 머리가 리듬에 맞춰 춤추고 있었다. 술기운이 머리끝까지 올랐지만 이상하게 피곤하지 않았다. 새벽이 밝아올 때까지 나는 잠들지 않고 그애 옆에 누워 있었다. 몬탁의 말과, 이제 막 내가 발을 들여놓은 그 기묘한 세계가 생각났다. 그 세계는 냉정한 이 현실과 무슨 관계가 있는 걸까? 몬탁 말대로 이 두 세계가 정말 연결되어 있는 걸까?

16

“이제 시내로 돌아가자.”

아침을 먹으면서 나는 말했다. 식탁에는 과일과 유제품이 풍성하게 차려져 있었지만 안네 마리는 그쪽은 눈길 한 번 주지 않고 수북히 쌓인 햄만 게걸스럽게 먹어치웠다. 우리는 통유리로 된 테라스에 앉아 있었다. 옆 식탁에 앉은 두 사람이 부러운 눈으로 우리를 쳐다보고 있었다. 그제야 깨달은 거지만, 우리는 꽤나 그럴듯하게 부부 행세를 하고 있었던 것이다.

“무턱대고 돌아가자는 거야? 파이퍼는 우리의 결정에 대해 아직 모르고 있어. 서둘러서 좋을 거 없잖아.”

“하지만 시간이 간다고 해서 달라질 것도 없잖아.”

“나랑 같이 있는 게 행복하지 않은가보지?”

“학교는 어떡하지? 우리가 없어졌다고 난리가 났을 텐데.”

“우린 지금 도피중이야. 우리 아이의 인생이 중요하니, 아니면 그 빌어먹을 학교가 중요하니?”

“……물론 아이지.”

그후 이틀 동안 우리는 천천히 주변을 산책했다. 작은 박물관에도, 석기시대의 그림이 있다는 동굴에도 가보았다. 그 동네에서 교사를 한다는 한 남자가 슬쩍 우리에게 귀띔해주었다. 그 그림은 실은 자기네 학교 미술반 학생이 그린 거라는 것이었다. 우리는 또, 멀리 계곡과 몇 군데의 공예품가게가 내려다보이는 전망 좋은 카페도 찾아냈다. 동네 이곳 저곳에 흩어져 있는 공예품가게들은 거의가 사십대 중반의 씩씩한 아줌마들이 운영하고 있었는데, 그중에는 도예강좌를 열고 있는 곳도 한 군데 있었다.

"마크, 우리 도예강좌를 들어보면 어떨까?" 안네 마리가 물었다. "우리 같은 젊은 부부에게 쓸모 있는 강좌 같지 않니?"

"그러니까, 그릇을 직접 구워서 쓰자는 거야?"

"재미있을 것 같지 않아?"

"아예 실도 뽑고 옷감도 직접 짜지 그래?"

"그런 걸 좋아하지 않나보구나."

"그래, 안 좋아해."

"그렇다면 지금 실컷 즐겨. 머지않아 우리에겐 쉬지 않고 울어대는 아기가 생기게 될 테니까. 그럼 술집이나 디스코텍에 갈 시간도 없을걸."

아버지가 될 텐데 기쁘지 않느냐는 듯 살살 약을 올리며 쾌활한 목소리로 그애는 말했다. 나는 베란다 흔들의자에 앉아 따스한 겨울 햇살을 즐기고 있었다. 여관집 페키니즈 두 마리가 발치에서 장난을 치고 있었다. 그야말로 편안하고 안락한 전원생활이었다. 그런데 문득 참선을 해야 한다는 생각이 들었다. 그 동안 '하루에 두 번씩' 참선해야 한다는 원칙을 까맣게 잊고 있었던 것이다.

나는 내면 깊숙한 곳으로 빠져들었다. 어느새 내 사유의 원천이 눈앞에 나타났다. 섬광과도 같은 무언가가 밝게 빛났다. 처음에는 나 자신만을 의식할 수 있을 뿐이었지만, 어느 순간 지금까지 경험해보지 못한 어떤 충격이 느껴졌다. 준비가 덜 돼 있었던 탓이리라. 그때, 머릿속에 떠오른 생각은 말이나 그림으로 이루어진 것이 아니었다. 영상으로 그려지거나 말로 표현될 수 있는 건 아니었지만 그것은 너무나 명확하고 확실하게 의식되는 어떤 사고였다. 그것은 언어 없이도 충분히 의식할 수 있었다.

사고는 언어와 연관되어 있는 거라고 철학시간에 배웠지만, 그 순간 나는 사고의 매개체가 무엇인지 말할 수 없었다. 어쩌면 생각은 생각 그 자체가 곧 그 매개체인지도 모른다. 어쨌거나, 나는 내 생각이 이루어지는 과정을 볼 수 있었다. 무엇을 생각할지, 어떤 생각을 내 의식 안으로 들여보낼지 스스로 결정할 수 있었다. 나는 이 상태를 단단하게 붙들어두어야겠다고 생각했다. 그리고 그렇게 생각하는 순간, 그 상태는 돌연 사라져버리고 말았다.

그후 나는 달라지고 있었다. 내면 깊은 곳에서 어떤 변화가 생기고 있었다. 나는 이상할 정도로 냉정하고 침착했다. 마치 운명조차 나를 어찌할 수 없을 듯했다. 나는 난생 처음으로 내 자신의 중심에 와 있음을 느꼈고, 그로 인해 행복했다. 말로는 어떻게 표현할 수가 없었다. 그래서 나는 내 이야기를 하는 대신 안네 마리의 곁에 앉아 그애의 꿈과 계획, '우리' 아이의 미래에 대해 잠자코 듣고 있었다. 그러고 있자니 불현듯 그애가 악마를 숭배한다느니 하는 생각이 얼마나 터무니없는 것인지 깨닫게 되었다. 나는 그애를 사랑하기 시작했다. 헛점투성이, 결점투성이인 그애를 단순하고 소박하게 사랑하기 시작했다. 그애가 가지고 있는 생동감, 그애가 행복을 추구하는 다소 이기적이고 노골적인 태도마저 사랑스러웠다.

전혀 짐작하지 못한 일이었다. 나는 아무 말도 할 수가 없었다. 나와 내 생각 사이 어디쯤에선가 말이 자꾸 미끄러지는 것 같았다. 하지만 안네 마리는 나의 침묵에 전혀 신경 쓰지 않았다. 내가 잠자코 있을수록 그애는 제 세상을 만난 듯 더욱더 신나게 떠들어댔다.

"너희가 드린다는 그 악마의 미사는 뭐니?"

내가 묻자 안네 마리는 LSD 연기 속에서 부스스 일어난 사람처럼 나를 빤히 쳐다보았다.

"우리 뭐라고?"

"악마의 미사 말이야."

"누가 그런 소릴 하니?"

"학교에서 모두들 수군거리던걸."

"그러니까……"

"너와 파이퍼 말이야."

그애는 입술을 깨물었다. 그리고는 벌떡 일어나 베란다에서 나가버렸다. 그 행동이 무얼 뜻하는 건지 알았더라면 나는 그애를 쫓아갔을 것이다. 하지만 그애의 반응에 깜짝 놀란 나는 그저 흔들의자에 몸을 묻고 담요를 끌어올려 기울어지는 겨울 해를 바라볼 뿐이었다.

자동차 문이 쾅 닫히는 소리가 났다. 그때까지도 나는 무슨 일인지 전혀 알아차리지 못했다. 자동차 엔진 소리가 난 후에야 퍼뜩 정신이 들었지만 밖으로 달려나갔을 때 차는 이미 지방도로로 접어들고 있었다.

17

그후 며칠간은 정말 끔찍한 시간이었다. 외출금지 명령이 떨어졌고, 등하교시에도 늘 카롤라가 옆에 붙어 있었다. 박물관에 갈 틈은 전혀 없었다. 식구들에게 내가 곧 아버지가 될 거라고, 아이의 진짜 아버지인 파이퍼가 안네 마리와 나를 가만두지 않을 거라고 얘기할 수는 없었다. 때문에 왜 그애와 도망쳤었는지 설명하기가 쉽지 않았다. 설상가상으로 왼쪽 사랑니까지 말썽이었다.

"너희 어머니는 네 걱정 때문에 거의 돌 지경이었어. 엄마한테 어떻게 그럴 수 있니?"

카롤라였다.

"일부러 그런 건 아니야. 나도 모르게 그냥 그렇게 되어버렸어."

"여자 때문에?"

나는 고개를 끄덕였다.

"정말? 축하한다. 이번에는 성공했나보구나."

"카롤라, 좀 도와줘. 박물관에 가야 해. 어디 카페 같은 데 가 있다가 나중에 데리러 오면 좋겠는데…… 학교가 늦게 끝났다고 하면 되잖아."

"내가 같이 가면 안 되니?"

"그게…… 만날 사람이 있어. 둘이서만 얘기해야 하거든."

"여자니?"

"아니, 박물관 관리인이야."

"미술에 그렇게 푹 빠져 있는 것 같지도 않은데 박물관엔 왜 그리 자주 가나 했지. 네 화집 하나가 쓰레기통에 버려져 있더라."

"살아가는 데는 미술보다 더 중요한 게 있는 것 같아."

"여자 말이니?"

"아니, 아직 말하기는 좀 그렇고……"

"박물관 관리인하고 관계 있는 거니?"

"그분은 내 스승이야."

"스승?"

"아무한테도 말하지 말아줘, 카롤라. 지금 일만으로도 정말 머리가 깨질 것 같아. 그분 얘기는 너만 알고 있는 거야."

간절히 부탁하는 눈빛으로 내가 말하자 카롤라는 손목시계를 쳐다보았다.

"좋아, 너한테 그렇게 중요한 일이라면…… 두 시간 후에 박물관 카페로 갈게. 문제 생기지 않도록 시간 맞춰서 와야 해!"

나는 질문거리를 잔뜩 안고 박물관으로 갔다. 우선 몰아상태에 관해 알고 싶었다—그건 자칫 지금까지 내가 얻은 모든 것을 잃어버리게 될지도 모르는 위험상황일 수도 있었다. 그리고, 전혀 예상 못 한 상황에서 찾아온 그 기이한 체험 역시 궁금했다. 그것은 혹시 내 조바심에 대해 의식의 저편에서 보내온 답변이었을까? 그토록 애타게 원하는 것을 얻지 못할지도 모른다는 커다란 두려움을 안고 살아가는 것이 우리의 숙명일까?

몬탁은 고개를 약간 숙이고 두 손을 포갠 채 벽을 등지고 그늘진 곳에 앉아 있었다. 그사이 보슈의 그림은 모두 내려지고 그 자리엔 다른 그림이 걸려 있었다. 다른 쪽 벽면에는 파니니의 대작이 걸려 있었다. 내가 서너 발자국쯤 가까이 다가가자 몬탁은 눈을 떴다.

"약속 못 지켜서 죄송해요."

"여자가 너한텐 중요했나보구나. 하지만 넌 아직 잘 모르고 있어. 그애가 너에게 어떤 의미인지."

"어떻게 아셨죠? 안네 마리에 대해선 한 번도 말한 적이 없는데."

"그쯤은 어렵지 않아. 참선에 깊이 몰두했을 때 네 눈앞에 가면과 일그러진 얼굴이 나타났다고 했지? 그건 네 문제가 뭔지 알려주는 일종의 암시야. 너도 뭔가 심상치 않은 일이 벌어질 거라고 아마 예상하고 있었을 거야. 네 또래에는 대부분이 여자 문제지. 어른들은 너희들에게 별 영향을 미치지 못하니까. 어른이 문제라면 그냥 벗어나버리면 그만이니까. 내면적으로 이미 벗어난 문제는 꿈에도, 참선할 때에도 나타나지 않아."

"사실, 그애와 함께 있는 동안 참선에서 배운 모든 것을 까맣게 잊고 있었어요."

"그랬을 거야. 강렬한 사고와 감성은 의식을 뒤덮어버리니까."

"내가 가지고 있던 어떤 기대가 혹시 이런 현상과 관련이 있나요?"

"물론이야. 지나친 기대감은 성장의 가장 큰 적이라고 할 수 있어. 자유로운 의식은 어떤 것에도 구속받지 않아. 삶을 그냥 방치해둔다는 그런 뜻이 아냐. 오히려 반대지. 삶의 가치에 너무 얽매여 있으면 노이로제나 정신이상이 나타날 수도 있어. 현실이나 상상 속의 상실감을 제압하지 못하면 의식은 어떻게든 고통에서 벗어나려 하게 되니까. 집착을 떨쳐버려야 해. 물론 집착에서 완벽하게 벗어난다는 건 불가능한 일일 거야. 자살을 감행하는 순간에도 말이야. 집착하지 않는다는 것 자체가 이미 집착하고 있는 어떤 가치니까. 집착하지 않음 그 자체가 곧 집착인 거지."

"어떻게 해야 집착하지 않을 수 있죠?"

"그건 나중에 다시 이야기하자꾸나. 네가 충분히 준비가 되면 말야. 극도로 섬세하고 깨어 있는 의식만 있으면 그렇게 될 수 있어. 순수한 마음을 통해서 말이지. 내면의 지각을 좀더 섬세하게 할 필요가 있어. 내가 가르쳐준 원칙을 명심해야 할 거야. 긍정적인 것이든 부정적인 것이든, 어떤 생각이나 감성이 네 의식 안으로 들어오더라도 거기에 집착해선 안 돼. 더구나 긍정적인 것은 부정적인 것에 의해 침식당하는 경우가 많아. 그러니까 어떤 것을 지각하는 순간 긍정적인 것, 행복한 마음, 쾌적함 같은 것을 포기할 각오가 늘 되어 있어야 해. 그래야 집착에서 벗어날 수 있어. 올바른 참선과정에는 이 모든 것이 이미 자연스럽게 이루어지겠지만……"

"집착 없는 상태에 대한 말씀은 불교의 가르침과 비슷한 것 같아요."

"그래, 다른 부분은 아니지만 이 부분은 어느 정도 불교와 닿아 있는 게 사실이야. 성인의 깨달음에서 나온 매우 현명한 통찰이지."

"지난번 참선 때 아주 이상한 경험을 했어요. 어느 순간 갑자기 섬광과도 같은 빛이 보였어요. 말이나 그림으로 표현할 수 있는 그런 게 아니었어요. 아무 형체도 없었지만 그것은 너무나 선명했어요. 난 언어를 매개로 하지 않고도 생각하고 있었어요."

몬탁은 잠시 나를 놀란 눈으로 바라보더니 흡족한 듯 말했다.

"넌 아주 운이 좋은 아이구나. 대단한 경험을 참 빨리 했어. 언어를 사고의 매체로 붙잡고 있으면 내면의 자유는 얻을 수 없어. 언어와 개념은 현실을 붙잡아놓기 위해 쳐놓은 엉성한 그물일 뿐이야. 인간이 언어로만 생각한다고 하는 언어학자나 심리학자들은 인간의 내면을 제대로 투시하지 못한 거야.

언젠가 감성의 섬세한 형태를 지각하는 것에 대해 얘기한 적이 있을 거야. 지각과 사유를 둘러싼 감성세계가 행위를 규정하는 과정을 참선을 통해 의식할 수 있게 되는 거지. 우리는 사유와 어떤 포괄적인 감정의 틀뿐만이 아니라 아주 섬세한 감성의 양상에도 이끌릴 수 있어. 이를 의식한다는 건 곧 그 무엇에 대해 거리를 취할 수 있는 내적 자유가 커진다는 얘기도 되지. 의식적으로 거리를 취한다는 건 자신을 자유롭지 못하게 하는 게 무엇인지 지각할 수 있을 때만 가능하니까. 네 그 섬세한 무언(無言)의 사고에 대해서도 한번 거리를 두어보렴. 언어로 상징화된 생각은 이를 의식하기도, 거리를 두기도 그다지 어렵지 않아. 하지만 무언의 사고는 그렇지가 않지. 그런데 문제는, 바로 이 지점에서 개개인의 인생이 결정되고, 사물의 가치가 평가되고 판단되고 선택된다는 데 있어. 말이 없는 섬광과도 같은 이 사고의 순간을 감성이나 직관과 혼동해서는 안 돼. 조금만 더 냉정하게 바라본다면 분명하게 구분할 수 있을 거야. 바로 이게 자기 관찰이나 참선이 선사하는 제일 중요한 통찰이라고 할 수 있지. 사고의 이런 형태를 자기 내부에서 발견하지 못하는 사람은 낮은 수준에만 계속 머물러 있게 되지. 너의 그 경험은 네가 올바른 방향으로 진일보했다는 신호야."

"왜 정신수양이 필요한지 이제 좀 알 수 있을 것 같아요."

"네 수련에 진전이 있는 걸 보니 마음이 놓이는구나."

"그럼 다음 단계로 올라갈 준비가 되었다는 건가요?"

"우린 이미 제2단계의 주요 테마에 대해 이야기하기 시작했어. 사고의 비언어성 말야. 언어를 습득하는 게 아무 소용이 없다는 뜻이 아니야. 그건 그러니까, 사고가 반드시 말이나 문장으로 이루어질 필요는 없다는 말이야.

내면의 과정을 인식하고 읽어내는 제2단계를 거치기 위해서는 우선 네가 그 문제에 대처할 수 있을 만큼 성숙했는지 알아봐야 했어. 단지 경험했다는 것만으론 부족해. 그 경험을 읽어낼 수 있어야 해. 올바르게 설명할 수 있어야 하는 거야. 그러기 위해서는 내가 말한 판단력이 필요하지. 자신의 경험을 설명하는 것에 거부감을 느끼는 사람들도 있지만 그런 사람들은 간단한 사용설명서도 읽어낼 수 없지."

"전 오히려 정반대인걸요. 내면 여행의 기본원칙을 이해하는 게 저는 재미있어요. 물리학이나 그림에서 배운 어떤 것보다도 더요."

"그렇다면 다행이구나. 옛날에 어떤 사람이 스승에게 물었단다. 삶에서 가장 중요한 능력은 무엇이냐고. 스승은 놀랍게도 이렇게 대답했지. 비판적 판단력이 가장 중요하다고 말이야. 제자는 또 왜 박애나 초탈이 아니냐고 물었고, 스승은 대답했어. 비판적으로 판단할 수 있어야 무엇이 중요하고 무엇이 그렇지 않은지 결정할 수 있는 거라고.

제2단계에는 여러 번 반복하면서 바른 자리를 찾아주어야 할 것들이 몇 가지 있어. 그렇게 하지 않으면 바탕이 흔들리거든. 사고의 함정, 생각의 감옥이 길목마다 포진해 있지. 표층의식에서 심층의식으로 들어가려면 꼼꼼하게 따져보아야 해. 그렇게 하지 않으면 나중에는 경험에 대한 희미한 기억만 남게 될 거야. 그러면 결국 심층으로, 인간의 중심으로, 위대한 에너지의 세계로 향하는 길의 소중함도 함께 사라져버려. 그 가치를 의심하게 되면 이 세계로 들어가는 길도 곧 망각 속에 묻히게 되는 거야. 망각이란 자기 발전의 가장 큰 적이야.

이 과정은 그렇게 어려운 건 아냐. 좀 익숙하지 않은 길이긴 하겠지만. 너에게 억지로 믿으라고 강요할 생각은 없어. 네 몸이 겪는 경험을 네가 따라갈 수 있어야 하는 거야. 그렇지 않으면 경험은 아무 가치도 없게 되지. 그 의미를 정확하게 알아야 한다는 것도 다 경험을 서술하고 해석하는데 필요해서야. 목표에 도달하기 위해 가장 좋은 태도는 사물의 의미를 파악하고자 하는 끊임없는 호기심이지."

"열 살 때 라이프니츠의 『단자론』에 도전한 적이 있었어요."

조금 으스대며 내가 말했지만 몬탁은 계속 자신의 말을 이어나갔다.

"다음번 참선에서 예전과 같은 경험을 기대하지는 마. 아니, 아무것도 기대하지 마. 참선은 매번 다른 거니까. 내면의 저항을 불러일으키는 최대의 시련은 어쩌면 어떠한 일도 일어나지 않는 것일지도 몰라. 행위하는 자아도, 참선의 원칙마저도 접어둬. 무슨 일이 일어나든, 그냥 그대로 내버려두는 거야.

참선을 심화시킬 수 있는 원칙을 하나 더 가르쳐줄까? 자동차에 키를 꽂아 시동을 걸듯 넌 만트라가 울려나오도록 오성에 박차를 가했을 거야. 마찬가지야. 감성이나 사고, 어떤 이미지에도 가볍게 기운을 실어 박차를 가할 수 있어. 내면의 풍경을 드러나게 하는 방식은 이렇게 두 가지야. 원칙에 입각하는 것과, 길목마다 나타나는 경험을 강화하는 것!"

그후 며칠 동안 학교에서 안네 마리는 나를 피해 다녔다. 그애는 늘 파이퍼나 그 패거리와 함께 있었다. 멀리서라도 배가 불러오는지 확인해보려 했지만 늘 헐렁한 청재킷을 입고 있어서 알 수가 없었다. 어쩌다 나를 봐도 그애는 못 본 척 행동했다.

외출금지령이 풀린 후 나는 예전에 살던 집을 찾아갔다. 몬탁과 함께였다. 숲길이 시작되는 버스정류장에 내리자 회색 슬레이트 지붕과 곡식창고로 쓰던 성루가 보였다. 자연석으로 지은 옛집의 녹색 덧창은 모두 닫혀 있었다. 아직 세입자를 구하지 못한 모양이었다.

"멋진 집이구나."

쭉 뻗은 사과나무 배나무가 늘어서 있는 담장을 따라 한 바퀴 돌고 나서 몬탁이 말했다. 그는 작은 묘비 위에 걸터앉았다. 그 아래에는 우리가 키우던 도베르만, 알렉스가 묻혀 있었다. 성격이 온순했던 녀석은 포악한 다른 개들에게 물려 죽었다.

"난 여기 사는 게 좋았어요."

"그래. 공기도 좋고, 주변 분위기도 좋구나. 그런데 한 가지 말해두자면, 이런 말도 결국은 우리 자신에 대한 판단이란다. 어떤 대상에 대한 것이 아니야. 감성에 대해 내가 한 말, 기억나니? 감성은 사물에 일정한 가치를 부여하지.

대부분의 사람들에게 이것은 쉽지 않아. 그러려면 우선 예민한 감각이 있어야 하고, 그러면서도 가치에 대해 어느 정도 상대주의적인 입장을 지니고 있어야 하니까. 그건 그러니까, 특정한 경험을 가치 있게 만들어내는 감성이 반드시 그 대상 안에 있는 건 아니라는 말이야. 좀더 자세히 얘기해볼까?

　감성의 특성에 대해서 사람들은 큰 혼란을 겪고 있어. 흔히들 감성을 사유나 '의미'와 혼동한다고 말한 적 있을 거야. 우리가 알고 있는 우주의 모든 사물과 구별되는 감성의 본질이 바로 긍정성과 부정성을 동시에 갖고 있다는 거야. 감각적 지각이나 사유와는 아무 관련이 없어. 감성은 강할 수도, 약할 수도, 분명할 수도, 모호할 수도 있어. 매혹적이거나 혐오스러울 수도 있고, 기분 좋은 것일 수도 있고 불쾌할 수도 있지. 하지만 중요한 건, 감성은 언제나 부정적인 혹은 긍정적인 어떤 것을 우리에게 전달해준다는 거야. 이때 또하나 중요한 것이 흡인력이야. '자명한 흡인력'이라고 해야 할까. 즐거움이 우리를 끌어당긴다는 것, 그것이 소중하다는 것, 기쁨이 긍정적이라는 것, 이런 것을 굳이 말로 설명할 필요는 없겠지.

　망치를 한번 예로 들어볼까? 망치의 가치와는 좀 다른 문제야. 망치는 그냥 하나의 도구일 뿐이야. 가치를 발생시키는 무언가를 통해서 그 가치가 정당화되지. 하지만 기쁨 같은 것은 그 자체가 이미 정당성을 확보하고 있어. 그 가치를 확인하기 위해 더이상 필요한 게 없다는 말이야. 감성을 감성답게 해주는 특성, 그러니까 감성의 흡인력은 스스로 자기를 설명하지. 스스로 그 모습을 드러내는 거야. 이해할 수 있겠니? 이렇게밖에 설명이 안 되는구나. 일단 느껴보고 나면 내 말을 이해할 수 있을 거야. 그리고 또하나 중요한 건, 감성은 본래가 우발적이라는 거야. 무슨 말인지 알겠니?"

　"철학에서 우발적이라고 하면 곧 필연적이지 않다는 거 아닌가요?"

　"대상과 결부된 것처럼 보이지만 그 대상에 필연적으로 속해 있는 감성이란 없어. 그냥 그렇게 묶어놓은 것뿐이지. 사람에 따라서는 노을을—아름다움의 전형이라고 할 수 있겠지?—흉측한 것, 두려운 것으로 느낄 수도 있을 텐데, 우리는 그런 사람을 이상하게들 보는 거야. 노을은 아름답다, 그렇게 여기는 게 정상이라고 생각하는 거지. 하지만 '정상적'이라는 게 뭐지? 인습에 어긋나지 않는 것? 생활에 보다 가까이 있는 것? 그래, 아름다움 같은 긍정적인 것들은 때로 인류의 진화와 생존에 도움이 될 수도 있을 거야. 하지만 진화나 생존 역시 그 자체로 가치 있는 것이라고 볼 수는 없어. 이 역시 감성을 통해 가치가 부여되는 거야. 그러니까, 노을이 아름답게 느껴지는 것은 그것이 담고 있는 내용이나 색채, 형태에 긍정적 감성이 결합되었기 때문이라는 얘기지. 그렇게 보면 노을의 아름다움 역시 우발적인 것이고.

어쩌면 지금 내가 말하고 있는 부분이 네 의식의 발전과정에서 가장 힘든 고비일 수 있어. 예리한 감각이 필요한데다 체질화된 습관에 거역하는 단계이거든. 아주 까다로운 부분이야. 가장 정밀한 개념을 얻어내도록 애써야 해. 인습 역시 감성의 우발적 양상에 의해 이루어진 가치 판단이고, 진정 자유로운 의식은 인습의 구속에서 해방된 것이니까.

또하나, 가치관이나 어떤 가치들은 어떻게 보면 고정관념과도 비슷하다고 할 수 있어. 가치를 뒷받침할 만한 근거가 결여되어 있지. 예를 들어 지성, 충직, 정의 같은 것들은 감성과는 아무 상관 없이, 또 긍정적인 도구가 아닐 경우에도 여러 면에서 가치 있는 것으로 인정받곤 하잖아. 하지만 그런 어떤 이념이 해가 될 때는 ― 나치즘처럼 말이야 ― 그럴 때는 부정적인 도구가 되는 거야.

세번째 단계에서는 바람직하지 않은 가치에 대해 거리를 두는 방법을 가르쳐주마. 의식은 해방된 후에도 흩어져 있던 인습의 조각을 다시 취할 수가 있어. 인습이 무조건 나쁘다는 건 아냐. 하지만 사고의 감옥이 될 수도 있다는 건 늘 명심해야 해."

"사물은 그 자체로는 아무 가치도 없다고 했는데, 그럼 항생제는 어때요? 그건 인간의 생명을 구하잖아요, 그렇죠?"

"항생제는 물질이야. 물질은 늘 파생된 가치만 지닐 뿐이지. 삶이 가치가 없다면 항생제도 아무 가치가 없는 거야."

"삶이 아무 가치도 없는 거라고 생각하시는 거예요?"

"그렇지 않아. 내 말은, 사물에 가치를 부여하는 건 결국 감성이라는 거야. 이 우주에서 매개 없는 직관적 흡인력을 갖는 유일한 질(質)이 바로 감성이야. 물질, 에너지, 의식과 더불어 가장 중요한 것이지. 이를 알지 못하면 삶을 온전하게 이해할 수 없어. 그 밖의 다른 가치들은 모두 파생된 것이거나 어떤 사상이나 신앙, 개념에 바탕을 둔 것이야. 어떤 것이 가치 있는 것이라고 할 때, 그건 우리가 그렇게 생각하고 있다는 얘기야. 그건 그러니까, 어떤 도구의 가치를 파악하는 순간 그 도구는 의미를 지니게 된다는 말이지. 우리가 그것을 느낀다면, 그건 그것의 가치를 '경험' 하게 된다는 말이고.

물론 때론 부정적 감성이 긍정적 감성을 압도하기도 하지. 병이 들어 몹시 아픈 사람에게 삶은 충분히 무가치한 것으로 느껴질 수 있을 테니까."

"하지만 가치가 감성을 통해서만 규정되는 거라면 이러저러한 가치를 얻으려고 노력해야 한다고, 어떻게 말할 수 있죠?"

"사실 이 세상이 피폐해지는 것도 바로 그 때문이야. 사람들은 자기 정신이 처한 상황을 알려고 하지 않고, 또 알 능력도 없기 때문에, 자신이 믿는 가치를 타인에게 강요하는 독재자가 되는 거야. 자신의 가치 판단이 논리적이라 생각하고 사람들에게 자기 생각을 강요하는 거지. 보다 다원화되고 인간적인 사회에서는 아마 이런 망상들은 허용되지 않을 거야. 그런 관용적인 사회는 타인들의 감성을 포용하지."

"대량학살을 저지른 사람이 자신은 왜 감싸안지 않느냐고 하면요?

감성이 진실한 것도 거짓된 것도 아니라면 죄를 어떻게 심판하죠? 어떤 범죄자든 자신의 감성에 바탕을 두고 행동하는 거잖아요?"

"좋은 질문이야. 그럼 도덕은 무엇 때문에 있는 거지? 인간의 태도에 대한 분별력은? 이 문제는 흔히 사람들에게 의식의 기본조건을 응시하지 않게 하는 핑곗거리가 되기도 하지. 사람들은 보통 절대가치 없이는 살아갈 수 없다고 믿고 있거든. 절대가치가 없으면 온 세상이 혼돈에 빠지기라도 할 것 같니? 하지만 절대가치에 대한 신뢰가 결국 어떤 결과를 가져왔는지 한번 보렴. 온 세상에 난무하는 폭력과 범죄를 말야."

몬탁은 자리에서 일어나 숲길을 가리키며 다시 말을 이었다.

"우리 좀 걸을까? 이 문제를 해결하지 못하면 자유는 없어. 이기심의 노예로 남게 되지. 앞으로 나아가지 못하고 발목이 묶이는 거야. 그렇게 되면 내면 여행 역시 두려움과 근심을 털어내버리는 세련된 방식에 지나지 않게 되고 말아."

우리는 소나무와 전나무가 무성한 골짜기로 접어들었다. 조금 안쪽으로 들어가니 이끼로 뒤덮인 커다란 바위가 나타났다. 중세 때 정치집회나 마녀재판이 열렸다는 곳이었다. 마녀재판에 대한 이야기들이 근처에는 꽤 많았다. 몬탁은 호전적 어투의 비문을 찬찬히 들여다보고는 이야기하기 시작했다.

"내면의 지각이 보다 섬세해지면 너도 알 수 있을 거야. 절대가치를 잃어버릴까 두려워하는 건 아무 근거도 없는 두려움이란 걸 말야. 다른 문제들도 마찬가지지만 이 두려움 역시 내면을 들여다보는 눈과 분별력이 없어서 생겨나는 거야. 행복해지기 위해서는 내면의 법칙에 귀를 기울여야 해. 다른 방법은 없어. 의식의 중심원리를 인식하고 그 원리에 충실히 따르다보면 길은 자연스럽게 열리게 마련이야. 이러한 중

심원리 중의 하나가 바로 '정신의 순수함' 이야. 많은 것이 그 자체로
는 가치 있는 것이지만, 다른 맥락에서 보면 어느새 '부정적인 수단'
으로 탈바꿈해 있는 경우가 많아. 내 할머니 얘기를 해줄까? 그분은
저축한 돈을 나한테 남겨주기 위해 스스로 목숨을 끊으셨어. 난 그 때
문에 돈이 많아졌고. 돈도 마찬가지야. 일종의 가치이고 수단이지. 더
많은 돈을 벌 생각은 없냐고? 돈이라는 가치는 점점 더 부정적인 수단
이 되어가고 있어. 우리의 정서에 어긋나는 것이 되고 있다구. 모든 것
이 서로 얽혀 있어서 구조 자체의 규칙에 어긋나는 부정적 감성은 냉
정하게 처벌받게 되어 있는 게 우리의 정서구조니까.

　항생제만 해도 그래. 물론 생명을 연장시키기는 좋은 수단이지만
마음속 깊은 곳에서도 그럴까? 항생제를 복용할수록 심층의식에서는
맹수와도 같은 기질이 자라나게 돼. 하지만 우리는 그것이 무엇인지
명확하게 의식하지 못하지. 보다 높은 차원의 의식만이 가능한 일이니
까. 어쨌거나 그러면서 우리는 저도 모르게 나쁜 일을 하게 되는 거야.
자신을 투시할 수 있는 능력은 범죄자들은 가지지 못하는 힘이지. 마
음이 순수할수록, 정서구조가 견고할수록 갈등과 장애, 짜증과 불안,
허탈감과 불만, 공격성은 줄어들게 되지.

　각자 자신의 반응양태를 세심하게 관찰해보면 아마 내 말을 시인하
게 될 거야. 그러기 위해서는 우선 참선으로 준비를 해야 해. 스스로에
대해 확신할 수 있어야 하는 거야. 눈앞에 어떠한 이득이나 쾌감이 온
다 해도 비켜갈 수 있어야 해. 얼핏 그것들이 긍정적인 것처럼 보이더
라도 혹 부정적인 수단으로 변하지 않을지 다시 한번 꼼꼼히 들여다보
고 나서 판단하는 거야. 이때 판단의 유일한 기준은 네 내면의 목소리
가 되어야 해. 네 감성, 정직, 선의(善意)의 목소리 말야."

　우리는 근처의 식당으로 들어갔다. 검은색 기둥이 드러난 천장이

낮은 이 식당은 어머니와 아버지가 처음으로 마주친 곳이기도 했다. 한때 벌목꾼이었던 식당 주인은 나무뿌리가 뽑히는 바람에 두 다리가 부러진 후로는 휠체어에 앉아 종업원들에게 지시를 내리며 식당을 운영하고 있었다. 당시 아버지는 식당 뒤쪽에 있던 창고를 작은 호텔로 개축하는 공사를 맡고 있었다. 건축인가를 받으려는데 까다롭기 그지없는 젊은 여자 공무원 하나가 있었다. 그 여자가 아버지의 사업을 깡그리 망쳐놓을지도 모르는 일이었다. 아버지는 묘안을 짜냈고, 잠자리에서 가까스로 그녀를 설득할 수 있었다. 첫날밤 이후 두 사람은 매년 한 번씩 이곳을 찾았다. 누나는 우리가 모두 이 집에서 만들어진 거라고, 모두 같은 방에서 만들어진 거라고 믿고 있었다.

몬탁이 저녁을 사겠다고 했다. 그는 육류는 전혀 입에 대지 않는 사람이었다. 고기를 먹으면 그 동물이 죽을 때 겪은 고통의 흔적도 몸에 함께 흡수된다고, 그래서 무엇보다 덫에 걸려 죽은 야생동물의 고기가 제일 나쁘다고 했다. 식사를 마친 후 그는 말했다.

"그 동안 교육을 통해 우리가 배운 것도 정신의 순수함이기는 해. 하지만 문제는 그 방법이 적절하지 않은데다, 개념마저 잘못되어 있었다는 데 있어. 가치는 늘 객관적이고 보편타당한 거라고 배웠을 거야. 하지만 바로 거기에서 세대간의 갈등이 생기고, 맹목과 편협함이 생기는 거야. 성생활에서조차 틀에 박힌 습관이 생겨나지. 화려한 수사학으로 자신의 취향을 강요하는 문화적 엘리트들도 생겨나고 말야. 대부분이 거만한 나르시스트들이지. 자신들은 객관적 가치를 꿰뚫어보고 진리를 확보하고 있다고 믿고 있겠지만 사실 그들의 마음속은 황량하기 그지없지. 우리가 살고 있는 이 세상과 마찬가지로 말야."

"그럼 이런 상황을 그저 이해하기만 하면 되는 건가요?"

"그것이 결정적인 전제조건이라는 말이야. 다원주의적인 사고가 많은 문제들을 해결할 수 있을 거야. 최소한 정치적 목적을 위해 수단과 방법을 가리지 않는 행태는 없어지겠지. 정신의 순수한 상태에 이르는 방법을 알려주는 내면의 목소리에 따른다면, 삶의 법칙과 합일된 상태로 살아가게 될 거야."

18

"이런 내면의 상태는 그 어떤 것도 포기하지 않아." 다시 버스에 올라 자리에 앉으며 몬탁은 말했다. "그건 곧 고통을 수반하는 극단을 피하는 삶이야. 평온한 확신과 아름다움, 명확함, 즐거움으로 충만한 데다 긴장과 안정, 여유와 활력을 동시에 갖고 있지. 그건 일종의 축제야, 끊임없이 지속되는…… 발전과 완성을 향해 부단히 움직이지. 성생활에도 제약이 없어지고. 그러면 보슈의 그림 〈쾌락의 동산〉과 비슷한 게 아니냐고 말할 수도 있을 거야. 하지만 지금 내가 말하는 건 현실의 한 부분일 뿐이야. 〈쾌락의 동산〉이 지닌 여러 측면 중의 하나지. 그 그림 역시 현실세계뿐만이 아니라, 의식의 진화가 이루어지지 않을 때 우리가 대면하게 될 정신의 몰락을 보여주고 있으니까."

해가 기울고 있었다. 일구지 않은 밭, 무성한 숲이 천천히 내 곁을 스쳐 지나갔고, 멀리 신기루처럼 뿌연 안개 속에서 건물들이 나타나기 시작했다. 문득 난 깨달았다. 마침내 내 인생의 이정표가 세워졌음을. 그것은 화가도, 물리학자도 아니었다.

"그렇게 간단하게 해결할 수 있는 문제라면, 모두들 왜 그렇게 오랫동안 방황했을까요?"

"그렇게 간단한 문제가 아니야."

"하지만 분명히 길이 있다고 했잖아요?"

"아니."

"이해가 안 돼요. 그렇다면 어떻게 할아버지의 말을 확신할 수 있죠?"

"내 얘기를 누구나 이해할 수 있다고 생각하니?"

"아뇨, 그렇지는 않죠."

"간단하지 않다는 건 바로 그 때문이야. 케케묵은 고정관념, 정서적 갈등, 경직된 사고의 틀이 무너진다고 해도 회의와 태만, 무딘 오성과 의지 박약, 무분별함, 심리적인 부담감을 극복해야 해. 장애가 많은 만큼 목표에 도달할 수 있는 사람은 많지 않아. 또다른 문제는 우리가 이 모든 과정에 너무 쉽게 익숙해져버린다는 거야. 새로운 단계로 들어가면 얼마 지나지 않아 예전 상태를 잊어버리고 마는 거지. 수련의 결과로 힘들게 얻은 것을 어느새 당연한 것으로 받아들이다보니 더이상 의식하지 못하게 되는 거야."

"그렇다고 그게 내면의 눈이 희미진다는 얘긴 아니잖아요!"

내가 반박하자 몬탁은 다시 말했다.

"그렇긴 하지…… 아니, 그럴 수도 있어. 한번 얻은 것은 언제든 다시 잃어버릴 수 있는 거야. 옷감에 물을 들인다고 해볼까? 염료에 자주 담그면 담글수록 천은 진하게 물이 들지. 하지만 그 옷감을 햇빛에 쬐면 어떻게 될까? 역시 햇빛에 쬐는 만큼 물이 빠지지. 원하는 만큼 진한 색이 나올 때까지는 물을 들이고 다시 햇빛에 말리는 과정을 반복해야 하는 거야. 참선도 마찬가지야."

다음날 아침 파이퍼는 골목에서 나를 기다리고 있었다. 그는 내가 다니는 길을 잘 알고 있었다. 그래서 나는 다른 길로 돌아가거나, 한참 동안 카페에 앉아 있다 나오기도 했다. 사람들을 관찰하는 것은 즐거운 일이었다. 그때까지 나에게 사람들은 그저 착한 사람과 그렇지 않은 사람으로만 나누어져 있었고, 뭐 물어볼 게 있거나 동전을 바꿀 때 말고는 전혀 필요하지 않은 존재였다. 그런데 이제 각자 자신만의 사고의 감옥에 갇혀, 감성의 울타리에 갇혀 우왕좌왕하고 있는 사람들이 보이기 시작했다. 그들은 늘 어떤 굴레에 얽매여 있으면서 그것이 현실이라고 믿고 있었다. 정작 자기 자신에 대해서는 아무것도 지각하지 못했다. 그들이 아는 거라곤 이유를 알 수 없는 공포나 근심처럼 막연한 어떤 것, 담배 한 모금이 주는 여유, 가족들에 대한 추억 정도가 전부였다. 사람들은 모두 미래에 대한 근심, 과거에 대한 미련과 후회에서 벗어나지 못하고 있었다.

세상은 사람들이 생각하는 것처럼 하나의 완결된 형태가 아니다. 우리가 마주하는 현실은 세계를 바라보는 개개의 시선들이 만들어낸 수백만 개의 형상들로 이루어져 있다. 각각의 사고의 렌즈, 감성의 렌즈를 통해, 이 의자에 앉아서, 이 창문을 통해서, 이 자동차에 앉아서 바라보는 것이다. 지금 내 눈에 보이는 아주 작은 사물 역시 마찬가지다. 이 순간 그것은 우주에서 단 한 번 존재하는 것이다. 지금 내가 보는 모든 것은 곧 내가 지각하는 내용일 뿐이다. 조금만 몸을 움직여도 시점은 달라지고, 보이는 형상 역시 다른 것이 되어버린다.

나는 옆자리에 앉은 땅딸막한 부인을 지켜보고 있었다. 길다란 꿩 깃털이 달린 모자를 쓰고 있는 여자는 체리 케이크를 먹고 있지만, 입을 오물거리면서도 무슨 생각에 빠져 있는지 줄곧 멍한 표정이었다. 무슨 생각을 하고 있냐고 물어보고 싶었다. 그녀의 내면을 추적하고 싶은 강렬한 호기심 때문에 견딜 수가 없었다. 미술이나 물리학이 아니라 심리학을 공부해야겠다는 생각이 들 정도였다.

그때 갑자기 파이퍼와 그 똘마니 두 명이 나타났다. 주먹을 꽉 쥐고 있는지 까만 가죽점퍼의 주머니가 불룩했다. 원래가 생기 있는 얼굴은 아니었지만 유난히 창백해 보였다. 꼭 심한 빈혈에 시달리는 사무원 같은 얼굴이었다.

"이리 와봐!"

"왜 그러는데?"

"할말이 있어."

"여기서 말해. 졸개들은 보내는 게 어때? 왜, 혼자서는 주눅들어서 애기 못 하겠니?"

"무슨 소리야, 애들은 그냥 친구들일 뿐이야."

내가 시킨 핫초코가 나왔다. 잔을 내려놓으려 허리를 굽히는 웨이트리스의 탱탱한 엉덩이가 파이퍼 쪽을 향하자, 그는 뒤쪽에 대고 음흉한 손놀림을 해댔다. 두 똘마니의 입가에 미소가 지어졌다. 하지만 스스로의 의지에 따라 웃는 웃음이 아니었다. 그것은 시키는 대로 따르는 것이 몸에 밴, 이 세상의 무수한 꼭두각시들의 웃음이었다. 짧은 머리에 파이퍼와 비슷한 까만 점퍼를 입고 있는 녀석들은 꼭 형제처럼 닮아 있었다.

"저 아래 차가 있어. 이제 갈까?"

"왜 이러는 거야?"

"왜인지 모른다구? 내 동생 때문이야."

"걔는 좀 진정이 됐니?"

"그게 그냥 진정한다고 되는 문제가 아니잖아."

"임신했다는 소문 때문에 그러는 거야? 그건 사실이 아니잖아!"

파이퍼는 나를 잠시 뚫어져라 노려보더니 두 똘마니에게 고갯짓을 했다. 녀석들은 양쪽에서 나를 잡아일으켰다.

"이건 납치야."

　말은 그렇게 했지만 나는 크게 저항하지는 않았다. 나는 녀석들의 팔에 매달려 몇 미터쯤 끌려갔다. 꿩 깃털이 달린 모자를 쓰고 앉아 있던 여자가 놀란 눈으로 쳐다보고 있었다. 헤 벌린 여자의 입 안으로 금니 하나가 보였다. 내가 앉아 있던 테이블 위, 핫초코 잔 옆에는 파이퍼가 던져놓은 동전 몇 닢이 뒹굴고 있었다.

　파이퍼가 가져온 벤츠는 안네 마리가 가져왔던 바로 그 차였다. 너무 커서 잘 들어가지 않는 상자를 트렁크에 억지로 집어넣듯 그들은 막무가내로 나를 뒷좌석에 밀어넣었다.

"입 다물고 있어. 허튼 짓 하지 마!"

　운전석에 앉으며 파이퍼가 말했다.

"지금 날 어디로 데려가는 거야?"

"입 닥치고 있으라니까!"

　시내에서 벗어난 녀석들은 잎을 모두 떨구어 앙상한 나무들이 서 있는 숲속으로 나를 데려갔다. 멀리 장애인 학교가 있는 언덕이 보였다. 낙엽을 태우는지 시커먼 연기가 치솟고 있는 푸른 하늘에는 헬리콥터 한 대가 유람하듯 천천히 날고 있었다. 죽음을 생각해야 할 날은 아니었다. 파이퍼는 씩 한 번 웃더니 트렁크에서 긴 밧줄을 꺼냈다. 순간 녀석들이 어쩌면 내 목을 매달지도 모른다는 생각이 들었다.

　녀석들은 밧줄 한쪽 끝으로 내 다리를 묶었다. 그리고 다른쪽 끝을 팔 미터쯤 되는 나무에 고정시켜 나를 거꾸로 매달았다. 피가 얼굴로 몰리고, 밧줄이 살 속으로 파고들었다. 녀석들의 얼굴이 보였다. 그것은 나를 가여워하는 얼굴도, 어떤 타협점을 찾으려는 얼굴도 아니었다.

"네가 아이의 아버지라는 걸 인정해."

　파이퍼가 다그쳤다.

"그런 얘기라면 카페에서 해도 되는 거였잖아. 도대체 왜 이러는 거야?"

"너랑 얘길 하자는 게 아니야. 네 자백을 받아내려는 거지."

"자백을 받아선?"

"아버지로서 할 일을 해야지. 안네 마리와 결혼도 하고."

"그거라면 안네 마리와 벌써 얘기 끝냈어. 그애가 먼저 가버린 거라구. 그리고, 너희들도 그애 근처엔 얼씬도 못 하게 했잖아. 그런데 나더러 뭘 어쩌라는 거야. 그애는 원하면 언제든 나한테 돌아올 수 있었다구. 하지만 그렇게 하지 않았지."

"넌 새빨간 거짓말을 하고 돌아다니잖아."

"거짓말? 무슨 거짓말?"

"죽기 전에 누군가 널 발견하게 해달라고 기도나 하라구!"

파이퍼는 낄낄대며 웃었다. 거꾸로 매달린 채 들어서인지는 몰라도 그때까지 한 번도 들어보지 못한 악마의 웃음소리였다.

녀석들은 차에 올라탔다. 쾅 소리를 내며 문이 닫혔다. 벤츠는 마치 영구차가 지나가듯 천천히 움직이며 언덕을 내려갔다.

몸 안의 피가 모두 아래로 몰려 금방이라도 머리가 터질 것 같았다. 이대로 얼마나 버틸 수 있을까? 몇 분? 몇 시간? 아니면 며칠? 이런 상태에 익숙해지기도 하는 걸까? 하지만 언젠가는 정신을 잃게 될 것이다. 파이퍼가 원하는 건 도대체 뭘까? 내게서 무슨 고백을 더 받아내려는 것일까? 내가 고통스러워하는 것? 어쩌면 내가 죽기를 바라고 있는지도 모른다. 내가 죽고 나면 아이의 아버지가 나였다고 알리려는 것일까?

매서운 바람이 불어왔지만 피가 모두 머리 쪽으로 몰려서인지 다리 쪽엔 감각이 없었다. 언덕 위에서 피어오르던 불길도 꺼진 지 오래였다.

이제 어떻게 해야 할까? 이렇게 거꾸로 매달린 채 참선을 해도 효과가 있을까? 안 된다는 법은 없겠지. 참선만 하면 모든 것이 해결된다고는 하지 않았지만…… 뛰어난 수행자라면 거꾸로 매달려서도 고통을 차단하고 심장박동과 혈액순환을 조절할 수 있을 텐데. 단순히 팔다리를 자유자재로 움직이는 그런 수련 따위로는 안 되겠지만, 육신을 통제하는 정신의 소유자라면 충분히 할 수 있을 텐데.

발목을 묶은 밧줄에 손이 닿기만 하면 매듭을 풀 수 있을지도 몰라. 하지만 내겐 이미 조금이라도 몸을 들어올릴 만한 힘이 없었다. 누군가 내 머리를 물 속에 집어넣어 질식시킬 것만 같은 두려움이 엄습해 왔다. 어느 사이 나는 살려달라고 소리를 지르며 울부짖고 있었다. 머리에 피가 너무 많이 몰려 있어서일까. 내 목소리는 멀리까지 울려퍼졌다.

그리고, 어디선가 말소리가 들렸다. 여자아이 둘이 키득거리며 길을 따라 올라오고 있었다. 그중 하나가 소리를 질렀다.

"어머나, 세상에! 어떻게 이런 일이!"

19

구사일생으로 풀려난 후 나는 아버지에게 뭔가 말해야겠다고 마음먹었다. 파이퍼 때문에 힘들다는 이야기를 하려는 건 아니었다. 이야기를 해봐야 아버지가 이해할 리도 없었지만, 그런 이야기라면 선생님이나 삼촌을 찾아가는 게 더 나을 것이었다.

그런데 기회가 왔다. 아버지가 사무실로 한번 오라고 한 것이다. 그

때까지 나는 딱 한 번, 오픈하던 날 말고는 사무실에 가본 적이 없었다.

잘 꾸며진 대기실과, 널찍한 사무실을 비추고 있는 편안한 불빛에 묘한 매력이 느껴졌다. 왜 사람들이 그렇게 돈을 벌려고 하는지 이해할 수 있을 것 같았다. 그곳은 돈에 대해 생각할 수 있는 최고의 장소였다. 콘크리트 배합기나 기중기 같은 것과는 아무 상관이 없는 듯 베이지와 브라운 계열로 안정감 있게 꾸며진 실내는 깨끗하고 정갈한 느낌을 주었다.

사무실 안으로 들어가면서 보니 도르넨포겔의 명패가 사라지고 없었다. 주인을 잃은 네 개의 못 자국이 불길한 소식을 전하듯 나를 빤히 쳐다보았다.

아버지는 검은 회전의자에 앉아 있었다. 무릎에는 라인프린터에서 연속용지로 뽑아져나온 계산서들이 길게 늘어져 있었다. 마치 커다란 흰 뱀이 사무실 안을 온통 휘저어놓고 있는 듯했다. 아버지의 검은 머리는 어느새 희끗희끗하게 세어 있었고, 이마가 벗겨진 마른 얼굴 역시 허옇게 떠 있었다. 그것은 일단 삼킨 것은 절대 내놓지 않으려 안간힘을 쓰며 버티는 창자를 가지고 있는 사람의 얼굴이었다. 또 대장암으로 죽을 거라는 얘기를 하려는 건가?

"거기 앉아라."

내가 자리에 앉는 동안 아버지는 바닥에 널린 계산서들을 발 밑의 상자 안에 주섬주섬 챙겨넣었다. 내내 무표정한 얼굴이었다. 그 표정에서는 언뜻 예전에는 미처 보지 못했던 체념과 거기에서 비롯된 냉정함도 내비치는 듯했다.

"마크, 지금부터 내가 하는 이야기는 우리 둘만 알고 있는 거다. 네 엄마는 이런 상황에 대처할 만큼 강하지 못해. ……이제는 네가 이 집안의 가장 노릇을 해야 할 것 같다."

"건강이 그 정도로 악화된 거예요?"

"건강 얘기가 아냐. 우리집 경제사정을 말하는 거야."

"그렇다면……?"

"너 혹시 알고 있니? 내가 타이완에 공장 설립하려고 했던 거?"

"조립식 건축자재 사업 말이죠?"

"도르넨포겔을 완전히 믿고 시작한 일이었어. 그런데 알고 보니 모두 녀석이 꾸며낸 일이었어. 혹시 다국적 하청사업이라고 들어봤니? 아니, 몰라도 상관없다. 어차피 도르넨포겔과 피콕이 꾸며낸 거였으니까. 모두 조작된 서류였어. 사기였다구. 싼 값에 조립자재를 만들어 아시아 시장에 판매하기로 한 타이완 회사는 서류상으로만 존재하는 유령회사였어. 난 유령회사와 계약을 맺은 거야. 공장장의 형이 건설부에 근무한다는 것도 물론 거짓이었고. 내 말 알아듣겠니?"

"그럼 우린 파산한 건가요?"

"남은 게 하나도 없어, 하나도…… 사무실은 이 주 안에 비워줘야 하고, 시내의 집도 경매에 넘어갔어. 우린 이제 셋집을 얻어 이사해야 해."

"피콕은요?"

"흔적도 없이 사라졌어."

"그럼 이제 우린 빈털터리가 된 건가요?"

믿을 수가 없었다. 생각지도 못한 일이었다. 순간, 참 재미있는 일이라는 생각마저 들었다.

"바하마 지점의 은행과 거래한다고 했을 때 의심해봤어야 했는데……"

"그럼 우린 이제 어떻게 살아가죠?"

"아마 시에서 생활보조금이 조금 나올 거야. 빈민생활자들에게 주는……."

"하지만 그 돈으로는 입에 풀칠도 못 할걸요? 엄마한테 뭐라고 하실 거예요?"

"나도 모르겠다. 어떻게 설명해야 할지 정말 막막하구나."

"엄마가 시의회에서 받는 돈은요?"

"지금까지는 모두 자선단체에 기부했어. 그래서 의회에서도 그나마 말이 먹혔던 거고. 그러니 네 엄마는 수입이 없는 거나 다름없어."

"앞으로는 그 돈으로 생활하면 되잖아요. 더 적은 돈으로 살아가는 사람들도 많은데요, 뭐. 그 정도면 굶어 죽지는 않을 거예요."

지푸라기라도 잡는 심정이었다.

"엄마가 그렇게 하자고 할지 모르겠구나."

"가족의 생계가 달린 문제잖아요, 설마……."

"네 가정교사는 나가라고 해야겠다."

"그건 상관없어요. ……저도 드릴 말씀이 있어요. 지난주에 결심한 건데요, 물리학은 아무래도 저한테 맞는 전공이 아닌 것 같아요."

"아직도 그 미술 이야기냐?"

"아뇨, 심리학과에 가고 싶어요."

"뜻밖이로구나. 언제부터 그렇게 다른 사람들 마음에 관심이 있었지?"

아버지는 미치광이라도 보듯 ─ 거리의 떠돌이 화가가 아니라 ─ 나를 빤히 쳐다보았다.

"물론 좀더 전문적이어야겠죠. 아주 흥미롭고 새로운 분야를 생각하고 있어요. 인성발달과정을 연구하는 거예요."

"임상실험을 한다는 거니?"

"그런 것도 할 수 있겠죠."

나는 아버지에게 얘기했다. 대학에서 강의를 하게 될 수도 있고 정신건강센터 같은 데서 수입이 적지 않은 일자리를 얻을 수도 있을 거라고 했다. 물론 '참선'이나 '침잠' '보다 높은 차원의 의식' 같은 말은 하지 않았다. 그런 말을 들으면 아마 아버지는 점쟁이나 심령술사 같은 걸 떠올릴 것이다.

아버지와 이야기를 나눈 후, 식구들의 대우가 달라졌다. 장래를 계획하는 사람으로 인정받은 것이다. 심리학계로 나가는 일은 별 문제가 없을 듯했다. 대학이 파산할 일은 없을 테고, 심리학과 조교에게는 얼마간의 보수도 나온다. 어차피 정부에서 주는 돈일뿐더러 국고가 바닥이 나면 세금을 더 걷으면 될 것이다. 능력이 현저히 떨어진다거나 대학에 빈자리가 아예 없다면 모를까 큰 위험부담은 없을 터였다.

아버지와 나의 비밀은 며칠 가지 못했다. 어머니가 파산 사실을 알게 된 것이다. 상태는 내가 염려했던 것보다 훨씬 심했다. 지금까지 진료를 하면서 보아온 환자들을 모두 합쳐도 그토록 실의에 빠져 허우적대는 여자는 본 적이 없었다. 아버지의 파산이 자기 때문이라고 생각하는 것 같았다. 어머니는 자신이 가족을 제대로 돌보지 않았기 때문이라고 자책했다. '타잔'과의 불륜 때문이라고 말이다. 몬탁 식으로 말하자면, 어머니는 제 손으로 지은 '사고의 감옥'에 제 발로 들어가 그 안에서 옴짝달싹 못 하고 있는 셈이었다. 옆에서 지켜보고 있기가 괴로울 정도였다.

그날 몬탁은 일을 조금 일찍 끝내고 오후에 나를 집으로 초대했다. 고기를 넣지 않은 인도 요리가 준비되어 있었다. 야채소스가 너무나 맛있었기 때문에 뭔가 부족하다는 생각은 전혀 들지 않았다.

드디어 다음 단계로 들어가야 할 시간이었다. 새로운 단계에서는 확장된 의식의 비밀 안으로 한 걸음 한 걸음 들어가게 될 것이었다. 이 과정은 아주 까다로워서 선입견 없는 넓은 마음과 늘 깨어 있는 치밀한 오성이 필요하다고 했다. 디저트를 먹으며 나는 물었다.

"이건 다 인도 도사에게서 배우신 거예요?"

"요리법 말이니, 아니면 수련법을 말하는 거니? 수련법은 오래 전부터 동서양을 막론하고 모든 문명권에, 온 세계에 퍼져 있었어. 다소 차이는 있지만 수행방법은 사실 크게 다르지 않아. 만트라만 해도 아주 오래된 거야. 최근에 더욱 정교하게 다듬어지긴 했지만 말야. 하지만 그 어디에서도 비판적 사고를 가르치지는 않지. 동양에는 훌륭한 수련법이 많이 있지만, 신비주의적이거나 종교적인 믿음이 섞여 있어서 다소 사변적 성향을 지니고 있어. 어떻게 보면 순수 형이상학이라고 할 수도 있겠지. 하지만 내가 너에게 가르치는 건 모두 꼼꼼히 따져볼 수 있는 것들이야. 서구의 학문이 추구하는 이상이라고 해야 할까."

"그럼 종교는요? 신은 어떤 존재죠?"

"종교가 아무리 진리 추구, 형제애, 이웃 사랑, 신에 대한 경외감을 가르친다고 해도, 이런 가르침들이 실제 우리의 삶에 이렇다 할 진보를 가져오지 못했다는 비판은 올바른 지적이야. 그래서 신비주의 쪽으로 빠져드는 사람도 있지만 말야. 우리에게 필요한 건 증명해 보일 수 있는 개념과 테크닉이야. 고통에 시달릴지 그렇지 않을지가 결정되는 영역에 주의력을 쏟는 일이 보다 정교한 개념을 통해 이루어질 수 있다면 우리 수련법이 성공했다고 할 수 있겠지."

"전 요즘 할아버지가 말씀하셨던 '마음의 순수성'이나 '보편 가치' 같은 것들을 파악해보려고 애쓰고 있어요. 학계에서 다원주의가 등장한 지는 꽤 됐죠?"

"표면적으로는 그렇지. 하지만 늘 그렇듯 말뿐이야. 법조계만 해도 사회의 비주류들에게까지 일률적 가치를 강요하고 있잖니. 자신들이 옳다고 믿는 가치를 절대 포기하지 않는다구. 물론 범법자들을 모두 석방해야 한다는 그런 말은 아냐. 내 말은 단지 사회 기강 확립이라는 명분으로 행해지는 자기 합리화가 실은 명확한 근거가 없다는 거야. 종교도 마찬가지고, 정치도 마찬가지야.”

“그래요, 정치가 꼭 국민들의 복지를 증진시키는 활동이라고만 볼 수는 없겠죠. ……다원주의적인 사고가 많은 문제점들을 해결할 수 있을 거라고 하셨는데, 정치에도 역시 해당되는 건가요?”

“그렇지. 1,2차세계대전 같은 역사적인 대재앙을 겪으면서 우리는 어느새 모든 문제의 원인들을 정치적, 심리학적으로만 설명하려고 하고 있어. 사학자들은 제2차세계대전이 1차세계대전의 여파로, 경제공황 때문에, 의회제도가 취약해서, 민족주의로 인해 일어났다고 설명하겠지. 히틀러의 뒤틀린 심리 때문이라는 사람도 있고 말이야. 하지만 내가 보기에 2차세계대전이 발발하게 된 원인을 제대로 분석해낸 사람은 하나도 없어. 이러한 비극이 발생하게 된 건 당시 인간의 지적 활동이 완전히 중단되었기 때문이야. 독일인하고도, 당시의 역사적인 상황과도 상관이 없어. 2차세계대전은 그릇된 가치관 때문에 발발한 거야. 계몽주의 철학이 결정적 단계에서 질식해버린 거지.

우리 문화가 기만과 환영의 문화에 다름아니라는 말은 사실 일리가 있어. 허식과 자기 소외의 문화이기도 하지. 사실 이미 이를 깨닫고 있는 사람들도 적지 않아. 이들은 그런 문화를 아주 싫어해. 가벼운 장난 정도로 생각하지. 하지만 자신의 그런 생각을 보다 객관적으로 분석해 보이려 하지 않아. 그래서 어떤 부분에 대해서는 분명 인정해주어야 하는데, 그때마저 수수방관하고 있는 거야. 바로 이러한 방향성의 상실이 오늘날 정신의 위기까지 가져오게 된 거지.

핵 무장이나 전쟁 같은 것에 대해서만 해당되는 얘기가 아니야. 가치 판단에 대한 근본적인 시각을 바로잡아야 해. 그렇게 해서 행동방식에까지 변화가 온다면 인종차별이나 민족주의, 나치즘, 파시즘, 전쟁, 테러리즘, 자살, 억압, 속박, 편협함, 조급함, 종교적 대립, 근본주의, 어떤 것에 대한 광신 등 우리의 삶에서 보란 듯 활개치고 있는 온갖 사악한 것들은 모두 사라지게 될 거야. 물론 내 생각이 쉽게 실현되지는 않을 거야. 그 범위가 어마어마하게 큰 엄청난 도전이지. 아마 이러한 연관성이 명확하게 밝혀진 적은 없을 거야."

"하지만 가치 판단이란 게 큰 일에만 해당되는 건 아니잖아요? 정치나 문화, 전쟁이나 평화처럼 큰 주제들만 중요한 건 아니죠?"

"물론이야. 전혀 의식하지 못하는 사이에도 우리는 늘 무언가에 대해 가치 판단을 내리고 있어. 매일같이 어떤 가치를 지각하고 경험하고 또 거기에 반응하지. 무언가에 민감하게 반응하거나 막연히 싫다고 느끼는 것도 마찬가지야. '이건 할 수 없어, 이건 꼭 해야겠어, 이건 정말 견딜 수가 없어' 하는 생각들 말이야. 자세히 들여다보면 우리는 어딘가에 너무도 단단하게 묶여 있어. 끊임없이 양쪽에서 날아드는 화살을 피해 앞으로 뛰어가고 있는 거나 다름없지. 매일 불쾌한 일들을 겪으며 어떻게든 그것을 피하려 애쓰면서 살아가는 거야. 너무나 많은 시간과 에너지를 낭비하면서 말이야. 우리가 처한 상황을 제대로 인식하고 있다면 그 시간과 에너지는 개인의 행복을 추구하는 데 쓸 수 있을 텐데 말이야. ……살인광이나 테러리스트, 자살을 선택하는 사람들을 한번 볼까. 이런 사람들은 오히려 자신의 감성에 조종당하고 있어. 자신이 내린 판단이 절대적인 것이라고 생각하지. 그래서 자신의 내면에 희생되는 거야. 자신의 내면에 복종하는 노예, 내면에 따라 움직이는 꼭두각시가 되는 거지. 자신의 행위가 올바른 것이라고 끊임없이 자기 암시를 걸어보지만 역시 답답할 뿐이야. 자살을 선택한 사람들은 아마 그렇게 생각하겠지. 삶은 이제 더이상 아무 의미도 없어.

지금 이 순간의 현실이 일 주일 후에도 변함없이 계속될 거라는 걸 그는 어떻게 확신할 수 있을까? 도대체 무엇이 무의미한 삶에 대한 판단을 의심하지 못하게 하는 거지? 그건 바로 사고의 감옥, 감성의 감옥 때문이야. 더이상은, 그래, 더이상은 참을 수 없는 극한에까지 다다른 사람이라면 어쩌면 죽음이 오히려 낫다고 말할 수 있을지도 몰라. 하지만 그런 경우에조차 우리가 파괴해야 하는 건 자기 자신이 아니라 바로 사고의 감옥이야.

우리가 알고 있는 많은 일들이 그렇게 이루어졌지. 히틀러는 생각했을 거야. '동부에다 새로운 영토를 만들어야 해.' 알렉산더 역시 마찬가지야. '세계를 제패해야 해.' 나폴레옹도 다르지 않아. '러시아를 침공해야 해.' 모두들 그런 식이었지. 하지만 그 무엇도 반드시 '내가 해야' 하는 건 없어. 그냥 가만히 의자에 앉아 있는 것 같아도, 머릿속에서는 이런저런 온갖 생각들이 나를 조종하지. 마치 내가 꼭두각시 인형이라도 되는 것처럼 말이야. 어떻게 해야 나를 붙잡고 있는 이 줄에서 벗어날 수 있을까? 어떻게 해야 사유와 감성의 우발성을 지각하게 하는 고도의 주의력을 발전시킬 수 있을까? 어쩌다가 잠시 투시력을 얻는 정도는 아무 소용이 없어. 진로가 바뀔 때마다, 새로운 위험이 달려들 때마다 매번 그에 대처할 수 있는 투시력이 마련되어야 하는 거야.

우리가 진정한 자유를 얻지 못하는 것은 감성과 사유의 본질을 꿰뚫어보는 눈이 없기 때문이야. 감성과 사유가 진행되는 과정을 꼼꼼히 들여다보다보면, 그것들이 우리의 삶에 얼마나 막강한 힘을 발휘하고 있는지 알 수 있을 거야. 그러고 나면 그때부턴 수련을 통해 우리의 삶을 규정하고 있는 것이 무엇인지 주의력을 쏟을 수 있게 되어야 해. 결국 우리가 원하는 건 자유 아니겠니? 내가 정한 대로 내 삶을 꾸려나가는 것 말이야. 꼭두각시 인형을 조종하고 있는 실 따위는 끊어버리는 거야…… 우리를 조종하는 감성의 부분부분을 정확하게 인지하려면, 언어가 아닌 다른 것에 의해 이루어지는 사유에 주목해야 해. 그게바로 '만트라'야. 만트라는 어떠한 뜻도 가지고 있지 않기 때문에 의미에 신경이 쓰이는 것을 막지. 음(音)으로만 존재하는 이 울림말은되풀이하면 할수록 그것이 지닌 여러 섬세한 양상을 드러내게 돼. 끊임없이 변화하는 미묘한 감성의 세계 안에서 만트라가 지각되는 거지.결국 만트라는 감성의 생성이나 표출과 그 속성이 같다고 할 수 있어.성숙하지 못한 거친 의식으로는 감성의 변화양상을 제대로 지각할 수가 없지만, 만트라를 통하게 되면 그 미묘한 양상을 파악하고 느낄 수있게 되는 거야. 이러한 감성의 변화에 계속해서 주의를 기울이다보면, 감성이 우리를 지배하고 있음을 자연히 알게 되지. 바로 그때 우리는 감성과 거리를 둘 수 있게 돼. 그렇게 되면 자아는 감성과 분리되어 냉정하게 자신을 바라볼 수 있게 되고, 악의 근원인 자아의 속박도사라지지."

"그게 두번째 단계인가요?"

"지금까지 내가 말한 건 모두 두번째 단계의 가장 일반적인 조건들이야. 사람들은 자기 자신과 세계의 관계를 제대로 파악하지 못하고있어. 우리의 자아를 보다 건강한 방식으로 바라보아야 해. 이제부터너는 조작된 사고와 감성의 영향에 대해 지금까지 네가 어떤 식으로반응해왔는지를 생각해봐야 할 거야. 무슨 일이 벌어지더라도 그저지켜보기만 해. 네가 처한 상황을 있는 그대로 지각하는 거야. 미혹에빠지지 않으려고 애쓸 필요도 없어. 아직은 그걸 인식할 정도로 자유롭지 못할 테니까. 잠시 기다리렴. 나중엔 '분리'와 '새로운 방향 설정'에 대해 얘기해주마."

20

　싸구려 셋집으로 이사하던 날, 우리집은 완전히 아수라장이었다. 이삿짐을 옮기는 동안에도 채권자들은 혹시 돈이 되는 물건을 빼돌리지는 않나, 이리저리 뛰어다녔다. 의자가 몇 개인지 체크하고, 혹시 값나가는 골동품은 아닌지 괘종시계를 꼼꼼히 살펴보고, 거실 카펫의 크기까지 재보았다. 아버지는 계단에 서서 이 광경을 지켜보았다. 트레이닝복 주머니에 양손을 찔러넣은 채 아무 말이 없는 아버지는 평소와 달리 몹시 작아 보였다.

　왜 사람들은 돈이 많을 때 파산에 대비해서 금과 같은 걸 묻어두지 않는 걸까? 아마 은행 이자 때문일 게다. 계산은 간단하다. 씀씀이가 적지 않은 사람도 한 달에 만 마르크 정도면 부족하지 않게 쓸 수 있다. 앞으로 사십 년을 더 산다 해도 오백만 마르크면 충분하다. 그 정도라면 사업이 잘 나갈 때 어렵지 않게 챙길 수 있을 것이다. 아마 부자들은 자신이 운명과 안전협정이라도 맺은 줄 아나보다. 하긴 그렇지 않다면 어떻게 그렇게 쉽게 부자가 되었겠는가?

　"그건 그냥 두세요. 유품(遺品)이에요."

　채권자 중의 한 사람이 진품 샤갈 그림을 집어들자 어머니는 얼른 그림을 낚아채 사라져버렸다. 의회에 나가 있을 때를 제외하면, 늘 깨끗이 닦고 말끔히 정돈하던 집 안의 모든 가구들, 양탄자, 그림들, 벽거울, 샹들리에에 어머니는 자신을 온통 의지하고 있었다. 그것들은 늘 흔들리고 주춤거리는 어머니의 영혼을 잡아주는, 어머니를 허무와

150

절망에 빠져들지 않도록 막아주는 코르셋과도 같았다. 자신도 모르는 사이에 어머니는 늘 기댈 수 있는 무언가를 찾고 있었던 것이다.

어머니는 지하실에 있었다. 녹슨 창살 사이로 스며드는 희미한 빛이 전부인 어두컴컴한 지하실 한구석 석탄 더미 위에 쪼그리고 앉아, 어머니는 소리내어 울고 있었다. 벽에서 먼지가 다 일 정도였다. 샤갈 그림은 포장된 채 벽에 기대져 있었다. 나는 어머니를 가만히 끌어안았다.

"생각만큼 그렇게 심각한 건 아니에요. 평생 다락방 같은 데서 우리보다 훨씬 부족하게 살아가는 사람들도 많아요."

울음 섞인 목소리로 어머니가 물었다.

"너 이 동네 사람들 봤니? 모두 실업자에 생활보호대상자들뿐이야. 일자리가 있는 사람은 청소부 하나뿐이라구."

"청소부가 어때서요? 그 사람들 중에 철학자나 예술가가 있을지 또 누가 알아요?"

"무위도식하는 예술가 말이니? 매일 밤 취하도록 맥주나 마시고, 한밤중에도 돼지고기를 구워먹는 사람들이야."

"왜 그렇게 다른 사람들이 못마땅한 거죠?"

"돼지비계 타는 냄새는 정말 역하단 말이야."

"현실을 있는 그대로 받아들여야 해요. 불쾌하다고 해서 자꾸 그런 마음에 휩쓸려서는 안 돼요. 그냥 지켜보세요. 자꾸 못마땅해하니까 더 그런 생각이 드는 거예요. 평생 그런 마음에 끌려다닐 거예요? 벗어나세요. 어떻게 생각해보면 이건 아무것도 아닐 수도 있어요. 그렇게 큰 문제가 아닐지도 모른다구요."

잠자코 내 말을 듣고 있던 어머니는 전등 스위치를 찾아 잠시 두리번거리더니 양손으로 내 얼굴을 감싸쥐고는 빛이 들어오는 쪽으로 내 얼굴을 돌려 유심히 들여다보았다.

"너 좀 이상하구나. 그사이에 정신과 상담이라도 받은 거니?"

"그저 우리가 우리 내면의 삶에 대해 너무 무심한 게 아닌가 하는 생각이 들었을 뿐이에요. 자동차나 차고 문 같은 건 멋지게 꾸미면서 정작 자신의 감성에 대해서는 전혀 신경 쓰지 않잖아요."

"내 감정에 대해서는 아무도 관심이 없었어, 아주 오래 전부터……"

"사랑이나 고독, 권태, 뭐 그런 걸 얘기하는 게 아니에요. 우리가 깨닫지 못하는 사이에 매일같이 우리 내면에서 벌어지는 일들을 말하는 거예요."

어머니는 지하실 한쪽 구석에 놓여 있던 의자를 끌어당겨 앉으며 신기하다는 듯 나를 빤히 쳐다보았다.

"심리학을 공부하겠다고 했다면서?"

"정말 흥미 있는 분야예요."

"반대할 생각은 없어. 장래성 있는 분야이기도 하니까. 생각해보면 우리 모두…… 그래, 우리 모두에게 가끔은 심리상담사가 필요하지."

나는 한번 더 어머니를 껴안았다.

"어머니가 의회에서 받는 돈이면 얼마 안 있어 새집으로 이사할 수 있을 거예요. 여기서는 잠시만 있는 거예요."

"……네 아버지가 어떻게 나한테 이럴 수가 있니? 네가 잘 알겠구나, 정신분석에서 말하는 파괴충동이라는 거…… 네 아버지에게 파괴충동이 있는 게 아닐까?"

"그러니까 어머니가 더이상 아버지를 사랑하지 않으니까, 그 때문에 어머니를 파괴하려 한다는 건가요?"

"어차피 아버지 역시 나를 사랑하지 않아. 네 아버지의 머릿속은 오로지 사업 생각뿐이지. 그 다음엔 어떻게 하면 소화를 잘 시킬 수 있을까 하는 것일 테고. 그 인간한테 가족이 중요하기나 한지 모르겠구나…… 어쨌거나 이제 우리한텐 가정부를 둘 만한 돈도 없다구."

"어려운 일이 있으면 함께 나누면 되는 거예요. 안 그래요?"

"아냐는 방에 틀어박혀 나오지도 않잖아. 다른 사람이야 어떻게 되건 신경도 안 쓰지. 네 동생은 또 어디 처박혀 있는지 모르겠다."

"아까 차고 지붕 위에 있는 걸 봤어요."

"떨어지지 않게 네가 지켜봐주렴. 이젠 네가 우리집 가장이야. 네 아버지는 이제 허수아비라구."

"잘 이겨내실 거예요. 아버지 같은 사람들이 오히려 끈질긴 데가 있잖아요."

"아니, 네 아버지는 이미 오래 전에 끝난 사람이야. 새로 시작할 힘이 없어."

우리가 이사한 집은 정말 초라하기 짝이 없었다. 여덟 세대가 세 들어 있는 전형적인 빈민주택으로, 닭장만한 방들이 오밀조밀하게 모여 있었다. 전쟁 후 한 번도 손본 적이 없는 듯했다. 함께 쓰는 작은 마당에 서 있으면 편평한 지붕 너머로 우리가 살던 집의 뒤쪽이 보였다. 화려했던 과거를 늘 눈앞에 두고 있는 셈이었다. 하지만 정작 우리를 황당하게 한 것은 이 집의 위생상태였다. 욕조에 물을 받으려고 녹슨 수도꼭지를 틀면 싯누런 물이 쏟아져나왔다. 변기 역시 마찬가지였고, 욕탕은 물이 제대로 빠지지 않았다. 밤이면 욕실 바닥에 고여 있던 물이 부엌 배수관을 타고 내려가면서 그르렁거렸다. 마치 진흙투성이 늪 속에서 하마가 미친 듯이 날뛰는 듯한 소리였다.

나는 롤로와 한 방을 써야 했다. 가급적 부딪치는 일이 없도록 침대 두 개를 각각 양쪽 벽으로 밀어놓았다.

차고 옆 앙상한 사과나무 위에서 마침내 롤로를 찾아낸 나는 그애를 안으로 데리고 들어가 말했다.

"형 말 좀 들어봐, 우린 지금 몹시 힘든 상황에 처해 있어. 가족끼리 힘을 합쳐야 해. 엄마를 화나게 하지 마, 알겠니?"

"내가 왜 이 냄새나는 시궁창에서 계속 지내야 하지? 조만간 집을 나갈 수도 있어. 애들이 쑥덕거려, 우리집이 폭삭 망했다고…… 그건 그렇고, 형 애인은 배가 불룩하던데."

롤로는 이렇게 한마디 덧붙이고는, 밟혀 죽을까봐 겁을 잔뜩 집어먹은 두꺼비처럼 곁눈으로 힐끔거리며 내 눈치를 보았다.

"내 애인? 안네 마리 말이니? 난 걔가 내 애인이라고 생각해본 적이 한 번도 없는데…… 그래, 예전에 한때……"

"형 작품이 아니란 말이야?"

"그애가 내 아이라고 생각하는 거니?"

아무 대꾸도 하지 않고 롤로는 입을 삐죽거리며 방 안을 둘러보았다. 이 천방지축 망나니는 안네 마리 얘기라면 내가 꼼짝도 하지 못하리라는 걸 직감적으로 알고 있었다.

"내가 창문 쪽 침대를 쓸게."

롤로는 따귀라도 한 대 올려붙이듯 내뱉었다.

"그 침대는 내가 쓸 건데."

"잘 생각해보고 하는 말이야? 내가 입 다물고 있기를 바라지 않나보지?"

"그래, 좋아. 정 그렇다면 그 침대를 네가 써."

롤로는 그것 보라는 듯 내 침대 위로 털썩 주저앉아, 더러운 손을 침대 위에 댄 채 벽에 기대었다.

"그리고 한 가지 더 있는데, 그 망할 놈의 계집애가 더이상 날 괴롭히지 못하게 해줘."

"누나를 가만히 내버려두면 되잖아. 누나 물건을 헤집어놓지 마. 그럴 거 없잖아."

"어쭈, 꽤 점잖게 노는걸. 박물관 영감탱이가 바람을 단단히 넣어놓았나보지?"

"할아버지 얘기는 어디서 들었어?"

"내가 꽤 오랫동안 지켜봤지."

"뭐야? 네가 왜?"

"악마의 미사 때문에 상담하는 줄 알았어."

"악마의 미사?"

"친구하고 몰래 파이퍼네 집에 간 적이 있었어. 학교에서 이러쿵저러쿵 말들이 많았잖아. 그땐 형하고 안네 마리의 관계는 몰랐어. 지하실 창문으로 파이퍼와 그 일당을 지켜보다가, 더 자세히 보려고 몰래 안으로 들어갔지. 그런데 파이퍼가 형을 저주하는 무슨 의식을 하는 것 같더라고."

"그게 할아버지와 무슨 상관이지?"

"그냥 형이 그 영감탱이랑 계속 얘기를 하길래……"

"나한테 흥미로운 얘기를 해준 사람이야. 파이퍼하고는 아무 상관없어. 그런데 롤로, 너 악마의 미사에 나를 좀 데려가줄 수 없겠니?"

"그 집에 숨어들어가자는 말이야?"

"안 돼?"

롤로는 수상하다는 듯 잠시 나를 노려보았다. 지금까지 나는 단 한 번도 그애와 세 마디 이상 얘기해본 적이 없었다. 그럴 생각조차 없었다. 그애는 내게 늘 이상한 아이로만 보일 뿐이었다. 한참을 생각하는 듯하더니 롤로는 우쭐대며 말했다.

"자리를 한번 마련해보지 뭐. 파이퍼가 상당히 위험한 인물이긴 하지만 말이야. 정신이 온전하지가 못해."

"어떤 건지 정말 궁금해."

"좋아, 그렇게 하자."

롤로는 조그만 손을 내 앞으로 내밀었다. 여전히 손은 더러웠지만 활기가 느껴졌고, 맞잡은 손의 감촉은 왠지 아늑했다. 이날부터 우리는 좋은 친구가 되었다. 천 마디 말보다 함께 흘리는 땀 한 방울이 동지애를 만든다고 하지 않는가.

21

아버지는 할아버지가 물려준 구식 안락의자에 몸을 묻고 하루 종일 텔레비전만 보고 있었다. 말 한마디 하지 않았다. 얼굴은 때가 잔뜩 낀 녹색 유리병 색이었다. 가져오지 못한 가구들은 이삿짐센터의 보관창고에 들어 있었다. 이제 아버지에겐 서재도 책상도 없었다. 가족들에게서 피신할 수 있는 유일한 장소는 화장실이었지만, 거기에서 역시 아버지를 기다리고 있는 건 당신 몸 하나 원하는 대로 할 수 없다는 무력감뿐이었다. 바깥출입은 거의 하지 않았다. 아버지 얼굴에 햇빛이 닿는 것은 오후 네시경, 태양이 앞집 지붕 아래로 스러지면서 거실 창문으로 스며들 때뿐이었다.

도르넨포겔과 그 일당에게 지명수배가 내려졌지만 경찰측에선 둘 다 워낙 교활한 놈들이라 쉽게 붙잡힐 것 같지는 않다고 했다. 아마 위조여권을 소지하고 있을 터였다. 어쩌면 아르헨티나나 동남아시아의 어딘가에 숨어 있을지도 몰랐다. 지금 추적은 태국의 마노라 은행까지

밖에 하지 못했다. 그곳에서 돈은 감쪽같이 사라져버린 것이었다.

저녁이면 우리 가족은 모두 텔레비전 앞에 쪼그리고 앉아 있었다. 마치 동굴 밖에서 울부짖는 맹수들의 울음소리를 들으며 모닥불 주위에 옹기종기 모여 앉아 있는 석기시대 원시인들 같았다. 창틀에는 뿌옇게 먼지가 앉아 있었고, 축축한 석회벽에 벽지를 새로 바른 탓에 온 집 안에 축축한 냄새가 진동했다. 서로에게 아무 관심도 없이, 눈길 한 번 주지 않은 채, 모두들 굳게 입을 다물고 앉아 있었다.

이 모든 상황을 나는 담담한 마음으로 지켜보았다. 낯선 환경에 적응하지 못하고 있는 식구들을 보면 가슴이 아팠지만, 나로서는 예전에는 전혀 느끼지 못했던, 보지 못했던 '내 감성의 우발성'을 바라볼 수 있었다.

만약 내 의지에 따라 벼락부자의 취향을 고스란히 드러내주던 옛날 집을 떠났더라면 그게 나에게 즐거움을 주었을까? 어쩌면 그랬을 수도 있다. 하지만 지금으로선 그런 으리으리한 집에서 벗어난 게 전혀 즐겁지 않았다. 거기엔 드러나지 않는 어떤 이유가 있을지도 모르지만, 그렇다고 필연적이라고 할 만한 것도 아니었다. 지금 이 상황, 그리고 거기에 대한 나의 반응까지도 있는 그대로 지각하는 게 최선일 것이다. 그 안에 위대한 자유가 깃들어 있다.

'세번째 단계에서는 어떻게 우발적 감성과 거리를 둘 수 있는지' 보여주겠다고 몬탁은 말했었다. 자유가 어디에 있는지 벌써 파악이 되는 듯한 기분이었다. 어떤 생각이든 그 의미에 신경 써서는 안 된다. 순간순간의 감성에 주목해야 한다. 문제는 감성이다. 중요한 것은 결국 감성인 것이다. 그렇다고 무언가를 무조건 밀어내거나 미화시켜서는 안 된다. 그렇게 하면 오히려 불쾌한 마음만 커질 뿐이다. 이는 무관심이나 냉담함이 아니다. 이런 태도가 다른 사람들의 문제를 보다 깊이 들여다보고 숙고하게 하는 자유를 마련해준다.

당장 시급한 문제는 어떠한 방해도 받지 않고 참선할 수 있는 시간을 얻는 일이었다. 아무리 롤로와 친하게 지내기로 했다고 하더라도 멍하니 눈을 감고 앉아 있는 모습은 열한 살짜리 사내아이에게는 우스워 보일 것이다.

"뭐가 보이긴 하는 거야?"

참선중인 나에게 때때로 롤로는 물었다. 참선에 들어가면 모든 것이 너무나 선명해졌다. 신경이나 청각 역시 더욱 예민해져서, 롤로의 목소리는 싸구려 확성기를 통해 나오듯 윙윙거려 귀가 멍할 지경이었다.

"내 자신의 어리석음과 부자유가 보여. 그리고 그것들이 나타나는 모습도……"

"지금 나 놀리는 거야?"

"천만에."

이사하고 나서 처음 맞은 수요일에 롤로와 나는 파이퍼의 집으로 갔다. 눈에 띄지 않기 위해 한 정거장 전에 버스에서 내렸다. 빗방울이 떨어지기 시작하자 뭔가 불길한 느낌이 들었다. 아마도 다른 날보다 해가 일찍 저물어서였을 것이다.

롤로 말로는 수요일에 정기집회가 열린다고 했다. 그 외에 특별한 일이 있을 때, 그러니까 신경에 거슬리는 학생이나 마음에 안 드는 선생님을 저주하는 의식이 있을 때 임시집회가 열린다는 것이었다. 수요일이면 마틴 삼촌이 시골에 사는 고모 집에서 하룻밤 묵고 온다던 안네 마리의 말이 생각났다.

언덕 꼭대기에 있는 히치콕 하우스는 우중충한 하늘 때문에 더욱 음산해 보였다. 베란다에 놓인 소파에 누가 앉아 있는 듯했다. 외투나

곡물자루 같은 것일 수도 있었다. 잠시 우리는 숨을 죽이고 지켜보았지만 사람 같지는 않았다.

"검은색 벤츠는 없네. 그 삼촌 차 말이야. 그렇담 오늘밤 분명 의식을 할 거야. 운이 좋은걸."

정말 롤로의 말대로 자동차가 있어야 할 자리가 휑하니 비어 있었다. 우리는 몸을 최대한 웅크리고 흰 정자 쪽으로—안네 마리의 아버지가 아내와 아이들을 도끼로 쳐 죽였던—뛰어갔다. 누군가 창가에서 우리를 발견할 수도 있는 일이었지만, 깜깜해질 때까지 기다리지 않는 다음에야 눈에 띄지 않게 집 쪽으로 갈 방법은 없었다. 차분하던 마음은 순식간에 긴장감으로 바뀌었다.

"현관 계단 옆에 있는 창문으로 들어가는 거야."

지하실의 창살로 보이는 쇠막대기 같은 것이 계단 옆에 놓여 있었다. 집 밖으로 난 유리창은 먼지와 얼룩으로 더러워져 있어서 아무것도 보이지 않을 정도였지만 두 개의 덧창 중 하나가 열려 있었다. 그것은 마치 어서 들어오라는 초대장과도 같았다. 아니, 몸이 닿는 순간 곧 입을 다무는 덫과 같았다. 불빛이 희미하긴 했지만 아주 안 보일 정도는 아니었다. 안에는 아무도 없었다. 낡은 소파 하나만이 덩그러니 놓여 있었다. 세탁실 쪽으로 방향을 옮기던 롤로는 갑자기 걸음을 멈추더니 몸을 웅크리고 귀를 기울였다. 어디선가 낮은 노랫소리가 들려오는 듯했다.

"들려? 우리가 조금 늦었어. 곧 악마의 주술이 시작될 거야."

롤로는 어두컴컴한 복도를 가리켰다. 여유 있는 척 미소짓고 있긴 했지만 그애의 작은 얼굴에서는 긴장감과 두려움이 배어나왔다. 순간 롤로가 생전 처음 보는 사람처럼 느껴졌다. 모든 것이 다른 차원에서 보내오는 어떤 손짓인 듯했다.

막막하고 당혹스러워진 나는 그 자리에 멍하니 서 있었다. 그러나 그러한 느낌마저 순식간에 사라져버렸다. 어느새 롤로는 세탁실에서 나가고 없었다. 나는 얼른 그애를 쫓아갔다.

세탁실 뒤쪽은 보일러실이었다. 한쪽 구석에 높이 쌓여 있는 석탄 더미 위쪽의 조그마한 창문은 신문지로 막혀 있었지만 안쪽에서 붉은 빛이 새어나오고 있었다. 롤로는 석탄 더미 위에 올라서서 나에게도 손짓을 했다. 안을 들여다보기 위해서는 배를 깔고 엎드려야 했다. 롤로는 조심스레 창문을 덮고 있는 신문지를 걷어내면서 씩 웃어 보였다.

"저기 형 애인이 누워 있네. 뱃속의 아이에게 사탄이 들어가게 하려는 건가봐."

파이퍼는 악마의 모습인 듯한 가면을 쓰고 있었는데, 축제용 소품인지 몹시 유치해 보였다. 그는 낮은 테이블 위에 누워 있는 안네 마리의 몸 위에 고무로 만든 페니스로 원을 그리고 있었다. 안네 마리는 그새 배가 꽤 불룩해진 것 같았다. 파이퍼의 똘마니 두 명은 계속 낮은 목소리로 노래를 부르고 있었는데, 노랫소리는 마치 불가사의한 주문처럼 들렸다. 다른 아이들도 몇 있었는데, 모두 파이퍼와 한 반 친구들인 듯했다. 잠시 후, 파이퍼는 까만 독버섯 모양의 그릇에 담긴 피를 안네 마리의 몸 여기저기에 뿌리고 문지르기 시작했다.

"사탄이여, 당신을 알지 못하는 어린 종 마크 에라스무스 헤르츠바움의 아이를 당신의 아들로 삼으시겠나이까? 어두운 세계의 모든 힘을 이 아이에게 나누어주시겠나이까? 이제 대답해주옵소서, 우리에게 증거를 보여주옵소서……"

파이퍼가 어떻게 내 중간이름을 알아냈는지는 전혀 알 수가 없었다. 나는 늘 에라스무스라는 내 중간이름이 마음에 들지 않았다. 그래서 누구에게도, 친한 친구들에게조차 그 이름을 가르쳐준 적이 없었

다. 어머니가 어쩌다가 이런 이름을 붙일 생각을 했는지 정말 모를 일
이었다.

파이퍼의 기도에 악마는 아무 응답도 하지 않았다. 그는 실의에 빠
진 비극의 주인공처럼 고개를 몇 번 가로젓고는 다시 얼굴을 들어 지
하실 천장을 뚫어져라 바라보았다. 아무 대답 없는 암흑세계를 야속해
하며 어쩌면 이럴 수가 있느냐고 소리치는 듯한 표정이었다. 그때 누
워 있던 여자애가 옆으로 고개를 돌렸다. 그애가 정말 안네 마리인지
확인해보고 싶었지만, 여자애의 얼굴은 온통 검은 벨벳으로 만든 꽃잎
으로 뒤덮여 있었다. 소매가 길게 늘어진 검은색 실크 블라우스를 입
고 있는 그애는 구리로 된 가느다란 목걸이를 하고 있었다. 목걸이에
매달린 초록색 돌이 반짝거렸다.

"사탄이여, 마크 에라스무스 헤르츠바움의 아이를 당신의 아들로
삼으시겠나이까? 이제 대답해주옵소서, 우리에게 증거를 보여주옵소
서……"

파이퍼가 다시 한번 기도를 드렸다.

어디선가 조명탄이 터지면서 지하실은 갑자기 환해졌고, 곧이어 뽀
얀 연기가 작은 공간을 가득 메웠다. 아이들이 제각기 소리를 지르더
니 곧 소리 높여 노래를 부르기 시작했다. 정말 사탄이 어떤 증거를 보
여주기라도 하는 것 같았다. 조명탄이 어디에서 발사되었는지 정확하
게는 알 수 없었지만 아무래도 천장 통풍구인 듯했다. 작은 통풍구 옆
에는 '666'이라는 악마의 숫자가 새겨져 있었다.

한참 후 연기가 걷히고 나자 안네 마리가 움찔거리는 게 보였다. 마
치 죽었다가 다시 생명을 얻은 사람처럼 그애는 두 손을 배 위에 가지
런히 올려놓은 채 스르르 몸을 일으켰다. 검은 꽃잎들이 얼굴에서 떨
어져내렸다. 그애는 마약에 취한 사람처럼 약간 멍한 표정이었다.

"자, 어때? 볼 만하지?"

재미있지 않냐는 듯 말은 그렇게 했지만 롤로는 이 연극을 사실로 받아들이고 있었다. 숨어 있던 녀석 하나가 조명탄을 터뜨린 거였을 거라고 생각은 하면서도, 롤로는 눈앞에서 벌어진 이 기이한 광경에서 벗어나지 못하고 있었다.

22

안네 마리는 예뻤다. 그 어느 때보다도 예뻐 보였다. 하얗게 분을 바른 얼굴은 마치 마녀사냥에 걸려든 성녀(聖女)와도 같았다. 어두운 지하실 속에서, 우리가 배를 깔고 엎드려 있는 석탄 더미 속에서 뱀이 한 마리 기어나오는 듯한 짜릿한 흥분 같은 것이 느껴졌다. 안네 마리의 뱃속에 든 저 무고한 영혼을 악(惡)에서 구해내기 위해서라도 파이퍼 대신 아버지 역할을 할 수도 있을 것 같았다. 어쩌다가 안네 마리가 이런 삼류 코미디에 말려들었는지는 알 수 없지만, 어쨌든 나는 오래 전부터 그애를 좋아하고 있었다. 그애는 내게 친한 친구이자 나를 대신하는 희생양이었다.

"영원한 욕망의 이름으로 이 아이를 바치노라."

파이퍼가 큰 소리로 말하자 그애의 신도들 역시 낮게 읊조렸다.

"영원한 욕망의 이름으로―"

거기에 응답하듯 어디선가 메아리가 되돌아왔다. 그 소리는 마치 거대한 폭발 이후의 잔향(殘響)처럼 은은하게 퍼져나갔다. 파이퍼는 다시 말을 이었다.

"'선'이라는 위선적 기만에 대해 증오와 분노를 쌓아가는 것이 마땅하다. 증오와 분노에서 파괴의 욕망이 자라난다. 진정한 힘은 파괴에 있나니, 이로써 적을 벌하고 순화를 이루리라. 우주의 영원한 힘의 원천은 불의(不義)다. 낡은 것을 파괴하고 불의에 자리를 내주어라. 모든 창조물은 힘이 강대할 때 비로소 자신이 원하는 것을 얻게 된다. 악의 손이 나약한 자들의 목을 조를 것이다. 사탄의 땅에 발붙이지 못하도록 나약한 자들을 영원히 제거해버리리라."

몬탁의 말처럼 모두 미혹으로 이끄는 그릇된 생각이었다. 욕망 그 자체는 긍정적인 감성의 한 형태일 뿐이고, 증오와 분노로 생성된 욕망이란 예전의 나약함으로 인해 생겨나는 것이다.

나는 롤로에게 이제 그만 가자고 했고, 우리는 석탄 더미 위에서 미끄러지듯 내려와 세탁실을 지나 지하실 창문을 통해 서둘러 화단으로 빠져나왔다. 잠시 계단에 멈추어 서서 혹시 따라오는 사람은 없는지 살펴보았다. 쥐 죽은 듯 조용했다. 달마저 짙은 구름에 가려 사위는 칠흑처럼 깜깜했다. 아무것도 보이지 않았다. 언덕 위에 서 있는 앙상한 나무의 형체조차 알아볼 수 없을 정도였다. 멀리서 끔찍한 짐승의 비명이 들려왔다. 악마의 미사에 개를 제물로 바친 듯했다. 온몸에 소름이 솟았다. 롤로도 마찬가지였는지 어둠 속을 더듬어 내 손을 꼭 잡았다.

"얼른 집으로 가자."

잔뜩 주눅든 목소리로 롤로가 속삭였다. 정류장이 있는 도로에까지 내려오자 가로등이 빛나고 있었다. 그것은 마치 애타게 찾던 구원의 손길처럼 느껴졌다. 나는 이미 오래 전부터 알고 있었다. 사실 그 구원의 빛, 가로등 불빛 저 너머에 있는 것은 파이퍼나 그 일당이 아니라, 우리 자신의 무지(無知)와 자기 망각이라는 것을. 내가 저질러놓은 일을 보지 않기 위해 장님인 척 위장하고 스스로를 현실에서 소외시키고 있는 것이다. 롤로와 나는 헛된 불안을, 헛된 두려움을 느끼고 있었다. 주변에 우리를 구해줄 사람이 아무도 없다는 생각 때문이었다. 하지만 그 순간의 그 두려움은 지금까지 내가 느껴왔던 두려움과는 전혀 다른 것이었다.

문득 몬탁의 말이 떠올랐다. "사실 일상 속에서 너는 두려움으로 존재하고 있어. 부정적 감성, 눈먼 생각으로 말이야. 하지만 참선을 통해 의식이 성장하게 되면 자아는 자연스럽게 분리되어 나오지." 그의 말이 옳았다. 지금 나는 나 자신을 옭아매고 있는 자아를 떼어내고 있는지도 몰랐다. 하지만 그 자아란 대체 무엇이란 말인가?

그날 밤 나는 참선할 곳을 찾아 다락에 있는 창고로 올라갔다. 창고 구석에는 빌헬름 황제 시절의 유곽에서나 썼을 법한 낡은 소파가 하나 있었다. 푹 꺼져 내려앉은 쿠션에 가장자리에 달린 술 장식 때문에 왠지 괴기한 느낌을 주는 핏빛 소파였다. 그 위에 앉으니 먼지가 풀썩거렸다. 정체를 알 수 없는 악취가 진동을 했다. 가져온 손전등을 켜자 천장을 받치고 있는 기둥 구석에서 생쥐 한 마리가 까만 눈을 빛내고 있는 게 보였다. 쥐는 내가 다시 소파에서 몸을 일으키자 그대로 사라져버렸다. 갑자기 어쩔해진 나는 손전등을 끄고 다시 소파에 앉았다. 그러는 사이 손에서 전등이 미끄러져 마룻바닥으로 굴러떨어졌다. 쿵, 하는 소리가 났다. 아무것도 보이지 않을 정도로 깜깜했지만 사방에서 그림자들이 움직이고 있는 듯했다. 그 보이지 않는 그림자들의 실체는 두려움이었다. 난 친한 친구를 맞이하듯 그 두려움에 의식을 집중했다. 그러자 두려움은 곧 사라지고 어느새 '나 자신'만 남게 되었다.

만트라를 시작하기도 전에 나는 어느새 만트라를 통해 얻을 수 있었던 그 자리에 와 있었다. 경험해보지 못한 사람들은 아마 신의 목소

164

리를 들은 것도 천사나 악마의 속삭임을 들은 것도 아닌데, 어떻게 한 낱 인간이 자신의 마음이 생기는 자리를 인식할 수 있는지 전혀 상상할 수 없을 것이다.

판단력과 통찰력을 지니고 있다고 자부하는 사람일수록 더욱 그럴 것이다. 하지만 그날 나는 분명히 더할 나위 없이 선명하게 자아를 체험했다.

이 모든 게 혹시 스스로에게 던진 질문에 대한 대답이 아닐까? 나의 기대가 이런 자아를 만들어낸 건 아닐까? 인위적인 것은 아닐까, 정말 참선을 통해 나타난 것일까? 생각하면 할수록 그 답을 찾는 것은 중요하지 않은 것처럼 여겨졌다. 자아는 이토록 강렬한 빛과 에너지를 발산하면서 모습을 드러내고 있지 않은가, 이 모든 것이 거짓일지 모른다는 내 의심을 꾸짖고 있지 않은가. 내가 체험한 '자아'는 흔히 '나'라고 여겨지는 어떤 이미지도, 거울에 비친 겉모습도 아니었다. 순간순간 느끼게 되는 막연한 자의식 같은 그런 것 역시 아니었다. 그 순간, 나는 '내가 의식하고 있는' 그 상황만을 의식하고 있었다. 삶에서 단 한 번도 느끼지 못한 강렬함으로 나는 내 자아를 지각했던 것이다.

……어느새 나는 다시 사유 안에 있었다. 아직은 그 상태를 지속시킬 만한 능력이 없어서인지 수많은 감성들이 다가왔다가 사라졌다. 내 의식을 억누르려는 힘은 적지 않았다. 의식의 흐름을 막아서는 거북한 생각들도, 또 전혀 뜬금없이 떠오르는 생각들도 있었다. 카롤라가 떠올랐다. 그녀의 방문을 두드리던 그 밤도 떠올랐다. 옛날 집에서 이사한 후 그녀를 만난 건 딱 한 번뿐이었다. 카롤라는 중고등학생 몇 명을 모아 물리학을 가르치고 있었다.

나는 원칙에 따라 만트라를 되풀이했다. 다른 때보다 만트라의 울림에 집중하기가 쉬웠다. 나는 슬로프를 미끄러져내려오는 스키 선수처럼 우아하게 이런저런 생각들을 지나쳐 내려왔다. 만트라에 다다르지 못하도록 방해하는 온갖 잡다한 생각들에 전혀 걸리지 않고 그 사이를 살짝 미끄러져나왔다. 내면이 새롭게 정비되어 전혀 새로운 어떤 유연성을 갖추게 된 것 같았다. 뱃속에 약간의 통증이 느껴져 몸이 약간 뒤쪽으로 기울기도 했지만, 소리의 울림인지, 아니면 어떤 형상인지가 구분되지 않을 정도로 만트라는 점점 더 섬세한 형태를 갖춰갔다. 만트라를 반복할수록 그것은 점점 깊고 넓어지는 내면 속에서 스스로 움직였다. 만트라는 마치 자석과도 같았다. 그것은 자신을 둘러싸고 있는 긍정적인 모든 섬세한 감정들을 끌어당기는 듯했다. 그 자석과도 같은 힘 때문인지 내 정신은 어렵지 않게 그 영역으로 빨려들어갈 수 있었다.

그리고, 어느 사이 만트라는 사라지고 없었다. 나는 허공을 보고 있었다. 아니, 허공 저쪽의 어떤 것을 보고 있었다. 아무것도 없는 듯해 보이는 그 너머엔 사방으로 확장되어나가는 무한한 공간 외에도 또하나 존재하는 것이 있었다. ……그건 나 자신이었다. 그 공간이 바로 나였고, 내가 바로 그 공간이었다. 내 몸은 마치 사라지고 없는 듯했다.

내 의식은 이제 더이상 윤곽을 그릴 수 없는 어떤 지평 위를 떠돌고 있었다. 그것은 마치 물 위를 걷는 예수의 모습과도 같았다. 내 의식을 가만히 들여다보고 있자니 내 사고의 형태까지 보이기 시작했다. 나는 그저 막연한 생각을 하고 있는 것도, 또 우리가 흔히 '생각'이라고 하는 것, 언어와 막연한 형상이 섞인 어떤 혼합물을 붙들고 있는 것도 아니었다. 어떤 생각이 새롭게 싹트고 있는지, 그 다음에 이어질 생각은 어떤 것인지도 모두 알 수 있었다. 그 생각을 구체적으로 발전시킬지 그렇지 않을지 선택할 수도 있을 정도였다. 그리고, 이 모든 것이 너무나 자연스럽게, 어렵지 않게 이루어지고 있었다. 그때 내가 서 있는

166

곳, 내 의식이 자리한 곳은 바로 사고(思考)의 원천이었다. 내 생각을 내 뜻대로 조절할 수 있게 된 것이었다.

나는 이제 더이상 두뇌나 신경조직, 유전자, 기억, 경험 같은 것에 끌려다니지 않았다. 나는 '나 스스로' 생각하고 있었다. 그 자아는 평소의 내 자의식, 내 의식과는 좀 다른 듯했다. 그것은 '선(善)'과 '이해' '앎'이라는 무한자아(無限自我)와 비슷한, 아니 동일한 것인 듯 여겨졌다. 그것은 만물을 품에 안는 힘, 우주의 모든 존재를 포근히 감싸는 선의(善意)의 힘이고, 행복이었다.

마음속에서 다시 의심이 생겼다. 이 모든 게 혹시 상상은 아닐까, 망상이나 환각은 아닐까. 저 밖의 현실에 대해서도, 내 내면의 현실에 대해서도 무엇이 실제이고 무엇이 내 의식이 투영된 것인지 구별할 수 있는 잣대는 어디에도 없지 않은가. 아니, 어쩌면 그러한 잣대가 이미 허구일지도 몰랐다. 헛된 상상으로 만들어진 물질적, 정신적 현실일지도 몰랐다. 하지만 그때 내 안의 현실은 희뿌연 먼지 속 육신의 세계에는 결핍되어 있는 어떤 것, 진실성, 창의성, 그리고 조화로운 어떤 것을 가지고 있었다. 내가 지각한 것은 거짓이 아니었다. 어쩌면 물질적 현실이야말로 실제론 일그러져 있는 것인지도 모른다.

다시 정신을 차렸을 때는 갑옷처럼 오랫동안 나를 옭아매고 있었던 내 안의 무언가가 부서져버린 듯한 기분이었다. 내 의식을 감싸고 있던 베일이 벗겨져나간 듯했다. 나는 어둠 속에서 천천히 눈을 뜨고 몸을 움직였다. 온몸에 피가 다시 도는 듯했다. 내 몸의 리듬이 바뀌었음을 느낄 수 있었다. 내 몸은 신기할 정도로 가볍고 유연했다. 근육 하나하나가 아무런 저항도 받지 않고 자유자재로 움직이고 있었다.

나는 어느새 훌쩍이고 있었다. 얼굴 없는 암흑의 손길과도 같은 어떤 것이 내 목을 죄어오는가 했더니 그것은 곧 앙상한 나뭇가지 사이로 안개가 빠져나가듯 슬그머니 사라져버렸다. 이 역시 내 내면의 그림자였나? 밀려드는 감정에 복받쳐 나는 와락 울음을 터뜨리고 말았다. 얼마나 울었는지 눈이 부어 제대로 뜰 수 없을 정도였다. 이건 그냥 몸일 뿐이야. 그 위에 내 몸을 감독하는 내 자아가 있는 거고! 내 자아는 나의 '옛' 자아가 일으키는 경련을 말없이―약간 거리를 두고 너그럽게 미소지으면서―지켜보고 있었다.

제2부

너를 통해, 너 자신을 통해, 너의 감성, 너의 사유, 너의 느낌을 통해,
우주는 의미와 가치가 충만한 것으로 지각되리라.

A. 몬탁

1

몬탁이 나에게 가르쳐준 것은 일종의 '의식의 상대성이론'이었다. 자연과학에서처럼 그것은, 모든 가설은 경험을 통해 증명되어야 하며 증명되지 않는 가설은 곧 사변이고 형이상학이므로 폐기해야 한다는 원칙에 입각해 있었다. 나는 점차 이 이론의 체계를 파악해나갔다. 각각의 개념들은 이론의 전체 체계를 이루는 조각들이었다. 처음에는 각 조각의 기능을 잘 알 수 없지만 전체를 조망하면 그것들의 기능을 인식할 수 있게 된다. 무엇보다 나를 놀라게 한 것은, 이 이론이 예로부터 전해내려온 비밀스런 수행과 아주 흡사한 결과를 가져온다는 것이었다. 삶에서 고통을 줄이고 의식의 성장을 지속해나가는 것이 바로 그것이다. 상대성이론의 체계를 인식하는 것이 곧 인식을 발전시키는 과정이며, 이 과정을 계속해나가는 것이 곧 인식이었다.

모든 것, 정말 모든 것들이 이러한 인식의 과정을 방해하고 교란시킬 수 있다는 점을 깨닫게 하기 위해 몬탁은 노력을 아끼지 않았다. 우선 내가 보았던 가면, 즉 의식의 교란작용이 얼마나 다양한 형태로 나타날 수 있는지, 이런 가면이 얼마나 교묘하게 합리적인 생각이나 실질적인 충동, 도덕, 소박한 즐거움, 욕심, 혐오감, 불안 등으로 위장한 채 나타나는지를 파악해야 했다. 그 이후에야 비로소 그것이 곧 무언가를 알려주는 암시였음을 이해할 수 있다는 것이었다. 항상 어떤 생각, 어떤 행동을 하든 그 안에서 '나 자신'을 인식하라! 나를 방해하는 모든 것, 의심, 헛된 해석, 추측, 소망, 탐욕, 근심이 어떤 작용을 하는지 고민하라! 내가 가진 모든 불신의 마음, 외부의 현실에 대해 그럴듯한 근거를 대려는 어줍잖은 노력이 나 자신을 어떻게 만들고 있는지 살펴보아라! 내가 보았던 그 가면들이 무언가를 알려주는 전령이었음을 인식할 수 있어야 비로소 나는 또다른 형태의 실존을 향해 나아갈 수 있게 된다. 나 자신을 긍정적으로 변화시키려 애쓴다면, 그 가면들은 거기에 대한 촉매제로 쓰일 수 있을 것이다.

고통을 멈추게 하려면, 사유가 영혼의 바닥에 숨어 있는 어떤 가능성을 닮아가게끔 유도하라. 두려움이 생길 때에는 생각하려 하기보다는 그것을 있는 그대로 느끼고 현실로 지각하라. 두려움이란 망상에 불과하지만, 종종 변장을 하고 나타나서 우리를 기만하곤 한다.

우리가 두려움에 기만당하는 이유는 너무 편안하거나 피곤해서, 혹은 성취에 대한 불안 때문에, 그리고 낯선 것이나 새로운 것에 대한 불안 때문이다. 때론 부정적 감성을 견딜 준비가 덜 되어 있거나, 자유를 지각할 능력이 없기 때문이기도, 또한 중요한 것은 이미 모두 알고 있다는 오만 때문이기도 하다. 이럴 때 우리는 외부 현실이 부추기는 물질문명을 좇아 소심한 실리주의자가 되어버리고 만다. 아름다운 여인, 호화저택, 수영장, 공장, 요트, 경력, 명성, 권력, 체면, 그리고 부(富)의 희생양이 되어버리고 마는 것이다. 이런 것들도 나름대로 가치가 있는 듯 보이기도 하지만, 그것은 대부분 우리가 이를 가지고 있지 못할 때이다. 우리는 점점 자신이 그것의 희생양이 되어가고 있음을 깨닫게 된다. 일시적인 충족감을 느끼기도 하지만 그것도 잠시, 어느새 우리는 좀더 많은 것, 좀더 큰 것을 찾게 되는 것이다. 그러나 자신이 희생양이 되었음을 자각한다고 해서 곧 숨어 있는 의식의 현실을 파악할 수 있는 것은 아니다. 이를 제대로 파악하기 위해서는 의식의 현실과 대면해야 한다. 이에 대한 신뢰와 호기심, 통찰력 등이 요구되는 것이다. 하지만 물질세계는 끈질기게 우리를 붙잡아두고 있다. 과연 물질세계란 무엇일까? 소박한 실재론에서 대상의 특성이 의식에까지 도달한다고 보는 것만큼이나 인식론의 그것은 모호하다. 물론 대상의 특성이 빛의 입자에 실려 전해진다는 주장에는 납득할 만한 근거가 없다.

여기에서 한 가지 언급해야 할 것은, 똑같거나 유사한 세 가지 표상—사물의 표상, 빛과 함께 공간을 가로지르는 표상, 그리고 인간의 의식에 이르는 표상이다. 또한, 유일하게 하나의 표상만이 존재한다는 주장도 있다. 이러한 표상들이 빛으로 이루어져 있단 말인가? 빛이 없으면 사물의 특성조차 없는 것인가? 사물의 특성이라는 것이 빛에 의해서만 생겨나는 것이란 말인가? 이러한 표상이 빛을 통해 의식에 다다르게 된다는 말은 결국 빛이 의식 안에 있게 된다는 말인가? 이런 물음들은 우리의 단순한 이해력이 겪는 어려움을 여실히 보여준다. 우리는 언제나 환상을 품고 살아가고 있고, 수많은 망상가들은 매일같이 우리의 환상을 강화시키려고 애쓰고 있다. 실제로 사물을 인식하는 의식과는 무관한 이런 인식을 표상하는 '공간'은 무엇이란 말인가? 지각되지 않는 것들은 어떤 것인가? 어떤 표상을 지각하는 인식의 주체가 없어도 인식의 표상이 존재한단 말인가?

만약 누구도 생각하지 않고 지각하지 않는다면, 어떤 공간, 이를테면 0.5평의 공간은 과연 실재하는 공간일까? 설명되지 않고 의식에 반영되지도 않는 무엇으로 남는 것은 아닐까? 어떤 식으로든 인식의 표상에 부합한다고 짐작되는 인식의 파편에 지나지 않는 것은 아닐까? 이러한 가설은, 우리의 경험 현실에서 이끌어낸 연역과 추론이 이러한 가설에서 끌어낸 연역, 추론과 일치할 때에만 증명될 수 있다. 이 가설이 만약 타당하다면, 인식의 주체가 관조하는 공간의 형태는 의식으로부터 독립된 어떤 공간에 상응하는 것이고, 기술적으로 측정할 수는 없다고 해도 이러한 상응성은 인정되어야 한다. 이는 인식의 어느 부분에 대해서도 마찬가지다. 물 속에 들어가지 않고는 수영을 할 수가 없다. 이때 물은 인식관계의 한 축이 아니라 그 자체로 이미 온전한 인식관계이다. 물 속에 들어간다면, 그러니까 의식이 그 자체로 온전한 인식관계라면, 의식은 자신이 자기 자신에게로 되던져지는 것을 볼 수 있다. 의식은 의식으로만 있고자 하기 때문에 자신이 자신에게로 되던져지는 것을 보게 되면 이는 선험적으로 소실되어버린다는 주장은, 인식론적 관념주의자들이 범한 오류이다. 그런데도 사람들은 사물이 의식에 그대로 반영된다는 사실을 믿음으로써, 혹은 막연한 의심으로 그침으로써 인식론적 관념주의자들의 오류를 답습하고 있다. 그러므로 문제를 제대로 파악하고 다른 사유의 가능성을 인식하는 것은 개발되지 않은 의식으로서는 강한 충격일 수밖에 없다. 이때 우리는 의심해보아야 한다. 의식이 만들어낸 우주의 어떤 부분이 우리에게 불필요한 고통을 야기하고 있는가?

지금 생각해도 이러한 문제를 다룰 때 몬탁이 보여준 신중함과 배려는 정말 대단한 것이었다. 당시 그는 극단적인 질문을 던져 우리의 의식을 힘겨운 시험대에 올려놓아서는 안 된다고 여겼던 듯싶다. 나는 알았다. 그는 자신이 알고 있는 것, 자신이 본 것들을 모두 나에게 말해주지는 않았다. 사실 그가 나에게 가르쳐준 것만 해도 다른 사람들에겐 감당하기 힘든 것이었을지도 몰랐다. 그는 사변을 늘어놓지 않았다. 수백 년 동안 사변은 인식론을 발전시키기는커녕 훼방꾼 노릇만 해온 게 사실이었다. 종교적 혹은 형이상학적 세계관이 주장하는 것은 과학적 검증을 넘어서는 인식들, 예컨대 영생, 윤회, 신의 존재, 신의 계시와 뜻, 종교적 죄, 도덕적 죄, 업보 등이었지만 몬탁이 보여준 세계상은 달랐다. 그것은 종교 혹은 형이상학적 도그마를 내세우지 않고 소박한 실재론이 허위임을 드러냄으로써 물리적 현실을 넘어서는 가능성을 마련해주었고, 의식의 현실을 선명하게 바라보는 통찰을 부여해주었다. 이는 현실 너머의 어떤 세상을 당연한 것으로 받아들이는 것이 아니라, 부족한 지성이 겪는 사변적 장애를 제거함으로써 이루어지는 것이었다. 이러한 세계상은 과학을 맹목적으로 신봉하는 자들이 매달리곤 하는 얄팍한 유물론과 자연주의에서 벗어나 있었다. 상대성이론이나 양자역학이 관찰자의 결정적인 역할을 입증했음에도 불구하고 오히려 속류유물론과 자연주의가 대중화된 과학으로 자리잡고 있는 것이 현실이었지만, 유물론이나 자연주의는 바람직한 세계관이 될 수 없다. 그것들은 의식의 진화를 저해하고 있다. 몬탁이 그려 보이는 세계에는 어느 정도 소망과 관심이 들어가 있는 것이 사실이었지만, 여기엔 이를 주장할 만한 충분한 힘이 있었다.

몬탁의 도움으로, 나는 의식에서 다른 차원의 현실을 발견할 수 있었다. 정신과 감성의 흐름을 통해서만 인식될 수 있는 이러한 현실은 일상의 현실보다 더욱 분명하게, 확실하게 존재하는 것이었다. 어느 순간, 몬탁이라는 사람 자체가 궁금해지기 시작했다. 이런 성인(聖人)

이 왜 박물관에서 시간을 보내고 있는 걸까? 무엇 때문에 이토록 지적 능력이 뛰어난 사람이 하잘것없는 일에 매달려 있는 걸까? 사실 사회적 지위나 부를 좇는 사람들을 생각하면 몬탁이 하는 일은 아주 보잘것없는 일이었다.

나는 한편으로는 안네 마리를 파이퍼의 손아귀에서 구해낼 방법을 찾으면서, 다른 한편으로는 몬탁이라는 한 인간의 인생의 수수께끼를 풀어보려고 애썼다. 몬탁은 매일 아침 같은 시간에 집을 나섰다. 대개 모자를 쓰고 외투를 걸친 모습이었다. 형편이 어려운 것 같지는 않았다. 그가 준 뒤러의 판화만 하더라도 꽤 값이 나가는 것이었다. 파산한 직후 그것을 팔 생각이었지만 아버지가 말렸다. 혹시 몬탁이 먼 친척은 아닐까? 이사하면서 나는 그의 이름이 있을까 해서 족보를 샅샅이 뒤져보았지만 아무것도 나오지 않았다. 몬탁은 집에서는 무엇을 할까? 왜 여행도 안 가지? 대학에서 강의를 할 수도 있을 텐데. 왜 날마다 그렇게 미술관에만 있는 거지? 어쨌거나 그는 국립박물관에 전시된 거장들 사이에서 자신의 일을 계속 하고 있는 것 같긴 했다.

지금 생각해보면, 그에게 미술관은 깊은 산속의 암자 같은 곳이었던 것 같다. 속세를 벗어나 은둔생활을 하던 현자들처럼 그는, 깊은 산속으로 들어가는 대신 대도시라는 밀림을 택한 것이다. 그는 사람들 사이에서, 이 세상 안에서 살아가면서 자신의 진리를 지키는 파수꾼이었다. 위대한 유산을 보호하는 수호자였다. 그 유산은 박물관이 아니라 그의 머릿속에 들어 있었고, 내 임무는 의식 속에 묻혀 있는 보물을 발굴하는 것이었다. 몬탁은 시끌벅적한 세상의 소용돌이 속에서도 유일하게 조용하면서도 종교와는 거리가 먼 곳, 즉 박물관을 진리의 보관소로 택한 것이다.

막연하게나마 그는 나 같은 사람이 언젠가 나타날 거라고 예감하고 있었던 것 같았다. 그는 자기 보물의 가치를 배가시켜줄 사람을 찾고 있었다. 아니, 그런 제자가 나타나기를 기다리고 있었다. 그는 언덕 위에 서서 사람들에게 설교를 하는 대신, 관심을 보이는 사람에게만 자신을 드러냈다. 그리고 그 이후엔 기대 이상으로 많은 것을 전수해주었다. 박물관은 그런 일을 하기에는 꽤 괜찮은 장소였다. 하지만 그때의 나는 어딘가 석연치 않은 느낌을 지울 수가 없었다.

"할아버지는 어떻게 이런 길을 걷게 된 거죠? 전 할아버지에 대해 아는 게 너무 없어요."

몬탁과 나는 새롭게 단장한 박물관 카페에 앉아 있었다. 박물관 관장 타데우스 롬이 카페 개업식 날 우리를 초대한 것이다. 몬탁을 성인으로 여기고 있는 그는 그날 낡은 양복을 입고 있었는데, 작은 키에 배가 약간 나온 모습이 따뜻해 보이는 사람이었다. 관장은 방금 구운 크루아상을 우리에게 가져다주었다.

"새 오븐에서 제일 처음 구워낸 빵입니다." 그는 자랑스럽게 말하며 입맛을 다셨다. "동물성 지방은 전혀 들어 있지 않아요. 당신 같은 채식주의자도 거뜬히 소화시킬 수 있는 음식이죠."

몬탁에게 말하면서 그는 호기심 어린 눈빛으로 나를 쳐다보았다. 내가 오래 전부터 박물관에 드나들고 있다는 걸 알고 있는 눈치였다.

"저분, 지나치게 공손한데요?"

관장이 가고 나서 내가 묻자 몬탁은 싱긋 웃으며 대답했다.

"아, 내가 저 친구 불면증을 치료해줬거든…… 내 얘기를 해달라고 그랬나? 우리 얘기에서, 내가 어떻게 살아왔는지는 중요하지 않아. 누구나 겪는 그런 문제들을 겪기는 했지. 사실 나 자신이 자기 소외의 실험실이기도 했으니까."

"그럴 리가…… 할아버지도 나처럼 그랬단 말이에요?"

나는 의아했다.

"그래. 무상함, 허탈감, 공허함, 그런 것들을 체험해야 했지. 나는 거짓된 자화상의 희생양이었어. 타인의 시선이나 규범적 사고에 조종 당하며 살았지. 삶을 설명하는 데는 여러 가지 방법이 있어. 그중에서 사람들은 원하는 것만 골라서 설명을 하지. 그러다보면 자기 생각이 옳다는 믿음이 생기는 거야. 사실은 본질이 아니라 현실의 한 단면만을 설명하는 것뿐인데도 말야. 이런 태도는 십중팔구 사고의 감옥이 되지. 그 안에 갇혀서도 감옥이 존재한다는 걸 전혀 모르기 때문에 벗어나지를 못하는 거야. 무슨 얘기를 해줘야 할까? 무용담 하나 해줄까, 악어나 사자와 싸웠던? ……어떤 사람이든 인생의 전환점은 다 있단다. 어떤 갈림길에 도달하든 그 순간을 결코 헛되게 흘려보내서는 안 돼."

"갈림길에 도달했는지는 어떻게 알죠?"

"직감으로 느끼는 수밖에 없지. 직감이란 뭘까, 막연하게 포착된 어떤 사고(思考)랄까, 객관적으로 설명할 수 있는 것이 아니야. 그건 감성 속에서 어떤 확신의 에너지를 뿜어내는 사고지. 그렇기 때문에 감성은 가치 경험의 근거를 부여할 뿐만 아니라, 무언가를 알려주는 경우가 많아. 인식의 기능을 가지고 있는 거지. 한편으로 가치를 부여 하면서 다른 한편으로는 뭔가를 지시해주는 거야. 이러한 두 가지 기 능 때문에 종종 감성을 오해하는 경우도 생겨나곤 하지. 두 가지 기능을 혼동하는 거야. 어쩌면 이런 혼동은 20세기 정신의 비극에도 일면 책임이 있을 거야. 20세기의 지식인들은 엄격한 검증에도 견뎌낼 수 있을 만한 행동지침을 찾는 데 실패하고 말았지. 끔찍한 무력증에 시 달리게 된 거야. 사고(思考)란 현실과 무관한 개념이나 화려한 수사학 만으로는 파악할 수 없는 거야. ……그건 그렇고, 내 경험담 하나 애기해줄까?

　수년 전 나는 남아프리카에서 앞을 못 보는 아이들을 위한 학교를 운영하고 있었어. 그 아이들은 때로 정상적인 아이들보다 더 많은 걸 볼 수도 있어. 물론 극한 상황에 처했을 때이긴 하지만 말야. 어느 날 그중 한 학생의 아버지가 나를 동물보호구역으로 데려갔어. 알고 보니 그는 그곳의 수렵감독관이었어. 우린 몇 시간 동안 지프를 타고 사바나를 지나 북쪽으로 갔지. 출발한 지 얼마 안 되어 영양들이 나타났어. 우리를 피해 달아나는 영양들의 발굽 소리에 땅이 진동을 했지. 우리는 바오밥나무 아래에서 잠깐 쉬면서 영양을 관찰했어. 하지만 그 녀석들은 전혀 두려워하지 않았어. 가끔씩 의심스런 눈초리로 우리를 바라볼 뿐이었지."

　"설마 그중 한 놈을 쏴 죽일 생각이었던 건 아니죠? 물론 할아버지답지 않은 생각이긴 하지만요."

　"영양을 죽이든 사람을 죽이든, 그건 사실 크게 다르지 않아. 동물들에게서 행복의 가능성을 빼앗거나 고통을 주는 것은 조악하고 야만적인 인간들이나 하는 짓이지."

　"그럼, 동물들도 행복이란 게 어떤 건지 알고 있다는 건가요?"

　"일반적으로 보면 그렇지 않지. 동물의 세계엔 어떤 개념도, 단어도 없으니까. 하지만 동물들에게도 분명히 인간과 비슷한 경험들이 있을 거야. 행복을 느끼는 데, 혹은 고통을 느끼는 데 언어가 전혀 불필요한 건 아니지만 어쨌든 필수적인 것은 아닐 거야. 실수로 개의 꼬리를 밟았다고 해볼까. 울부짖는 개를 보며 그 개가 고통스러워하고 있다는 걸 부정할 수 있는 사람은 없을 거야. 그런데 왜 행복을 느낄 수 없을 거라고 생각하지? 동물들이 아무 느낌 없이 그저 덤덤하게 지내고 있다고만 생각해버린다면 그건 제대로 경험하지 못한 거야. 내 생각은 그래. 모든 생명체들은 대개 비슷한 의식구조를 지니고 있는 게 아닌 가…… 물론 얼마간의 차이들은 있겠지만 근본은 아마 같을 거야. 동물이건 사냥꾼이건 자신이 뭘 하고 있는지 제대로 파악하지 못한다면, 어느 쪽이나 의식이 원시상태를 벗어나지 못한 것이고, 어떤 감성을 인식했다면 둘 다 발달한 의식을 가지고 있는 거지. 사냥꾼들은 동물을 죽이고 살리는 일로 자신의 가치를 판단하지. 그렇게 보면 사냥꾼이 맹수보다 나을 게 없어. 자신의 행동을 합리화하려고 애쓰는, 단지 말을 할 수 있는 맹수라고나 할까.”

“가치 판단의 상대성 말씀이시죠?”

“사냥의 경우도 그렇지만, 인간 행동의 척도는 ‘순수한 정신’이라고 할 수 있어. 순수한 정신을 얻으면, 그러니까 행동이 정서체계와 합일되면, 정신적 육체적으로 건강해지지. 행복을 누릴 수 있게 되고 말야. 하지만 대부분의 사람들은 이걸 잘 모르고 있어. 한 번도 진지하게 이 문제에 대해 고민해본 적이 없어서지. 사람들의 의식은 외부세계에만 사로잡혀 있어. 내면세계에 대해서는 행복과 불행에 대한 상념, 마음의 상태를 대충 지각하는 정도에 그치고 있지. 그런 사람들에게 내면세계란 그림자 같은 거야. 그래서 불안에 시달리는 거지. 마음 깊은 곳에서 생각지 않은 불행을 만나게 될까봐 지레 겁을 먹고 있는 거야. 하지만 순수한 정신이 완성되면 양심 말고는 아무것도 문제되는 것이 없어. 지금 내가 말하는 건 사람들이 흔히 사용하는 것보다 훨씬 넓은 의미의 양심을 말하는 거야.

우리의 내면에는 지금 현재의 모습과는 또다른 어떤 가능성이 잠재해 있어. 자신을 넘어서서 존재하는 가능성, 지금과는 다르게 존재하는 가능성이지. 그걸 발굴해낼 수 있어. 가장 바람직한 상태이기도 하지. 이 상태에 도달하려고 애쓰는 사람도 있고 잘못된 길에서 헤매는 사람들도 있어. 아예 생각조차 하지 않는 사람들도 있겠지. 하지만 이 상태에 이르게 되면 우리는 좀더 생산적으로, 성공적으로, 건강하게, 아무 문제 없이 세상을 살아갈 수 있게 되는 거야.”

반박하기를 기다리는 듯 그는 잠시 아무 말 없이 나를 바라보았다. 그가 예상한 대로 나는 놀라고 있었다. 그가 말한 내용 때문이 아니었다. 진보한 의식은 자신의 나약함에 대처할 뿐만 아니라 일상적인 상태를 넘어선다는 것, 그건 이미 오래 전부터 알고 있는 사실이었다. 내가 놀란 것은, 내가 현실의 문제로 힘들어하고 있던 바로 그때, 그가 그런 말을 했기 때문이었다. 나는 놀라지 않을 수 없었다. 하지만 물론 내색하진 않았다.

“발굴한다는 건 어떻게 하는 거죠?”

“두 가지 길이 있지. 먼저 오성을 통하는 길. 하지만 이때 우리는 여러 가치들을 객관적으로, 따로 떼어서 볼 수가 없어. 가치들을 자아와 연관시키게 되니까. 가치 자체를 고려하지 않으니까 가치를 부정적으로 경험하게 되고 말야. 이 길을 택하게 되면 우리는 결국 우리 스스로가 만들어낸 결론에 다다르게 되는 거야.”

그렇다면 다른 하나의 길은? 나는 깜짝 놀랐다. 몬탁은 내가 다락에서와 같은 그런 경험을 할 때까지 기다리고 있었던 듯했다. 때때로 그는 자아의 개념에 대해 말하지 않았던가. 그는, 자아란 여타의 지각작용과 분리되어 있는 것, 사고의 발원지, 에너지의 중심이라고, 우리 몸에 병이 날지 어떨지 우리 내면에서 은밀히 결정을 내리는 곳이라고 했다. 하지만 그가 말하는 ‘자아’ 역시 우리가 흔히 쓰는 것과 마찬가지로 모호하다는 생각이 들었다. ‘자아의 발견’ ‘자아의 소외’ ‘자아에 머물기’ ‘자아 실현’ 등도 그 의미가 불명확하지 않은가. 정말 존재하는 것이라면, 자아란 대체 무엇인가? 순간, 그날 밤 내가 다락에서 느낀 것이 자아에 대한 훨씬 선명한 경험이었다는 생각이 들었다. 그는 말을 이었다.

"우리는 아주 중요하면서도 이해하기 힘든 지점에 도달했어. 의문점들이 계속 솟아날 거야. 뭘 위해서 상승된 존재형태를 추구하는 걸까? 그렇게 하다보면 신비한 기만의 희생물이 되는 건 아닐까? 고작해야 말잔치에 그치는 건 아닐까? 달리 설명할 수 없는 윤리규범에다 우리를 묶어두기 위한 지적 속임수에 불과한 건 아닐까?

실제로 우리는 상승의 가능성을 가설로만 묶어두고 있어. 그러고는 아직 실현되지 않은 가능성과 소망을 대상으로 만들어 일상적 자아 옆에 두고서, 우리 자신과 대상을 비교하고 대상을 기준으로 삼아 우리를 평가하는 위험에 쉽게 빠져들곤 하지. 그렇게 구분하는 것은 잘못된 거야. 그것은 우리에게 그릇된 형상을 만들어줄 뿐이야. 의식이 자신의 가능성을 지각하는 건 대상을 만들어냄으로써 이루어지는 게 아니니까. 일상적 의식상태와 이상적 의식상태를 구분하는 것은 많은 가치들이 우리 자신과 결부되어 있다는 것을 우리 스스로 의식하게 해줄 뿐이지.

많은 목표나 가치들은 한 가지 점에서 일치해. 인격 성장에 기여한다는 점이지. 우리는 자신을 내실 있게 채우려 하고 수준 높은 능력이나 가치 있는 체험, 인격 완성과 원활한 의사소통을 추구하지. 또한 충일감을 주는 색다른 경험을 하고 싶어해. 낡은 틀에 고정되어 있지 않은 경험, 더 큰 자유와 더 많은 긍정적 경험을 가져올 수 있을 색다른 경험 말이야. 이런 노력은 하지 않고 판에 박힌 관습을 천편일률적으로 되풀이하면서 명성, 재산, 권력을 쌓는 일만 계속한다면, 부정성과 질병, 갖가지 파괴적인 것들이 온갖 못된 형태로 나타나게 될 거야. 우리가 자신의 의식 깊은 곳을 들여다보고 조금만 더 자신을 인식한다면 나약함과 오류, 실패와 소망, 갈구하는 마음이 어디에서 일어나는지 쉽게 알 수 있게 돼. 하지만 향상된 존재를 상정하지 않는다면 나약함의 개념도 별 의미가 없어. 강인함이라는 가능태와 연관될 경우에만 나약하다는 말도 할 수 있는 거니까.

이런 또하나의 실존방식에 어떤 명칭을 붙여야 할지는 간단한 문제가 아냐. 옛부터 써온 명칭들은 쉽게 오해를 불러일으킬 수 있으니까 말이야. 어떤 명칭을 붙이더라도 사변적 신비주의나 순진한 유토피아주의로 오해를 사는 일이 꼬리를 물고 계속될 거야. 자아 실현, 더 높은 자아, 이상적 자아, 존재, 자아 정립, 자아 이상, 개체화 등이 거론되었지. 회의론자들에게서 곧잘 의심을 사곤 하는 '깨달음' 이라는 말도 있지만 말이야. 그건 어떤 최고의 경지를 말하지. 하지만 자아 실현이 곧 우리가 향상된 자아를 실현할 능력과 관심을 가지고 있다는 것을 의미하진 않아. 허공에 떠도는 이상, 채워지지 않은 소망, 에너지도 추진력도 없는 막연한 목적 정도에 그치고 말지. '더 높은 자아' 라고 할 때, 이것은 정태적 상태를 뜻하는 말이 아니야. 보다 실존적인 형태를 말하는 거지. '자아' 는 자신이 성장하고 변화하기를 원하고 있어. 그것은 고정되지 않은 존재가 되기를 원하지. 자아로 인도하는 과정, 일종의 발전과정을 원하지. 후퇴와 악화가 빈번히 일어나는 이런 발전 과정 중에 진화의 움직임이 추진되는 거야. 아주 일반화해서 말하자면, 진화란 의식의 측면에서 긍정적 경험이 최대화된 것이라고 할 수 있어.

진화는 일정한 조건에서만 이루어질 수 있어. 이기적이어서도 반사회적이어서도 안 된다는 말이야. 이 조건이 충족되지 않으면 언젠가는 잘못된 것으로 드러나게 마련이야. 무지한 사람, 우둔한 사람, 이기주의자, 안락함을 추구하는 보수주의자, 범죄자 같은 사람들이 이런 오류를 저지를 수 있지. 이기적이거나 반사회적이 아니어야 한다는 조건은 칸트의 정언명령 같은 도덕적 요구도 아니고, 관념적인 도덕적 몽상도 아니란다. 그것은 누구에게나 해당되는, 실제로 작동 가능한 메커니즘을 말하는 거야. 에너지와 물리역학의 법칙에 따라 만들어야 자동차가 움직이는 것처럼, 우리 인간도 일정 조건을 충족해야만 목표에 다다를 수 있어. 이 조건을 충족했다는 게 향상된 의식상태의 특징이야. 그리고 더 나아가 이런 통찰력은 도덕의 경험적 토대를 이루고 있지. 말하자면 도덕을 마련하는 근본원칙인 셈이지. 감성을 통해 가치가 마련된다는 사실을 사이비 가치상대주의가 어째서 외면하는지 이것으로 설명이 되겠지? 무엇인가로 고통받고 있는 사람들은 그 고통을 직시하지 않으려 하지. 그러니까 결국 그 고통을 제대로 인식할 수 없는 거야.

많은 신학자와 철학자들이 그랬던 것처럼 변신론(辯神論)으로 부정성과 악을 정당화시키다보면, 이기적인 방법으로는 최고의 행복은 얻을 수 없다는 놀라운 원리를 발견하게 되지. 그리고 여기에서 또하나, 이런 사실도 확인하게 돼. 보다 나은 상태에 도달하기 위해서는 언제나 깨어 있어야 한다는 것, 그리고 선택해야 한다는 걸 말이야. 그러기 위해선 보다 현실주의적인 생각도 필요하지. 내적 고통 안에서 허우적거리는 것이 아니라 긍정적인 것들을 취하고, 대상과 거리를 두어 고통에서 벗어나야 한다는 거야."

몬탁은 동료들의 지적 망상을 비웃는 수도사처럼 내 쪽을 향해 히죽 웃어 보였다.

"이렇게 세계를 완성하는 길을 걸음으로써, 자아 실현의 역동적 과정 속에서 최고의 자아를 구현함으로써, 우리는 우리 자신을 구속하고 있는 상태에서 벗어날 수 있는 거야. 그렇게 우리는 인정하게 되지. 삶이 우주라는 커다란 조형물의 한 톱니바퀴라는 것, 그 조형물의 의미를 충만하게 만들어가는 일부라는 것을 말야. 우리 자신이 의미의 구현체가 되는 거지. 세상이 존재하는 이유도 바로 우리 인간의 행복을 증진하는 데 있으니까 말야…… 만약 그렇지 않다면 인간의 선한 의지를 통해서 우리가 그 의미를 부여해야 할 거야. 더 자세히 말하자면, 감성의 긍정적 양상이 삼라만상과 결합되는 것, 그런 결합을 충만하게 지각하는 것이 세상의 의미라고 할 수 있어. 우주는 너를 통해서, 너의 감성과 사고, 느낌이라는 프리즘을 통해서 의미 충만하고 가치 충만한 것으로 지각되는 거지.

……각 상황을 상세히 구분하고 따져보는 건 나중으로 미루도록 하자꾸나. 우선은 자아나 자아 실현에 대해 질문해보는 걸로 충분할 거야. 삶의 주요 원리를 설명하는 데 자아, 자아 실현 같은 건 포기해야 하는 개념일까?

그건 아니야. 병, 우울증, 좌절, 침체, 폭력, 광기 같은 경험들이 의식의 다른 형태가 있다는 걸 뒷받침해주고 있으니까 말이야. 도덕, 인성의 발전, 더불어 사는 사회생활과 관련된 행위와 가치관을 통해서 의식은 충만하게 되는 거야. 자아 실현의 높은 상태가 존재한다는 말이지.

의식의 발전이 완전히 멈춘 상태에서 일상의 즐거움만 추구하는 사람의 정신이 건강할 수 있겠니?

자아가 품은 구상은 결코 간단하게 이루어질 수 없는 거야. 더욱더 풍성하게 채워지고 진화하려고 하지. 그렇기 때문에 자아와 자아의 가치를 동일시해서는 안 돼. 자아는 자기 자신의 관점에서 이러한 가치들을 얻으려 하지. 물론 놓치게 될 수도 있고 말야. 더 지적이고 더 솔직하고 덜 공격적이고 덜 불만스럽고 덜 공허하고 덜 탐욕스러운 것과,

다른 사람에게서 존경받고 사랑받고 인정받는다는 것이 똑같겠니?

지나친 이기주의자나 범죄자 중에서 정신이 온전한 사람이 단 한 명이라도 있을까? 물론 본인은 그렇다고 생각할 수 있겠지. 또 겉으로는 실제로 그렇게 보일 수도 있고. 하지만 억제된 겉모습 안에 있는 내면을 들여다보면, 어느 경우나 고통과 불만, 불안, 과민, 불신, 분노, 공격성이 감춰져 있게 마련이야. 기수의 명령에 따라 말이 움직이듯 부정성이라는 것이 그를 좌지우지하고 있는 거야. 그렇게 되지 않으려고 사람들은 갖은 수단을 다 쓰지. 권력과 쾌락, 명성, 재산, 파괴, 싸움, 전쟁…… 때론 마약을 쓰기도 하고 말야. 흡연자에게 왜 담배를 피우느냐고 물어보렴. 아마 맛있어서라고 대답하는 사람들이 많을 거야. 하지만 대개는 크건 작건 어떤 괴로움 때문이야. 하지만 담배를 못 피우게 한다고 그 괴로움이 커지는 걸까?

내가 말하는 존재의 보다 높은 차원이란 결코 초자아를 뜻하는 게 아냐. 심리학에서 초자아란 유년 시절의 기억이나 교육, 그리고 여러 문화적 요인으로 만들어지는 일종의 검열관이지. 이 '초자아'라는 개념을 사용하면, 양심이나 인간의 도리 같은 것은 반응양식이나 관습에 불과한 것이 되어버리고, 그렇게 되면 이 둘이 나타나게 되는 일차적 동인도 모호해지지.

프로이트의 생각처럼 양심이란 것이 순전히 사회적 반향이나 경험에서 오는 것일까? 아니면 오이디푸스 콤플렉스 같은 것이 없다고 해도 도덕이라는 것이 있을 수 있는 걸까? 우리의 직관, 우리의 감성은 이렇게 말하고 있어. 우리 자신의 선천적 자질을 신뢰해야 한다고, 사회의 영향력이란 어떤 포괄적 형태를 부여하고 우리를 억압하는 것뿐이라고 말이야. 우리에게 정말 선천적 자질이 있는 건지, 의식에 초월성이 내재해 있는 건지 의심스러울 때가 있지. 하지만 사회적 영향의 메커니즘이 작동하려면 어쨌든 작동의 대상인 심리적 반응요소가 있어야 해. 심리적 반응요소가 없다면 사회적 영향력이 전혀 작동할 수 없을 테니까.

　그러니까 프로이트의 견해는 이런 거야. 사회나 교육의 가치규범, 초자아를 구성하는 가치규범이 다르다면 우리 역시 최상의 정신상태를 유지하며 자아 실현을 지속해나가는 히틀러나 스탈린이 될 수 있다는 거지. 사냥꾼이나 군인, 맹수의 마음을 움직이는 그런 가치들이 초자아를 구성했더라면 말이야. 그러나 강제수용소를 움직였던 히틀러와 힘믈러의 수족들은 하나같이 정신이 병든 사람들이었어. 모두들 심한 자기 소외에 시달리고 있었지. 정작 자신은 병적인 정신상태도, 그 병의 원인도 알 수 없었겠지만 말이야.

　실제로 사회는 이런 초자아와도 같은 일종의 검열관들을 만들어내고 있기는 해. 하지만 프로이트의 주장과는 달리, 사회가 만들어내는 이 초자아는 어떤 선명하고 분명한 직감으로, 우리의 정신상태에 대한 정확한 직관을 통해서 이루어지지. 여기에서 초자아란, 건강을 유지하고 성장하기 위해서라면 조금이라도 충족시켜야 하는 그런 '고양된 자아' '마음의 순수성' 같은 것이 반영된 것이니까. 우리가 자책감, 죄의식, 후회, 책임감을 어떤 의미에서든 타당하지 않다고 느낀다면, 그건 초자아의 속임수일 뿐이야. 니체가 말한 대로 기독교 도덕이 남긴 시대착오적인 구시대의 유물일 뿐이지. 자책감이나 죄의식, 후회, 책임감이 타당하다고 느낀다면 그건, 그것들이 객관적 가치에 대한 사실 판단이어서가 아니라, 우리가 자신과 합일되지 못한 데서 나온 것이기 때문이고 또 우리의 정서체계에 위배되는 것이기 때문일 거야. 죄의식이나 후회가 나타난다는 것은 자기 자신과, 또 다른 사람들과 정신적으로 상응하는 의식의 지평이 아직 성취되지 않았다는 증거지. 이것이 성취된다면, 고통, 우울증, 회의, 상실감, 노이로제, 질병 같은 부정적인 것은 사라지게 돼. 완전히 사라지지는 않더라도 최소한 고통을 주는 성질은 점점 줄어들지.

우리가 성장한 자아와 합치된다면, 즉 우리가 성장한 자아가 실현하려고 하는 가치들과 합치된다면, 우리는 마음의 순수한 상태에 진입하게 되고 우리의 정서체계에 부합되는 행동을 하게 되지. 물론 실존의 가능성으로서의 이런 자아는 일단은 하나의 가설에 머물러 있지만. 억압이나 노이로제를 설명하기 위해 정신분석학에서 초자아를 상정하는 것처럼 말야. 의식의 추동점을 이루는 긍정적 자질의 감성과 부정적 자질의 감성이, 상승된 실존방식을 실현하는 방향으로 나아가고 있다고 확신한다면, 우선 우리는 우리 자신의 실존을 신뢰해야 해. 일반화시켜보면 이런 거야. 자아가 상승하면 긍정적 감성은 늘어나고 부정적 감성은 줄어든다. 그렇지 않을 경우 부정적 감성은 증가하고 긍정적 감성은 감소한다. 이렇게 말할 수도 있지. 마음이 순수할수록 더 많은 행복과 건강을 얻는다. 최근 보도들을 보면 알 수 있겠지만 거짓되고 태만한 생활을 계속하다보면 여러 가지 신체적 질병이 찾아드는 경우도 많잖니. 우리의 가능성들은 힘들고 고통스러운 상황과 맞닥뜨렸을 때 비로소 나타나는 경우가 많지. 이에 반하는 행동을 하는 것, 올곧은 마음을 지니지 못한다는 것이 곧 아픔이고 고통인 거야. 이것이 바로 '의식의 이치' 란다. 알아듣겠니? 내 말을 이해했다면 한번 과감하게 모험해보렴. 실험을 해보라구. 네 삶이 곧 실험조건이고 시험장이니까."

2

　"그런데 '지금과는 다른 실존방식' '구현된 나' 혹은 '자아'라는 게 사유 안에서 이루어지는 건가요? 아니면 직접적으로 지각되기도 하나요?"

　"좋은 질문이야. 자아에 대해 논의할 때 거의 해명되지 않는 지점이지. 답은 둘 다야. 자아는 가치와 가치의 작용에서 추론되는 것이고, 다른 의식상태에서는 힘의 내적 원천으로, 세상을 체험하는 자아의식의 창문으로 인식되는 것이기도 해. 지각될 수 있는 자아가 나타나는 것은, 자아가 실현하고자 하는 목표에 우리가 잠시나마 동의했을 경우야. 우리가 자진해서 자아가 원하는 대로 목표를 결정했을 때지. 그런 때가 오면, 예전에는 외부의 판단에 따라 그저 직관적으로 정해지던 가치가 이제 지각될 수 있는 자아에게 속하게 되지. 가치들이 자아의 일부를 이루며 나타나기 때문에 지각될 수 있는 자아가 너무나 선명하게 인식되는 거야. 그냥 그렇다고 생각하는 게 아니라 '이게 완벽한 일치이다'라고 말할 수 있는 그런 거야. 자아와 가치가 하나로 나타나는 거지. 이런 현상이 바로 우리의 정신구조가 지닌 비밀 중 하나란다.

　흄, 칸트, 후설 같은 대철학자들조차도 자아를 경험하고 자아를 설명하는 일에서는 곤란을 겪었단다. 그들의 연구 대상이 자아였는데도 말이야. 흄은 자아 이념의 근거로 삼을 수 있을 불변의 경험을 찾으려 했지만 실패했지. 칸트는 '사유하는 나는 내 자신에게 관조의 대상이 될 수 있고 그럼으로써 사유하는 나는 나 자신과 구별될 수 있다. 이는 의심할 수 없는 사실이지만 절대 설명할 수도 없다. 어찌된 일이란 말인가?'라고 했어. 칸트의 질문에는 아마 이렇게 답할 수 있을 거야. 대상의 실존성이나 실존방식처럼 자아의 경우에도 설명할 수 없는 부분이 많이 있다고 말야.

자아는 사유 안에서만 이루어지는 것은 아냐. 진보한 의식상태에서는 자아와 단순한 사유를 뚜렷이 구분할 수 있지. 자아란 독특한 경험이야. 단순한 사유가 아니라, 나름의 방식으로 존재하는 정신적 범주지.

자아의식이 정신건강을 좌우한다고 확신하는 심리학자들도 있어. 정신분열증이나 정신이상 같은 질병에 걸린 사람의 경우 자아가 완전히 사라져버리기도 하니까 말이야. 자아가 감성의 부정적 양태나 그 대상을 지각하지 않으려고 뒷걸음치다보면, 즉 '자아 도피'를 하다보면 자아가 사라져버리고 만다는 거야. 하지만 이렇게 나약한 자아를 관찰했다고 해서 자아 실현을 설명해낼 수 있는 건 아냐. 기껏해야 잔해를 찾을 수 있을 뿐이지. 이런 이야기는 네가 선명한 경험을 하게 되면 그때 가서 다시 하도록 하자."

"너무 간단하게 설명하시는 거 아니에요?" 다락에서 체험한 것에 대해서는 한마디도 꺼내지 않은 채 나는 물었다. "자아와 합일되어 행동하면 된다는 건가요? 그러면 삶의 모든 문제가 사라진다는 거예요?"

"결코 그렇게 간단한 게 아냐. 의식이 이런 인식에 도달했다면 벌써 많이 나아간 거야. 신중하게 살펴보고 개념의 혼돈, 불명확성, 의심을 제거했다는 거지. 예컨대 '아름답고 편안한 느낌'만 좇고 싶다거나 즐거움과 재미만 얻고 싶다는 마음, 그렇게 할 수 없을까봐 근심하는 마음에 이미 대항했다는 거지. 내 말을 듣다보면 우선 떠오르는 의심이 이런 것들 아니니? 그렇지만 한번 생각해보렴. 아름답고 편안한 느낌만 좇고 싶다는 것, 즐거움과 재미만 얻고 싶다는 것, 이런 판단이 어떤 종류의 것이겠니? 그건 감성의 우발적 양태일 뿐이야." 몬탁은 살짝 웃음을 머금곤 다시 말을 이었다. "얼마간의 사유 연습을 해야 해.

우리는 대부분 뭔가 명확히 파악하는 연습이 되어 있지 않잖니. 금방 절망하고 정신의 수풀 안에 들어앉아버리지. 하지만 철학의 역사는 길고 고통스러운 과정이고, 철학의 역사라는 울창한 밀림에서 진실의 빛이 들어오는 자리는 군데군데 있을 뿐이야. 주제로 다시 돌아가자. 인간은 자신이 쾌락이나 긍정적 감성만 좇는 존재는 아니라고 생각해. 그렇게 되기를 원하지도 않고. 대개 자신은 그와는 다르다고 생각하지. 아주 복잡 미묘한 문제야. 지난번 내가 가치 평가에 대해 이야기한 것은 반쪽 진실에 불과했어. 우리 오성은 복잡한 연관관계를 단번에 이해하지 못하기 때문에 하나씩 이해해갈 수밖에 없어. 내가 때때로 중요한 반론거리를 그냥 건너뛰는 것도 그 때문이야.

이제 자세히 한번 얘기해볼까. 절대가치를 잃을까봐 불안해하는 건 근거 없는 일이라고 말했을 거야. 그릇된 가치를 좇을 때 나타나는 맹수와도 같은 성향을 보기로 들면서 설명했잖니. 향상된 의식단계에서는 정의나 진실, 법 같은 전통적 가치나 문화적, 미적 가치가 흔들리는 경우가 거의 없어. 보통의 의식 수준에서는 이런 가치들이 우발적 감성과 결부되거나 실제로 변해버리는 경우가 빈번하지만 말야. 이 가치들의 절대성을 뒷받침해주는 건 바로 감성 안에서 드러나는 흡인력의 절대성이지. 흡인력의 절대성은 더할 수 없는 선명함으로 감성 안에서 나타나는 거야.

그런데도 우리는 몇몇 가치를 수단으로 파악하곤 하지. 제3의 범주에 속한 가치들이 그것들인데, 어떻게 보면 파악하기가 가장 힘든 가치들이지. 관용, 의로움, 호의, 자아 실현 같은 것들 말이야. 무관심도 마찬가지고…… 이런 것들 안에서 감성을 이루는 요소들이 발견되지 않는다고 해서 이것들이 막연한, 단순한 의미일 뿐이라고 생각해서는 안 돼. 그런데도 사람들은 이런 가치를 우선은 수단으로 이해하려는 성향이 있지. 가치를 지니지 않는 사물, 사실, 대상, 의미라면 그건 다른 가치를 위한 수단이 아니겠냐고 생각하는 거지. 그래서 이런 질문들도 하게 되는 거고. 가치를 구성하는 건 도대체 뭐란 말인가? 관용은 다른 사람과 더불어 살려는 수단이 아니던가? 그게 아니라면 사물 자체가 가치를 지니고 있을 수 있다는 건가? 예컨대 선량함이란 감성과 상관없는, 수단으로서의 기능과 상관없는 특별한 범주에 속하는 것인가? 선량함이란 그 자체로 가치 있는 것이란 말인가?……

이런 문제들이 바로 윤리학과 철학의 가치론이 오랫동안 방황하며 걸머지고 온 십자가야. 2500년 동안 많은 이론가들이 이 수수께끼의 해답을 찾으려고 노력했지만 아무 성과가 없었어. 관용이나 선량함이 반드시 유효한 수단만은 아니니까. 모든 사람들이 다른 이에게 관용적인 태도를 보인다면, 관용은 개개인을 위한 최고의 행동원리이겠지. 하지만 그렇지 않다면, 이 원칙에서 예외적으로 적용되기를 원하는 사람들이 있다면 관용의 원리는 더 나은 삶을 위한 수단으로 작용할 수 없을 거야. 결국 관용이 최고의 수단이 되기 위해서는 모두 관용을 지키겠다는 마음이 있어야 한다는 거지. 또 어떤 때는 관용이라는 덕목이 목적에 방해가 되는 경우도 있을 수 있어. 예를 들어 내가 중요한 논문을 쓰고 있는데 이웃에서 나팔을 크게 불어댄다고 하면, 그 사람도 원하는 대로 살 권리가 있으니 내가 너그럽게 참아야 하는 걸까? 이때 난 아마 관용이라는 것을 인정할 수 없을 거야. 그렇다면 관용이란 아무 쓸모도 없는 것인가? 아니면 대개는 가치 있는 것이고 어떤 특별한 경우에만 그렇지 않은 건가? 경우에 따라 다른 건가? 하지만 그건 아니야. 그게 어떤 경우든 우리는 관용의 가치를 알고 있으니까. 그렇다면 이것은 어떤 종류의 가치일까?

이런 것이 바로 제3의 가치일 거야. 이런 가치가 지니는 특성을 파악하기 위해서는 자신의 경험을 세심하게 관찰해야 해. 일단 이런 것들은 실현된 자아를 이루고 있는 것들이라고 말할 수 있을 거야. 그래, 놀랍게도 이런 가치들은 자아의 근처에 있는 경우가 많아. 반대의 것들은 자아의 좌절이나 자아 소외의 근처에 있지. 구름 사이에서 누군가의 손가락이 튀어나와 이렇게 나눠놓으라고 지시한 것처럼 말이야. 하지만 그 손가락이 누구의 것인지, 그 가치 판단의 척도가 무엇인지 분명하지 않기 때문에 사람들은 쉽사리 의심하게 되고, 다른 사람의 도움이나 도덕적 전통, 문화와 법, 자기 관찰과 자아 인식 등을 필요로 하게 되지. 하지만 이런 종류의 가치들이야말로 충만하게 실현된 최고의 의식단계를 대표하는 것이란다."

몬탁은 잠시 말을 멈추고 나를 유심히 살펴보았다.

"내 말이 좀 어려웠니?"

"조금은요. 하지만 무슨 말인지 알 것 같아요."

"간단하게 말하면 이런 거야. 어떤 가치들은 그 자체로는 분명하게 드러나지 않아. 하지만 일단 그것을 선택해서 따라가다보면 질적으로 향상된 의식수준에 이르게 되지. 처음에는 그 의미만을 겨우 포착할 수 있다는 점을 놓고 보면 이것은 어떤 확고한 신념과도 흡사하지. 땅속에 묻혀 있는 지식처럼 들춰내야 하는 것이고, 거기에 맞추어 살아가면서 비로소 그 가치가 기능을 발휘하는 그런 것들이야. 이것들은 고해나 참회가 작동하는 것과 같은 심리적 원리로 작동하지."

"그럼 그럴 땐 어떻게 해야 하죠? 시끄러운 음악 소리 때문에 내 일에 방해가 될 땐?"

"글쎄……"

나는 의심스러운 눈초리로 몬탁을 바라보았다. 하지만 그는 전혀 동요하지 않았다. 잠깐 장난기가 스쳐가는 듯도 했다. 항상 모든 답을 알고 있는 몬탁이 왜 갑자기 모른 체하는 걸까? 이상한 일이었다.

"지금 저 놀리시는 거죠?"

"아냐. 그럴 땐 정말 어떻게 해야 할까? 가서 시끄럽다고 얘기해야 할까? 아니면 성가셔도 참아야 할까? 다른 사람들도 나처럼 시끄럽다고 생각하는지 확인해봐야 하나? ……그건 너의 직관에 달린 문제야. 모든 것이 항상 분명한 원칙에 따라 이루어지는 건 아냐.

넓게 보면 이런 현상은 수단과 방법에만 해당하는 것이 아니라 감성이라는 넓은 영역에도 해당하는 거야. 감성의 양상은 서로 비교할 수 없을 정도로 다양하고, 그 가치를 알아볼 수 없을 정도로 애매한 경우가 많아. 이럴 때 우리는 감성의 비합리성에 직면하게 되지. 긍정성이나 부정성의 계기는 항상 선명하게 인식할 수 있지만, 감성의 질적 수준은 그렇게 할 수가 없어. 하지만 그런 와중에도 우리의 심리조직을 이루고 있는 커다란 연관성은 변함이 없지.

다시 우리 주제로 돌아가보자. 성숙한 자아가 지각하고 있는 가치가 무엇인지 살펴보다보면, 어떤 가치의 영역이 발견될 거야. 이 가치의 영역은 그 작용이 나중에야 나타나고 우리가 예전에 지녔던 태도와 쉽게 연관되지 않기 때문에 파악하기가 상당히 어려워. 무언가가 손에 잡히기는 하는데 선택하는 순간에는 그 가치의 근거가 무엇인지 제대로 알 수가 없는 거지. 그러면 사람들은 자신이 모른다는 것을 감추기 위해 '의무'나 '당위성'을 내세우곤 하지. 하지만 이 가치 영역의 타당성을 판단하는 기준은 이것이 우리의 보편적인 의식상태, 우리의 정서체계, 수련을 쌓은 관찰자의 높은 의식에 어떤 작용을 하느냐 하는 거야. 그리고 이런 작용이 우리 의식이 나아갈 방향을 결정짓는 지점, 즉 감성의 부정적 양상과 긍정적 양상이 갈라지는 분기점을 형성하는 거지.

　인간의 개체성은 또다른 가치의 영역이야. 이 영역에는 우선 적성과 자질이 관계되어 있지. 그리고 우리가 이루어야 할 사명도 담겨 있고. 좁은 시각에서 그 사명의 중요도나 필요성을 따져볼 수도 있겠지만 이는 개별적, 보편적 의식이 보다 큰 긍정성을 향해 나아가는 데 필요한 수단이라고까지 말할 수 있을 그런 사명이야. 이런 바탕 위에서 사람들은 삶, 발전, 진화에 기여할 가치들을 만들어내곤 하지. 항생물질이나 헌법, 과학 같은 것들 말야. 하지만 그것들이 정말 진화에 기여할 수 있을지 어떨지 언제나 선명하게 인식할 수 있는 것은 아냐. 핵물리학이나 유전자 조작 같은 것은 인간을 불행의 구렁텅이에 빠뜨릴 수도 있고 진보에 보탬이 될 수도 있지.

　또하나의 가치 영역은 우발적 가치들의 영역이야. 어떤 사물에 대해 다른 사람과는 다른 가치 평가를 하는 데서 나타나는 개인적 취향 같은 것이 여기에 속해. 밝은색 양복을 즐겨 입는 사람도 있고 짙은색 양복을 선호하는 사람도 있지. 그런데 이런 가치 평가는 향상된 자아가 구현하는 가치를 반영하지도, 인간의 개별적 자질을 반영하지도 않아. 가치에 대한 느낌은 다른 느낌으로 대체될 수 있어. 물론 그렇다고 해서 감성의 양상이 변화하는 건 아니지. 만약 감성의 양상이 변화했다면, 즉 지각 내용과 감성 내용이 통합된 가치의 질이 변화한 경우라면, 그건 우리가 지금 논의해야 할 문제는 아니야.

　결국 우발성의 개념을 이해하는 게 중요하단다. 우발성의 정확한 의미를 파악하지 못한다면 이 세상이 살인과 만행으로 가득하게 만들 지적(知的) 조건 하나를 마련해주는 셈이야. 종류가 다른 것들을 구분하지 못하고 가치와 사실을 혼동함으로써, 피와 칼로 다른 세계를 개종시키려 했던 십자군처럼 전쟁터로 나가는 거지. 십자군처럼 세상이 자신의 가치를 따라야 한다고 믿는 거야. 지금은 우리만 가지고 있지만 절대적으로 옳은 가치이기 때문에 폭력으로라도 다른 사람들을 강제하는 것이 정당하다고 생각하는 거지. 자신들이 강요하는 가치의 중요성에 비하면 다른 사람이 당하는 고통은 사소하다고 생각하는 거야. 회교 근본주의나 파시즘, 전쟁이나 성적 학대의 경우도 마찬가지야. 자칭 가치라고 하는 이런 것들이 줄줄이 늘어서 있지. 그런데 이런 오류는 두려움에서 나오는 것이기도 해. 그래서 행동의 자의성이 제멋대로 들어설 수 있게 되는 거야.

만약 우리가 폭력, 학대의 가치를 주장하면서, 직관 즉 우리가 스스로를 다치게 하는 일이 없도록 보호해주는 내면의 소리에 귀 기울이지 않는다면, 이 세상에 끝없는 부정적 경험의 사슬을 만들어놓게 된단다. 사실에 대한 바른 통찰 혹은 논리적인 귀결이라고 착각하면서 절대적 가치를 만들어내고, 그렇게 만들어진 절대적 가치를 신봉함으로써 광기가 생겨나고, 그 광기가 꼬리를 물고 계속되는 것, 이것이 광기의 구조지. 다 우리가 내면세계를 제대로 이해하지 못해서 생기는 결과야. 광기는 지적 결함에서부터 시작되지. 우리는 자신의 어리석음에 시달리고 있는 셈이야.

다시 한번 말해볼까. 타인에 대한 호감은 향상된 자아가 지닌 가치야. 내가 병원에서 의사로 일한다면 그건 내 개별적 자질의 가치고. 또 우리가 통증 때문에 괴로워할 때, 진통제는 보편적 가치이지. 그리고 내가 즐겨 입는 검정색 양복은 내 개별적 취향의 가치이고…… 우리로 하여금 향상된 자아의 층위에서와 마찬가지로 작동하게 하는 가치들이 있는가 하면, 개별적 가치들이 작동하는 영역도 있어. 그러니까 아무리 많은 사람들이 똑같거나 비슷한 판단을 한다 하더라도 거기서 보편타당성을 발견할 수는 없는 거지.

자아 실현이나 진화, 도덕 같은 가치에서 발견할 수 있는 보편타당성이 이기적인 개인들이 모인 세상에서 어떻게 가능한 걸까? 이런 질문을 하다보면, 좀 이상하다는 생각이 들 거야. 미스터리지. 적자생존의 원리가 자연의 철칙이라면 어째서 인간성이나 자비로움 같은 이상한 것을 만들어낸 걸까? 약육강식의 원칙이 잠시 궤도에서 이탈한 걸까? 업무상 과실? 아니면 이것이 우리의 선택을 통해 계속해서 진행되고 있는 진화의 과정을 드러내주는 표식일까? 이런 질문들에 굳이 해명할 필요는 없을 거야. 질문을 던지는 것으로 충분하지.

그렇다면 마음의 순수성의 반대편, 즉 향상된 자아의 반대쪽은 어떻게 보일까? 거기에는 아주 많은 것들이 뒤섞여 있어. 부정적인 것들은 둔갑의 대가(大家)야. 참선할 때 나타나는 훼방꾼과도 같지. 워낙 다양한 가면을 쓰고 나타나기 때문에 마치 수많은 적과 싸우고 있다고 느낄 정도지. 질병, 좌절, 불운, 짜증, 피곤, 무기력, 과오, 경솔, 권태, 우울, 의기 소침, 절망, 정신이상, 불신, 피해망상…… 때로는 육체적 고통이나 부정적 판단으로 나타나기도 하지. 회의, 분노, 노여움, 히스테리, 음흉한 비판, 상대에 대한 비하, 과소평가, 증오, 경멸, 공격과 파괴, 자살……

이것들은 늘 똑같은 것처럼 여겨지지. 어째서 우리는 이런 것들에서 같은 에너지가 나오고 있다고 생각하는 걸까? 그건, 어느 시점에서 고통이 사라지고 나면 다른 데서 또 비슷한 것이 나타나기 때문이야. 무릎관절염이 사라지고 나면 신경쇠약이 오고, 불안한 밤을 보내고 나면 두통이 찾아오지……

이런 부정성은 파괴적인 힘을 휘두르고 있어. 부정성은 새로운 부정성을 낳고, 그것은 또다른 부정성을 낳지. 부정성이 기승을 부릴수록 잘못된 길에서 벗어나는 일은 더욱더 힘들어지고 말아. 부정성에 상처를 받으면 받을수록, 부정성에 사로잡히면 사로잡힐수록, 부정성에 시달리면 시달릴수록 우리의 미래 역시 부정적으로 되어가는 거야.

반대의 경우도 마찬가지야. 현실을 긍정적으로 볼수록 미래 역시 긍정적인 것으로 바뀌지. 물론 이때도 욕망을 이용해 부정적인 것들이 나타나기도 하지만. 담배를 끊는다거나 마약을 멀리하겠다거나 식사를 줄이겠다는 등 힘든 결심을 했다가도 금방 잠깐의 즐거움에 자신을 맡겨버리고 마는 거지. 잠깐 힘든 것을 참고 보다 나은 것을 도모하는 대신 지금의 안락함에 그대로 머무는 경우도 마찬가지고. 그게 다 거부하려는 마음과 굴복하려는 마음이 병존하는 상태에서 부정적 경험이 만들어지기 때문에 나타나는 현상이지.

그렇다면 이런 부정성이 나타나는 원인은 무엇일까?

원인과 구별할 수 있도록 우선 부정성의 기능을 이야기해줄게. 부정적인 것, 감성의 부정적 양상이 가져오는 고통, 우리가 사고하고 지각하고 몸으로 느끼는 고통은 더이상 육체를 짓누르지 말라는 경고장이야. 고통은 뭔가 잘못되고 있다는 것을, 네가 그릇된 태도를 보이고 있다는 것을 알리는 신호지.

부정적 감성의 해로운 면과 이로운 면을 구분해볼 수 있겠구나. 우리는 보통 슬픔이나 걱정은 누구에게나 있는 감성이지만 증오는 나쁜 거라고 생각하지. 새로운 시작을 알리는 신호가 아니라면 의욕 상실도 해로운 거라고 생각하고. 하지만 이런 구별은 신중하게 해야 돼. 이런 식의 구별은 일반적인 경우에만 해당되는 것이니까. 자신의 발전에 큰 의미를 두지 않는 사람들은 어쩌면 슬픔이나 걱정 같은 것들도 그런 대로 받아들일 수 있을지 몰라. 다른 사람들도 다 그렇게 살아가니까 괜찮다고 생각하면서 말이야. 하지만 이렇게 한번 질문을 해볼까. 내면에 대해 더 많이 알고 참선을 더 깊이 하게 되면 우리에게 '이로운' 부정적 감성에서도 벗어날 수 있는 건가? 그럴 수 있다면 어느 정도까지 가능한 걸까?

부정적인 것은 다양한 기능을 지니고 있어. 경고를 할 때도 있고, 과거의 잘못에 대한 대가로 고통을 줄 때도 있고, 성장의 모터로 작용할 때도 있지. 하지만 이런 것들은 모두 핑계일 뿐이야. 내면세계를 안다면 부정적 감성에 고통받지 않으면서도 발전의 오류와 가능성을 포착할 수 있지 않겠니?

우리가 고통받는 주된 이유는 의식의 기본구조를 알지 못해서야. 여기에는 여러 양상들이 있을 수 있어. 예를 들자면 이런 것들이지.

우리는 부정적인 것에서 벗어나기 위해 지나치게 애쓰고 있다, 그래서 '거리'를 두지도, 감상에서 벗어나지도 못한다, 반면 긍정적인 것들에는 지나치게 집착한다, 그러면서도 부정적인 것들에 역시 너무 강하게 붙들려 있어 이에 역시 영향을 받는다, 이런 의존성 때문에 심리학에서 말하는 방어기제가 작동된다, 정신의 현실을 제대로 파악하려 하지 않고 직관적으로 도망부터 가는 것 역시 방어기제가 작동하는 것으로 볼 수 있다, 우리는 소위 진실과 가치의 희생자들이다, 우리는 확고한 이념과 증명되지 않은 확신의 지배를 받고 있다, 감성에 근거하지 않은 사실 인식을 가치와 혼동하고 있다, 삶의 보편적 의미와 그런 가치들이 어떻게 기능하는지 전혀 인식하지 못하고 있다, 그것을 인식하는 길로 나아가야만 해로운 규범과 이데올로기에서 벗어날 수 있는데도 말이다, 우리는 도덕의 가치를 심신의 건강 정도로 축소해버리고 있다, 그 가치를 인식하는 게 힘겹기 때문이다, 우리는 긍정적 감성의 빛 속에서 나타나는 부정적 수단의 작동원리에 대해서는 아무것도 모르고 있다, 우리는 개인의 자질과 자아 실현의 방향으로 충분히 나아가고 있지 않다, 우리는 더불어 의식해야 하는 것을 충분히 포착하지 못하고 있다, 명확한 개념으로 파악해내지 못하고 있다, 개념이

서지 않으니까 판단할 수도 없고 그래서 고통받고 있는 것이다. 우리는 자신을 충분히 관찰하지 않고 있으며 우리의 정신이 처한 상황을 섬세하게 알지 못한다……

이 모든 것들이 자유의 긍정적 선택과 지각을 어렵게 하고 있어. 그러다보니 망상, 압박감, 방향 상실, 허무, 권태, 정서 불안 등의 부정적 정서가 습관적으로 생기고, 이런 습관은 또다른 부정적 경험을 낳게 되지. 결국 부정적인 것은 우리가 오류를 범했기 때문에 현실이 되는 거야. 우리가 우리의 내면을 제대로 모르고 있기 때문에, 우리가 잘못 선택했기 때문이지. 잘못 선택한다는 건 잘못된 소망을 가지고 적합하지 않은 자세로 그 소망을 추구한다는 뜻이야. 고통이 나타나는 가장 중요한 요인 중 하나는 고통의 경험을 올바르게 지각하지 못했다는 거야. 그래서 도피, 억압, 방향 상실, 정신질환, 공격성, 성취능력 저하 등의 증상이 나타나는 거지. 마찬가지로 긍정적인 것을 적합하게 지각하지 못하는 경우도 있어. 그렇게 되면 불만족, 욕구 불만, 허탈감, 분노, 히스테리, 과대망상, 광신 등의 부정적 현상이 나타나지. 똑같은 근본적 오류를 범하는 거야. 현실을 있는 그대로 지각하고 받아들이지 못하는 거지. 여기서 받아들인다는 것은 태만하게 모든 것을 감수한다는 뜻이 아냐. 부정적인 것과 긍정적인 것에 얽매이지 않게 자신의 자아를 거기에서 떼어내 정확하게 인지한다는 뜻이야. 이렇게 자아를 지각하고 나서야 비로소 어떻게 행동할 것인지를 선택할 수 있는 거지.

우리의 삶에서 이렇게 부정적 힘이 활성화되는 것을 프로이트처럼 파괴충동이라고 부르지 말고 '긍정적 의지 결여의 결과'라고 부르면 어떨까. 이런 현상은 스트레스, 억압, 탐욕, 무지, 망상, 반복되는 실패의 결과니까.

그런데 무엇 때문에 내면세계는 이렇게 교묘하게 숨어 있는 걸까?

왜 자연은 명확하게 말해주지 않는 걸까? 어째서 사람은 이런 연관성을 통찰하는 능력을 지니고 태어나지 못할까? 왜 영혼이 불구가 되는 고통스러운 길을 한참이나 걷고 나서야 나중에야, 혹은 너무 늦게 내면의 자유에 도달하게 되는 걸까?

우리가 무언가로부터 시험당하고 있는 걸까? 아니면 그저 우연에 불과한 걸까? 선(善)을 선택하게 하려고 우주가 이런 장난을 치고 있는 걸까? 그렇게 하지 않으면 우리가 보상을 확신하지 못할 것이기 때문에? 그렇게 하지 않으면 우리가 이익을 챙길 때만 움직이는 장사꾼처럼 되어버릴까봐? 이런 질문들은 목적론적 사변이야. 하지만 어쩐지 사탄이 이 놀이에서 주도권을 쥔 것 같아 언짢아지는 경우도 많지. 사탄 역시 신의 창조물이고 결국 신의 제약을 받는 존재라면, 사탄의 극악무도한 장난이 어떻게 정당화될 수 있냐는 질문에 신은 난감해하지 않을 수 없을 거야. 만약 우리 자신이 부정적인 것의 화신으로서 신이나 사탄을 만들어낸 것이 아니라면 말이야.

각성된 의식에 도달하면 우리는 고통이 얼마나 가혹한 것인지, 유혹이 얼마나 매력적인 것인지 알 수 있어. 우리의 의식이 깨어 있지 않을 때나 판단력이 결여되어 있을 때 닥치는 위험에 대해서도 알 수 있고. 이러한 일련의 과정들을 제대로 파악하고 자아를 지각한다면 우리는 훨씬 더 자유롭게 선택할 수 있을 거야. 그렇게 되면 우리의 지각이 가치 평가의 성향을 지니고 있다는 것, 이런 성향이 공동의 행복을 위해 함정을 파놓았다는 것도 선명히 알 수 있게 되는 거지.

부정적인 것이 문제가 되는 것은 그것이 주는 고통 때문만이 아냐. 그것이 기쁨, 행복, 자아 실현, 창의성, 도를 방해하기 때문이지. 물론 전면에 나타나는 것은 고통이야. 부정적인 것은 감성의 부정적 양상을 띠고 나타난다고 할까. 부정적인 것의 두 극단은 고통과 불안이야. 물질이 에너지로 변하듯 이 두 가지는 서로 몸을 바꾸지. 똑같은 부정적 감성 에너지이지만 다른 모습으로 나타날 뿐이야. 우리가 제대로 다스리지 못하면 부정적 감성 에너지가 우리의 삶을 통치하게 될 거야. '업(業)' 이라고 하는 것도 바로 이런 것이 아닐까.

그렇다면, 어떻게 해야 이런 악순환에서 벗어날 수 있을까? 이미 우리는 이런 악순환이 외부세계에서만 생기는 것이 아니라는 것을 경험하고 있어. 기술이 아무리 창의적으로 발전한다고 해도 우리의 내면세계에서는 여전히 날림공사만 진행되고 있겠지. 그렇다면 어떻게 해야 이런 악순환에서 벗어날 수 있을까? 문제가 시작되는 지점을 찾아내 거기서부터 방향을 잡으면 되지 않겠니? 단편적인 행동규칙을 세우는 대신 자아의 확립을 목표로 삼아 결단을 내린다면 아마 그렇게 될 수 있을 거야. 이 지점은 아직 자아가 공격당하지 않는 곳이거든. 아직은 잘 눈에 띄지 않는 지점이니까. 유감스럽지만 사실이 그래. 자아와 행복의 연관성은 우리가 선험적으로 인식할 수 있는 게 아니란다. 말하기는 쉽지. 자아의식이 있다느니, 자아를 신뢰하라느니 하는 말들도 자주 오고가고 말야. 언어의 발전과정에서 언젠가 자아와 긍정성의 연관성이 발견된 적이 있었던 걸까?

부정적인 것에서 벗어나려면 우선은 탈것이 필요할 거야. 물론 그것이 한눈에 그럴듯해 보이지는 않을 거야. 이 차량이 어떻게 작동하는지 그 비밀이 숨어 있는 곳이 금방 들여다보일 거라는 기대는 버려야 해. 이 자동차는 명백한 논리를 가지고 있지 않아. 차가 작동하는 방식은 경험으로 알 수 있지. 경험하고 느끼다보면 비로소 이 과정이 의식을 향상시키는 과정과 전혀 다르지 않다는 것을 인식할 수 있어. 이 자동차, 즉 참선의 제재가 바로 만트라야. 이때 많은 것들이 촉매제로 쓰이지."

몬탁은 잠시 나를 향해 미소지어 보였다. 우리가 박물관에서 처음 만났을 때를 떠올리는 것 같았다.

"이런 촉매제에는 아주 좋은 것도, 또 좀 못한 것도 있지만, 가장 좋은 것은 울림말이야. 울림말은 내면의 공간을 열어주고 감성과 사유의 섬세한 영역으로 우리를 이끌어서 결국은 자아에 도달하도록 해주지. 참선에 쓰이는 다른 것들은 대개 깊숙이 들어가는 걸 방해하고 우리를 표면에다 붙잡아두는 경우가 많아. 아니면 단조로운 반복이나 긴장된 집중을 통해 꿈같이 몽롱한 상태에 이르게 하거나. 의식의 표면에 머물러 있거나 꿈같이 몽롱한 상태에 있는 게 편하고 안락하기 때문에 초심자들은 참선의 참된 가치가 어떤 것이지 판단하기가 무척 어려워. 그래서 올바른 수련이 무엇인지 모르고 헤매곤 하지.

우리가 가는 길은 단순한 지성이나 명상의 차원에서 이루어지는 것이 아니야. 단순히 실수를 자각하는 것만으로는 충분하지가 않아. 그건 곧 이론에만 파묻혀 있는 것과 다르지 않아. 또한 무작정 일상 현실에 부딪치며 두려움 같은 부정적 감성을 지각하는 것도 쉽지 않은 길이고. 불교의 참선수행처럼 말이야. 그렇게 하다보면 습성화된 감정적 태도가 오히려 더 굳어질 위험도 내포되어 있고. 편안하고 활기차게 부정적인 것을 경험하면서 자아를 지각하지 않는다면 말이야.

일단 내면으로 들어가 무작정 감성과 사유를 탐구하는 것도 그리 유익하지는 않아. 잘하면 긍정적 관조에 이를 수도 있겠지만 대개는 그렇게 되지가 않아. 잘못하면 트라우마에 빠져 자신을 잃어버릴 수도 있으니까. 이미 높은 의식수준에 도달한 사람이라면 이 방법을 쓸 수도 있겠지만 말야.

그러니까 내면에 도사린 두려움의 벽을 부수기 위해서는 도구가 필요하단다. 이 도구가 우리를 긍정적 감성, 평온한 내면의 공간으로 이

끌어주지. 우리의 도구, 우리의 촉매제인 만트라가 긍정적 감성을 불러내는 거야. 그리고 실제로 참선을 처음으로 경험하는 사람들은 대부분 만족스러운 결과를 얻지. 그러니까 우리는 직감적으로 만트라를 따라서 편안한 곳으로 가는 거야. 하지만 장애를 경험하기 시작하면 상황은 돌변해. 우리는 신경체계의 상태에 따라 다르게 인지하니까 말야. 안락했던 예전 경험에 매료되어 내면으로 들어가면 어느새 부정적 감성, 부정적 사고가 찾아들지. 초대받지 않은 손님처럼 불쑥 찾아와서 결코 들어줄 수 없는 요구를 내놓는 거야. 마치 지불되지 않은 청구서를 들이미는 것처럼 말이야. 그건 아직 단계가 낮은 지평에 머물고 있는 의식에서는 구별되지 않는 긍정적, 부정적 감성이 마음을 조종하고 있기 때문이야. 자아는 아직 베일에 가려져 있지. '나'라고 말할 수 있고 자기 자신에게 집중할 수는 있지만, 이런 정도는 자아의 중심에서 번져나온 희미한 흔적에 불과한 거니까.

그대로 잘 따르기만 하면 만트라는 울림을 통해 긍정적 경험을 이끌어내지. 하지만 잘 모르는 사람들이 생각하는 것처럼 만트라 참선이 그저 만트라를 반복하기만 하면 되는 건 아니야. 긍정적 경험이 생기고 나서 좀 지나면 언젠가는 자아를 지각하게 되고, 긍정성과 에너지의 중심에 도달하게 되지. 물론 수련을 할 때마다 그런 건 아니지만 말야. 하지만 매일같이 그런 건 아니라고 해도 언젠가는 그렇게 되는 거야. 우리가 도달하게 될 중심은 단순한 상상이나 생각으로 만들어진 것이 아냐. 현상학적으로도 뚜렷이 사유와 구분되는 그런 중심이지. 그런데 우리는 종종 바로 여기에서 참선의 장애물에 부딪히게 돼. 새롭게 만난 자아의 실체가 개념적으로 선명하지 않은 거야. 자아가 분명 저기에 있고 내가 그것을 체험하고 있는데도 둘을 명확하게 구분해서 파악할 수가 없는 거야. 그러니 개념을 파악하지 못하고 관조하고

만 있다면 그건 눈먼 장님으로 있는 거나 다름없지……

어쨌든 중요한 건, 자아를 경험하고 자아의 도움을 받아야만 내면에서 나타날 부정적 현실에 대면할 수가 있다는 점이야. 이러한 첫 단계에 도달하고 나면 우리는 전혀 새로운 형식의 직관과 만나게 돼. 단순히 발견하는 데서 그치지 않고 각자 자신의 삶에 이러한 통찰을 적용할 수가 있게 되는 거지. 지적 통찰과 실제 경험의 상호작용을 인식했다면 말이야. 단순히 자아를 인식한 데 만족하고 이 자체를 긍정적인 것으로 받아들인다면, 자아 인식에 대한 요구는 결국 실패한 거나 다름없어. 여기에서 그쳐버리면, 정신이 긍정적 감성에 이끌려 바로 이 지점에서 그 고유한 에너지와 역동성을 만들어냈다는 원리를 인식할 수 없는 거야. 그렇지 않다면, 그러니까 자아가 긍정적 감성에 이끌리지 않는다면, 정신은 쇠진하고 활동력은 저하되지. 아무리 분명하게 인식했다고 하더라도 거기에서 만족하고 나아가지 않으면 소용이 없어. 단순한 통찰만으론 감성 안에 있는 추진력을 자극할 수 없으니까.

수련이 어느 정도 지속된 후, 내면 더욱 깊숙한 곳까지 들어갔다는 확신이 생기고 또 판별력 역시 더 섬세해지고 나면 그땐 한 걸음 더 나아가야지. 회피, 억제, 방관, 거부, 투쟁, 좌절, 부정성, 고통, 파괴 대신 관조, 인식, 소망, 이름 붙이기, 새로운 생각 세우기, 올바른 가치 선택하기 등이 가능해지는 거야. 이 얘긴 나중에 더 자세히 해주마. 원칙은 아주 간단해. 하지만 오류와 의심에 빠지지 않으려면 그 문제들을 명확히 설명할 수 있어야 해. 원칙이 문제가 아니라 언제나 반론과 오해가 문제니까.

부정적인 것의 숨은 힘을 지각하고, 감성과 사유 영역에서 이것이 점점 섬세해지는 것을 파악하고, 또 이를 관찰하고 응시하다보면 변화의 에너지가 생겨나지. 여기에서 응시한다는 건 부정적인 것을 그대로 인정한다는 게 아니야. 피할 수 없는 것, 어쩔 수 없는 결과로 나타난 잘못을 있는 그대로 드러나게 한다는 거지. 고통스러운 일이지.

그러니 우리는 어느 정도 고통에 시달릴 수밖에 없어. 사려 깊은 스승은 고통 없는 행복한 길이 있을 거라고 말해주겠지만, 그건 우리가 얼마나 고통을 두려워하는지 알고 있기 때문에 하는 말이지.

하지만 이때 겪는 고통은 예전의 고통과 같은 것이 아냐. 고통을 위한 고통도, 마조히즘에서 비롯된 고통도 물론 아니지. 그건 말하자면 의식을 긍정적으로 변화시키기 위한 고통이야. 고통을 응시하고 의식이 변화되는 길이지. 이 길은 선명성과 경쾌함, 창의성, 지성을 가져다주고, 온화함, 이해심, 관용을 불어넣어주고, 우주의 오묘한 힘과 에너지에 대한 신뢰감을 일깨워주지. 의식의 발전에서 드러나는 긍정적인 것, 자아 실현에서 나타나는 마음의 순수성을 발견하게 되면 그땐 성장에 따르는 고통에 대한 보상을 받는 거지. 가혹하면서도 동시에 아름다운 길, 고통을 감수하면서 미(美)를 누리는 길, 어떨 것 같니?

고통을 피하려고만 하다보면 고통은 오히려 커질 뿐이야. 신체적으로도 정신적으로도 마찬가지야. 육체의 고통에 주의를 기울이는 것이 때론 유리할 수도 있지. 그렇게 하다가 몸이 다시 균형을 잡고 건강을 회복할 수도 있으니까.

부정적인 가능성들이 사라지고 감상에서 벗어나 참선에 도움이 된다 하더라도 이런 고통을 부러 찾아낼 필요는 없어. 이것이 제대로 순기능을 해내지 못한다면 고통은 그 자체로 부정적인 것이니까. 하지만 향상된 의식은 고통에 대항해 투쟁하거나 고통을 회피하지 않고도 고통의 부정적 감성을 관찰할 수 있지.

고통을 피하지 않고 직시할 수 있어야 해. 피할 수 있는 것이 아니라면 어떤 고통이라도 편안한 상태에서 바라볼 수 있어야 해. 그게 바로 자유로움이지. 널려 있는 고통의 편린들 속에서 계속해서 고통을 찾아내야 한다는 얘기가 아니야.

이렇게 원칙을 세우는 것만으로도 우리의 태도는 달라질 수 있어. 무슨 일이 있어도 고통을 피하겠다는 태도에 변화가 생기기 시작하는 거지.

고통을 응시하는 건 완전한 내적 평정 상태에서 이루어져야 해. 긴장하면 경직되거나 경련이 나타나게 되지. 그게 만성이 되면 근육 경화가 나타나기도 하고. 큰 고통이 그 얼굴을 드러내게 함으로써, 그리고 그 고통에 편안하게 대응함으로써 우리는 고통에서 역동적 힘의 일부를 빼앗고 현실주의자가 되는 거야. 명심할 것은, 이때 늘 진지해야 한다는 거야. 번지르르한 말만으로 그쳐서는 안 돼. 또, 향상된 의식은 긍정적 법칙과 합일을 이룬 상태이기 때문에 이런 위태로운 상황에 처하는 경우가 훨씬 드물지만, 그렇다고 해도 생각할 수 있는 가장 강한 형태의 고통을 지각할 각오는 해야 할 거야.

누구도 좋아하지 않겠지만 이런 각오가 진정 자유로운 것, 무엇에도 집착하지 않는다는 것이 어떤 것인지 알게 해줄 거야. 집착하지 않는다는 건 상실에서 오는 부정적 지각을 직시할 수 있다는 것을 뜻하기도 해. 두려워하지 않고 부정적인 것을 지각할 수 있는 능력은 그러니까 집착하지 않음과 연결되어 있는 거지. 부정적인 것이 발휘하는 힘에 사로잡혀 있는 동안에는 결코 내적 자유에 도달할 수 없어. 부정적인 것이 힘을 발휘하는 것은 우리가 그것을 보지 않으려고 하기 때문이야. 고통스러워하는 마음 안에는 고통을 피하고 싶은 마음이 이미 내포되어 있어. 그러니까 고통스러워하는 마음에서 고통을 피하려는 마음을 없애버리면 고통의 강도 역시 줄게 되는 거야. 집착에서 벗어남으로써 자아는 문제에 끌려다니는 것이 아니라, 그 문제를 다스릴 수 있게 되는 거지.

　대개 이런 능력은 의식의 초월적 지평에서 진행되는 수련을 통해 이루어지지. 점점 더 선명해지고 강화되는 자아를 경험함으로써 말이야. 물론 여기에도 한계는 있어. 그러니까 고통을 직시한다는 건, 인간이 한계에 굴복하고 거기에서 도망치려 한다는 걸 인정하는 거야. 이런 개념 정의는 일상적 의미의 고통에만 해당되는 것이 아니야. 모든 종류의 반(反)가치와 부정적 감성, 그러니까 불안과 두려움, 슬픔, 권태, 근심, 시기심, 질투 같은 것들에도 해당되는 거지. 다시 한번 말하지만 부러 고통을 찾아낼 필요는 없어. 고통을 받아들인다는 건 고통을 향해 나아간다거나 고통을 체념한다는 게 아니야. 이 점을 분명하게 구분하는 것이 중요해. 고통을 없앨 수 없다면, 신경 쓰지 않으면 그만이야. 모진 대가를 치르면서까지 고통을 노려볼 필요는 없어. 우리는 고통의 부정성을 뚫고 나갈 수는 없어. 고통이 우리를 제약한다면 우리는 그저 그 고통을 지각하는 거지. 고통을 지각하는 기본 능력, 우리의 진화를 방해하는 고통의 부정성을 지각하는 능력, 그것으로 충분해. 참선에서도 마찬가지야. 고통의 핵심에 주의력을 기울일 필요는 없어.

　이것을 완벽하게 이해하고, 억압과 응시와 지각의 차이를 인식하기 위해서는 의식이 어떻게 작용하는지를 알아야 해. 간략하게 말하자면 참선 속에서 그리고 깨어 있는 일상의 상태에서 우리의 의식적 지각은 의식의 중앙이나 그 가장자리에 위치하고 있어. 지금 말하는 가장자리란 무의식을 말하는 게 아냐. 이 문제를 오랫동안 따라가다보면, 완전히 의식하지 못한 채로 의식 속에 있는 것이 얼마나 많은지 아마 분명하게 알게 될 거야. 완전히 의식한다는 것은 '나는 내가 안다는 것을 알고 있다' 라는 뜻이야. 단순히 의식하기만 하는 것은 한 차원 아래에 있는 거지. 완전히 의식한다는 것은 의식의 중앙에, 주의력이 미치는 곳에 있다는 뜻이야. 기억의 내용처럼 '나는 그것을 알고 있을 수도 있다'는 전(前)의식과는 달리 무의식이란 가정할 수 있는 사유의 흐름, 혹은 가정할 수 있는 두뇌의 활동을 말해.

보통은 고통이 의식의 가장자리에 머물게 하면서 만트라를 따라가는 것만으로도 충분해. 그러면 고통은 의식되기는 하지만 그것이 의식의 한가운데 자리하지는 않아. 고통을 피하지도 억압하지도 않는 거지. 억압하는 것은 위험해. 억압은 긴장과 스트레스, 두려움과 공포, 경계심, 근심, 불안에 대한 불안 등을 낳게 하지.

동요하지 않고 늘 담담하라고 하는 건, 부정적인 것이 더이상 커지지 못하게, 더이상 힘을 얻지 못하게 하면서 이런 정서적 습관을 확고히 하기 위해서야. 마찬가지로 사고를 받아들이기도 또 거부하기도 하면서 부정적, 파괴적 사고가 우리를 지배할 수 있는 권력을 주지 않아야 해. 이미 말했듯 이런 부정적인 사고를 대할 때 역시 담담해야 해. 근심을 억누르거나 긴장한 채 근심을 피해 도망가기만 한다면, 정반대 상황에 직면하게 되지. 바람직하지 않은 정서적 습관이 고착되는 거야.

고통을 주시할 것인가 아니면 고통에게 조금쯤 자리를 내줄 것인가를 어떻게 결정해야 할까? 유감스럽게도 이 문제를 판단하는 분명한 기준은 없어. 상당히 안정된 상태라면, 즉 자아에 쉽게 도달하는 수준이라면, 직접 마주 보면서 부정적 잠재성을 제거하고 감상에서 벗어날 수 있겠지. 어떤 때는 의식의 가장자리에서 담담하게 지각하는 게 더 나을 수도 있어. 참선에서 그렇듯 부정적 충동에 얽매이지 않고 그 힘에 억눌리지 않으면서 그 경험을 담담히 받아들이고 다시 만트라를 향해 가면 되는 거지. 고통을 직접 주시했는데도 참을 수 없을 정도로 부담이 크다면 아직은 근본적으로 치료할 수 있을 만큼 성숙하지 못한 거야.

명심해야 할 것은, 배운 그대로를 무조건 진실이라고 믿을 것이 아니라, 네 스스로 경험하고 확신한 이후에야 비로소 그것을 진실로 받아들여야 한다는 점이야.

자아의 가치를 제대로 파악하지 못하면 원인도 모른 채 고통받게 돼. 때로는 고통받는다는 것을 의식하지 못한 채 고통받는 경우도 있어. 충분히 그럴 수 있지. 의식 안에는 우리가 인식하지 못하는 것들이 아주 여러 가지가 있단다. 아직 이름도 없는 이런 것들은 우리의 주의력이 미치지 않는 저 변두리에 있어. 어떤 일에 열중해 있을 때 막연히 어떤 아픔이 느껴진다거나 허리에 통증이 느껴지는 경우와 비슷할 거야. 평생 가벼운 우울증을 겪거나 무언가에 억눌린 듯한 기분으로 살아가면서도 그게 극히 정상이라고 여기는 경우도 많지. 물고기가 물에 대해서 전혀 인식하지 못하듯이 말이야. 물을 다른 것과 구분하지 못하는 거지. 그것이 유일한 현실이라고 여기니까. 그러면서도 또 물 속에서 고통에 시달리고 말야.

내면을 향해 나아간다는 게 불쾌함이나 두려움을 자아낼 수도 있어. 예측할 수 없는 미지의 것에 대한 두려움이지. 미쳐버릴지 모른다는 두려움을 느낄 수도 있어. 이런 두려움이 드는 건 그만큼 우리가 우리 내면을 믿지 못하고 있다는 것 아니겠니? 광기가 아무리 호시탐탐 우리를 노리고 있다고 해도 깨어 있는 의식 안으로는 감히 들어올 수가 없어. 그러니 두려움을 벗어버리고 그 두려움을 달리 이해해야 해. 문제를 합리적으로 인식해야지. 미쳐버릴지도 모른다는 막연한 예감을 피하고 싶어서 사람들은 늘 그럴듯한 핑계를 늘어놓지. 하지만 진짜 문제는 고통을 피하려는 마음이야. 이런 마음을 읽을 수 없다면, 다시 말해 내면에 대한 호기심, 내면의 깊이를 파악하는 인식능력이 이 정도밖에 갖춰지지 않았다면, 그건 뭔가 잘못되었다는 증거야. 아마 그래서 옛날 사람들은 천벌을 받는다는 식의 형이상학적 원리를 만들어놓았는지 몰라. 탐욕과 이기심을 숨기기 위해 우리가 착용한 가면을 벗겨내려고 말이야.

정말 천벌을 내리는 존재가 있는지 없는지, 뭐 그런 이야기는 관두자. 신, 천사, 악마, 마귀, 사탄을 믿지 않고서도 우리는 정신적 건강과 자아 실현에 도달할 테니까. 내면으로 가는 길에서 발견할 수 있는 에너지와 내면으로 가는 원리를 어떤 구체적인 형체로 만들어낼 필요는 없어.

우리가 가는 진화의 길을 목적론적 원리에 따른 것이라느니, 합법칙적 발전이라느니, 변함없는 추세라느니 항변할 필요도 없어. 이 진화의 길이 실제로 우리가 구현할 수 있는 '가능성'이라는 것만으로 이미 충분하니까. 우리가 힘과 자유를 가동해 이루어낼 가능성 말이야. 그래, 어쩌면 신이라는 존재를 상정함으로써 더 많이 실현될 수 있을지도 모르지. 하지만 그런 신을 찾아내는 건 의식이 향상된 단계에서나 할 수 있는 것으로 미뤄놓자. 성경에 나오는 신은 그저 기분에 따라 움직이는 사람들을 위한 신이었어. 의식 발전의 길에서 인간만이 그 길을 밟아왔다면, 신이란 역사적인 거야. 여기에서 '역사적'이라는 말은, 어떤 한 시기에 특별한 자질을 가지고 개별적으로 존재한다는 뜻이야. 초시간적이거나 보편적인 것과는 반대되는 개념이지.

실현된 자아의 상태에 이르면 부정적인 것들을 포장하고 있던 가면들은 사라져버리고 거부감과 무지, 침체와 같은 부정적 에너지들이 모습을 드러내게 되지. 실존이 부정성의 극한까지 치우쳐 있었음이 드러나는 거야. 이렇게 확인하고 나면 남는 것은 실제로 점검하는 과정이지. 실제로 점검한다는 건, 논거의 명증성을 확인한다는 말이 아니야.

그것은 경험의 명증성을 얻는 일이지. 이것 역시 쉬운 일은 아냐. 우선 내면에 대한 관조가 이루어져야 하는데, 우린 오랫동안 이런 걸 해본 적이 없었거든. 내면을 관조하지 못하니까 허공에서 떠돌며 의심하게 되는 거야. 하지만 수련과정에서 어느 정도 발전을 이룬 사람이라면 순식간에 내면으로 향하는 일이 생기지. 두려움과 불쾌함은 사라지고 순식간에 내면으로 들어가게 되는 거야. 그리고 돌연 자아가 나타나는 거야. 이 순간 모든 부정적 감성은 사라지고 부정성과 자아의 연관성이 모든 의심을 넘어서 우뚝 서게 되는 거지.

우리 인간이 어떻게 살아가고 있는지 알려면 가치의 종류를 알아볼 필요가 있어. 대충 이렇게 분류해볼 수 있을 거야. 그 자체로 긍정적인 감성들, 예컨대 신체의 어떤 느낌이나 욕망, 뭐 그런 것들 말야. 그 자체로 긍정적인 감성들은 지각작용이나 사고작용과 결부되어 있지. 뚜렷이 인식할 수 있을 정도로 감성과 대상이 나란히 있는 경우도 있고, 감성과 대상이 통합되어 그 이상의 것, 지각의 새로운 질을 나타내는 경우도 있지. 또하나는 수단으로 파악되는 것들이야. 이것들은 결국 긍정적 감성이 되거나 그렇게 될 수밖에 없는 것이지. 마지막으로, 수단으로 드러나지 않으면서도 의식의 질적 상태를 상승시키는 가치들이 있어. 정서체계 안에 들어 있는 것이니 '체계 가치'라고 부르도록 하자. 이런 가치들은 가치 자체를 지적으로 통찰하기보다는, 그 가치들이 어떤 작용을 하느냐를 인식해야 하기 때문에 파악하기가 특히 어려워.

이 모든 가치 형태들은 직접적인 경험으로 나타나거나 사고나 언어로 이루어진 판단으로 나타나지. 세 종류의 가치를 분명하게 구분하는 것이 중요해. 다시 말하면 가치들을 제대로 파악하는 능력을 길러야 해. 가치를 구분해내는 비판적 지평에 서지 못한다면 어느 단계에 있든 공격받을 수 있어.

도덕적 가치의 경우 우리는 그 가치들을 정당화하기 위해 일정한 논거를 사용하지. 정언명령을 근거로 삼기도 하고 말야. '너의 행동이 보편적 최고 가치로 인정받을 수 있도록 행동하라'는 식이야. 하지만 정언명령을 이야기하면서 칸트는 유감스럽게도 무엇이 사람들로 하여금 원칙을 확신하게 하는지 설명해내지 못했어. 그 무엇은 원칙에 끌린다고 '느끼는' 사람들에게만 확신을 주는 거지. 여기서 사람들에게 원칙을 확신하게 하는 것이 바로 우리의 '정서체계'야. 행동과 감성이 서로 연관되어 있고 서로 반응을 주고받는 정서체계 말이야. 정서체계가 정언명령의 가치를 인정하게끔 하는 거지. 그러니까 정언명령이란 '체계 가치'라고 할 수 있을 거야.

칸트는 정언명령의 가치를 수단 혹은 방식으로만 파악했어. 사실 도덕적 태도란 어느 정도까지는 유용한 수단이기도 하지. 그렇지만 수단이나 방식으로만 가치 있다면 정언명령이 주는 확신은 제한적일 수밖에 없어. 게다가 칸트에 따르자면 정언명령은 수단으로서 확신을 주는 것이 아니라 유용성을 염두에 두지 않은 정언적 확신을 준다는 거지. 어떤 경우든 최상의 정언명령은 지켜져야 한다고 해. 딱 한 가지 경우를 제외하고 말이야. 즉 너무나 딱 들어맞아서 바로 이게 '나'라고 여겨지는 경우지. 이런 유보사항을 해명하려면 마음의 순수성과 도덕의 관계, 실현된 자아와 감성의 관계를 분명히 해두어야겠지?

치통에 시달리거나 오르가슴을 느낄 때와 같은 경우가 아니라면 의식이 감성을 향해 있는 경우는 드물어. 의식은 주로 대상이나 의미를 향해 있지. 우리가 어떤 것이 가치 있다고 여길 때 그 가치는 대부분 대상과 동일시되지. 하지만 실은, 대상을 통해 가치에 대한 감성의 흡인력이 나타나고 있는 거야. 대상은 감성의 빛 속에서 나타나고 있는

데도 우리의 주의력은 감성을 향해 있지 않고 대상에 쏠려 있는 거야. 감성은 체험될 뿐이야. 의식하는 것도 아니고 전혀 의식하지 않는 것도 아니고 어렴풋이 의식에 떠돌고 있는 거지. 이것이 가치 감성을 통해 객관성의 외관을 만들어내는 방식이야. 그런데 순진하게도 우리는 대상 자체가 가치를 지니고 있다고 믿는 거지.

그렇다면 프로이트나 그리스 철학자 아리스티포스, 에피쿠로스가 단순화시킨 것처럼 의식이 일차적으로 쾌락을 위해 작동한다는 주장은 그릇된 것이라고 할 수 있겠지. 바로 이것이 과거의 많은 철학자와 심리학자들이 빠진 지적 함정이야. 이런 잘못된 추론은 삶에서 감성이 차지하는 섬세한 역할을 제대로 인식할 수 없게 만들지. 쾌락은 의식된 목적이 아니라고 반박하다보면 자칫 중요한 점을 놓치기 십상이거든. 중요한 건 긍정적, 부정적 감성이 우리를 행동하게 하는 숨은 메커니즘으로 작동하고 있다는 거야. 긍정적, 부정적 감성은 내면세계를 움직이는 계기이고 내면의 진행과정에 수반되는 현상이야. 감성이 결정적인 것이라는 증거는 부정적 계기가 긍정적 계기를 밀어냈을 때 나타나게 되지. 그럴 때면 부정적 감성에서 벗어나려는 의식적인 노력만이 행위를 일으키고 행위를 지속시킬 수 있어. 하지만 그것도 행위의 가치를 스스로 해명할 수 있을 때, 즉 그 행위의 가치가 다른 가치를 위한 수단이라는 점을 확인할 수 있을 경우에만 그럴 수 있어. 말하자면 어떤 행위를 할 때마다 그 행위의 작용을 통찰함으로써 행위의 가치를 입증하고 그렇게 함으로써 수반되는 감성을 넘어서야 하는 거지.

이런 사실을 인정하지 않으려는 사람이 있다면 그건 그가 너무나도 '좋은 사회'에 살고 있기 때문일 거야. 아니면 대다수 사람들이 자기편이라고 믿고 있거나. 다시 한번 말하지만 행위의 계기들을 섬세하게 조종하고 있는 것은 바로 감성이야. 이런 사실을 이론적으로 잘 이해했다 하더라도, 이 모든 추진력을 늘 선명하게 관찰하기란 쉽지 않지. 그러려면 의식이 향상되어 있어야 해. 향상된 의식은 생각이 이루어지는 모습과 그때의 감성을 생생하게 볼 수 있어. 향상은 아니더라도 자신이 어떻게 움직이고 있는지 인식하려고 할 때는 언제든 자신의 내면을 관찰할 수 있고, 또 그렇게 함으로써 명증성을 얻게 되는 거지. 욕구란 여러 가지 긍정적인 감성 중의 한 형태일 뿐이야. 그래서 감성의 흡인력 없이, 고통을 거부하지 않고 자신의 특성을 잃어버린다고 해도 '의욕'이 감성으로 옮겨가는 경우는 거의 없어. 의욕이 감성으로 옮겨간다면 현실을 지각하는 것은 눈에 보이는 그대로를 옮겨놓은 사진에 불과한 것이 되고 말 거야. 이런 차이점들을 포착하기란 쉬운 일이 아냐. 하지만 우리가 우리 자신을 완전하게 이해하려면 이런 차이점들을 파악하는 게 중요하단다.

의식 발전에 도움을 준다는 전통적인 방식들, 그러니까 요가나 종교 같은 것들은 이론적인 결점을 안고 있어. 감성과 지각을 포착하는 일에는 무기력하다는 거지. 요가의 존재론은 완벽하지 않아. 관찰자와 관찰 대상의 관계에 대한 인식론적 통찰에 있어서는 그리스의 철학자들보다 훨씬 심화된 경지에 도달했지만 말이야. 우리 시대의 지적 결함, 정신적 비극은 감성의 근본적인 의미를 충분히 해명하지 못했다는 점에 있어. 아직도 몇몇 이론가들은 가치가 플라톤의 이데아처럼 파악할 수 있는 것이라고 생각하지. 가치를 느끼는 감성을 하찮은 것으로 여기고 말야. 하지만 감성을 떼어내고 나면, 삶은 아무 의미도 없어."

"무슨 말인지 알 것 같아요."

나는 정신이 멍한 채로 몸을 움찔대고 있었다. 박물관 카페가 갑자기 어디론가 가라앉아버린 것 같았다. 지난번 참선 때 체험한 어떤 예감이 다시 다가오고 있는 듯했다. 몬탁의 설명을 듣고 있다보니 참선중에 예감한 그 영역과 어떤 식으로든 연결되어 있는 것만 같았다. 사유와 경험이 합쳐진 것만 같았다. 사유와 경험이 같은 원천에서 나온 것이기 때문일까?

"그래서 처음에는 네가 감성의 섬세한 형태를 지각하는 능력, 체험만 하는 게 아니라 의식하고 지각하는 능력이 있는지 눈여겨봐온 거야…… 그런 능력이 없는 사람은 의식 수준이 동물과 별반 다를 바 없어. 언어분석 철학자나 정신치료사들 중에도 그런 사람이 많아. 동물보다는 훨씬 똑똑하겠지만 말이야. 중요한 건, 내면세계의 존재론이야. 존재론의 올바른 범주를 세워야 해. 슬픔, 질투, 공포 같은 감정의 의미와 거기에 내포된 부정적 감성과 긍정적 감성의 씨앗을 혼동하지 말아야 해. 감성을 별로 의식하지 못한다면, 온통 혼돈뿐이겠지? 인간의 의식이 너무나도 다양한 감성을 통해 모습을 드러내고 있으니 말이야. 의식은 강한 감성뿐만 아니라 아주 섬세하고 미묘한 뉘앙스의 감성들로 가득 차 있지. 내면을 들여다보는 통찰력이 없다면 우리는 이런 감성들을 거의 지각하지 못할 테고, 이것들은 아마 막연히 어떤 뜻으로만 떠돌아다닐 거야."

3

몬탁은 화제를 바꿔 아프리카에서 겪은 일을 이야기하기 시작했다.

"한 무리의 영양들이 물가로 가고 있더구나. 개울은 작은 호수로 이어져 있었는데, 호수에는 악어들이 살고 있었지. 악어들은 뿌연 물 밖으로 머리를 약간 내밀고 있었어. 사람들은 악어를 알아볼 수 있었지만 영양들에게는 나무토막 같은 것이 떠다니는 걸로 보였나봐. 악어들

216

은 천천히 영양들 쪽으로 다가갔어. 영양들이 자기들을 알아보지 못한다는 것을 알고 있었던 거지. 오십 센티미터 정도로 거리가 좁혀지자 악어 한 마리가 영양 한 마리를 덥석 물고 물 속으로 끌고 들어갔어. 다른 영양들은 깜짝 놀라 이리저리 흩어졌지. 술렁이는 수면 위로 붉은 피가 번져나갔어.

호수는 곧 잔잔해지고 악어들은 여전히 머리를 내놓은 채 호시탐탐 기회를 엿보고 있었어. 악어들의 뿌연 눈동자는 흙탕물 속에서 뻐끔뻐끔 떠오르는 거품처럼 보였지. 얼마 지나지 않아 영양들은 또다시 호숫가로 다가왔어. 물을 마시려고 말이야. 위험한 놀이가 다시 시작되었지. 영양들은 위험을 통해 배우는 능력이 없나봐. 아니면 목이 너무 말라 다른 선택의 여지가 없었는지도 모르지.

그날 우린 지프를 타고 동쪽으로 가다가 사자가 악어를 잡아먹는 장면도 목격했어. 있는 힘을 다해 도망을 가던 악어는 사자가 자신보다 빠르다는 걸 알아차리고는 갑자기 방향을 틀어 사자의 길을 막고 섰어. 사자에게 목을 내놓는 꼴이었지. 사자는 곧장 악어의 목에 이빨을 꽂고 악어를 굴복시켰지. 놀라운 장면이었어. 몸집이 큰 악어는 속수무책으로 죽어갔지.

울창한 나무 그늘에서 쉬고 있던 다른 사자들은 그제서야 슬금슬금 다가와 악어를 물어뜯기 시작했어. 악어의 몸은 갈기갈기 찢어졌지. 위엄 있게 머리를 곧추세우고 매서운 눈빛으로 천천히 지나가는 자동차를 바라보는 사자들의 입은 피로 범벅이 되어 있었지.

그 장면을 보면서 나는 인간과 동물이 도대체 어떻게 다른가, 스스로에게 질문을 던졌어. 인간은 야생동물들처럼 본능적으로, 본능에 따라 행동하지는 않아. 사태를 한 걸음 떨어져서 바라보고, 통찰하지. 그렇게 해서 욕구를 해소하고 감정의 굴레에서 벗어날 수 있는 거야.

　도대체 무엇이 우리로 하여금 야생동물처럼 행동하지 못하게 막는 걸까? 손해 보는 줄 알면서도 마음을 나눠주고, 참아내고, 포기하는 이유는 무엇일까? 당장은 포기하더라도 결국은 더 많은 것을 얻을 수 있을 거라는 계산에서? ……이쯤에서 우리는 이타주의라는 문제와 맞닥뜨리게 되지. 이타주의란 가면을 뒤집어쓴 이기주의에 불과한 걸까?

　아프리카에서의 그 경험을 계기로 나는 긴 여정의 탐구를 시작했어. 나 자신의 삶을 하나의 실험으로 여기면서 자세히 관찰하고 점점 개념을 섬세하게 가다듬어갔지. 그 과정에서 야생동물과 달리 인간에게는 자비와 관용, 배려의 능력이 있다는 것을 깨닫게 되었어. '부정적 감성'을 참아내고 대가를 치르더라도 자비와 관용과 배려라는 가치를 자유롭게 선택할 능력이 있다는 확신에 이르게 된 거야.

　다시 한번 말하지만, 감성이 없는 삶, 그 자체로 명료한 감성적 흡인력이 없이 살아가는 삶이란 아무 가치도 없을 거야. 그러니까, 우리는 가치 있는 인간이기 위해서, 인간다운 존재로 살아가기 위해 '포기'를 선택하는 거야. 포기란 물론 '고통'이기도 하지만, 그럼에도 불구하고 그걸 선택해야 하는 거야.

　예수가 인류를 위해 짊어진 고통의 깊은 뜻도 바로 여기에 있어. 예수가 고통받는 모습에는 평범한 사람도 추상적 원리를 깨닫게 하는 힘이 있지. 그저 어렴풋이, 직관으로 원리를 깨우칠 뿐이지만, 바로 이런 식으로 내면의 전복이 일어날 수 있는 거야. 물론 깨달을 만한 힘이 충분치 않아서 그 깨달음이 순간적으로 사라져버릴 수도 있겠지.

　한번 더 질문을 해보마. 가치 있는 인간으로 존재하기 위해, 인간다운 존재로 살아가기 위해 왜 우리는 행복의 정반대인 '고통'을 선택해야 하는 걸까? 고통에 복종하는 것 그리고 고통을 받아들인다는 것은 뭘까? 유혹에 저항하는 것은 무엇이고 굴복한다는 것은 뭘까? 어떤 생각에 무릎을 꿇는다는 건 뭘까? 이건 모두 선택의 갈림길이야. 우리 내면의 자유의 문제야. 주의력이 산만하게 떠돌다가 이런 혹은 저런 생각으로 향하는 바로 그 순간이란 말이야. 생각의 틈새라고 할 수도 있지. 영적으로 건강하게 되면 이 틈새에서 자아는 자율적 판단의 중심으로 작동하게 되고, 더욱 완성된 상태에서는 우리가 뭘 생각할지 결정하는 판단기구로 작동할 수도 있어. 이제 내가 막 하게 될 생각을 미리 안다는 게 이상하지?

무엇으로부터 거리를 둘 수 있다는 건 감성이 순간적이고 일시적인 것이기 때문만은 아니야. 우리가 감성의 부정적, 긍정적 힘에 근본적으로 묶여 있질 않아서 그런 거야. 실제로 감성이란 허망하게 스쳐 지나가는 것일 뿐인데, 우린 그걸 크게 부풀려서 생각하고 거기에 끌려 다니지. 물론 감성은 우리 삶에서 없어선 안 되는 거야. 하지만 감성이 완벽한 의미를 얻는 건 오히려 우리가 그것을 부정할 가능성을 지니고 있을 때야. 우리가 선택을 하는 거지. 감성을 인정하면서도 동시에 감성에서 자유로울 때, 즉 정반대의 감성을 택할 수 있을 때 비로소 우리는 우리 자신일 수 있어. 그렇게 되면 자아는 행동과 감성에서 분리되어 나오지. 이미 수천 년 전에 고대 인도의 베다 현자들은 이 점을 인식했어. 이 점에서 그들은 고대 그리스인들보다 훨씬 더 예리하게 사람의 심리를 관찰하고 통찰했던 거지.

그런데 무엇 때문에 우리는 이렇게 부정하고, 또 거리를 두는 걸까? 도대체 무엇 때문에 자유를 얻으려는 거지? 자유 그 자체를 위해서? 그건 아니야. 자유란 감성 혹은 감정이 지각과 얽힌 가운데 나타나는, 질적으로 향상된 의식상태니까. 질적으로 향상된 의식상태는 전혀 다른 감성의 토대를, 전혀 다른 내면적 선명성을 이루어내지. 너무나 명료하기 때문에 더이상 분명하게 체험할 수 없고, 어느 누구도 이것의 흡인력과 뛰어난 가치를 의심할 수 없을 정도야. 이 가치는 상대적인 것도, 주관적인 것도 아니니까. 이 가치가 주체를 필요로 하고 내용과 감성의 관계를 필요로 하긴 하지만, 이 경험은 전혀 흔들릴 여지가 없는 거야. 하나의 감성과 또하나의 의미가 어떻게 결합할 것인지는 우발적인 거지만, 이 현상 자체는 결코 우발적인 게 아니란다.

의식이 이런 단계에 이르면 예전의 의식 수준이 무디고 답답하고 세련되지 못했다고 느끼게 되지. 고통의 원천이었다고 여기게 되는 거야. 그리고 또 이런 경험 역시 잊혀질 수 있지만 그 경험이 충분히 되풀이되다보면 더이상 의심은 생기지 않아.

자립성을 얻기 위해서는 중도(中道)를 걷고, 욕심을 버리고, 감성의 이면을 보고, 고통을 감당할 능력이 있어야 해. 이런 자립성이 마련되면 마치 투명한 막에 감싸인 듯 감성의 완벽한 의미가 나타나게 되지. 이 자립성의 실험실이 바로 도덕의 실천이야. 즐거움을 주는 선(善)을 행하는 일은 꽤나 매력적일 수도 있지. 억만장자가 캘커타 거리의 빈민들에게 몇백만 마르크를 나눠준다면 뿌듯하지 않겠니? 하지만 즐거움이 아니라 고통과 고역, 포기를 감수하는 선을 행할 때 비로소 우리는 긍정적 감성의 속박에서 벗어나게 돼. 집착하지 않음으로써 말이야.

집착을 철저히 놓아버려야 해. 물론 누구도 집착에서 완전히 벗어날 수는 없어. 자살을 행하는 그 순간에도 마찬가지야. 생명을 놓아버림으로써 얻고자 하는 것 역시 그가 매달려 있는 가치니까. 바꿔 말하자면, 집착하지 않으려는 마음 그 자체가 바로 집착이라는 말이야. 물론 그건 의미의 차원에서 그렇다는 말이고, 감성의 흡인력의 차원에서 보면 물론 집착이 아니지. 그래, 감성을 부인하는 능력을 이용하면 집착하지 않을 수가 있어. 그렇게 되면 의식의 형태 역시 변화를 일으켜

질적으로 다른 가치를 지각할 수 있는 차원에 도달하게 되지. 이건 삶을 부정하는 원리가 아냐. 집착이 없는 자유 안에서 실행할 수 있다면, 흡인력에 이끌리는 것은 최고 단계에서 비로소 실현되는 거야. 삶에서 최고의 가치는 우리가 바로 그것에서 자유로워질 때 비로소 나타나는 거지."

"그건 속임수 아닌가요? 그러니까 그 말은 결국 어떻게 하면 일상에서 보다 더 많은 걸 얻을 수 있는가 하는 거잖아요?"

"그렇지 않아, 의도가 진실하니까. 진심으로 포기하게 되면 그 고통은 거짓이 아니야. 포기하거나 고통받는 것에 대해 보상을 받는 건 원래 의도한 것이 아냐. 그러니까 의도의 효과가 크면 클수록 제대로 포기했다는 얘기지. 악순환이라고 생각할 수도 있어. 고양이가 자기 꼬리를 쫓는 것과 다를 바 없다고 말이야, 그렇지? 그래, 이것이 포기와 보상의 관계야. 어째서 나중의 보상을 거부해야 하는 걸까? 긍정적인 것에 매달리지 않는 것처럼 부정적인 것에도 얽매이지 않아야 해. 그 순환에 빠져들어선 안 돼. 우린 마조히스트가 아냐. 고통을 대가로 쾌락을 얻으려는 게 아니라구."

"하지만 보상받으리라는 걸 알고 있는 거잖아요?"

"우린 그 보상을 포기할 준비도 되어 있지. 중요한 건 우리가 무엇을 결심할 때의 투명성이야. 보상을 누리는 건 다른 시점에서 일어나는 다른 일이지."

"궤변이라고 생각하지 않나요?"

"그렇게 들리지? 그래, 그럴 거야. 하지만 우리의 마음의 구조는 결코 그렇게 단순하지가 않아. 어떤 절대적인 시간도 그것을 측정하고 전달하는 장치의 움직임과 무관할 수 없듯이, 어떠한 도덕도 관찰자의 실제적이고 사실적인 지각과 무관하게 존재할 수는 없어. 그래, 의미를 이해한다는 것은 물론 심리적 요소가 부수적으로 작용하는 가운데 이루어지는 것이지. 하지만 이 역시 삼각형의 세 각은 서로 연결된 세 개의 직선이 필요하다거나, 원자폭탄 하나보다는 두 개가 보다 많은 생명을 앗아갈 수 있다는 사실과 크게 다르지 않아. 계산중에 어쩌다 실수를 하듯 의미를 잠시 잘못 파악할 수는 있겠지만, 그 의미는 상호주관적인 면에서 절대적인 것이야. 각 개체에게도 상대적인 게 아니지. 하지만 바로 그 때문에 의미는 사물이나 의식과 무관하게 존재하지는 않아. 의미가 사물이나 의식과 무관하다고 생각하면 사실관계를 혼동하게 되지. '상대주의의 흑사병'이라고 할까. 많은 사람들이 양심에 거리낌없이 공언하지. 보편타당한 통찰이란 존재하지 않으며 자기 자신이 생각하는 게 유일한 척도라고. 이런 식의 상대주의는 순진한 가치객관주의와 마찬가지로 부정적 결과를 가져오게 돼. 자기 자신만 해를 입는 게 아니라 다른 사람들에게도 해를 끼치게 된다구. 진리는 의식과 결부되어 있기 때문에 아직은 상대적일 수 없어. 카메라를 작동시키기 위해서는 빛과 피사체, 필름 감도 등 여러 요소가 개입해야 하고, 때문에 사진은 피사체와 똑같을 수 없는 것과 다르지 않아.

선(善)은 의식을 통해 세상에 나오는 거야. 자신의 이익을 포기함으로써 나타나는 선(善)은 결코 자신의 성질을 드러내지 않고 무관심이나 악(惡)으로 치닫지도 않아. 선을 행한다는 건 쉬운 일이 아니야. 성냥개비 세 개로 삼각형을 만들어놓았다고 하자. 성냥개비 하나만 건드려도 삼각형은 망가지고 말지. 선도 마찬가지야. 그렇게 간단하게 행할 수 있는 게 아니지."

나는 몬탁의 예리한 통찰력에 감탄한 나머지 아무 말도 할 수가 없었다. 시간이 갈수록 그에 대한 존경심은 커져만 갔다.

지적 미망(迷妄)에서 깨어나면 과연 어떤 세계가 열릴까? 그 혼몽에서 벗어났기 때문에 이렇게 혼란스러운 걸까? 철학과 과학의 긴 역사 속에서 수많은 오류와 착오를 거친 후에 이제야 한 인간이 본질을 인식할 수 있게 된 걸까? 몬탁 말대로 '삶의 주요 원리'에 이르게 된 건가? 몬탁이 다른 사람보다 뛰어난 점은 무엇이지? 천재성? 자신만의 방식? 모든 것? 아니면 인간 실존을 해명하려 했던 여타의 시도처럼 그 역시 자세히 들여다보면 쉽게 무너져버릴 관념의 집을 지어놓았을 따름인가?

나는 이와 관련된 책들을 닥치는 대로 사모았다. 나의 새로운 세계가 알려지지 않도록 책들은 카롤라의 집에 보관했다가 한 권씩 한 권씩 집으로 가져갔으며, 집으로 가져온 후에도 옷장 속 안 쓰는 가방 밑에 숨겨놓았다.

이사 온 후 부모님의 권위는 확연히 떨어졌고, 집안은 어딘가 나사가 하나쯤 풀린 듯한 분위기가 되었다. 아버지는 회계장부 위조죄로 체포되었다. 도르넨포겔과 피콕을 조사하는 과정에서 이들이 입사하기 이전의 회사 상황에 대해서도 조사를 받았는데, 그 결과 심각한 문제점이 드러났다. 아버지는 모래 몇 자루와 아무 쓸모 없는 철재 더미만 쌓아놓고도 은행에는 자신의 지불 능력을 과도하게 부풀리는 놀라운 재주를 발휘했던 것이다.

가장 놀라운 일은 국세청 직원이 찾아낸 세계적인 골프 관련 회사인 낫소 사(社)의 거액 증권이었다. 증권 다발은 지하실에 놔둔 유명 브랜드의 헬스 기구 밑에 있었다. 아버지가 혹시 닥칠지 모를 겨울을 대비해 뒷구멍으로 챙겨놓은 것이었다. 액면가가 대략 이백만 마르크 정도였다. 콘크리트도 기왓장도 아닌, 골프라니. 지독한 만성치질에 걸려 신음소리를 내지 않고는 채 오십 미터도 걷지 못하는 사람이 골프 회사의 증권을 가지고 있었던 것이다. 유달리 힘들 때면 절뚝거리며 지하실로 내려와 증권 다발을 모셔두고 기도라도 했을까?

아버지가 구금된 후 나에겐 잿빛 자유가 주어졌다. 아무도 그래야 한다고 말한 적은 없지만 나는 가장의 자리를 떠맡았다. 특권은 아무 것도 없었지만 가장으로서의 모든 의무를 수행해야 했다. 지금은 교도소에 있지만 언젠가는 아버지의 긴 팔이 나를 다시 현실로 데려다놓을 것이므로, 나는 멋대로 가장의 지위를 이용할 생각은 아예 접어두었다. 대신 남몰래 책을 읽었다. 자아 실현, 의식 성장에 관한 것이라면 무엇이든 읽어치웠다. 선(禪)의 대가인 파탄잘리, 샹카라, 요가난다, 비베카난다, 오로빈도를 비롯해 서양의 융, 매슬로, 로저스를 모두 읽었고, 현대의 동양 사상가인 크리슈나무르티, 고피 크리슈나, 마하리시 요기, 라즈니시를 탐독했다. 얼마 전만 하더라도 나는 밀교(密敎)의 냄새가 나는 것들은 자연의 불합리한 힘에 대항하는 가상하지만 무모한 시도라고 생각했다. 하지만 이제는 오히려 이런 것들이 직선 도로이고 물리학이나 미술은 우회로라는 생각이 들었다.

어째서 지금까지 나는 인간 성장의 내면 법칙을 탐구하는 일에 내 삶을 바치려고 하지 않았던 걸까?

의식 성장 이론에 관한 책들을 읽으며 나는 그것들이 서로 차이와 모순이 있고 또 종교적 배경이 다르면서도 한편 커다란 유사점과 일치점이 있다는 사실을 알게 되었다. 의식 성장의 메커니즘을 인식한 사람들은 적지 않았다. 늘 중요한 것은 향상된 의식의 단계로 나아가는 지각활동과 수련 방법이었다. 거기에는 분명한 개념으로 파악하기는 어렵지만 묘사를 통해 아련한 빛을 내는 고양된 자아와 같은 어떤 것이 늘 자리하고 있었다. 몬탁이 왜 이런 것들을 인정하면서도 다른 한편 비판하는지 이해할 수 있을 것 같았다. 이들 대부분은 도덕적으로 엄격하고, 고행과 금욕에 집중하는 길을 설파하고 있으며 이는 종종 세상을 부정하는 방향으로 나아간다. 이 세상에서 행복을 구하는 대신, 저승이나 열반에 이르러 이승의 고통에서 벗어나고 완성을 이룰 수 있다는 것이었다.

하지만 지금 나는 그 당시보다 더욱 확신하고 있다. 향상된 의식이란 억지로 힘을 쏟는다고 얻을 수 있는 것이 아니라 긴장을 푼 상태에서 우러나오는 자발성에 그 바탕이 있다. 우리를 녹초로 만드는 싸움은 그만두어야 한다. 그대로 놔두고 직시하라! 이루어질 여지가 보일 때만 행동하라. 자신을 얽매는 사슬을 직시함으로써 그 사슬에서 벗어나라. 직시한다는 것은 그저 받아들이기만 하는 것도—받아들이는 것 자체가 이미 힘을 쏟는 것이다—체념하거나 자신을 내맡기는 것도 아니다.

난관이나 해악을 그저 직시하는 것, 담담히 그것을 생각하는 것, 놀랍게도 이것이야말로 변화를 일으킬 수 있는 최대의 힘이다. 이때 자아는 자신의 무위(無爲)상태를 경험하게 된다. 무위란 행동을 포기하는 것이 아니라, 실제로 고삐를 쥐고 있는 그 힘 쪽으로 건너가는 것이다.

이 상태에서 감성의 충동과 사고의 흐름은 더이상 두려움도 억압도 느끼지 않게 된다. 현실을 바라볼 때 우리를 구속하던 시점, 그리고 시각의 영향도 받지 않게 된다. 감성과 사고는 관찰자의 내면의 눈앞에서 흘러간다.

오만한 마음이 생기거나 심신의 고통이 우리를 진부한 사실의 세계로 끌어내릴 때 간혹 중단되기는 하지만, 그렇지 않을 때 이 상태는 더할 나위 없는 즐거움을 안겨준다. 우리는 이 흐름이 요구하는 대로 자연스럽게 행동할 수 있다. 삶의 가치는 이 땅에서 지금 나타나며 순간순간 늘 새로운 시선 안에서 실현된다. 자아는 말할 수 없이 유연하고 탄력 있게 다양한 상태를 지각한다.

왜 이런 자연스러운 과정을 수련에 적용해서는 안 된단 말인가? 불행한 과거나 불편한 진실을 대면할 때 겪는 고통도 이렇게 자연스럽게 대할 수 있지 않은가. 몬탁의 말대로 이렇게 고통을 자연스럽게 받아들인다면 고통은 그 부정적 힘을 대부분 상실하게 되는 것이다.

과거의 이론들은 나름대로 성과를 거두기는 했지만 가치 평가와 감성의 역할을 올바로 규명하지 못했다. 가치를 내세우기만 했지, 그 가치가 왜 타당한지를 전혀 논의하지 않았다. 가치에 대한 주장이 타당하다고 전제한 후 출발해버렸다. 가치들은 정리되지 않은 채 뒤죽박죽 섞여 있고, 또 그 가치의 보편타당성 역시 해명되지 않았다. 가치의 개념들은 충분히 정확하지 못했고, 때문에 사변이 되어 자취를 감추었다. 가치의 존재론이 충분한 근거를 확보하지 못했던 것이다. 존재론이 현실의 가장 일반적인 범주를 설명한다고 하면서 한계점에 있는 것, 지각이 가능한 것, 경험할 수 있는 세계에서 추론한 분류에 그치고 '오성의 구조물' 을 다루지 않는다면 지금까지 수많은 철학자들, 이론가들이 그랬듯 자신들의 미흡한 존재론의 희생양이 되어버릴 것이다. 그들은 자신이 마주한 것을 확인하는 대신 사실상 오성의 구조물을 만들어내고 말았다. 직사각형과 정사각형의 개념만이 이루어질 수 있는 자리에서 그들은 원과 타원형을 보고 있었던 것이다.

원과 타원형, 삼각형, 사다리꼴 등 여러 가지 기하학적 형태가 뒤죽박죽 섞여 있는 상태를 한번 생각해보자. 그중에 직사각형도 들어 있지만, 우리는 이것을 뭐라고 부를지 아직 모르는 상태이다. 지금으로선 그것은 선의 형태에서 오는 혼란일 뿐이다. 밖에서 보면 이름만 하나 더 만들어내면 되는 문제이지만, 그 울타리 안에서는 직사각형을 구분해 이름을 붙이는 것은—불가능하지는 않다 하더라도—분명 결코 쉽지 않은 일인 것이다.

이렇듯 개념이 현실을 인식하는 것을 용이하게 해주는 것처럼, '분별하기'의 지적 과정은 향상된 의식상태를 쉽게 파악하게 해준다. 하지만 개념이 자신이 경험한 현실에서 나온 것이 아닌 경우라면, 신비적 사념으로 빠져버릴 위험에 처하게 된다.

4

나는 카롤라의 다락방을 향해 가파른 계단을 올라갔다. 숨이 차올라, 나는 마지막 계단참에 잠시 멈추어 서서 창문 너머 어두컴컴한 안마당을 내려다보았다. 잎이 떨어져 가지가 앙상한 나무 한 그루가 벽을 향해 구원을 요청하듯 쓸쓸히 팔을 내밀고 있었다. 벽이 건넬지도 모를 한줌의 따뜻함을 기대하고 있는 걸까? 친해보려고 손짓하고 있는 걸까? 하지만 삭막한 붉은 벽돌 담벼락에겐 부질없는 짓 같았다. 지금처럼 늦은 시간에는 아무도 나무의 근심과 걱정엔 관심이 없다. 내가 짊어진 고민에 관심을 가지는 사람 역시 없었다. 새로운 세계를 만나긴 했지만 내면으로 가는 이 길은 외롭기 그지없었다. 무엇보다도 나는 아버지가 되어야 한다는 문제에서 아직 벗어나지 못하고 있었다.

초인종을 누른 후 나는 카롤라가 문을 열어주기를 간절히 기다렸다. 우리집이 파산한 이후 카롤라가 내게 관심이 없어졌을까봐 두려웠다. 물리학을 할 것인가, 미술을 할 것인가, 섹스를 택할 것인가 금욕생활을 할 것인가, 임포텐츠인가 색골인가. 이런 내 고민 따위에는 아무 관심도 없을 것 같았다. 나는 그렇게 내 헝클어진 마음을 카롤라에게 떠넘기고 있었다.

아니, 모두 다 지난 일이야, 그렇게 마음을 다스리고 있는데 문이 열렸다.

검은 기모노를 입은 카롤라에게서 매혹적인 인도 향수 냄새가 풍겨왔다.

"이렇게 늦은 시간에 웬일이야, 마크?"

카롤라는 미소지으며 내 손을 유심히 쳐다보았다. 마치 그 손에 표범표 콘돔이라도 쥐어져 있는 것처럼.

"별일 아니고……"

"남자들은 심각한 문제가 있으면 항상 별일 아니라고 하더라?"

우리가 마지막으로 만난 이후 그녀는 좀더 성숙해진 것 같았다. 나는 그녀의 얼굴과 피부, 눈매를 꼼꼼히 살펴보았다. 다행스럽게도 아직은 잔주름 하나 없었다. 전처럼 말끔하고 매력적이었다.

"내게 문제가 있다는 걸 어떻게 알았지?"

"네 얼굴에 그렇게 씌어 있는걸 뭐."

"사실 문제가 하나 있는데, 여자 문제야."

"그래? 또 어떤 여자지?"

"안네 마리."

"너랑 함께 도망쳤던 그애? 임신했다며, 정말이니?"

"롤로가 떠벌렸어?"

"아냐. 안네 마리 오빠가 동네방네 떠들고 다녔지."

"나쁜 놈!"

나는 화가 났다. 그런데 다음 순간 놀랍게도 나는 내 옆에 서서 그런 나를 지켜보는 목격자가 되어 끓어오르는 나의 분노를 바라보았다. 너무도 자연스러웠다. 나는 마치 성장하지 않으려고 기를 쓰는 나이 든 광대를 바라보듯 내 분노를 지켜보고 있었다.

"다른 식구들은 어떻게 지내니?"

"엄마는 못 견뎌해. 이웃 사람들이 자신의 형편을 비웃을 거라며 괴로워하고 있어. 의원직도 곧 그만둘 것 같아."

"쫄딱 망한 건 아닌가보지?"

"우리보다 더 어려운 사람도 많잖아. 어쨌든 엄마는 힘들어하고 있어. 어쩌면 우리의 삶이란 어차피 유형지와 같은 건데 말야."

"뭐, 뭐라고?"

"우리 자신을 발견하는 장소 말야. 삶이란 결국 자기 발견을 위한 시험장이라고 얘기해주는 사람이 아무도 없으니 세상이 원숭이들이 사는 섬처럼 엉망진창이지."

과학자라면 이런 현학적인 사변을 하지 않을 텐데, 하고 생각하는 듯 카롤라는 측은한 눈빛으로 나를 바라보았다. 차나 한잔 하자며 그녀는 내 손을 잡았다.

그녀의 손이 닿는 순간 나는 전기 충격이라도 받은 듯했다. 손가락들이 잠깐 마비된 것 같았다. 나는 애꿎은 양탄자만 노려보았다. 어떤 에너지가 어디로 흘러들어갔는지 알 수 없었다. 하지만 어쨌든 기분이 좋아지는 것 같았다. 카롤라를 따라 복도를 걸어가면서, 유연하고 자그마한 그녀의 몸매를 바라보고 있으려니 파이퍼에 대한 분노는 어느새 말끔히 사라지고 없었다.

"안네 마리가 네 아이를 가졌어?"

그녀는 찻잔을 건네며 물었다.

"아니."

"확실해? 너희들 같이 잤잖아."

"내 아이가 아니라니까!"

"그건 누구도 장담할 수 없는 일이야."

"아니, 걔네 오빠 아이일 거야. 파이퍼가 근친상간을 숨기려고 내게 떠넘기려는 거야."

카롤라는 못 믿겠다는 듯한 눈치였다.

"좀 지나친 거 아니니, 마크?"

"그것 때문에 그놈이 나를 죽이려고까지 한다니까."

"대체 뭐 때문에? 그럴 리가 있니. 아예 친자확인소송이라도 하지 그러니!"

"안네 마리를 곤란하게 하고 싶지 않아."

"아이고, 자상하기도 해라!"

카롤라는 생각에 잠긴 채 천천히 차를 마시더니 다시 말을 이었다.

"어쨌든 그것도 별로 좋은 생각은 아닌 것 같다."

"안네 마리와 결혼하면 아무 문제 없지 뭐."

"자기 오빠의 아이를 가진 애와 결혼한다고?"

"그 불쌍한 아기가 아무것도 모르게 해야지."

"네가 언제부터 아무 연고도 없는 아이의 운명에 그렇게 관심을 가졌지?"

"사람은 시간이 지나면 변하게 마련이잖아. 아마 나도 그 동안 변했나봐."

"대체 뭐가 문제니? 좀더 나이가 든 다음에 결혼해도 되잖아?"

"안네 마리가 도망쳐버렸어. 뱃속의 아이가 자기 오빠의 자식이라는 걸 내가 눈치챈 줄 알았나봐. 그들이 악마의 미사를 행한다는 것도……"

"그래 나도 그 얘긴 들은 적이 있어. 아무튼 파이퍼란 놈이 골칫거리인 것 같구나. 박물관에 있는 네 친구가 도움을 줄 수 있지 않을까? 네 말처럼 그분이 정말 큰 스승이라면 말야."

"개인적인 문제로 몬탁을 성가시게 하고 싶진 않아."

우린 잠시 아무 말 없이 차를 마셨다. 기모노 사이로 드러난 그녀의 날씬하고 고운 다리에 저절로 눈길이 갔다. 카롤라는 두 손으로 찻잔을 감싸쥔 채 마치 내 생각을 읽어내기라도 하겠다는 듯이 찬찬히 나를 바라보았다.

"네 책들 중에서 읽은 건데, 고피 크리슈나와 물리학자인 칼 프리드리히 폰 바이체크가 쿤달리니에 관해서 쓴 책 말이야. 원래 난 바이체크를 높게 평가하고 있었어. 하지만 지금은 생각이 좀 달라. 그들은 쿤달리니는 잠재된 에너지고 그것이 활성화되면 치료작용을 하게 된다고 하더구나. 무언가가 척추를 타고 올라와 각성상태로 이끈다는 허무맹랑한 말을 너는 정말 믿는 거니?"

"솔직히 말하면, 안 믿어. 그렇지만 좀더 신중할 필요는 있다고 생각해. 반론이 증명되기 전까지는 무조건 의심부터 하는 것도 하나의 편견이니까."

"그럼 아트만, 즉 자아가 베다에서 말하듯이 의식된 절대자이자 모든 것의 근원인 브라만과 같다는 얘기는? 그건 믿니?"

"아니, 그건 나도 몰라. 하지만 의식과 경험할 수 있는 현실의 수수께끼 뒤에 무엇이 숨어 있는지 어느 누가 알겠어?"

"물리학이 해답을 구하고 있잖아. 꽤 성과가 있기도 하고. 안 그래?"

"그래 맞아. 성과가 있지. 그렇지만 물리학을 대상화해서 살펴보면서 이런 질문을 던질 수도 있지. 물리학 자체의 원리 내에서는 문제가 되지 않겠지만 이러한 물리학적 관점이 어떤 전제에 근거하느냐 하는 거 말야. 결국 물리학 역시 의식이라는 안경을 쓰고 대상을 바라본다는 거야. 그렇다면 그 객관성의 토대 역시 주관적이란 말이잖아. 우리

인간들은 자기 집에서 아주 잘 지내고 있지만 상대성원리 같은 건 전혀 이해하지 못하는 세퍼드나 다름없어. 그렇게 생각하면 아마 인간의 의식이 아직 인식능력의 최고 단계에까지는 이르지 못했다는 말을 이해하기가 조금 쉬울 거야.”

“그거 꽤 사변적으로 들리는데?”

“선입견에 얽매이지 않은 사람이라면 누구라도 이런 가능성을 외면하지는 못할걸.”

카롤라는 재미있다는 듯 미소지었다.

“너 갑자기 인식론적 관념론자라도 된 것 같은데?”

말은 그렇게 했지만 생각에 잠긴 그녀의 표정에서 나는 물리학의 객관성이 관찰자의 주관에 토대를 두고 있다는 그 말이 그녀에게 얼마나 큰 파문을 일으켰는지 느낄 수 있었다. 카롤라는 똑똑한 여자였다.

“지각할 수 없는 대상이란 대체 뭘까? 물리학자들도 사물이 원래 색을 가지고 있다고는 믿지 않잖아. 사물에는 원래 색깔이 없어. 대상에 대한 우리의 생각은 하나의 신화와 같은 거지. 우리는, 보이지는 않지만 사물은 분명 하나의 외관을 갖고 있다는 편견에 사로잡혀 있어. 결국 사물의 본질에 대한 모든 이론이 신화라고 할 수 있지.”

“이런 책들은 다 몬탁이 빌려준 거니?”

“아니, 왜?”

“그 사람과 의식의 확장과 같은 주제에 대해 이야기하는 거지?”

“왜 그렇게 생각해?”

시치미를 떼며 내가 물었다.

“몬탁이 네 스승이라고 털어놓은 거 기억 안 나니?”

“아주 훌륭한 스승이라고 생각하고 있지.”

“그 사람이 네게 ‘유형지’ 같은, 말도 안 되는 이야기를 하든?”

"아니, 몬탁은 종교적 회의는 모두 멀리해."

"하지만 네가 가진 책은 온통 그런 얘기들뿐이잖아!"

"다르게 읽을 수도 있어. 순수하고 비종교적인 핵심을 파악하려고 해봐. 학문적으로나 심리학적으로 혹은 철학적으로도 형이상학과는 아무 상관 없이 그 자체로 가치가 있는 그런 것 말야."

"롤로가 그러던데 몬탁이 네게 참선하는 걸 가르쳤다지. 나도 참선을 해볼까?"

"네가? 네가 참선을 한다고?"

정말 뜻밖이었다.

"왜, 내가 못 할 말이라도 했니?"

"몬탁은 제자를 고르는 데 신중하거든."

"너는 나를 물리학만 공부하는 소심하고 어리석은 여자라고 생각하는 거니? 남자들은 처음부터 끝까지 다 얘기하지만 여자들은 늘 조금씩 감추고 있다는 걸 모르는가보구나."

"그런 말이 아냐. 중요한 건 간절함이지 성별이나 학벌 같은 게 아니라구. 참선을 놀이로 봐선 안 된다는 거야."

"내가 언제 그렇게 본다든?"

"물리학이나 패션잡지에만 관심이 있는 줄 알았는데."

나는 그냥 되는 대로 말해버렸다. 그때만 해도 나는 카롤라가 믿을 만한 동지나 동반자가 될 수 있으리라고는 생각하지 않았다.

"고맙군 그래. 나는 그렇다 치고 너는? 너도 그런 문제를 다룰 만한 수준은 못 될걸. 내 얘기는, 넌 지금 물리학 실력도 시원치 않다는 거야. 지난번엔 괜찮은 화가가 되겠다고 그랬잖아."

"그래서 그게 뭐?"

"난 요가 강좌를 들은 적도 있다구."

"네가……?"

카롤라의 입가에서 은근한 미소가 번지는 걸 보면, 내가 아마 상당히 놀란 표정을 지었나보았다. 그래서 몸이 그렇게 유연했구나…… 어쩐지 처음 만났을 때부터 좀 특이하다는 느낌이 들기는 했다. 그런데 왜 한 번도 그런 얘길 하지 않았을까. 하긴 그런 말을 들으면 대부분의 사람들은 그저 몸을 이리저리 비트는 것만 상상할 것이고, 어쭙잖은 유물론자는 그 자리에서 당장 해괴한 요물단지라고 비웃을 것이었다. 나는 말했다.

"이제 쓸데없는 말장난은 그만두자. 서로 깎아내려봐야 좋을 거 없잖아? 난 그저 네 질문에 좀 당황한 것뿐이야. 너 정말, 진심으로 참선에 마음을 쏟을 생각이 있는 거니? 대충 해봐서는 알 수가 없어. 이건 그 이상이라구. 이건 우리 존재의 획을 긋는 일이야. 지금 우리가 살아가고 있는 방식이 안타깝게 여겨지게 될 다른 의식으로 넘어가는 거야."

"너 정말 몬탁이 현자의 돌을 발견했다고 확신하는 것 같구나."

"그래, 그런 것 같아."

"솔직히 말하면, 나는 누군가가 자신의 세계관을 내게 철저하게 납득시킬 수 있을 거라고는 생각지 않아. 어떤 스승이라도 결국은 모두 주관적이지. 자신들의 편향된 신념을 영원한 진리인 양 포장해서 팔려는 거야. 결국엔 종교적으로 기울고 말지. 종교에 대해 거부감이 있다거나 하는 건 아냐. 하지만 그걸 진리로 여겨서는 안 된다는 거지. 그건 결국 인간적인 삶의 비참함에서 벗어나려는 희망사항에 불과하니까."

"그래, 좋은 지적이야. 그게 바로 결정적인 차이점이야. 몬탁의 수련방식은 완전히 종류가 다르거든."

"하지만 진리를 전파한다는 사람들은 모두가 그렇게 생각하지 않았 겠니? 다들 최고의 진리에 도달했다고 그랬잖아. 오로빈도를 예로 들 어볼까?"

카롤라는 내 책 중 한 권을 펴서 표시해놓은 곳을 읽어내려갔다.

"그의 요가에는 이런 특징이 있다. 행위를 한다기보다, 행위가 자연 스럽게 이루어진다. 그것은 저절로 열리는 초월로의 변형이며 통합이 다. 이 지점을 향해 나아가지 않는 온갖 노력들은 인간애나 윤리 정도 에 그치고 만다. 특히 의식의 위기를 맞고 있는 현 상황에서는 정해진 범위 내에서 공전만 거듭하는 악착같은 움직임에 불과하다……"

"그게 바로 몬탁이 자주 말하는 테마야." 나는 감탄해서 말했다. "우 리의 의식이 발전하려면 어느 정도의 형이상학이 필요하냐는 질문 말 이야. 그래 좋아, 몬탁에게 이런 것들에 대해 토론할 생각이 있는지 한 번 물어볼게."

그날 나는 언덕 위의 히치콕 하우스로 갔다. 도로에서 언덕으로 접 어들 때, 나는 집 베란다와 이십 미터 정도 떨어져 있는 돌계단으로 연 결되는 길을 택했다. 따사로운 겨울 오후였다. 잔디와 언덕의 나무를 비추는 햇볕에는 벌써 봄기운이 실려 있었다. 나는 어깨를 펴고 주저 없이 계단을 올라갔다. 마음만 먹으면 파이퍼는 창문에서 사냥총을 겨 눠 간단하게 나를 해치우고, 사탄이나 죽은 자기 아버지 영혼이 한 짓 이라고 덮어씌울 수 있을 것이다. 나는 걸음을 옮기면서 줄곧 이마나 가슴에 총알이 박히는 상상을 했다. 그대로 계단에서 고꾸라져 굴러떨 어질 것인지, 그 자리에서 웅크리고 쓰러질 것인지…… 하지만 이 끔 찍스러울 정도로 화창한 오후는 내 끔찍한 상상과는 아무 상관 없이 평화로운 자태를 뽐내고 있었다.

초인종을 누르고 집을 올려다보았다. 집 안 어디선가 쾅, 하는 문소리가 났고, 이어 계단을 내려오는 육중한 발소리가 들렸다.

문을 열고 나타난 남자는 미디엄 사이즈의 피자만큼이나 큰 불그스름한 얼굴을 하고 있었다. 커다란 머리가 어마어마하게 큰 몸집 위에 얹혀 있었다. 어깨가 거의 문에 꽉 낄 지경이었다. 하지만 전혀 위험해 보이지는 않았다. 나를 방문판매원쯤으로 여기는 듯했다. 친절히 대해주긴 하겠지만 물건을 살 마음은 없다는 듯한 표정이었다.

"마크 헤르츠바움이라고 합니다. 안네 마리의 친구입니다…… 안네 마리가 뱃속에 키우고 있는 아이의 아버지 됩니다."

남자의 얼굴에 미소가 번져나갔다. 그 미소에는 아이 아버지에 대한 분노는 전혀 담겨 있지 않았다. 그 얼굴은 다만 젊은 날 흔히 저지를 수 있는 실수에 대한 비웃음을 소리없이 토해내고 있는 듯했다. 그는 곧 털이 숭숭 난 우락부락한 손을 내밀며 말했다.

"그래, 이것 참 뜻밖인걸. 들어오게, 나는 안네 마리의 삼촌 되는 마틴일세. 우리 아직 초면이지?"

"네."

나는 그를 따라 벽을 검게 칠한 복도 계단을 지나 거실로 올라갔다. 힘차게 계단을 오르는 모양이 나이에 비해 몸 상태가 아주 좋은 것 같았다. 벽에는 여전히 검은 승마용 채찍이 걸려 있었다. 그리고 그 옆에는 내가 처음 왔을 때는 없었던 수염 기른 남자의 흑백사진이 걸려 있었다. 호전적인 눈매로 보아 도끼를 휘두른 안네 마리 아버지의 선친 같았다. 탁자 위에는 검은색 재떨이, 검은색 접시, 검은색 양초, 간유리 꽃병에 담긴 검은색 조화가 놓여 있었다.

"온통 시커멓군요."

나는 싫은 내색을 감추지 않았다. 그리고는 벽난로 옆에 있는 검은

236

색 가죽 소파에 털썩 주저앉았다.

"파이퍼란 놈이 한 짓이라네." 마틴 삼촌은 한숨을 내쉬었다. "후견인 노릇을 잘 하려면 어떻게 해야 할지…… 새로 태어날 아이가 이런 어둠침침한 환경에서 자라지 않도록 집을 수리할 작정이네."

"그럼 한결 낫겠네요."

"뭐 좀 마시겠나?"

"그냥 따뜻한 물 한 잔이면 됩니다."

"따뜻한 물?"

"야주르 베다에 나오는 처방인데요. 따뜻한 물을 하루 종일 아주 조금씩 마시면 위와 장이 맑아지고 독성분을 씻어낸다고 하더군요. 몇 주 후면 몸이 달라진 걸 느낀답니다."

그는 재미있다는 표정을 지었다. 그러면서 마치 내가 나무 샌들을 신고 다니며 곡식 낱알이나 껍질을 먹어치우는, 건강에 지나치게 집착하는 사람이라도 되는 양 나를 빤히 쳐다보았다.

"자넨 그런 특이한 지혜를 어디서 얻었지?"

"훌륭한 스승님이 계시거든요."

"다방면에 관심이 많은 젊은이구먼, 안 그래?"

"흔히 저지르기 쉬운 실수를 피하려고 노력하는 것뿐이에요."

마틴 삼촌은 고개를 끄덕이며 뭔가 알아내려는 듯한 눈빛으로 나를 보았다.

"자네 부모님은 태어날 아이에 대해 뭐라고 하시던가?"

"부모님은 아직 아무것도 모르세요. 정확히 말하면 아버지는 모르시고 어머니는 오늘 아침에야 알게 되셨어요."

"어머님의 반응은?"

"기막혀하셨죠."

"그럴 테지. 우리 모두에게 아주 힘든 일이야." 그는 한숨을 내쉬며 말을 이었다. "하지만 우린 결국 이 모든 장애물을 뛰어넘어 행복하게 결승점에 도달하게 될 거야, 안 그런가? 삶은 투쟁이야. 다행스럽게도 자연은 인간에게 투쟁하는 본능을 부여했지."

"전 인생이 투쟁이라고 생각하진 않습니다."

"그렇다면 뭐라고 생각하지?"

"우리가 삶의 법칙을 거스르지 않는다면 인생은 더이상 투쟁이 아닙니다."

이 말은 쓰라린 경험을 지닌 그로서는 결코 용납할 수 없는 것인 듯했다. 이맛살을 찌푸리며 그가 물었다.

"어떤 법칙 말이지? 히틀러, 스탈린, 폴 포트의 법칙? 이런 법칙은 다 누가 정하지?"

그 자리에서 간단하게 설명하기는 힘들 것 같아 나는 잠시 입을 다물었다. 그는 어깨를 으쓱하며 벽시계로 시선을 돌렸다. 나의 침묵을 자신의 말에 동조하는 표시로 받아들인 듯했다.

"안네 마리는 매주 병원에 가고 있어. 뱃속의 아이도 잘 크고 있고. 아직 엄마가 되기에는 어리지만 그래도 안네 마리는 아기를 낳을 걸세. 그만큼 자네가 아빠 노릇을 더 잘 해야 할 거야."

"제게 달린 문제가 아닙니다."

왠지 내 말이 그에게 언짢게 들렸을지도 모른다는 생각이 들었다. 어떤 상황에서도 요지부동일 마틴 같은 사람을 대할 때는 가능한 한 자신감 넘치는 인상을 주어야 한다는 압박감 때문이었을 것이다.

"자네, 마리와 다퉜지, 그렇지?"

"단지 사소한 오해가 있었습니다."

"사소한 오해라…… 아하, 그 일은 잊어버리게나, 응?"

그는 자신의 첫 데이트라도 떠올리는 듯 호탕하게 웃었다. 나와 안네 마리 사이의 문제에 대해서도, 파이퍼가 행하는 악마의 미사에 대해서도 전혀 모르는 것 같았다.

"다퉜다는 말은 좀 과장된 것 같습니다. 우리 둘 사이에는 아무 문제도 없습니다."

"그래, 요즘 젊은이들은 그렇지. 내가 자네 나이였을 때는 연인들끼리 서로 존중하는 마음이 지금보다 훨씬 더 컸어. 사소한 말실수에도, 아주 작은 부주의에도 관계가 끝장날 수 있었으니까."

"사실 전 아저씨께 조언을 구하러 왔습니다."

"조언을 구한다고? 나한테? 언제부터 젊은이들이 나이 든 사람의 충고를 듣기 시작했지?"

"우리집은 요즘 형편이 아주 안 좋아요. 아버지는 파산해서 사기와 탈세로 유치장에 계시구요."

"경제사범이라면 오래 갇혀 있지는 않을 거야."

"성인이 되어 결혼할 때까지 저는 안네 마리와 함께 있을 생각이에요. 태어날 아기를 위해서도 그게 좋을 거예요. 아저씨 생각은 어떠세요?"

"좋은 생각이야."

"하지만 지금으로서는 어떻게 해야 할지 잘 모르겠어요."

"자네 어머니는 뭐라고 하셨지?"

"어머니는 요즘 상태가 좋지 않아요. 파산으로 큰 충격을 받은데다 아버지가 구속된 이후론 신경이 더욱 예민해졌어요. 게다가 아기 얘기까지 들으셨으니…… 어머니한테는 이 모든 일이 너무나 갑작스러웠을 거예요. 얼마 전까진 애인이 있기도 했지만……"

"좋아, 그럼 자네가 우리집으로 이사를 오면 어떨까."

"무슨 말씀인지……?"

"당연히 부모님의 허락이 있어야겠지. 너희 두 사람과 아기가 지내기엔 충분할 거야. 빈 방은 얼마든지 있어."

"그렇게 되면 더할 수 없이 좋겠네요. 한 가지 문제만 빼면요."

"무슨?"

"파이퍼가 못 견딜 거예요. 절 미워하니까요."

"걱정 말게나." 마틴 삼촌은 내 말을 가로막았다. "파이퍼는 내가 시키는 대로 할 테니."

그때까지만 해도 나는 이 착해 보이는 거인이 얼마나 권위적인 사람인지 알지 못했다. 마틴 삼촌은 놀랄 정도로 씩씩하고 추진력이 강한 사람이었다. 몇 주 겪어보니 세상의 그 무엇도 비집고 들어갈 수 없을 정도로 확고부동한 사람이라는 생각이 들 정도였다. 말하자면 그는 몬탁이 세상 사람들에 대해 얘기할 때 말했던 나약함과는 전혀 다른 활력을 지닌 사람이었다. 하지만 이 활력은 몬탁이 말한 자아 실현과는 거리가 먼 것이었다. 그는 천성적으로 건강하고 낙천적인 사람이었다. 그는 상당한 양의 고기와 국수, 빵과 밥, 감자를 먹어치웠고, 매일같이 최소한 포도주 두 병은 마시는 사람이었다.

"자네 말처럼 요즘 형편이 어렵다면, 식구들 모두가 이사를 오는 건 어떨까?"

"지금 그 말씀은 엄마, 남동생, 누나 모두 말인가요?"

"난 집 안에 사람들이 많은 게 좋아. 누나는 몇살이지?"

"열아홉 살이에요. 대학에 다니긴 하지만, 공부엔 별 흥미가 없죠."

"집안일을 좀 거들 수 있겠지? 안네 마리가 학교에 가면 종종 아기를 돌볼 수도 있을 테고 말야."

"좋은 생각이에요."

그는 만족스러운 듯 고개를 끄덕였다.

"그게 우리 모두에게 좋을 거야. 부모님과 한번 상의드려보게나. 가족들을 잘 보살피겠다고 아버님께도 말씀드리고."

그날 아침 집을 나설 때만 해도 나는 내가 아이 아빠가 된다는 사실이 어머니에게 얼마나 큰 충격일지 전혀 예측하지 못했다. 직관력이 부족했다. 어머니는 오랫동안 결혼생활을 겨우겨우 버텨내고 있었다. 그런 와중에 아버지가 파산을 했고, 굴욕적으로 이사를 했으며, 이후에는 아버지가 탈세범으로 체포된 상황이었다. 나는 아마 그릇된 낙관주의에 사로잡혀 내가 아버지가 된다는 사실도 어머니가 큰 충격 없이 받아들일 수 있으리라 생각했던 모양이었다.

집으로 돌아가 이층으로 올라가는 첫번째 계단을 밟았을 때 이미 나는 뭔가 잘못되었다는 걸 느낄 수 있었다.

내가 아빠가 된다는 이야기를 들을 때의 어머니의 표정이 눈앞에서 아른거렸다. 어머니의 눈에 눈물이 고이더니 곧 검은색 마스카라가 얼룩져 흘러내렸다. 이 모든 일들이 어머니로선 감당하기 힘든 일이었던 것이다. 나는 사태의 심각성을 제대로 파악하지 못했다. 경솔했으며 내면의 소리에 귀 기울이지 못했다.

계단 위쪽 창문 너머로 롤로가 예전에 우리가 살던 멋진 집 앞에 있는 나무 위에 웅크리고 앉아 있는 게 보였다. 입버릇처럼 가출하겠다고 말은 했지만 그래도 동생은 파산했다고 집을 떠나지는 않았다.

현관문을 열고 들어서자 뭔가 심상찮은 기분이 들었다. 복도를 훑어보다가 욕실 문틈으로 새어나오는 가느다란 불빛에 눈길이 멈추었다. 문득 계단을 올라오면서 무슨 냄새를 맡은 듯도 했다. 그건 분명 녹슨 수도꼭지에서 나온 뜨거운 물이 낡은 욕조 안으로 흘러들어가면서 카펫에 밴 더운 김 냄새였다.

　욕실 문을 열었다. 욕조 안에 비스듬히 기대 있는 어머니의 핏기 없는 모습에 나는 멈칫했다. 욕조 옆엔 어머니가 자주 복용하는 진통제 '프로타돌' 두 통이 놓여 있었다. 반쯤 비운 브랜디병도 함께였다.

　"어머니!"

　너무 놀라 숨이 턱 막혀왔다. 겨우 심호흡을 가다듬고 사방을 둘러보니 금이 간 틈으로 작은 물방울이 떨어지는 꾀죄죄한 배수관과 구식 가스보일러, 그리고 주먹을 움켜쥔 어머니가 보였다. 꼭 쥔 주먹 안에는 빈 수면제 통이 있었다. 욕조가 작은 탓에 온몸이 물에 완전히 잠겨 있지는 않았다. 벌거벗은 상체는 앞으로 고꾸라져, 턱이 젖가슴 사이 창백한 피부에 닿아 있고, 두 손은 넓적다리 위에 놓여 있었다. 어이없게도 내 머릿속에서는 앉은 자세로 매장된 고대의 시체 그림이 떠올랐다.

　나는 또다른 나 옆에 서 있었다. 제대로 느껴지지 않는 슬픔만이 낯설게 다가왔다. 나는 이미 시들기 시작한 흰 꽃다발을 들고 어머니의 무덤에서 상당한 거리를 두고 서 있는 나 자신을 보고 있었다. 어머니에 대한 내 느낌도 그 거리만큼 멀리 떨어져 있는 듯했다. 참선의 결과일까? 참선이 슬픔을 느끼지 못하도록 한 건가? "죽은 자는 죽은 자에게 장사지내게 하라!"는 말이 뇌리를 스쳐갔다. 종교에 담긴 근본적인 지혜는 내면의 눈이 열릴 때야 비로소 자신의 뜻을 드러내는 것인가?

　물 속에 손을 넣을 엄두가 나지 않았다. 죽은 자의 몸을 만지기가 두려웠다. 한참 후에야 마음을 모질게 먹고 손을 넣었다. 아직 물이 미지근했다. 이게 다 내 탓이야! 내가 저지른 일이야! 내가 내뱉은 말들이 어머니를 이렇게 만든 거야! 아니, 그건 거짓말이었다. 어머니를 사랑하는 마음에서 생겨난 거짓말, 그렇게 해야 한다는 궁색한 생각에서 생겨난 거짓말이었다. 이런 거짓말은 나 자신에게 견딜 수 없는 죄과를 짐 지우는 일에 불과하다. 나는 몸을 돌렸다.

막 욕실 문을 나서는데, 전혀 예상치 못한 일이 일어났다. 희미한 신음 소리가 났던 것이다. 어머니는 슬로비디오처럼 아주 천천히 몸을 움직이기 시작했다. 힘없이 팔이 들어올려졌고, 고개가 내 쪽을 향했다.

어머니는 무슨 말인가 하려 했으나 제대로 알아들을 수가 없었다. 위에서 미처 흡수되지 않은 약물이 역류해올라와 입 언저리로 흘러내리고 있었다. 어머니는 죽지 않았다. 알코올과 약물을 견디고 어머니는 살아났다.

5

어머니는 두 가지 약물의 치명적인 상호작용으로 인해 신경체계와 뇌기능에 심각한 손상을 입었다. 더이상 아무 말도 하지 못했고 생존에 필요한 양분을 인위적으로 공급받아야 했다. 신경과 의사들은 약의 독성분을 세포조직에서 제거할 새로운 치료에 동의해줄 것을 요구했으나 그 혹독한 치료 후 상태는 더욱 악화되었다.

어머니의 자살 기도 이후 우리 남매는 신기하게도 똘똘 뭉쳤다. 매일같이 함께 어머니가 있는 병원을 찾았다. 롤로는 대견하게도 가정교육을 잘 받은 열한 살 어린이처럼 행동했다. 하지만 우리 가족의 지극한 사랑도 어머니를 살리지는 못했다.

어머니의 장례를 치르도록 아버지에게 이틀간의 가석방 허가가 났다. 교도관 한 명이 아버지 뒤를 졸졸 따라다녔다. 모르는 사람들이 아버지의 동생으로 착각할 정도였다. 그 남자는 그림자뿐인 아버지 발밑의 또하나의 투명한 그림자처럼 한시도 아버지에게서 떨어지지 않았다.

중죄를 지은 아버지가 혹시라도 증거를 없앨까 세워놓은 대책인 듯싶었다. 아마도 검사는 아버지가 아무도 모르게 숨겨놓은 낫소의 또다른 주식뭉치를 가지고 감쪽같이 사라질지도 모른다고 생각했던 것 같다.

신문에는 검사가 아버지의 횡령의 배후에 있는 연결고리를 캐는 수사에 착수했다는 기사가 실렸다. 아버지와 연루되어 있는 몇몇 정치인들은 벌써 감옥에서 입을 잠옷을 다림질하는 중이라고도 했다.

물질에 대한 욕심이 삶의 모든 것을 지배하는 원칙이 되고 나면 사업가와 정치가 사이의 이런 거래는 먹고 마시는 일만큼이나 일상적인 것이 되어버린다. 살다보면 우리는 거의 모든 것에 중독될 수 있다. 중독이라는 것은 의식하든 의식하지 못하든, 빠져나갈 수 없을 정도로 어떤 욕망이 강해지는 걸 본인도 어찌할 수 없는 지점을 뜻한다.

검은 양복을 입고 어머니의 무덤 옆에 서 있는 아버지를 보고 있다가 나는 퍼뜩 깨달았다. 아버지와 어머니를 유리처럼 투명하게 만든 게 무엇인지 그 순간 알 수 있었다. 어머니와 아버지는 있으면서도 없는 존재였다. 그들의 자아는 실제로 존재한 적이 한 번도 없었던 것이다.

아냐 누나는 유럽 챔피언인 애인이 그들의 관계가 끝나기 직전에 선물한 싸구려 원피스를 입고 있었다. 다른 남자들의 추파로부터 그녀를 지키기 위한 것이었던 듯 파란 원피스는 목까지 올라오는 것이었다. 그 파란색은 두 사람이 서로 엉겨붙어 있을 때 그가 누나에게 선물하곤 했던 눈두덩의 시퍼런 멍에도 잘 어울릴 듯했다. 누나가 녀석을 그리워하며 눈물을 흘릴 이유는 어디에도 없었다. 그러나 여자들은 언제나 좀 다른 눈으로 사태를 바라본다.

요가 책을 보면 사람들은 이미 오래 전부터 여자들과 남자들의 의식구조가 근본적으로 다르다는 것을 알고 있었던 듯하다. 현대의 생리학자들은, 여자의 뇌는 계산하는 일에 남자보다 훨씬 적은 에너지를 사용한다는 걸 밝혀냈다. 그리고 말을 할 때도 여자는 좌뇌뿐 아니라 직관과 감성을 관장하는 우뇌까지 사용한다고 한다.

어쩌면 이런 생리학적 차이점이 어머니의 자살을 다소 해명해줄 수도 있을 것이다. 좌뇌만을 사용하여 현실을 애써 꿰뚫어보는 남자였다면, 사소한 문제 때문에 자포자기하고 자기 생명을 버릴 생각은 하지 않았을지 모른다. 그 정도의 감정적 힘이 남자들에게는 없다.

하지만 어떻게 설명해보아도 내 슬픔은 줄어들지 않았다. 내가 슬픈 건, 죽음에 직면한 바로 그 순간에 슬픔이 찾아오는 게 아니라 몇 시간이 지난 후에야 비로소 그것이 막강한 힘으로 영혼을 지배한다는 사실을 처음으로 경험했기 때문이었다.

그래도 몬탁에게서 배운 것은 큰 도움이 되었다. 나는 관찰자의 입장에서 나 자신과 나의 감정적 충동을 바라봄으로써 허우적거리던 물속에서 겨우 빠져나왔고, 내 의식은 다시 현실과 얼마간의 거리를 둘 수 있었다.

지금 생각해보면, 당시 나는 막 발전하고 있었다. 나는 내 가능성을 과소평가하기도, 또 과대평가하기도 했다. 하지만 다음 단계의 비밀에 대해서는 아무것도 모르고 있었다. 당시 나는 아무것도 적혀 있지 않은 백지 같은 상태였다.

어머니의 죽음으로 나는 때때로 어찌할 수 없는 슬픔에 휩싸였다. 내가 자신의 감성을 조절하지 못하는 무력한 존재라는 생각이 들 때마다, 나는 내가 어쩌면 의식의 변화라는 어설픈 착각, 엄청난 환상에 사로잡혀 있는지도 모른다는 생각에 언짢아졌다.

6

"지금부터는 인간 존재를 이루고 있는 것들을 좀더 자세히 살펴보도록 하자. 실존철학은 삶의 기본 원리를 찾아내는 일에 그리 성공하지 못했어."

이번엔 카롤라도 함께였다. 카롤라가 수련을 시작하기 전에, 몬탁은 우선 그녀를 한번 보자고 했다.

나는 몬탁에게 어머니의 죽음을 알리지 않았다. 장례식에 오라고 했다가 거절당하면 어쩌나 은근히 두려웠다. '죽은 자는 죽은 자에게 장사지내게 하라!' 하지만 몬탁은 내가 자책하고 있다는 것도, 마음이 편치 못하다는 것도 전혀 눈치채지 못하고 있었다. 어머니의 죽음을 알리지 않아 미안하다고 하자 그는 나를 잠시 지그시 바라볼 뿐 의례적인 위로의 말 따윈 하지 않았다. 그때의 내 처지에 대해 이보다 더 적절하게 반응할 수는 없을 거라는 생각에 나는 놀라지 않을 수 없었다.

"삶을 제대로 보기 위해서는 고통을 지각하는 것과 동시에 사태를 주시할 수 있어야 해. 고통을 무의식적으로 회피하지 않는 것이 새로운 의식을 여는 열쇠야. 아니 열쇠 중 하나라고 할 수 있지. 그러니까, 무슨 말이냐 하면 자아가 자신의 고통을 가능한 한 피하지 않고 똑바로 쳐다보는 거야. 간신히 고통을 피해갈 수도 있고 고통을 주시하는 일을 포기할 수도 있겠지. 하지만 이런 태도로는 위기에서 벗어나지 못해.

의식이 범하는 오류는 어떻게든 고통을 부인하려는 데서 생겨나는 거야. 이게 우리 존재의 비극이지. 하지만 고통에는 성장의 큰 가능성이 내포되어 있기도 해. 귀중한 체험을 할 때 나타나는 긍정적, 부정적 감성을 관찰하는 것도 필요하지만 이와 더불어 고통의 막강한 힘도 인정해야지.

그러니까 우리의 적은 슬픔과 질병, 질투, 이별 등 변화무쌍하게 이어지는 부정적 감성이라고 할 수 있을 거야. 하지만 이런 부정적 감성이 우리를 도울 수도 있어. 이 세상에서의 절망은 고통을 통해 잉태되지. 절망이 곧 고통인 셈이야. 하지만 고통은 동시에 희망의 신호이기도 해. 고통과 부정적인 것은 사라지고 곧 긍정적인 감성이 찾아올 거라고 알리는 표식이지. 감성의 긍정성, 그러니까 세상의 긍정성을 지각하는 것이야말로 삶의 근본 의미야."

몬탁은 말없이 우리를 둘러보았다.

"질문 있니?"

두 손으로 찻잔을 감싸고 있던 카롤라는 아무 표정 없는 얼굴로 염탐하듯 몬탁을 쳐다보고 있었다. 안전한지 위험한지 아직 정확히 알 수 없는 희귀한 동물이라도 관찰하는 듯한 모습이었다. 내가 먼저 입을 열었다.

"믿음에 대해서 얘기 좀 해주시겠어요? 카롤라가 특히 관심 있는 부분이거든요. 카롤라는 할아버지의 견해가 과학적인지 알고 싶어해요."

"믿음을 가지고 있는지 그렇지 않은지는 문제가 될 수 없어. 문제는 어떤 믿음을 선택하느냐 하는 거지. 유물론? 소박한 실재론? 우연? 아니면 고뇌와 행복의 충만한 가치가 있는 의미 깊은 우주? 어떤 경우든 믿음은 중요한 자리를 차지하고 있어. 믿음에서 벗어날 수는 없지. 언뜻 보면 불가지론이 나름대로 타당성을 지니고 있는 듯도 할 거야. 하지만 불가지론이라고 해서 믿음이 없는 상태는 아냐. '모른다'는 건 실천할 수 없는 태도지. 모르고 있다는 것을 확인시켜줄 뿐이야. 불가지론은 불가피하게 유물론이 만들어내는 세계관으로 기울게 되지. 현실에서는 한계에 부딪힐 수밖에 없어. 이론적으로는 모른다는 사실을 아주 똑바로 보고 있지만, 실제로 사변에서 벗어나려고 하면 어쩔 수 없이 또다른 믿음에 다다르게 되니까. 현상 너머에는 가치 있는 것이 아무것도 없다는 그런 믿음 말이야. 그렇다면 우리는 어떤 믿음을 선택해야 할까?

어떤 경우든 믿음이 관건이라는 사실을 깨닫고 나면 그땐 올바른 길로 나아갈 수 있어. 사변 속에서나 가능한 것들이 실존한다고 믿으라는 게 아냐. 우리가 장님이니? 현실적인 태도를 견지해야지. 그렇다고 유물론이나 불가지론을 선택하겠니? 아니면 신앙을 택하겠니? 신앙이라는 측면에서 형이상학은 더 많은 고통을 가져올 수 있어. 마녀사냥이나 이슬람교의 근본주의를 한번 생각해봐. 냉정한 유물론보다 더 많은 고통을 안겨주지 않았니? 내가 지금 말하는 것은 어떤 형태의 형이상학도 아냐. 우리가 확실히 알 수 없는 것에 대해 개방적 태도를 견지해야 한다는 거지."

나는 왠지 조금 실망스러웠다.

"할아버지가 말하는 믿음은, 그러니까 어떤 비밀스러운 신앙인가요? 내내 신을 부정하는 말씀을 하지 않았던가요? 모든 것이 우리 내면에 추상적 현실이 투사되어 만들어진 형상이라구요. 자신을 위로하기 위해, 불안함과 두려움을 가라앉히기 위해 마련된 거짓에 불과하다고 말이에요."

내 말에 얼른 카롤라가 끼어들었다.

"그 말이 아냐. 우리가 신을 믿어야 한다는 말이 아니라구. 불가지론은 불가피하게 유물론의 폐해로 이어진다는 거지."

"그래, 그거야."

몬탁은 골똘하게 무언가를 생각하는 듯한 얼굴로 지그시 카롤라를 바라보았다. 그 순간, 카롤라를 제자로 받아들여도 괜찮겠다는 생각을 했던 듯싶다. 내가 물었다.

"그렇다면 대안이 뭐죠?"

"개방성이지. 열린 마음과 깨어 있는 의식 말이야. 이 세상에 있는 모든 것을 향해 매순간 열려 있게 되면, 세상에 숨어 있는 질(質)을 섬세하게 지각할 수 있게 돼. 전에 말했던 내용의 질과 감성의 질의 통합체를 지각할 수 있게 되는 거지. 일정한 믿음이나 선입견 없이 이 통합체를 지각하게 되면, 어떤 초월적 의미를 예감하게 되지. 별이 총총한 하늘을 보는 것과 같다고 해야 할까, 아니면 우주비행사가 처음으로 달 표면에 서서 지구를 바라볼 때 느끼게 되는 경외감 같은 것이라고 해야 할까. 어쨌든 이런 체험을 한다고 해서 목적론적 사변에 빠지는 건 아냐."

"그런 체험을 하는 게 삶의 목표나 목적 같은 거라고 생각하는 건 아니겠죠? 행복의 증진을 위해서라면 또 몰라도……"

"인간은 유전적으로 정해져 있을 뿐 아니라 환경에 적응하고 반응할 수 있는 존재야. 생존, 체제 유지, 치유, 번식이라는 생물학적 목표를 지닌 지적인 존재 말이야. 하지만 여기서 인간의 목표로 제시된 것들을 한번 보렴. 이것들은 모두 목적론적으로 설정된 거야. 바꿔 말하자면 의식이 정해놓은 목표가 없다는 얘기야. 이런 가치 혹은 저런 목적을 달성해야 한다는 의식의 목표는 들어 있지 않은 거야. 목적론은 어쩌면 믿음일지도 몰라. 지금 이 세상에서는 목적론적으로 정해진 것들이 오히려 구체적 삶의 과정에서 원칙으로 작용하고 있지. 현실이 되어가는 거야. 만약 이런 목표가 삶의 최종 가치라고 주장하려 한다면, 이 목표에 그 자체로 명료하고, 최종 가치임을 증명해낼 수 있을 근거가 있어야 해. 하지만 그렇지가 못하지. 생존, 체제 유지, 치유, 번식은 수단에 불과해. 궁극의 가치를 통해 존재의 근거가 마련되어야 하는 수단으로서의 가치지. 지금 우리 인간은 궁극적인 가치를 지향하지 않고 대상만 얻으려고 하고 있는 거야. 그래서 수천 년 동안 도덕과 가치에 관한 토론이 혼선을 거듭해왔던 거야. 지향할 만한 것만 가치라고 불러야 한다는 주장이 있기도 했어. 물론 그릇된 주장이지. 잘못된 추론에서 비롯된 것이니까. 가치와 가치에 대한 경험을 파악하지도 못한 채, 동기 부여에 대해 자의적으로 해석하고 이를 전제로 삼은 거야. 감성이 부여하는 고유하고 선명한 가치의 계기가 유일한 범주이고 이 범주가 가치의 최종 근거를 이룬다는 생각은 아예 못 한 거지. 중요한 건 가치를 향한 지향성이 아니라, 경우에 따라서는 지향성과 무관하게 가치로 드러나는 가치 충만의 질(質)이야. 도덕에서, 미학에서, 그리고 일상사에서도 마찬가지야. 중요한 건 가치를 경험하는 거야. 인식이 어떤 양태이냐는 그 다음 문제야."

"요가 관련 서적을 읽는 건 어떻게 생각하세요? 카롤라는 의식 성장에 관한 것은 어떤 것이든 결국 종교성을 내포하게 마련이라고 생각하거든요."

내 물음에 몬탁은 주저없이 대답했다.

"사실 그런 책들에는 문제가 있어. 의식 성장을 통해 우리는 계몽을 얻고자 하지만, 이런 책들은 바로 이 목적에서 빗나가게 하는 위험성을 안고 있지. 그렇지만 인간의 천성에 대한 올바른 통찰을 담고 있는 옛 문헌들도 많아. 수천 년 동안 계속되어온 그들의 노고가 없었다면 우리는 올바른 길을 찾을 수 없을 거야. 대가들의 문헌은 분명 우리에게 필요해. 하지만 문제는 제대로 경험하지 못한 채 씌어진 책들이야.

경험했다 하더라도 단순히 개념체계와 형이상학적 믿음으로 이루어진 것들이거나. 자신의 내면과는 비교해보지도 않고 어디선가 듣고 읽은 이론적 확신을 써놓은 것들 말이야. 그렇게 해서 악순환이 시작되는 거지. 어느새 내면 현실이 그 새로운 확신의 옷을 챙겨입고 얼마 동안 유지되니까.

사유는 큰 힘을 지니고 있어. 일종의 가상세계를 만들어내지. 게다가 그런 내면현상이 실제처럼 나타나기도 하고. 하지만 그런 현상들은 상상의 은총을 받을 때만 현실로 존재하지. 개념의 분류는 경험에서 출발해야 하는 거야. 개념이 경험을 만들어내게 해서는 안 돼. 그렇게 경험이 '만들어지는 것'은 상상력이 작용한 경우야. 그 세계는 언젠가 무너져내리게 될 가상의 세계일 뿐이야. 판단력을 향상시키는 일이 중요해. 판단력이란 실제로 차이가 나타나는 것들을 서로 다른 영역으로 분류할 수 있는 일정한 범주를 만들어주니까. 차이가 나타나는 것이지, 그것을 이론적으로 만들어내는 게 아니란다."

"종교적 확신도 그런 거죠?"

"많은 사람들에게 신앙은 인격을 변화시키는 큰 힘을 발휘하지. 신앙을 통해 의식이 다른 지평에 도달하는 거야. 하지만 이런 신앙은 있을 수도, 또 없을 수도 있어. 임의로 신앙에 접속시켰다 끊었다 할 수 있는 것도 아니고 말야. 감성이 아니라 오성의 지배를 받으면 의식도 아마 마찬가지일거야. '2+2=4'라는 자명한 답을 얻듯 그렇게 신앙에 도달할 수는 없어. 신앙이란, 증명되지 않는 진리를 확신하는 거야. 상상으로 만들어진 진리도 일부 진리의 기능을 갖고 있기는 하지. 신은 어쩌면 신비주의자일지도 몰라. 신을 신비주의자라고 한번 생각해보렴. 네 의식은 아마 놀랍게 달라질 거야.

전통적으로 내려온 종교들을 한번 보렴. 우스꽝스럽기 짝이 없어.

사람들은 모두 무릎을 꿇고 상상 속의 막강한 힘 앞에 머리를 조아리지. 마치 왕좌의 통치자에게 하듯 말이야. 사람들은 통치자가 원하는 대로 말하고 행동하지. 네가 머리를 조아리면 신이 좋아할 거라고 생각하니? 아니, 인간이 빠질 수 있는 함정과 인간의 도덕적 허약함도 더불어 만들어놓은 신은, 마음이 선한 그 신은 아마 너를 자신의 파트너로 생각할 거야. 무엇 때문에 신이 너를 완벽한 존재로 만들어놓지 않은 걸까? 자유로운 선택 속에서 너 자신을 증명해보라고? 이 놀이에 뛰어들 마음이 있니? 그럴 마음이 있냐고 언제 누가 한번 물어본 적은? 넌 결국 네가 전혀 원하지 않는 상황 속에 들어와 있는 것뿐이야. 자, 그렇다면 신은 인간의 자유에 관대하겠니? 아니, 그런 신이라면 인간에게 관용을 베풀 리가 없어. 아마 그는 귀족과도 같은 통치자일 거야. 자신을 두려워하게 함으로써 네 영혼을 다스리는 그런 통치자일 거라구. ……얘야, 지금 내가 말하려는 건, 신은 보다 자유로운 존재, 진리를 깨달은 존재라는 거야. 자유로운 신, 진리를 깨달은 선한 의지가 있는 그런 신이라면 너도 자신처럼 똑같이 자유로워지기를, 깨우치기를 바란다는 말이지."

"환생이나 영생은 그럼 어떻게 되는 거죠?"

"일단 우리의 삶은 죽음으로 끝난다고 가정하고 수련을 하도록 하자. 고양된 의식에게는 이런 믿음들은 아무 필요도 없어. 이 문제는 고양된 의식을 구현할 원칙과 방법을 익힌 다음에 다시 얘기하도록 하자. 괜찮겠지? 신과 지옥, 부활, 영생, 그 무엇이라도 올 테면 오라고 해. 우리는 여기 이 세상에서 내 의식과 행복의 주인이 되어야 해. 그것만으로도 인간이 지상에서 이룰 수 있는 커다란 성과니까."

"의식이나 심리에 관한 학문은 어떻게 되는 거죠? 그런 학문들을 전적으로 인정하는 건 아니죠?"

"최근 심리학은 자아를 중심에 두는 것이 얼마나 중요한지 충분히 인식하지 못하고 있어. 감성, 사유, 특히 언어화되지 않은 생각과 가치 판단을 주시하는 것도 중요하지만, 의식 변화의 열쇠는 바로 중심을 어디에 두느냐 하는 데 있어. 어려운 과제를 해결했을 때 주의력이 커지는 경우가 많지. 자신의 자아에 더 가까이 가 있는 거야. 자아와 자아의 행동을 지각하는 일, 이 수련과정에 관심을 모아보자.

어려운 과제를 해결했을 때 어째서 주의력이 보다 자아에 가까이 가 있는 걸까? 그건 자아에 혁신과 변화의 가능성이 더 많이 내포되어 있기 때문이야. 습관적인 생활에서 벗어나는 일은 사색에 빠져 자아를 망각하는 과정을 통해서가 아니라, 자아에 도달했을 때 이루어질 가능성이 더 커. 만트라를 향해 올바로 걸어가다보면 이런 것들이 활발히 이루어지지. 만트라만큼 효과적인 정신활동은 없는 것 같아. 게다가 만트라는 긴장이 유발하는 단점을 피해가지. 다른 수련방식은 집중해야 하니까 금방 지치거든. 만트라는 마치 콜럼버스의 달걀 같아. 우리가 우리의 내면공간과 점점 더 친숙해질 수 있도록 도와주고, 소리의 울림이 섬세해지면서 우리를 인성의 영역으로 인도해주지. 거기서 우리는 최고의 선명성, 편안함, 창조성, 지성을 얻을 수 있는 거야.

현대 심리학은 이런 과정을 분석하기는커녕 인식조차 못 하고 있어. 의식 변화에 대한 자료가 충분한데도 말이야. 의식의 변화를 신비적, 종교적, 철학적 맥락에서 분리시켜 탐구하지 못해서지.

그러니까, 자아는 의식되는 거야. 참선과정에서 흔들림 없이 나아갈수록 자아는 강인해지지. 더불어 성찰하는 의식도 성장하게 돼. 자아는 특이한 빛을 발하면서 성찰 속에 함께 있게 되지. 성찰하는 사고의 과정과 내용을 다 알면서 함께 있는 거야. 더 나아가서 사고, 감성, 소망에 반응하지 않으면서 거리를 두게 되면 자아의 거리는 곧 의식에 의해 생겨나는 것들에 대한 거리가 돼. 사건 진행에서 떨어져나와 자기 자신이 존재하는 거야. 이것은 수단으로 쓰이는 가치지. 이런 상태는 내적 자유가 커졌음을 나타내는 거니까. 자기 자신을 알고 있는 자아가 분명히 존재하고 있음을 의식한다면 자아의 근처에서 태도를 조절하는 것도 가능해. 그래서 선택의 자유는 자아 근처에서 더 많이 성취되는 거야. 자아, 성찰, 자유는 전체의 일부일 뿐이야. 이 전체를 뭐라고 불러야 할지는 나도 잘 모르겠구나. 최고의 각성, 주의력, 지성, 창조성을 지닌 인성 통합체라고나 할까."

이번엔 카롤라가 말했다.

"자아라는 게 뭔지 아직도 확실히 다가오지를 않아요. 내가 나를 생각할 때 나 자신에 대해 떠오르는 사고? 그렇게 단순한 건 아닌 것 같고, 그렇다고 모든 지각과 사고와의 연관점 같은 그런 것만도 아닌 것 같은데……"

"그래, 맞았어. 그것만은 아니야. 사람들은 대부분 자아라는 개념을 만나면 백기를 들지. 무슨 말인지 이해하고 그것을 설명할 수는 있지만 자아의 질을 선명하게 관조하지는 못하는 거야. 아마 사람들은 유명론자(唯名論者)들처럼 '자아'라는 게 모든 종류의 경험에 추상적인 연관점을 주기 위한 일종의 상징, 하나의 말에 불과하다고 여기는 모양이야. 아니면 아침에 잠에서 깨어나 '아! 내가 여기 있구나. 나는 어제와 똑같은 나야' 하고 확인하는 정도로만 생각하지. 더이상 곰곰이 생각하지 않고 그게 바로 자신이라고 확신하고 있는 거야. 자아를 지각하는 것이 다른 내적 지각과 다르다는 것은 생각조차 못 하고 말이야. 그저 막연하게만 생각하고 이를 지각하려는 노력조차 하지 않지. 다른 일에 정신이 팔려 있어서 그런 거야. 과거의 사상가들에게도 자아란 해답을 얻을 수 없는 수수께끼 같은 개념이었지. 그들의 정신은 자아를 망각하고 몽상에 빠져 있는 것과 다를 바 없었어. 하지만 바른 길을 걸어온 사람에게 자아는 너무나 선명한 경험이야. 다른 어떤 것을 반사하거나 나타내는 생각이 아니라, 하나의 '질'이지. 사물을 사물답게 만드는…… 색깔을 알아보거나 소리를 지각하는 것과 같은 경험이라구. 아니 그것보다 훨씬 더 많은 것이 무한히 내포된 경험이지. 과거의 사상가들이 이를 발견하지 못했다는 건 결정적인 지점에서 오류를 범한 거야.

자아를 실현한다는 건 곧 에너지의 원천, 창조성, 지성으로서의 자아를 발견한다는 거야. 나의 사회적 위치를 증명함으로써 나를 발견한다는 건 그걸 어떻게 보느냐에 따라 달라질 수밖에 없어. 반면 자아와 합일됨으로써 자아를 발견하는 건 견고하고 확실한 거야. 이런 자아는 마음이 건강하고 충만된 상태에서 모습을 드러내게 되지. 마음이 건강한 사람들이 자신을 체험할 때는 정도의 차이는 있지만 그 체험을 의식하고 있어. 하지만 정신이 병들어 있으면 자신을 체험하고 있는지 어떤지 의식할 수가 없어. 정신분열증이나 심한 우울증의 경우도 마찬가지야. 내가 없어지고 나의 행위와 경험과의 연관성이 풀어지는 이런 인격 파탄은 의식의 한 극단에 있지."

다시 카롤라가 말했다.

"그런 것들이 왜 학문적으로 탐구되지 않았는지 이해가 안 돼요. 옛날부터 그런 문제를 다루었으면서도 말이에요."

"현대 학문에는 '지혜'라는 테마가 없어. 수천 년 전부터 실존의 중핵으로 인식되어온 것을 외면한 거지. 참선을 신비적이거나 종교적인 것이라고 생각해서인 것 같아. 실력 있는 대가가 없는 것도 한 이유일 테고."

"영혼의 안내자가 있어야 한다고 생각하세요?"

"현자들이 수천 년 동안 갈고 닦은 것을 자기 혼자 노력해서 인식하거나 발견할 수는 없어. 다른 사람의 도움 없이 자동차의 생산 공정을 모두 해낼 수 있을 것 같니? 아리스토텔레스의 논리학을 혼자 힘으로 풀어낼 수 있을 것 같아? 그런데 삶의 비법에 관해서는 이상하게도 혼자서 해결하려고 하는 경우가 많아. 너무나 어리석은 태도지. 이 길 위에 우리를 휘감는 정신적 위험이 얼마나 다양하게 포진해 있는 줄도 모르고 말이야."

"각성에 대해 어떻게 생각하고 계신지 알고 싶어요. 각성이라는 개념도 애매모호하고 비과학적인 것이라고 여기시나요?"

"아니, 전혀 그렇지 않아. 심리학에서는 모호한 개념이라고 하지. 정확하게 개념을 정의하지 못했으니까. 하지만 그건 심리학자들이 각성을 경험하지 못해서야. 그래서 잘 알지 못하는 거지. 또 각성의 개념을 형이상학적 이론이나 교리와 뒤섞어 생각하기 때문이기도 해. 실제로 각성을 경험하려면 경험 있는 스승의 지도와 노력이 필요하단다. 각성 같은 까다로운 개념을 깨우칠 수 있는 스승이어야 하지. 스승의 도움으로 경험이 충분히 쌓이면 의식이 도약했다는 걸 스스로 확신할 수 있게 되니까.

각성한 자아는 막 생기려고 하는 감성을 지각하고 그 감성을 자신의 사고와 구분할 수 있어. 아주 미세한 부정적 감성이라도 주시할 수 있고 긍정적 감성에 얽매이지 않음으로써 더 많은 자유를 얻는 거야. 또한 각성한 자아는 자신의 비언어적 사고를 의식하고 여러 판단과 가치 평가의 허구성을 통찰할 수 있어. 그럴듯해 보이는 사이비 판단과 가치 평가를 우리는 '사고의 감옥'이라고 불렀지. 마지막으로, 각성한 자아는 자아의 경험과 아주 밀접한 관련이 있고 갈등이 생길 때는 이런 의식의 형태를 언제라도 이용할 수 있어. 그래서 각성한 자아는 더 큰 자유와 더 큰 능력을 얻게 되고…… 중요한 건 아마 바로 이걸 거야. 각성한 자아는 주의력을 긍정적인 쪽으로 향하게 할 수 있다는 거지. 긍정적인 것이란 흔히 말하는 긍정적 사고만을 뜻하는 게 아냐. 긍정적인 것이란 결국 진리에 부합할 수밖에 없는 거야. 그러니까 우리가 스스로를 기만하지 않으려고 한다면, 어느 정도는 필연적으로 그것을 선택하게 되는 거야. 각성한 자아는 긍정적 감성, 긍정적 기분, 긍정적 마음을 만들어내는 능력과 그런 주의력이 위치해 있는 심층 감정의 바닥까지 영향을 미칠 수 있어. 다시 말하면, 조건이 갖춰진다면 어느 정도까지는 자신의 행복한 상태를 선택할 수 있는 거지.”

“그렇다면 인간이 스스로의 행복을……?”

“우리가 생각할 수 있는 이상으로 자신의 행복을 만들어낼 수 있지.”

“주위의 환경은요? 그건 어떤 역할을 하는 거죠?”

“물론 유리한 상황과 그렇지 못한 상황이 있지. 하지만 각성한 자아를 지닌 사람은 보다 나은 조건이 마련되도록 끊임없이 노력한단다.”

“각성한 자아에 대해 이야기를 나눈 건 오늘이 처음인 것 같아요.”

내 말에 몬탁은 미소를 머금으며 대답했다.

“충분한 경험과 분별력이 없는 사람에게 그런 얘기는 아무 도움이 되지 못하지. 나무에 손도 닿지 않는 사람한테 거기 열린 열매에 대해 말하는 게 무슨 수용이 있겠니?”

오후가 되어서야 우리는 박물관에서 나왔다. 박물관 카페에 자리를 잡고 앉자 카롤라가 말했다.

“대단한 사람이야. 오늘 들은 이야기 중에 십분의 일이라도 사실이라면, 내 인생이 송두리째 바뀌어버릴 것 같아.”

“정말이야? 정말 그렇게 대단했어?”

카롤라가 수많은 반론을 제기할 거라고 생각했던 나는 깜짝 놀랐다.

"이론만 무성하게 쏟아내는 사람은 아니라는 느낌이 들어. 왠지 믿음이 가."

7

악마의 미사에 관해 말다툼을 하고 그애 집 지하실에서 그 역겨운 장면을 목격한 후, 나는 안네 마리를 다시 만나지 않았다. 그 짧은 시간은 내게 마치 영원처럼 느껴졌다. 사람을 다룰 줄 아는 마틴 삼촌은 일이 정리되기 전까지는 안네 마리를 끌어들이지 않았다. 그는 우선 우리 가족이 머물 수 있는 공간을 마련하는 일부터 마무리지었다. 그러자 안네 마리는 우리 가족이 이사를 오기 전에 먼저 이야기를 좀 나누자고 했고, 나 역시 그럴 때가 됐다고 생각했다.

우리는 학교 옆 낡은 카페에서 만나기로 했다. 골목과 구석진 곳이 많아서 단둘이 있고 싶어하는 연인들이 즐겨 찾는 곳이었다.

수수한 흰 원피스를 입고 있는 안네 마리를 나는 쉽게 알아보지 못했다. 짧게 자른 붉은 머리카락 때문인지 고운 얼굴은 예전보다 더욱 진지하고 성숙해 보였다. 헐렁한 양모 스웨터에 가려 정말 뱃속에 아이가 있는지 어떤지 알 수가 없었다.

그애와 눈이 마주쳤을 때, 나는 고삐는 바로 내가 쥐고 있다는 걸 느낄 수 있었다. 나는 탁자에 앉은 채 아무 불편한 내색 없이 그애에게 아는 척을 했다. 내 모습 안에는, 그애의 눈에 비친 내 모습에는 무엇이라도 용서하려는 너그러움이 배어 있었을 것이다. 나는 안네 마리 쪽으로 다가갔다. 그애는 이런 내 행동을 내가 아이의 아버지임을 인정한다는 표시로 받아들였다. 내가 볼에 가볍게 입을 맞추자 그애는 슬그머니 미소를 지었다.

"어머니 일은 참 안됐어. 힘들겠구나."

"너무 일찍 돌아가셨지."

"아버지가 어머니한테 좀더 신경을 쓰셨어야 했는데."

나는 할말이 없다는 듯 어깨를 으쓱해 보이며 말을 돌렸다.

"헤어밴드는 안 했네? 아주 잘 어울렸는데."

"예전에 그랬지만 지금은 아냐. 우리 중요한 이야기부터 먼저 하자. 나 이제 파이퍼의 미친 짓거리에서 벗어났어. 전에는 오빠가 진짜 사탄과 통한다고 믿었지."

이 말만으로도 모든 의심이 사라진 듯했다. 나는 고개를 끄덕이며 그애의 손을 잡았다. 그애가 다시 말을 이었다.

"검은색 헤어밴드는 결속의 상징이었어. 아이에게 좋을 리가 없겠다 싶어 벗어버렸지."

"오빠는 어때? 우리 가족이 너희 집에 들어가도록 놔둘 것 같니?"

"걱정 마. 오빠는 아이의 미래를 무엇보다 우선해서 생각하고 있어."

"아버지의 밧줄은 어떻게 됐니? 악의 성유물 말이야."

"마크, 이제 그 얘기는 그만 하자. 밧줄은 내가 파이퍼한테 빼앗아서 강물에 던져버렸어."

"하지만 파이퍼는 아직도 자신이 사탄이라고 믿고 있는 거지? 사탄과 결속되어 있다고 말이야."

"속으로는 아직 그럴 거야. 겉으로는 아니라고 하지만 말이야. 오빠가 심하게 앓았어. 열대지방으로 여행을 갔다 온 친구한테서 이상한 바이러스가 전염되었다나봐. 온종일 열이 나면서 헛소리를 해댔어. 의사들이 다 포기하려고 했을 정도니까. 그런데 열이 내리더니 갑자기 사람이 달라진 것 같아."

"열병에 시달린 이후 파이퍼의 정신병이 나았다는 거야?"

"어쨌든 이제는 내가 악마 얘기를 듣고 싶어하지 않는다는 걸 알아."

"그런데 너는 어떻게 갑자기 생각이 변했지?"

"마크, 내 생각이 변한 게 아냐. 예전에는 어떻게 되나 보려고 파이퍼가 하는 대로 그냥 내버려두었던 것뿐이야. 파이퍼의 강요에 못 이겨서 그랬을 뿐이라구. 오빠는 악마에게 네 영혼을 넘겨야 악마가 세상을 지배하고 있다는 걸 네가 깨닫게 될 거라고 했어. 난 신을 받아들이듯 악마도 받아들여야 한다고 생각해."

"하지만 사탄을 직접 목격한 건 아니지?"

"그래, 내가 생각했던 것처럼 나타나지는 않았어. 파이퍼는 사탄이 자기 입을 통해서 말을 한다고 했지만."

"우리가 우리 아이와 함께 너희 삼촌 집에서 살아도 될 것 같니?"

나는 '우리 아이'에 힘을 주어 말했다. 그애가 어떻게 받아들이는지 그애의 마음을 읽어보려고 애썼지만 쉽게 읽어낼 수가 없었다. 난 지금도 사람의 눈이 모든 것을 보여준다고 믿고 있다. 특히 방금 일어난 상황은 눈에 그대로 씌어 있게 마련이다.

"그 동안 어디에서 뭘 하고 있었던 거야?"

안네 마리는 훌쩍이며 내 품에 가만히 안겨왔다. 그애의 머리카락이 부드럽게 와 닿았고, 나는 그 머리칼을 살며시 쓰다듬었다. 따뜻한 정감의 물결이 내 안으로 넘실대며 밀려들었다. 몬탁이 말했던 초월적 의미를 예감한다는 게 이런 것인가. 순간 나는 한 여자의 품안에서 너무도 쉽게 초월적 의미를 발견한 듯했다.

"나는 네가 가정교사라는 그 여자한테 가버린 줄 알았어."

"내가 사랑하는 건 너뿐이야."

내 목소리엔 조금 지나치다 싶은 격정이 담겨 있었다. 촌스러운 멜로영화의 대사를 읊는 듯해 나는 조금 언짢아졌지만 안네 마리는 만족스러운 듯했다.

"마크, 누나하고 동생한테 아무 걱정 말고 우리집으로 들어오라고 해."

"누나하고 동생은 아버지가 풀려나실 때까지만 너희 집에 있으려고 할 거야."

"계속 있어도 돼."

"너희 삼촌은 우리 아이가 온통 검은색으로 뒤덮인 집에서 태어나게 하지는 않을 거라고 하던데?"

"벌써 일을 시작했어. 환하게 바뀔 거야."

눈앞에 재스민 향이 풍기던 안네 마리의 멋진 핑크빛 방이 떠올랐다. 그애의 핑크빛 침대가 아른거렸다. 그애에게 예쁜 핑크빛 앞치마를 선물하리라. 우리는 아마 질리지도 않고 스파게티를 먹게 될 것이다. 나는 숨쉴 틈 없이 어딘가로 나를 몰아가는 어떤 흐름이 있음을 느낄 수 있었다. 그 흐름은 둥지를 틀고 그 안에 주저앉고 싶도록 내 정신을 교묘히 유인해가고 있었다.

"뭘 생각하고 있니?"

"우리가 새로 단장한 집에서 살게 될 생각."

"삼촌이 집 외부도 수리를 맡길 거야. 나무판을 떼어내고 래커로 칠하면 다시 멋진 목조 가옥이 될 거라고 했어."

나는 속으로 중얼거렸다. 우리도 멋진 생활을 하게 될 거야.

아버지가 풀려날 때까지 마틴이 우리를 돌봐줄 거라고 하자 아버지

는 다소 안심하시는 것 같았다. 안네 마리도 함께였다. 아버지에게 장
래의 며느리를 소개해드려야 할 것 같았다. 아버지는 당신이 곧 할아
버지가 된다는 사실을 쉽사리 받아들이지 못했다.

"저런 어린아이가 어떻게……"

감옥에 들어가서 골초가 된 아버지에게 담배를 갖다드리려고 안네
마리가 자리를 비우자, 아버지는 어쩔 수 없다는 듯 중얼거렸다. 흥미
로운 일은 뱃속의 아이 때문에 아버지가 나를 새삼 눈여겨보기 시작했
다는 것이었다. 정신적으로나 육체적으로나 내가 여자에게 아이를 가
지게 할 능력이 없다고 생각했던 것 같다.

어쨌든 아버지는 예전보다는 좋아 보였다. 담배를 너무 많이 피워
주름살이 늘고 안색도 그리 좋진 않았지만, 피부는 날이 갈수록 팽팽
해지고 맑아졌다. 나이가 많은 구치소 내 의무관이 외인부대에서 쓰는
약초로 만든 변비약을 처방해주어, 그후로 배변이 원활해졌기 때문이
다. 거기다 섬유질이 풍부한 음식으로 소식을 하면서 규칙적인 운동을
한 덕분인 듯했다.

아버지는 감옥에서도 이미 영업을 시작하고 있었다. 침대 밑 두 개
의 커다란 마분지 상자 안에는 신발 밑창—감방용 신발은 끔찍이도
불편한 것이었으므로—양모 내복, 담배 마는 기구, 커피 필터 등이
들어 있었다. 이런 식으로 계속하다보면 구치소를 나올 때쯤에는 아마
도 크게 성공해 있을 것 같았다.

게다가 출소 후 시작할 새 사업도 구상하고 있었다. 벌써부터 '묘비
광택제' 사업에 투자할 사람을 구하고 있었다. 광을 내는 비법은 네덜
란드 산 연초 열 갑을 주고 옆방 동료에게서 배웠다고 했다.

그 동안 아버지는 새로운 신념을 갖게 되었다. 죽은 자를 정말 생각
한다면 묘비를 품위 있게 관리해야 한다, 뿌옇고 때 묻은 묘비를 그대

로 두는 것은 고인에 대한 애도와 사랑의 마음이 없는 거나 다름없다, 그렇다고 일반 세제를 쓰는 것은 죽은 자를 모독하는 일이다……

아버지는 계획을 아주 꼼꼼하게 세워놓고 있었다. 집 뒤뜰에 공장을 만들어 일꾼 두 명만 써서 광택제를 배합하게 하고 아버지가 직접 판매에 나서면 성공할 거라고 생각했다. 감옥생활이 아버지의 막연한 염세주의를 제압하고 새로운 비상을 고무한 모양이었다. 아버지는 자기 색깔이 있고 내실을 갖춘 사람으로 변했으며 깨지기 쉬운 투명한 유리 같던 예전의 모습은 온데간데없었다. 다시 한번 처음부터 새로 시작하겠다는 도전정신으로 가득 차 있었다. 무엇보다 건강이 호전되었다는 사실이 이를 입증해주고 있었다.

그러고 보면 몬탁의 말이 맞는지도 모르겠다. 우리가 할 수 있는 것은 나무에 꽃이 만발할 때까지 우리의 능력을 꾸준히 향상하는 일에 매진하거나 아니면 절망이나 혼돈에 빠져 죽거나 하는 길밖에 없는 게 아닌가. 몬탁은 이렇게 말했다.

"발전하지 않으면 자연히 그 반대쪽으로 귀착하게 되지. 혼돈, 파괴, 고통에게 길을 양보하는 거야."

우리는 화요일 오전에 마틴 삼촌 집으로 이사했다. 이삿짐을 실은 트럭이 국도의 마지막 커브를 돌아서자 아주 멋진 새집이 눈앞에 나타났다. 예스러운 전원 별장 같은 모습이었다. 아버지가 봤더라면 몹시 좋아했을 텐데. 집에 대해서라면 누구보다 많이 알고 남다른 애정을 가진 분이니까. 창틀은 흰색, 집 전면은 나무와 같은 느낌으로 저택은 새롭게 단장하고 있었다. 따스한 겨울 햇살이 마치 우리를 환영하듯 집 주위를 환히 비추었고, 방금 새로 지은 집처럼 나뭇결 무늬가 선명했다. 이제 이 집을 히치콕 하우스라고 부를 사람은 아무도 없을 듯싶었다.

"꽤 괜찮지? 할리우드에 있는 집 같지 않니?"

안네 마리가 말하자, 롤로는 팔짱을 낀 채 눈살을 찌푸리며 창 밖을 내다보았다. 페인트 몇 통으로 악마가 집 밖으로 물러가지는 않았을 거라 생각하는 눈치였다. 하지만 나는 막연한 두려움 때문에 기분을 망치고 싶지 않았다. 롤로와 내가 함께 있는 것을 보고 파이퍼가 말썽을 부린다고 해도 옷장에 가둬버리면 그만이라는 생각까지 들었다.

안네 마리와 나는 테라스와 연결된 커다란 침실을 쓰게 될 것이다. 아이가 태어나면 안전하게 정원으로 나가 놀 수 있도록 하기 위해서였다. 커다란 미닫이문을 열고 들어가니 멋진 부엌이 나타났다. 빌헬름 황제 시대에 쓰던 고풍스러운 화덕과 황동 냄비, 프라이팬들이 가지런하게 천장에 매달려 있었다. 이층에는 일층보다 훨씬 넓은 현대식 부엌이 하나 더 있었다. 이층은 다른 사람들과 부딪치지 않고 완전히 독립적으로 살 수 있도록 되어 있었다.

파이퍼는 이삿짐 센터의 인부들이 일을 모두 끝낸 늦은 오후에야 나타났다. 그는 정말 달라져 있었다. 사실 그 겨울 몇 주 사이 우리는 모두 달라져 있었다.

파이퍼는 쓸쓸하게 웃어 보이며 나에게 악수를 청했다.

"이게 다 필요한 물건들이니?"

"필요하냐고? 무엇에 말이지?"

"아버지 역할을 연기하는 데 말이야."

"난 삼류 코미디 배우가 아니야. 난 지금 연기를 하고 있는 게 아니라구."

"몇 마디 해명만 했더라면 아무 일도 없었을 텐데."

"설명할 기회조차 주지 않은 건 너였잖아."

"안네 마리는 내 동생이라구!"

"그렇다고 나를 협박할 권리가 있는 건 아니지."

"그 일은 이제 그만 접어두자." 파이퍼는 다시 한번 나에게 손을 내밀었다. "그 일은 깨끗이 잊어버리는 거다, 알았지? 앞으로 잘 지내보자. 그 일 때문에 우리 사이가 틀어지기를 원하는 건 아니겠지?"

"노력해보지."

파이퍼는 기분 좋게 고개를 끄덕였다.

"아이 이름은 정했니?"

"아니, 여자애인지 남자애인지도 아직 모르는 걸 뭐."

"아들일 거야."

그가 말했다.

8

우리 가족이 이사 오는 바람에 마틴 삼촌은 그 주 수요일에는 누나 집에 가지 않았다. 이날 저녁 처음으로 우리는 널찍한 식당에 함께 모여 앉았다. 다행히도 파이퍼는 나와 눈이 마주치지 않는 자리에 앉았다. 아냐 누나는 요리학원에서 배운 음식 솜씨를 한껏 뽐냈다. 파스타와 오리 요리가 식탁에 올랐고, 후식으로는 계피 크림을 얹은 버찌가 나왔다. 우리는 대부분 미성년자였기 때문에 술은 포도주 한 잔씩만 마셨다.

마틴 삼촌은 술잔을 톡톡 두드려 주의를 모은 다음 자리에서 일어나 짤막하게 인사말을 했다. 얼굴이 약간 상기되어 있었는데, 아마 부엌에서 이미 프랑스 산 보졸레누보를 한잔한 것 같았다.

"진심으로 환영한다. 운명이 우리 모두를 이렇게 한자리에 모이게 했구나. 우리는 새 식구들이 불편하지 않도록 노력을 아끼지 않을 거다. 물론 아냐와 롤로 그리고 마크도 협조해주겠지? 그 동안 파이퍼와 마크 사이에 문제가 좀 있었다고 하던데, 그것 역시 이제는 모두 잘 해결되리라 기대한다."

삼촌의 말에 파이퍼는 다소 당황한 듯했다. 나는 느긋한 마음으로 파이퍼를 바라보았다. 파이퍼는 안네 마리가 아비 없는 자식을 낳지 않게 하려고 그랬을 뿐이라고 더듬거리며 변명했다.

"내가 어떤 생각이었는지 물어주는 사람은 아무도 없네요. 난 내 의무를 회피하려고 했던 적은 한 번도 없었어요. 오히려 그 반대였죠."

내가 말하자 마틴 삼촌이 대답했다.

"그래, 잘된 일이야. 이제 우리가 함께 지낼 미래를 축하하며 건배하자. 좋은 소식이 하나 더 있다. 나의 누이 마그리트가 며칠 후에 우리집으로 이사 올 거야. 여기 머물면서 살림을 맡아주기로 했어."

그날 밤늦게 나는 슬그머니 침실에서 빠져나왔다. 안네 마리는 고른 숨을 내뱉으며 잠들어 있었다. 악마의 미사에 쓰던 장비들을 정말 모조리 치웠는지 확인하기 위해 나는 지하실로 내려갔다.

보일러실 뒤 공간에는 종이상자 몇 개만 남아 있을 뿐 말끔히 치워져 있었다. 의식을 행할 때 안네 마리가 누워 있던 나무탁자는 벽에 기대어 서 있었다. 나는 종이상자를 열어보았다. 파이퍼가 썼던 악마의 가면과 피를 뿌릴 때 썼던 용기가 그 안에 들어 있는지 보기 위해서였다. 그러나 상자 안에는 낡은 주방용품과 빈 유리병만 담겨 있었다.

나는 천장 밑 통풍구 아래쪽으로 탁자를 옮겨놓았다. 누군가 조심스럽게 새겨놓은 666이라는 숫자가 보였다. 지하실에서 나오기 전 의식을 치를 때 떨어진 까만 벨벳 천조각이 바닥에 떨어져 있는 것이 눈에 띄었다. 나는 그걸 주워 주머니에 넣고 다시 올라왔다.

내가 이불 속으로 몸을 집어넣자 안네 마리가 잠에서 깨어나며 두 팔로 내 목을 감쌌다.

"어디 갔었니?"

"지하실에."

"지하실이라고?"

그애는 깜짝 놀라며 되물었다.

"뭐 하려고?"

"파이퍼가 미사 보던 흔적이 아직도 남아 있는지 살펴보러 갔었어."

안네 마리는 자리에서 일어나 스탠드를 켰다.

"그건 왜지? 무슨 뜻이야?"

"서로 속이면서 시작해서는 안 된다고 생각했어."

안네 마리는 불안한 듯 잠시 나를 바라보았다. 하지만 이내 입가에 환한 미소가 떠올랐다. 나는 그애 마음이 한결 홀가분해졌음을 읽을 수 있었다.

"잘했어. 어떤 거짓말이라도 용납하지 않겠다는 거지? 이제 우리 서로 진실만 말하는 거다!"

"좋아."

나는 그애의 손을 잡고 이마에 부드럽게 입맞춤을 한 다음 스탠드를 껐다.

"우리 사이가 이렇게 되어서 참 좋아. 그런데 너 어떻게 지하실에서 일어난 일을 알게 된 거니?"

"롤로가 여기까지 데려다준 적이 있어. 이 집에 몰래 들어와서 너희들의 의식을 구경했지."

그애의 반응이 궁금했다.

"맙소사, 꽤나 충격받았겠구나."

"그래, 처음엔 정말 어이가 없었지. 하지만 시간이 지나면서 점점 별일 아니라는 생각이 들었어."

"그래도 상관없다는 생각이 들었다는 거니?"

"아니, 그런 뜻은 아냐. 거리를 두고 바라볼 수 있게 되었다는 거야. 그 일에 깊숙이 빠져들지도 그렇다고 아무렇게나 내팽개쳐두지도 않는 그런 상태가 되었다는 거야."

그날 밤 나는 안네 마리에게 알렉산더 몬탁과 그의 가르침에 대해 이야기해주었다. 나는 가급적 구체적이고 생생하게 전해주려고 애썼다. 참선중에 내가 경험한 것이나 내면세계를 탐구하는 일에 대해 설명해주었다. 덧붙여 이것은 무슨 신비주의나 비밀 종교 같은 건 절대 아니며, 허무맹랑한 사탄 숭배가 아니라 엄격하고 합리적인 사고과정이며, 중단된 계몽주의를 계속하는 일이라는 것도 이야기해주었다.

"몬탁 씨를 우리집에 한번 초대하는 건 어떨까? 그 사람이 파이퍼의 잘못된 생각을 바꿀 수 있을지도 모르잖아."

"네 오빠는 환자라고 하던걸. 파이퍼의 눈을 보면 병들었다는 것을 알 수 있대."

"환자라고?"

"심리학자들은 현대인들이 약간 우울한 듯 그렇게 살아가는 건 그리 심각한 일이 아니라고 말들 하지. 대개가 그렇다고 말이야. 하지만 그건 우리가 너무 익숙해져서 그들이 병들었다는 걸 지각하지 못하는 것뿐이야. 사람들 대부분이 자신에 대한 부정적 형상에 시달리고 있어. 겉으로는 자부심을 지니고 있는 듯하지만 속으로는 부정적 자화상을 안고 있는 거지. 몬탁은 이런 병에 시달리는 우리를 치료하려는 거야."

"그렇다면 그분은 참 행복한 사람이겠구나."

안네 마리는 손으로 입을 가리고 하품을 하면서 말했다.

나는 세계의 의미는 인간이 자신의 행복을 증진시키는 데 있다는 몬탁의 말을 안네 마리에게 전하려다 그만두기로 했다. 역사의 잔혹성과 현대의 무수한 문제점들이 포진해 있는 이때, 아직 받아들일 채비가 되어 있지 않은 사람에게 이런 말을 해봤자 도리어 반감만 살지도 모르는 일이었다. 나는 안네 마리가 자신의 감성을 얼마만큼이나 지각하고 있는지, 그애가 자신의 내면을 얼마나 의식하고 있는지 가늠해보았다. 하지만 결국 어느 누구도 다른 사람의 내면상태를 알아낼 수는 없다는 생각이 들었다. 어쩌면 도를 깨친 사람들은 사리를 분별하는 눈을 가지고 있는지도 모른다. 하지만 정신박약자가 흘리는 웃음이 자기 자신의 천진난만함에 대한 미소가 아니라고 확고하게 부인할 수 있는 사람이 어디 있겠는가.

오후에 나는 카롤라와 함께 몬탁에게서 터널에 대한 이야기를 들었다.

"구불구불 휘어진 컴컴한 터널 안에서 어디로 가야 할지 몰라 헤매고 있다고 가정해보자. 너무 캄캄해서 터널의 끝은 물론 터널 벽조차 거의 알아볼 수가 없을 정도야. 이리저리 헤매다가 머리를 부딪히는 경우가 허다하겠지. 그렇지만 차츰 두 눈은 어둠에 익숙해지고 곧 모서리나 벽을 알아볼 수 있게 될 거야. 그러면 머리를 부딪히는 일은 없어지겠지. 고통을 피하는 것도 별로 다르지 않아. 인생의 주요 원리를 깨우치고 나면 삶은 훨씬 덜 고통스러워지지. 게다가 터널의 끝이 어딘지, 목표가 무언지 알게 된다면, 기운을 찾고 그 끝을 향해 나아갈 수 있을 거야. 그렇지 않겠니?"

카롤라가 물었다.

"그러니까 무지의 상태가 터널과 같다는 건가요? 하지만 그런 게 배운다고 익힐 수 있는 건가요?"

몬탁의 얼굴에 잔잔한 미소가 감돌았다. 카롤라의 말이 몬탁에게 강한 인상을 준 듯싶었다.

"사실 사람들은 거의 모두 광대한 앎의 영역에 빛을 비출 수 있는 잠재력을 지니고 있어. 그런데 그걸 제대로 사용하지 못하고 터널처럼 어둠에 휩싸여 있도록 놔두고 있는 것뿐이야. 앎의 본질적 영역은 가정(假定)으로만 이루어져 있어. 그중 몇 가지가 고통과 행복의 향방을 조종하지. 문제는, 삶에 대해 어떤 태도를 취하고 있으면서도 정작 본인은 그걸 의식하지 못하고 있다는 점이야. 그 태도의 가치와 내용을 제대로 모르고 있는 거지. 때론 오류나 환상을 가지고 있는 경우도 있고. 그것은 언어로 규정하거나 표현할 수 없기 때문에 쉽게 우리에게서 미끄러져 빠져나가게 되지. 사고의 형태를 관조할 수 있는 변화된 의식 속에서 우리는 삶을 긍정적으로 바꾸기 위해 이런 결정적 요소를 의식하는 거야. 터널의 벽으로 더 많은 빛이 비치게 되는 거지. 이게 바로 각성이야. 내가 말한 사고의 감옥이란 바로 자유를 얻지 못하도록 훼방을 놓는 사유체계고."

"상상이나 자기 암시 같은 건 어떤 역할을 하는 거죠?"

다시 카롤라가 물었다.

"좋은 질문이야. 쉽게 오해할 수 있는 부분이지. 의식이 발전하는 것과 머릿속에 뭔가를 그리는 것과는 아무 상관도 없어. 왕이 되었다는, 혹은 거지가 되었다는 식의 상상을 해보는 게 아니라구. 그건 자기기만에 불과해. 자기 암시란 위약(僞藥)처럼 거짓 현실을 만드는 거야. 사고와 감성을 소망이나 애착과 떼어놓음으로써 새로운 현실을 만들어내려는 거지. 자기 암시나 상상은 그릇된 가정에서 출발해. 좋은 약이라고 믿고 있을 뿐 실제론 아무 효과도 없지. 착각을 하고 있지만 그걸 진짜 약이라고 믿고 있기 때문에 효과를 볼 수 있을 뿐이야. 어떤 생각을 품는 것을 자기 암시와 혼동해서는 안 돼. 네가 품은 생각은 진실한 것이 아냐. 물론 그렇다고 완전히 거짓된 것이라고 할 수도 없지. 그건 아직 존재하기 전의 어떤 것이야. 만약 어떤 생각에 의해서 부정적인 태도나 경험이 생겨났다면, 그 생각이 옳든 그르든 상관없이 일단 자신이 바라지 않던 정신적 현실이 만들어지지. 긍정적 사고에 의해 이루어졌다면 정신적 현실도 역시 긍정적이 되고 말야. 이것이 말하자면 긍정적 사고의 비밀이라고 할 수 있을 거야. 생각을 품는 것과 자기 암시를 혼동해서는 안 돼. 자기 암시는 일종의 자기 기만일 뿐이야. 자신이 향상된 정신상태에 이르렀다는 환상에 빠진 것에 불과하다구. 그렇게 되면 발전의 길은 막혀버리고 말지. 구체적인 어떤 생각을 품는 건 의식이 나아갈 수 있는 최상의 길을 마련한다는 얘기야. 그러려면 그 길의 섬세한 원리를 섭렵하고 자신이 바라는 이상적인 자아와 합일된 상태에서 행동해야 하지. 만약 발전적인 변화가 아니라면 의식은 부정적 감성을 내보임으로써 변화가 잘못된 것임을 증명해주지.”

“지금 말씀하신 게 참선의 세번째 단계인가요?”

“그래. 새로운 단계가 그렇게 시작되는 거지.”

“집착에서 벗어난다는 게 뭔지 아직 확실히 이해가 되질 않아요. 그게 도대체 가능하긴 한 건가요? 마음만 먹는다고 그렇게 되는 게 아니잖아요? 게다가 그렇게 집착하지 않으려는 노력이 자칫 무기력증으로 빠지게 될 수도 있을 테구요.”

“그래, 중요한 지적이야. 운동선수들처럼 우린 늘 진지한 마음으로 열성을 다해 더 좋은 기록을 세워야 해. 하지만 경기는 어디까지나 경기야. 경기가 끝나면 미련없이 돌아서야 한다구. 곧 다른 게임을 시작할 수도 있고 말야. 집착이 어떻게 현실로 나타나게 되는지는 나중에 좀더 자세히 살펴보자꾸나."

몬탁은 나에게 살짝 눈짓을 해 보였다. 아직은 카롤라와 함께 그 이야기를 나눌 단계는 아니었다. 카롤라는 아직 참선도 시작하지 않은 상태가 아닌가. 우선은 카롤라 스스로가 경험해봐야 했다. 아직 시작도 하지 않은 것에 대해 미주알고주알 늘어놓아봤자 별로 효과적이지도 못할 것이다. 사이를 두고 카롤라가 다시 물었다.

"의식 변화에 대한 책들을 읽다보니 항상 '에고'라는 개념이 나오더군요. 에고가 뭐라고 생각하세요?"

"에고는 집착과 투쟁하는 일을 하지. 흔히 삶의 가치는 투쟁해서 얻어야 하는 것이라고들 생각하지. 지금 가지고 있는 것은 절대 놓지 않으면서 부정적인 것은 어떻게든 피하려고 하고 말야. 삶에서 어떤 가치를 경험하는 것은 물론 중요해. 의식이 가치체계와의 유일한 연결점이라는 것도 사실이고. 어쩌면 삶은 원래 이런 거라고 생각하며 살아가는 게 보편적인 삶일지도 몰라. 하지만 외부에서 유입된 가치가 네 삶의 척도가 되어서는 안 돼. 네 스스로가 세운 가치여야 해. 가치 있다는 말은 분명 그 가치를 경험하는 사람과 연관되어 있다는 뜻이니까. 외부에서 그대로 받아들인 가치는 정신과 감각을 통해 스스로 지각한 현실과는 달리 경험 주체와 무관한 것일 때가 많아. 자신과 상관없는 가치, 자신이 직접 경험으로 얻지 않은 가치는 다른 사람의 가치야. 다시 에고로 돌아가볼까. 집착과 투쟁은 말하자면 자아가 소외된 상태에서 이루어지지. 이런 상태는 물론 표면적인 성공을 가져다줄 수는 있어. 하지만 이때 자아는 자기 자신에 의해 점령되어 있지. 자기 자신의 감옥 안에 굳게 갇혀 있으면서, 이 감옥을 떠난다면 자신이 애써 얻어온 모든 것을 잃게 될 거라고 생각하면서 말이야. 하지만 자신에게 일어날 일을 관조하고 가정할 수 있는 순간 비로소 우리는 자유로울 수 있는 거야.

물론 이게 다는 아니야. 가치와 가치의 경험에는 두 가지 측면이 있어. 어두운 측면과 밝은 측면이지. 마크, 우린 언젠가 이야기한 적이 있지? 올바로 행동하기 위해서는 나중에 어두운 측면으로 우리를 짓누르게 될 그런 가치를 피해가야만 해. 이것도 일종의 살아가는 비법 중의 하나일 거야. 긍정적 측면만 생각하다보면 그 반대편의 부정적 측면은 간과하고 무시하는 경우가 허다하지. 하지만 도덕적 가치는 감성과 연관되어 있어. 이 감성은 나중에 우리를 고통에 시달리게 하고 결국엔 내면의 영적 토대 전체에까지 손상을 끼치지. 자기 관찰을 충분히, 섬세하게 할 수 있게 되면 이런 연관성도 자연스럽게 지각할 수 있게 될 거야. 사람들은 흔히 자신의 감성에 막연히 부대끼며 시달리고 있을 뿐이야. 자신의 무지에 스스로 희생되는 거지. 자신에게 무슨 일이 일어났는지 전혀 알지 못하면서 말이야."

"선(善)을 행하면 복을 받는다는 것도 어쩌면 그냥 우연 같은 것 아닐까요? 이런 생각의 배후에는 검증되지 않은 확신이나 모든 세상사를 관장하고 있는 누군가가 있다는 식의 종교적인 믿음이 숨어 있는 것 같아요."

카롤라는 회의적이었다.

"우리가 고통을 받을 수밖에 없다는 사실에서 그런 결론들이 나오는 거야. 의식적으로 움직이지도 또 어떤 의도를 실현하려 하지도 않으니 우주만물이 전능하지 않다고 하는 거지. 아니면 아예 기술적인 혹은 논리적인 이유를 대거나, 때론 우주만물이 악한 의지를 지니고 있기 때문이라고도 하고, 또 우주가 인간을 교육하려는 의도를 지니고 있다고 하기도 하고…… 선을 교육하려 한다고 할 땐 아마 그 의도는 감춰질 거야. 하지만 이건 모두 사변이야. 시련을 겪다보면 도덕적으로 살아가는 게 훨씬 좋다는 것을 깨우치게 된다는 이런 생각은—물론 이런 게 있다면 말이야—숨어 있어. 사변적이지. 보상이 주어진다는 걸 이미 알고 있으면서 교육을 받는다면 그건 자유의지에 의한 선택이 아니야. 예를 들어 도리를 지키면서 살아가면 내가 편하니까 도리를 지킨다는 건 일종의 거래지. 그렇다면 여기에 교육적인 의도가 숨어 있다고 하는 건, 그 자체가 이미 우리의 자유의지에 따른 선택이기 때문일 거야. 왜 우리가 우주만물의 의미들과 우리의 발전에 대해 아는 것이 이렇게 없는지, 이걸로 설명이 좀 되겠니?

하지만 이런 목적이 아니라도 도덕을 선택한다는 건 가치가 있어. 경험이 이를 보여주지. 우주의 숨겨진 의도가 없다면, 아무리 세속화되었다고 해도 우주의 의미는 심리적 차원에서만 존재할 거야. 그렇다면 우리는 인정해야 해. 더 행복해지기 위해 진화하는 것이 도덕의 길을 개척하는 것이라는 사실을 말야.

도덕이 과연 무엇인가 하는 것은 간단한 문제가 아냐. 플라톤과 아리스토텔레스는 물론 흄과 칸트 역시 이를 정의해보려고 많은 노력을 기울였지. 부도덕하게 행동한다는 건, 다른 사람이 긍정성 안에 있지 못하도록 방해한다든가, 그 긍정성을 빼앗는다든가, 부정적 경험을 하도록 유도하는 거야. 또 부정적 경험의 수위를 높이고 그럴듯한 조건을 더 많이 만들어준다든가 말이야. 이런 가능성이 현실화되도록 하는 존재론적, 심리학적 범주는 둘 다 긍정적 감성과 부정적 감성, 긍정적 수단과 부정적 수단일 뿐이야. 도리를 지킨다는 건 다른 사람의 긍정성을 방해하지 않고, 또 다른 사람에게 부정성을 만들어주지 않는 거야."

"에고의 특징이 집착이라면, 집착하지 않는다는 것과 도덕은 어떤 관계죠?"

"집착하지 않는 것과 결과에 얽매이지 않는 것은 동일한 태도에서 비롯되지. 고통과 포기를 대가로 치르더라도 도덕과 자유, 긍정성을 선택하는 태도 말야. 이 태도는 자유를 지각하고, 속박으로부터 벗어나는 것이 어떻게 도움이 되는지를 지각하고 거기에서 나온 가능성을 지각한다는 점에서 가치가 있어. 또 한편으로는 어떠한 보상도 기대하지 않을 때 비로소 보상을 받게 된다는 점에서도 가치가 있지.

집착하지 않는 이런 태도에 깃들어 있는 특이한 심리적 에너지와 해방감은 신의 의지에 완전히 복종하는 것이 왜 가치 있는 일인지 설명하고 있는 듯 보이기도 해. 하지만 올바로 생각한다는 건 '네 의지를 작동시켜라, 바로 거기에서 에너지가 만들어진다'는 뜻이야. 여기에서 '올바로'라는 건, 전능한 주인을 겁내며 노예처럼 굴지 않고, 스스로 결정하는 자유로운 개체로서 신의 전능을 훼손해서라도 자유를 얻는다는 뜻이야. 이것이 바로 집착에서 진정으로 벗어나는 것이야. 이만큼은 못하더라도 노력해서 나중에 얻게 될 더 큰 이득을 위해 당장의 이득을 포기하는 것도 중요한 태도지. 조사에 의하면 집착이 덜하고 정서적으로 덜 속박당하는 사람들이 성공적으로 살아간다고 하는구나.

반면 성숙하지 못한 의식은 자신이 믿는 가치에서 벗어나질 못해. 그 가치들이 논리적 통찰에 의해 혹은 사실에 근거한 판단에 의해 이루어진 것이라고 생각하고, 이것은 절대 바뀔 수 없는 중요한 가치라고 생각하니까. 가치와 외부의 현실을 동일시하고 있는 거지. 하지만 이때도 자유로울 수 있다면 구속에서 발생한 고통은 없앨 수 있어. 수련하지 않은 자아는 생각을 대부분 온전히 의식하지 못한 채 지각하고 있어. 자신이 생각하고 있다는 걸 전혀 알지 못하지. 그건 사고가 언어와는 무관하게, 순식간에 이루어지기 때문이야. 그러니까 자신의 생각에 대해 거리를 두거나, 무시하거나, 가치를 부여하거나, 의심하기가 힘든 거지. 그리고 미성숙한 자아는 사고에 따라붙는 우발적인 감성도 지각하지 못해. 그래서 이들의 사고는 자유롭지 못한 행동을 유발하게 되는 거야. 여기서 자유란 자아라는 재판관 앞에 자신의 생각을 한번 더 세워놓는 것이라고 할 수 있지.”

“터널에 빛을 비추는 유일한 방도가 참선인가요?”

카롤라의 질문에 몬탁은 다시 말을 이었다.

“내가 아는 한, 다른 길은 없어. 물론 이론적으로 보면 내 설명이 충분하지 못하다고 느낄 거야. 그렇다고 갈등을 해소하기 위해선 인간관계만 개선하면 된다는 주장으로도 한참 모자라지. 커뮤니케이션의 어려움만이 문제는 아니거든. 로빈슨 크루소처럼 고립된 사람들이 겪는 문제도 근본적으로는 카사노바 같은 사람들이 안고 있는 문제와 같은 거야. 자신의 감성, 자신의 사고와 교류할 줄 모른다는 거지.”

“정말 모든 문제가 그렇다는 건가요?”

“모든 문제, 심지어 삶의 가장 근본적인 문제조차도 사람들은 감성의 안경과 사고의 안경을 쓴 채 바라보고 있어. 죽음을 판단하는 당사자가 없다면 그 죽음이 과연 무슨 의미가 있겠니? 차라리 죽고 싶다고 생각할 정도로 끔찍한 고통을 경험하는 주체가 없다면 그 고통이 무슨 의미가 있겠니? 자아라는 판단 주체에 생각도 감성도 없다면 어떻겠니? 이제 알겠니? 자아가 바로 결정적인 핵심이야. 갈등은 늘 임의의 대상을 찾고 있고…… 병, 전쟁, 이웃집의 소음, 네 여자친구의 사탄 숭배가 그런 거지.”

“안네 마리가…… 이상한 짓을 했다는 걸 알고 계세요?”

내가 놀라서 물었다.

"카롤라가 얘기해주었어. 내가 좀더 신경을 써주었으면 좋겠다면서. 너한테 충고만 해주지 말고 구체적인 '행동'으로 도와주라고 말이야."

자책하는 듯한 그의 말이 진심인지 어떤지 알 수가 없었다.

"아무리 대단한 이론이라 하더라도 막상 현실에서는 소용이 없는 걸까? 자아 실현의 모든 방법이 늘 안고 있는 의문사항이지."

"솔직히 말씀드리면, 도와달라고 말할 용기가 나질 않았어요."

"그래, 내가 네 여자친구와 그애 오빠를 데리고 사탄 숭배에 대해 한번 얘기해보마. 그애들도 나름대로의 생각이 확고할 테니 너무 낙관적으로 생각하지는 마라. 비합리적인 확신에서 풀려나려면 어느 정도 판단력은 있어야 하니까. 누구나 납득할 만한 생각이 때로 아무 작용도 못 할 때가 있지. 그건 아마 예측할 수 없는 요소들이 영향을 끼치기 때문일 거야. 사람들은 대부분 단순 사실에 근거한 판단과 논리적, 분석적 판단을 구별하지 못해. 자신이 어떤 연역적 판단을 도출해내고, 이를 파악했을 때조차 마찬가지야. 어떻게 하면 자아 망각이라는 깊은 늪에 빠진 사람들이 갇혀 있는 사고의 감옥을 무너뜨릴 수 있을까?"

"어떻게든 시도해보는 건 가치 있는 일일 거예요."

내 말에 카롤라가 제안했다.

"할아버지를 초대해서 얘기를 좀 들어보는 건 어떨까요? 이를테면 참선에 대한 강연 같은 거요. 괜찮을 것 같은데요?"

9

몬탁의 말대로 그날 저녁 나는 혼자서 그의 집으로 갔다. 가져간 꽃
다발은 예전처럼 현관에 있는 꽃병에 꽂아두었다. 그는 나를 만트라를
처음 배우던 방으로 데려갔다. 그 방은 여전히 어두운 불빛에 싸여 있
었고 백단향 향기를 풍기고 있었다. 방 가운데에는 의자 세 개가 놓여
있었다.

그 동안 몬탁은 훨씬 젊어진 것 같았다. 내면의 광활한 에너지의 샘
에서 빛이 솟아나오듯 얼굴에서 광채가 뿜어져나와 나를 강하게 끌어
들이고 있었다. 자기 자신과 완전히 합일된 사람의 모습이 이럴까?

내가 창가에 있는 의자로 가서 앉자 몬탁은 말했다.

"세번째 단계는 좀 까다로워. 이 단계에서 아마 네 의식을 관장하는
막강한 힘을 얻게 될 거야. 자신을 의식적으로 변화시키기 위해 참선
과정을 확대해야 해. 이를 위해 스승이 수트라(Sutra), 즉 만트라처럼
반복되는 짧은 경구를 읊는 경우도 있어. 하지만 이보다 중요한 건 수
련생이 자신의 사고를 관조하고, 떠오르는 사고를 비언어적 형태로 느
낄 수 있어야 한다는 점이야. 보다 효과적이고 능률적인 방법이지. 이
런 방법으로 의식은 사고의 원천에 가까이 다가갈 수 있으니까. 반대
로 언어화된 원리와 그 원리의 실현 사이에서는 언제라도 회의와 불신
이 끼어들 수 있지.

이번 단계에서는 늘 올바른 정신상태를 유지해야 해. 다시 말하면,
만트라 참선을 통해 의식의 섬세한 차원에 이미 도달해 있어야 한다는
거야. 의식의 섬세한 차원이란 중심이 늘 자아에 있는 상태, 조야한 생
각에 빠져 자신을 잃는 법이 없는 상태, 그래서 외적, 내적 지각의 그림
자에 뒤덮이지 않는 상태를 말해. 이런 상태를 전통적으로 리탐(Ritam)

차원이라고 부르지. '생각을 떠올리는 의식'이라는 뜻이야.

　먼저 결심과 계획, 지침, 소망 혹은 감정적인 이끌림 같은 여러 생각들을 전시해놓는 거야. 그리고 우리에게 발전을 촉진하는 긍정적인 기분과 느낌, 감성이 자리하는 곳을 선택하는 거지. 쳐다보기만 해도 벌써 자유를 저해하는 해롭고 부정적인 감성은 떼어버려야 해. 앞으로도 계속 긍정적인 태도를 갖겠다는 소망 같은 건 있을 수 있겠지. 어쨌든 이 모든 것이 사고 속에서 이루어지는 거야. 그렇다면 여기에서 사고란 뭘까? 물론 사고란 깨어 있는 일상적인 의식과는 다른 거지만 그 차이는 아주 미묘해. 하지만 바로 이 섬세한 차이가 중요하지. 사고는 '자아의 현존'에다 두어야 해. 의도적으로 말이야. 사고의 형태를 관조할 수 있으면, 생각을 전시할 때 우리가 거기에 있을 수 있게 되는 거야. 보다 섬세한 의식의 차원과 친숙해진다면, 사고가 언어나 형상으로 파악되는 게 아니라 자신을 표현하는 그 자체의 매체를 지니고 있다는 점을 분명히 알게 될 거야. 사고는 자체 생성된, 발화되지 않는 매체로 이루어지지.

　예를 들어 '의심'과 같은, 서로 대립적인 요소가 섞여 있는 사고와 감정 들을 세워놓고 있는 그대로 지각해보면, 그것들이 결국 방해꾼임이 드러나게 돼. 만트라의 사고보다는 좀더 목표지향적이고 집중이 필요한 과정이지. 하지만 부러 애를 쓰거나 긴장하지 않아야 해. 길을 못 찾았다고 해서 자책하지도 말아야 하고. 처음에는 우선 자신이 거기에 있게끔 하는 것이 중요해. 최대한 우리가 그곳에 실재하도록 조정해야 해. 그건 '보는 대로 되리라'와 같은 수트라의 경구로도 가능하지. 자기 암시나 최면이 아니야. 외팔이에게 갑자기 팔 하나를 더 달아주려는 게 아니라구. 자기 암시는 현실을 위조할 뿐이지만, 우리는 자신을 정면으로 응시함으로써 현실을 만들어가는 거야.

자기 암시가 거짓된 확신이라면 우리가 하려는 건 의도적인 변화야. 자기 암시나 최면은 비판적 태도를 제한하지만 섬세한 의식은 정반대로 비판적 태도를 확대하지. 의식이 제한되는 것이 아니라 오히려 확장되는 거야. 그래서 섬세한 의식에서는 자기 자신의 여러 조건을 의식할 수 있게 되는 거야.

임의의 어떤 생각을 품거나 수트라를 암송할 수도 있어. 만트라처럼 리듬을 타면서 수트라를 되풀이하는 건데, 단순히 장단을 맞추는 것만으로는 안 돼. 수트라를 다소 짧게 하여 긍정적으로 형성되게 해야 해. 긍정적으로 형성되게 해야 한다는 건, 그러니까 감성의 부정적 양상으로 채워진 순간이 모습을 갖추면서 강화되지 않게끔 해야 한다는 뜻이야. 만약 '난 두렵지 않다'고 말한다면, 그건 오히려 기억 속에 있는 두려움을 쓸데없이 되풀이하고 있는 것밖에 안 돼. 사고의 중점을 긍정적 상태에 두어야 해. '나는 편안하고 고요하다'라고 말하는 거지. 물론 예외가 없는 건 아니야. 감상적으로 빠지지 않기 위해서는 오히려 증인이 되어 부정적인 것을 당당하게 받아들이는 거야. 그럴 땐 이렇게 생각해야 해. '나는 두려움의 빗장을 열고 그것을 지각한다.' 이런 부정성에 섬세하게 반응할 수 있을 정도가 되면 그때 우리는 변화할 수 있는 거야.

말하자면, 긍정적인 수트라는 이런 거야. '건강' '가뿐함과 에너지' '완벽한 이완' '지속적인 성장'—정신 건강에 없어서는 안 될 요소들이지. 물론 이런 것도 있어. '집착하지 않기' '나는 나의 사고와 감성의 증인이다' '나는 감성의 부정적 양상을 인정하며 지각한다'. 한 걸음 더 나간다면, '나는 긍정적인 것을 향한다' '나는 자연의 긍정적 에너지와 합일해 있다' '나는 이 세상의 긍정성을 증대한다'와 같은 것이 있을 수 있고.

이런 식으로 우리는 개인의 문제를 보다 긍정적인 차원으로 끌어올 릴 수 있어. '나는 감기에 걸리지 않을 거다'라고 생각하면, 실제로 내 몸은 감기를 막아낼 수 있게 돼. 몸 상태를 크게 거스르지 않는 정도에 서라면 몸의 면역체계가 작동하는 거야. 이 과정이 얼마나 효과적일지 는 전적으로 자신의 실제 경험과 개인의 능력에 달려 있어. 성과를 보 고 나면 확실히 믿게 될 거야.

이 과정에서 감성의 부정적 양상이 등장할 수도 있어. 그때는 그 부 정성을 똑바로 지각하고 솔직히 허용하면서 증인으로 있어야 해. 사람 들은 대개 문제나 사태의 의미를 외면하고 우연히 등장한 부정적 양상 을 일반화시키는 경향이 있지. 더구나 잠재해 있는 부정성을 아무 대 상에게나 옮겨 일반화해버리려는 성향이 아주 강해. 그러니까, 진짜 문제는 우리가 긍정성이 아니라 부정성을 향해 나아가고 있다는 점이 야. 우리가 부정성을 바라보고, 대상에서 숨어 있는 부정성들을 찾아 내는 진짜 이유는 정신적으로나 육체적으로 삶의 태도가 잘못되어 있 기 때문이야.

파탄잘리 경전에 나오는 고전적 요가 수행에서처럼 공중을 난다거 나, 어느 순간 감쪽같이 사라진다거나, 미래를 예언한다거나 하는 초 자연적인 힘을 얻으려고 애쓰지는 말자. 그런 건 마법사나 도사에게 맡겨두자. 우리가 할 일은 사고와 감성, 가치 평가 같은 고전적 요소 로 우리의 의식을 긍정적으로 발전시키는 일이야."

"내가 바라는 것이 실현되지 않으면 어떡하죠?"

"실현될 거야. 의심으로 그 과정을 방해하는 일이 없을수록 더 많이 실현될 거야. 바람이 성취될 거라고 믿어야 해. 그리고 실현될 만큼 아 직 성숙하지 않은 상황 역시 있는 그대로 받아들이는 거야. 그런 경우 우리는 또다른 참선법으로 우리의 시도를 되풀이하게 될 거야."

나는 몬탁이 혼자만 알고 있는 어떤 공식, 집착에서 벗어나게 할 어떤 기술을 가르쳐줄지도 모른다고 생각했다. 어쩌면 주문 같은 것을 기대했는지도 모르겠다. 세번째 단계가 너무 복잡하게 여겨졌다.

"하지만 우리가 하는 거라곤 기껏해야 꼼짝 않고 있는 것뿐이잖아요?"

내 말에 몬탁은 소리내어 웃었다.

"아니, 아니. 그런 생각은 아주 섬세한 차원에 이르렀을 때나 하렴. 우선은 사고가 방해받지 않고 생겨날 수 있는 지점에만 주의를 집중해. 의식이 무언가를 떠올리는 순간 아마 저절로 그렇게 될 거야. 하지만 미리 어떤 의도를 가지고 있을 경우에는 장애물이 느껴지지. 그럴 때 사람들은 긴장하게 되고, 의지나 설득을 통해서 장애물을 뛰어넘으려고 하지. 그러면 유혹에 넘어가버리고 마는 거야. 지난 습관에 굴복하고 긴장 안에 들어 있는 부정적인 것을 회피해버리는 거지. 하지만 우리의 방식은 사고가 본원적 차원에서 실현되는 거야.

이건 팔을 움직이는 것과 같아. 의도적으로 팔을 펴려고 할 때 무엇이 팔을 움직이지? 우리 의식 안에 있는 어떤 것이 아니겠니? 우리의 의도는 매우 미묘해. 흔히 그냥 움직이는 것에 불과하다고 생각할 수도 있지만 팔을 움직인다는 것은 우리의 주의력이 몸 안으로 미끄러져 들어가서 그렇게 만드는 거야. 그렇다면 의도란 무엇이지? 주의력은? 바로 이 부분에서 우리는 수련을 해야 하는 거야.

이렇게 가다보면 우리의 의식은 새로 태어나게 되지. 넓게 보면 의식이란 가치, 의미, 결정, 집착, 허용, 그리고 행복과 고통 같은 중요한 지점에서 생각이 이루어지는 것이라고 할 수 있으니까. 하지만 주의력이 비언어적 사고의 지평에 쉽게 이르지 못하는 상황이라면, 중심으로 가기, 섬세하게 만들기, 거리 두기 같은 수련을 더 해야 돼. 만트라를 통해서 할 수 있는 수련이지.

보다 섬세한 지평에 다다르게 되면, 그때마다 의식이 긍정적인 것 혹은 부정적인 것 안으로 들어가는 모습을 볼 수 있어. 물론 이 역시 언어를 통해서 이루어지는 게 아냐. 생각 자체가 근본적이고 내면적인 영역으로 방향을 잡는다는 거지. 그렇다고 해서 형상으로만 이루어지는 것도 아냐. 흔히들 비언어적 생각이라고 하면 막연한 직감이라고 오해를 하는데 그런 게 아냐. 비언어적 생각은 상세히 그려진 선명한 생각이야. 형상을 흔적으로 지니고 있을 수는 있어. 하지만 그건 표면적인 것에 불과해. 우리가 주시하는 사고는 형상화될 수 없는 추상성도 포착하곤 하니까.

우리가 술에 취한 어떤 사람을 보았다고 하자. 그 사람이 술에 취했다는 걸 알아차린 건 그의 겉모습 때문만은 아냐. 겉으로 드러나는 모습이란, 결국 형상을 지각할 수는 없지만 그의 내부를 이루고 있는 상태에 대한 표현이니까. 겉모습이란 술에 취한 사람의 내면상태에 대한 표현일 뿐이라는 거지. 중요한 건 바로 이거야. 취하지 않았으면서도 취한 체하면서 눈속임을 하는 것일 수도 있겠지. 하지만 그 경우에도 우리는 겉으로 나타나는 형상 너머의 어떤 것을 파악할 수 있어. 형상을 넘어서는 어떤 것, 이게 바로 비언어적 사고의 형태란다.

비언어적, 비가시적 사고를 주시하는 능력을 갖추고 나면, 그때 비로소 의식 변화의 길이 열리는 거야. 의식이 부정적인 것 혹은 긍정적인 것 안으로 들어가려고 방향을 잡을 때, 그걸 지각할 수 있어야 해. 인간 실존의 중요한 범주, 모든 것을 통제하는 그 범주에 주의력을 기울여야 해. 받아들일 것인지 거부할 것인지 선택할 수 있는 자유 공간을 이 범주 안에서 발견해야 하고, 발견했을 땐 자신이 그걸 알 수 있어야 해."

"구체적으로 어떻게 해야 하는 거죠? 다른 원칙은 또 없나요?"

"깊이 참선해서 사고의 원천으로 가렴. 너 자신에게로 가는 거야. 그리고 중심 안에서 머무르며 생각하는 거야. 의향(意向)이라는 추진력을 약간 보태고 말이야. 네 의식이 긍정적으로 변화될 수 있다고 믿어야 해. 이게 전부란다."

참선을 시작한 지 이십 분쯤 지나서 나는 처음으로 새로운 가능성의 공간으로 들어가는 모험을 감행했다. 지금 생각해보면, 이때가 내 생애의 전환점이었던 것 같다. 가능성의 공간으로 들어가는 그 순간, 나는 우주의 거대한 컴퓨터에 접속한 듯한 느낌이었다. 이 세상을 만든 의식, 이 세상의 궁극적 형상을 그려낸 그 의식에 접속한 듯했다. 정말 그랬다. 세상을 지각하는 의식이 없다면 이 세상은 아무 의미도 없지 않겠는가. 볼 수 없고 알 수 없는 암흑에 불과하지 않겠는가.

나는 머뭇거리며 사고의 세계, 감성의 세계를 통과해나갔다. 의식의 섬세한 지평, 사고의 원천 가까이에까지 다다른 나는 내가 실제로 어떤 결정을 내릴 수 있음을 알 수 있었다. 의심이 나타날 때는 그 의심에 속아넘어가지 않고 그것을 있는 그대로 놔두었다. 그리고 긍정적 감성을 견지했다. 그리고, 의식에 변화가 일기 시작했다. 어째서 예전에는 이렇게 하지 못했을까, 하는 생각이 들 정도로 자연스럽고 친숙했다. 바로 이것이 세상을 바꿀 수 있는 길이었다.

사람들은 자신의 성격, 기질이 선천적인 것이라고, 바꿀 수 없는 것이라고 믿는다. 하지만 그중 많은 것은 카프카의 짧은 단편 「법 앞에서」에서처럼 우리가 만들어놓은 것이다. 우리는 우리 자신이 만들어놓은 문 앞에 서 있다. 문이 닫혀 들어가지 못하고 밖에서 서성거린다. 다른 사람들은 모두 들어갈 수 있는, 그러나 나는 들어갈 수 없는 문 앞에 우리는 서 있다. 하지만 문이 거기에 없는 듯 가벼운 발걸음으로 들어가면, 문처럼 보이던 것은 어느새 신기루처럼 자취를 감추게 되는 것이다.

몬탁이 가르쳐준 대로 나는 내 의식을 규정하려는 첫번째 생각을 스스로 골라냈다. 구체적인 윤곽을 찾지 않고 언어로 생각하지 않았다. 그간 여러 번 경험했기에 그건 그리 어렵지 않았다. 나는 이 수련 방식이 내 삶을 변화시킬 수 있도록 박차를 가했다.

눈을 떴을 때 몬탁은 팔짱을 끼고 내 앞에 앉아 있었다. 그 동안 내내 나의 내면 여행에 동참하고 있었던 듯 그는 나에게 미소지어 보였다. 내 얼굴만 보고서도 내 내면에서 어떤 일이 있었는지 모두 읽어낸 듯싶었다. 몬탁은 잠시 사이를 두고 말했다.

"소망을 억제하고 그 자리에 어떤 원칙이나 결단을 세워놓는 건 별 소용이 없어. 약한 면에 대항해서 싸울 땐 성과가 없는 경우가 많아. 싸우다보면 주의력이 온통 그쪽으로만 쏠리게 되고, 그러다보면 힘을 다 써버리게 되지. '될 때까지 해보자'는 마음을 먹고 달려들면 힘이 들고 긴장이 생겨나게 마련이야. 힘을 쏟는 거나 긴장하는 건 둘 다 감성의 부정적 양상이야. 고통스러운 거지. 그러다보면 언젠가는 힘이 모두 빠지고 예전 상태로 돌아가버리고 말아. 시시포스처럼 끝없이 산 위로 바위를 밀어올릴 수는 없잖니. 하지만 사람들은 대개 그렇게 계속해서 바위를 밀어올리는 것 말고는 다른 길을 알지 못하기 때문에 이런 방식을 되풀이하지. 물론 이런 한계를 넘을 수 없는 건 아냐. 확고한 결단으로 이루고자 하는 것이 성취될 만한 시간이 무르익으면, 즉 변화의 문턱에 다다르면 한계를 넘어서게 되지. 그때가 되면 소망을 억제하는 일이나 결단을 관철하는 일은 더이상 중요하지 않게 돼. 목표가 이미 자체의 흡인력을 갖고 행위를 규정하는 힘을 지니게 되니까.

그렇다면 원칙, 노력, 소망 대신 도대체 무엇이 그 자리를 차지하는 걸까?

우리가 배우는 수련과정이 바로 그거야. 그 과정을 구체적으로 지각하고 지적으로 이해하게 되는 거지. 이는 곧 모든 것을 허용하고 갈등 속에 자신을 접속시키는 자아를 지각하는 것이기도 해. 그렇게 되면 소망을 실현하게 되거나, 아니면 소망이 변화를 겪게 되지.

첫번째 단계는 단순히 수동적으로 행동하고 체념하는 게 아냐. 자아가 자신이 나아가는 과정을 지각하고 이해하는 것, 활동을 시작할 수 있을 생기를 찾는 것이 바로 첫번째 단계야. 몽상에서 깨어나 자유의 길을 자신에게 허용하는 단계, 아직 행동을 취하지는 않는 단계지. 마치 오랫동안 이성의 목줄에 묶인 채 자아를 망각하고 있던 거친 성격의 개에게 약간의 자유를 허용하는 것과도 같아. 그러다가 적당한 시점에 이르면 그 개는 주인이 지시한 방향으로 스르르 몸을 움직이게 되지. 이때 의도적으로 힘을 약간 주는 거야. 올바른 결정, 실현되기를 원하는 소망으로 박차를 가하는 거지. 회의나 불신이 작동하려고 하면서 더불어 감성의 부정적 양상이 지각되면 그것들을 불필요한 찌꺼기, 의식이 만들어낸 쓰레기로 취급하면 돼. 기술적으로 아직 미흡하다는 것을 알려주는 한 조각의 정보라고 생각하면 될 거야. 하지만 그것이 더 크게 자리를 잡게 허용해서는 안 돼.

이게 바로 바람직하지 않은 감성에서 해방되는 비법이야. 같은 방법으로 부정적 판단을 무기력하게 만들 수도 있어. 가치 판단에는 감성의 우발적인 양상이 들어가 있는 경우가 많아. 이런 우발적 양상이 우리를 옭아매고 또 진실을 조작하곤 하지. 그래서 전혀 진실이 아닌데도 진실인 듯 꾸며대는 허위적 수사(修辭)에 빠져드는 거야. 하지만 바람직하지 않은 감성에서 해방되는 비법을 익히면 감성의 우발적 양상이 가하는 힘과 조작에서 벗어날 수 있게 되지. 이런 수련을 하면서

어떻게 비도덕적일 수 있겠니? 도덕적 사고를 지닌 감성은 어떤 조작
도 물리칠 수 있어. 그래서 독단을 저지를 위험이 전혀 없는 거야."

10

　며칠 동안 나는 여러 가지 실험을 해보았다. 때로는 나의 소망과 의
도가 실현되지 않으려고 작정한 것 같기도 했다. 하지만 그런 것을 아
예 생각하지 않을 때면 놀랍게도 이미 내 소망은 실현되어 있었다.
　어떤 때는 문이 제대로 잠겨 있는지 한번 더 둘러보아야겠다는 식의
생각이 들기도 했다. 훼방꾼이었다. 하지만 내가 그것을 주시하면 훼
방꾼은 금세 사라져버렸다. 책을 읽다가 너무 피곤해서 집중이 잘 되
지 않을 땐 참선을 하면서 노곤함을 버리기로 결정을 내리기도 했는
데, 그러고 나면 어느새 피곤함은 사라지고 없었다. 가끔 다른 사람들
의 이야기가 너무 지겨워서 참을 수 없어지면 너그러운 마음으로 그들
을 바라보고 대화를 재미있는 방향으로 이끌어가곤 했다.
　안네 마리나 카롤라에게는 이런 경험을 이야기하지 않았다. 자기
암시로 인한 환상, 상상 속에서 만들어낸 허섭스레기 정도로 치부해버
릴 것이기 때문이었다. 그들도 비슷한 경험을 할 때까지 기다리는 편
이 나을 것 같았다.
　몬탁은 어떤 경우라도 너무 많이 기대하거나 내 의지를 개입시키지
말라고 충고했다. 너무 강한 소망은 장애물을 만들고 그렇게 되면 소
망과 정반대로 치닫게 된다는 것이었다.
　그는 참선과정이 선명해질 수 있도록 몇 가지 지시사항을 추가해서
가르쳐주었다.

"지금까지 우리는 내면의 변화와 발전을 개념으로 풀어내는 일을 했어. 그러다보니 아주 복잡한 일인 것처럼 느껴지기도 했을 거야. 비행기를 날게 하려면 우선 스위치가 각각 어떤 기능을 하는지 머리에 새겨두어야 하니까. 하지만 참선과정에서는 모든 것을 하나하나 구분할 필요가 전혀 없단다. 참선을 그냥 한번 따라가보렴!

우리가 하는 방식은 강압적이거나 부담스러운 것이 아냐. 되는 대로 모든 것을 그대로 놔두렴! 힘들이지 말고 만트라로 한번 가보는 거야. 네가 너의 사고를 통해 이루려고 하는 변화 쪽으로 가볍게 방향을 틀고 말이야. 이런 원칙을 가끔씩 떠올릴 필요가 있지. 내면으로 가는 길에 관해 우리가 나눈 이야기들은 해석일 뿐이고 경험을 설명한 것에 불과해. 참선하기 전이나 참선한 후에 하는 일이지.

힘들이지 말고 참선으로 가라는 것은 태만함이나 몽상을 너무 허용해서는 안 된다는 뜻이기도 해. 너무 방심하다보면 쉽게 샛길로 빠질 수가 있으니까. 근본적으로는 참선하면서 떠오르는 경험들은 모두 일종의 촉진제이지만, 진짜 목표로 삼아야 할 것은 다른 체험보다도 만트라 근처에, 만트라의 영역에서 이루어지는 경험 근처에 있는 거야. 이젠 아마 너도 이 말이 무슨 뜻인지 이해할 수 있을 거야.

만트라 자체도 그렇고, 만트라와 함께 하는 과정도 다양한 면을 지니고 있어. 경우에 따라 각기 다른 기능이 발휘되지. 만약 체질화된 너의 내면이 무거움과 고통으로 점철되어 있다면, 만트라를 향해 가볍게 방향만 틀어도 뚜렷한 변화가 나타날 거야. 훨씬 가뿐해지는 거지. 만약 긴장하는 것이 당장의 문제점이라면, 만트라를 향해 가뿐하게 방향 트는 연습을 끈기 있게 해야 해. 그러면 아마 곧 어렵지 않게 그렇게 될 거야. 만약 내면의 감정을 피하려 한다면 만트라로 방향을 잡으면서 감정을 주시하면 돼. 그러면 어렵지 않게 감상에서 벗어나게 되고 삶의 현실을 받아들이는 포용력이 확대될 거야. 만약 너의 심신이 심한 스트레스에 짓눌려 있는 경우라면, 솟아나는 생각, 감성, 갈망에서 에너지를 없애버리면 돼. 그러면 너의 의식을 누르던 짐이 없어질 거야. 이렇게 만트라는 각기 다른 모습으로, 각기 다른 정신작용을 하는 거지.

어떤 방식으로 만트라를 향하는지, 그리고 어떤 측면이 지배적인지, 즉 어떤 지점에 우선권을 두는지에 따라서 이미 변화의 다양한 양상이 나타나는 거지. 목표를 향해 나가겠다고 작정하면 변화는 더욱 강하게 이루어져. 세번째 단계에 들어서면 참선 자체도 더욱 효과적인 지평으로 상승하는 거야.

그런데 이렇게 발전하다보면 한계에 봉착하는 일이 없을까? 참선과 인식의 길을 걸으면 모든 것이 가능해진다고 말할 수 있을까? 물론 그렇지 않아. 한계가 있단다. 그 한계는 바로 괴로움이야. 괴로움은 뛰어넘을 수 없는 장애물로 나타나지. 긍정적 감성은 우리를 유혹하는 힘들이 얼마나 막강한지를 보여줄 거야. 우리의 지성 역시 의식의 성장과정을 따라가지 못하고 성장을 제대로 반영해주지 않아. 이런 게 바로 한계야. 한계에 부딪혔을 때는 부단히 그 한계를 뛰어넘는 수밖에 다른 방도가 없단다.

그러니까 참선의 최대 적은 순간적으로 닥쳐오는 감성상태라고 할 수 있을 거야. 결코 얕잡아볼 수 없는 적이지. 많이 아플 때, 혹은 가까운 사람을 잃었을 경우엔 새롭게 성취한 의식이 시험대에 오르지. 그때까지 배운 것을 모조리 잊어버리는 경우도 많아. 그 동안 배운 것이 더이상 아무 의미도 없는 듯, 먼 기억 속에서 떠돌 뿐이지.

그때가 바로 검증의 순간이야. 치과 의사가 드릴을 들이댈 때 의식의 발전이 무슨 소용이 있을까? 열병으로 혼수상태라면 의식의 발전이 무슨 의미가 있을까? 모든 것이 다 나에게서 빠져나간다면, 발전이 이루어질 가능성이 있는 걸까? 그리고 또 이런 의문도 들 거야. 발전된 의식으로 지각하는 것은 그저 한가한 휴일에나 써먹을 수 있는 것이란 말인가? ……질문을 하렴! 끊임없이 질문해야 해. 이런 질문들이 앞으로 네가 어떻게 될지를 결정할 거야. 대개 이런 그물에 걸려들면 실패하고 말지. 아마 어쩔 수 없는 운명이라고 생각하게 될 거야. 그러면 그 동안의 의식 변화 수련은 아무런 쓸모도 없는 것이 되어버리고 말아. 비교적 사소한 문제에 당면했을 때도 마찬가지야. 공항에서 여권을 잃어버렸다고 하자. 그때 정말 집착하지 않을 수 있을까? 전혀 신경 쓰지 않을 수 있을까?"

처음에는 쉽지 않겠지만 불가능하지만은 않을 거라고 나는 대답하자 몬탁은 다시 말을 이었다.

"물론 여권은 우리에게 필요한 거지. 그렇지 않다고 하는 건 억지야. 사물의 가치를 부인할 생각은 없어. 다만 그것의 노예가 되어 잘못된 길을 걸어서는 안 된다는 거야. 난 지금 그런 오류를 극복할 수 있을 방법을 가르쳐주려는 거야. 우리는 실에 매달려 조종하는 대로 움직이는 인형처럼 살고 있어. 그 동안 내가 이야기했던 것은 이 실이 어떤 거냐 하는 거였어. 우리가 가치 평가하는 모습을 스스로 통찰하게 되면 우리의 인식은 의식의 초월적 지평에서 좀더 목표지향적으로, 좀더 효과적으로 실제의 행동양식 쪽으로 전환하지. 모든 금기사항에서 우리는 자유로워질 수 있어. 양심처럼 보이는 거짓 양심의 억압에서 벗어나는 거야. 삶의 의미를 감성 속에서 인식하게 되는 거지. 감성이나 가치 평가를 모를 때보다 더욱 선명하게 자아를 파악할 수 있게 돼. 그럼으로써 동시에 더 풍부한 의식, 폭넓은 자유, 강한 조절력, 유연한 변화가 가능한 수준이 되는 거지. 이렇게 통찰과 삶의 태도는 서로 맞

물려 있고 상호 강화하는 관계야. 테러리즘, 이슬람 근본주의나 종교, 정치, 교육, 법이라는 명목으로 자행되는 이데올로기의 폭력을 피할 수 있지. 정신적 순수함과 긍정적인 것으로의 정향이 가치 평가의 바탕을 이루게 되니까 말이야. 이런 바탕 위에서 우리는 관용에 대해서도 배울 수 있어. 다른 이들의 우발적 감성을 포용할 수 있는 거지. 자신의 가치 평가가 고정관념이 되지 않도록 할 수 있어. 그렇게 되면 자살조차 그 감성의 우발성, 피상성, 일시성이 인식됨으로써 지적 오류임이 판명되지. 예전에는 자아를 방해하는 감성 때문에 기를 펴지 못한 여러 가능성들, 행동의 새로운 가능성을 발견하게 되지. 우리의 정서체계 속에 있는 진보, 도덕, 자아의 연관성을 깊이 통찰하게 되면, 예전에 가치 있는 것으로 여겨지던 감성의 개별적인 양상이 얼마나 무가치한 것인지 알 수 있게 돼. 부정적 수단을 인식하는 능력이 향상되는 거야. 그리고 우리는 이 모든 통찰을 초월의 지평 위에 갖다놓지. 그럼으로써 우리의 확신은 더욱 큰 힘을 얻게 되는 거고."

11

5월이 되어 날씨가 따뜻해지자 우리는 야외에서 만나기로 했다. 모임 장소는 교외의 작은 야산, 몬탁이 고른 장소였다. 소나무들 사이로 작은 공터가 있었고, 우리는 나무 그루터기를 의자 삼아 앉았다. 언덕에서 내려다보니 박물관 옆으로 예전에 살던 집이 보였다. 외벽에 엘리베이터가 달린 15층짜리 건물은 여전히 시내에서 제일 높았다.

그 동안 아버지는 모든 것을 잃었구나. 어느새 내 마음은 서글픔으로 가득 찼다. 아버지의 검은색 벤츠가 현관 앞을 지나가던 옛날 기억이 떠올랐다. 그리고 그 기억은 잠시 후 초라한 교도소 입구로 장면이 바뀌었다. 쇠창살 사이로 허름한 죄수복을 입은 아버지의 슬픈 눈이 밖을 내다보고 있었다.

얼마 전 카롤라는 참선을 시작했다. 나보다 더 힘들어했고, 나보다 더 많은 굴곡을 겪었다. 같은 수련법인데도 사람마다 얼마나 다른 반응이 나타나는지 놀라울 뿐이었다. 무의식에서 떠오르는 불길한 표상이 너무 강해서 카롤라는 어쩔 줄 몰라했고, 나는 참선을 그만두지 말라고 두 번이나 그녀를 설득해야만 했다.

이런 체험을 하게 되면 처음 수련을 하는 사람들은 자신이 미쳐버릴지도 모른다는 두려움에 사로잡히기 십상이다. 왜 불쾌한 체험 안으로 스스로 뛰어들어야 하는 거지? 하지만 이 체험이 사실은 육신과 정신 속에 저장되어 있던 부정적 에너지가 빠져나가는 과정임을 이해하게 되면 의구심은 점차 옅어진다. 몇 년 동안 계속해서 수련을 하다보면 난폭하고 괴상한 꿈은 더이상 나타나지 않는다. 꿈속에서 폭발적으로 분출되는 부정적 에너지가 참선하는 가운데 이미 흩어져 사라진 것이다.

카롤라는 이론에 있어서도 나만큼 쉽사리 믿으려 하지 않았다. 그녀가 때때로 반론을 제기해주는 것이 고맙기도 했다. 그녀의 호기심과 명석함이 우리에게 유용한 단초를 계속 마련해주었기 때문이다.

그날 오후 우리는 소나무숲에 모여 앉아 몬탁이 준비해온 도시락을 먹었다. 모두 야채였다. 길게 보면, 몸에 부담을 주지 않는 채식은 향상된 의식상태에 이르도록 신경조직의 능력을 기르는 데 결정적인 영향을 줄 수 있다고 몬탁은 말했다. 반대로 니코틴과 알코올을 비롯하여 모든 독성 물질은 의식 발전에 지장을 준다는 것이었다.

"삶의 주축이 감성이라고 하셨죠? 그런데 삶의 가치를 충만하게 만드는 그런 감성을 우리 내부에서 전혀 발견할 수 없으면 어떻게 되는 거죠?"

카롤라가 물었다.

"감성의 역할에 따라 우리가 삶을 파악하는 태도가 달라진다는 말이었어. 네 말대로 섬세하게 느끼지 못하고, 각기 다른 섬세한 뉘앙스를 놓쳐버리는 사람들도 있을 거야. 하지만 감성이 없다면 삶은 아무 가치도 없을 거야. 그렇게 산다면 가치란 '그저 생각하는 것'으로 격하된 상태지. '그건 나한테 이러저러한 의미였어'라고 그저 믿고 있는 거야. 정언명령처럼 '해야 한다'라는 단순한 요구에 따를 뿐이지. 자신의 가치에 대해 끝내 상세한 근거를 대지 못한다면 발판도 없이 허공에 떠 있는 거나 마찬가지야. 사물이나 이념 혹은 요구 역시 수단일 뿐 그 자체가 가치를 지니고 있는 건 아니니까. 삶에 가치를 부여할 수 있는 건 감성의 흡인력뿐이란다. 다시 한번 강조하마. 감성의 흡인력! 감성의 흡인력이 지닌 가치를 이론적으로 논증하기 위해서는 지각활동의 어떤 특징, 즉 지각을 가치 중립적 사물과 분리시켜주는 명확한 차이가 필요하단다. 수단일 경우에는 '그것이 무엇에 좋은 것인가'라는 질문을 계속 제기해야 하고……

영국의 공리주의자 벤담은 누구나 효용성을 추구하고 있으며 또 추구해야 한다고 했지. 그러니까 공리주의 이론에서는 효용성─나는 이걸 수단이라고 부르지─이 도덕적 태도의 기반이 되고, 유용한 것만이 가치가 있다는 거야. 그렇게 해야 최대 다수의 최대 행복이 실현된다는 거지. 하지만 그 유용한 것이 때로 불행을 가져오지는 않을까? 유용한 것 같지만 실은 우리의 정서체계에 악영향을 끼치는 그런 것도 있지 않을까?

그렇다면 우리는 유용한 것, 그러니까 수단의 가치를 탐구해야 할 거야. 또 궁극적으로 참된 가치는 무엇인가도 물어야지. 궁극적으로 참된 가치는 감성의 긍정성을 통해 드러나게 마련이야. 이때 감성의 긍정성의 척도는 긍정성의 총합을 기반으로 해서 찾아내야 해.

도덕을 지키지 않았는데도 긍정성의 총합이 커지는 경우는 없을까? 있다면 그건 어떻게 된 걸까? 하지만 아니, 그럴 리는 없어. 그랬다면 판단 기준을 잘못 잡은 거야. 양적으로도 질적으로도 긍정적 경험의 합계를 정확히 계산해낼 수 없으니까 도덕적 직감이나 직관에 의지해버리는 거지. 기억과 기대, 비교와 어림짐작으로 대충 판단하는 거야. 이런 것들에 기대지 않으면 당장의 감정을 판단할 유일한 기준마저 없어져버리는 셈이 되니까. 하지만 감정상태는 피로나 질병, 그릇된 판단, 좌절감 등으로 인해 언제든지 손상될 수 있어.

수단이란 다른 가치의 힘을 빌려야만 비로소 자신의 가치를 지니게 돼. 그리고 이런 순환에 종지부를 찍는 것이 바로 감성의 흡인력이지. 쾌락은 쾌락이고, 불쾌함은 불쾌함이고, 미(美)는 미, 기쁨은 기쁨이야. 사유와 지각에서 나타나는 감성의 긍정적 양상이 때로는 부정적 수단일 수도 있다는 사실은 가뜩이나 복잡한 감성의 논리를 더욱 복잡하게 만들지. 하지만 그렇다고 감성의 논리의 타당성이 약해지는 건 아냐. 분노가 치솟을 때 긍정적 감성을 따라 마음을 가라앉힌다면 그 감성이 다시 나를 편안한 상태로 데려다줄 테니까.

감성의 역할이 아무리 대단하다 해도 동전의 뒷면처럼 변하지 않고 남아 있는 것들이 있어. 그릇된 가치 판단, 몸에 밴 해로운 습관들, 심리적 철학적 무지, 삶의 방향성 상실…… 이런 것들은 사회적 인습에 기반을 둔 어두운 그림자들이지. 우리는 선택, 소망, 노력, 집착, 범죄, 전쟁 등을 통해 끊임없이 그 그림자를 강화시키고 있어. 고통, 슬픔,

분노, 실망감이 때로 판단력보다 더 분명한 언어로 사물의 가치를 주장하고 있는 거야.

감성이 없다면 단순한 지각밖에는 할 수 없지. 어째서 우리는 죽지 않으려 할까? 사물이나 사실만이 중요하고 반(反)가치를 느끼는 감성은 그렇지 못하다면, 어째서 우리는 파산상태를 웃으면서 받아들이지 못하고, 어떤 병에 걸리든 태연하게 있지 못하는 걸까? 사물이나 사실만으로 작용하는 것이 우리의 삶이라면 그건 죽음과 건강을 둘러싸고 벌어지는 연극에 불과해. 자기만의 생각과 고정관념을 연기(演技)하는 거지. 다시 한번 말할게. 이 세상의 가치는 긍정적, 부정적 감성을 지각함으로써 비로소 나타나기 시작하는 거야. 이것을 통찰하지 못한다면 우리의 모든 행동들은 자기 기만에 불과해.

긍정적 감성의 흡인력을 생각한다면 어떤 사태를 이해하느냐 혹은 인정하느냐 하는 것은 아주 사소한 일일 뿐이야. 감성만이 사물의 가치를 판단하는 근거가 된다는 사실에는 아무 변함이 없으니까. 다시 말해서 어떤 사태를 이해하고 인정하건 간에 그건 기껏해야 저마다 자신의 생각을 표명하는 것에 불과해. 현실에 무방비로 노출되어 있는 우리들은 하루에도 수천 번씩 단순히 지각하기만 함으로써 현실의 문제상황을 강화시키고 있어.

유감스럽게도 서양철학과 심리학은 이 문제에 관한 한 완전히 실패한 거나 다름없어. 둘 다 쾌(快)와 불쾌(不快)를 존재론적 범주의 근거로 삼고 그 등급만 나누었으니까. 다른 것들은 모두 부차적인 문제로 취급하고 말야. 쾌락주의자들과 프로이트는 쾌를 단순히 쾌락과 즐거움이라고 했고, 에피쿠로스는 이를 고통에 비해 쾌락이 더 많은 것이라고 했지. 조악하기 이를 데 없는 말이야, 긍정적 감성의 풍부한 다양성을 묵살하는…… 또한 이들은 감성이 다른 지각과 결합하여 제3의 새로운 가치를 만들어낸다는 것도, 그럴 때 가치의 대상에 '객관성'이 부여된다는 것, 그 감성이 여러 양상으로 나타난다는 것도 알아내지 못했어.

　문제는 감성이 없다거나 그것이 밋밋하다는 것이 아니라, 체험하기는 하지만 감성과 다른 지각을 구분하지 못한다는 데 있어. 이 지점에서 자연은 우리를 함정에 빠뜨렸지. 가치와 감성이 없는 삶은 무의미하기 때문에, 사물 자체가 가치이고 감성은 사물 속에 들어 있는 것처럼 보이게 만들어놓은 거야. 핑크빛 안경을 쓴 채 온 세상이 핑크빛이라고 착각하며 살게 해놓은 거지.

　카롤라가 물었다.

　"그렇다고 사람들에게 감성을 지각해서 자신의 행복을 찾아가라고 강요할 순 없는 거 아닌가요?"

　"물론 나도 강요할 생각은 없어. 난 그저 힌트를 주는 것뿐이야. 사람들이 자신의 가능성을 바라볼 수 있도록 시선을 돌리게 하려는 것뿐이지."

　"보편타당한 가치를 염두에 두고 계신 거죠?"

　"감성의 긍정성을 말하는 거라면 그래. 감성의 긍정성은 '2+2=4'와 같은 수학공식처럼 아주 분명한 것이야. 물론 이걸 인정하지 않는 사람들도 있겠지. 그런 사람들은 다른 것들보다 확실한 어떤 것이 있다는 걸 거의 인정하지 않아. '직접적 지각에 나타난 것은 신뢰할 수 있다'는 말도 사람들은 대부분 정확하게 이해하지 못하고 있어. 어떤 것을 이런 혹은 저런 이름으로 부르는 언어 관습과, 그것이 이런 혹은 저런 질(質)을 지니고 있다는 객관적 확실성을 혼동하고 있는 거야. 아니면 자신들이 지각한 것을 어떤 다른 것이라고 믿으면서 자신을 속이고 있거나. 그러니까 자신의 지각과 무관하게 존재할 수도 있는 대상과, 분명하게 지각할 수 있는 현상을 구별하지 못하는 거야. 무슨 말인지 알겠니? 객관적으로 지각할 수 있는 어떤 것, 이것이 나타나는 바로 그 지점, 바로 그 시점에서는 다른 어떤 것도 그 자리를 차지하지 못해. 자, 여기 녹색 점이 있다고 하자. 그런데 그건 사실 빨간 점이라고 주장할 수 있겠니? 물론 녹색 점의 가치를 아예 포기해버릴 수는 있겠지. 하지만 그렇게 되면 그건 감성 속에 나타난 긍정성의 가치를 없애버리는 꼴이야. 녹색 대신 빨강을 선택하면 더이상 녹색은 거기에 없는 거야. 하지만 감성의 질 속에 있는 어떤 것은 변함없이 그대로 존재하고 있어. 이것이 바로 감성의 흡인력이란다. 이 흡인력은 우리가 아무리 그것을 포기한다고 해도 여전히 우리를 끌어당기고 있어. 만약 포기한다면 그건 우리한테 그럴 마음이 없다는 말일 거야."

"감성의 흡인력이라는 것이 감성에 나타나는 다른 것들만큼이나 확실히 나타나나요?"

"물론이야. 그런데 문제는 이것이 판단인가 아니면 단순한 지각인가 하는 점이야. 이걸 구분하는 건 아주 어려워. 지각과 판단에 대한 지각은 기본적으로 서로 다른 거니까. '나는 생각한다. 고로 나는 존재한다' 는 말에는 여러 울림이 공존하고 있어. 최소한 한 가지 이상의 내용이 다른 하나에 포함되어 있는 경우지. 그렇다면 어떤 판단을 내리는 순간 이미 우리가 판단한 내용의 확실성은 떨어질 수밖에 없어. 그런 상황에서 판단이란 어떤 대상에 딱 맞지 않는 옷을 입혀놓는 것과 같으니까. 그렇게 본다면 데카르트의 이 진술 역시 정체성에 관한 것인지, 모순성에 관한 것인지 확실하지 않아지지. 마찬가지로 '직접적 관조' 라는 것 역시 의심스럽지. '확실성' 이라는 것이 의식 속에 떠오르지 않은 채 그 상태가 막연하게 파악되었다면, 그 내용만이 지각 속에 자리를 잡아버리는 거야. 의심조차도 이중성을 지니는 거지. 그렇다고 어떤 것이 다른 것보다 더 확실한 경우가 없다는 말은 아냐."

"이건 좀 다른 얘기인데요. 수도(修道)에 관한 책을 읽다가 흥미로운 사실을 발견했어요. 거기엔 신에 대한 사랑과 애정, 또는 신과의 합일이 참선의 목표라고 적혀 있더라구요. 하지만 할아버지는 감성이 중요하다고 하셨잖아요. 모순 아닌가요?"

"신을 찾는 구도자들은 무의식적 메커니즘에 지배받고 있어. 신을 찾는다는 건, 결국 지각과 사유에 있는 감성이 모습을 드러내는 거야. 그들은 그걸 모르고 있어. 지각과 사유에서 나타나는 감성의 양상이 곧 신에게로 향하는 추진력의 발원지라는 걸 모르는 거야. 정서나 감성, 감정의 저편에 가치에 대한 감성을 바탕으로 하지 않는 긍정성의 영역이 존재한다고 믿는 사람들도 있지만, 이들의 믿음을 자세히 분석해보면 늘 같은 식이었다는 것을 알 수 있지. 감성의 긍정성이나 부정성 외에, 감성만큼 선명하고 분명한, 더이상 의심할 수 없는 어떤 가치를 흘려보내는 원천이 있을 거라고 생각하는 거야. 하지만 자기 관찰, 자기 관조의 경험들은 우리에게 동일한 원천을 알려주고 있어. 물론 때론 신앙 같은 것이 더 높은 질의 감성으로 인도해줄 수도 있어. 그래서 신앙심이 깊은 사람들이 행복에 충만해 있는 경우도 많고. 하지만 그렇다고 해서 그들이 믿는 대상의 실재가 입증되는 건 아냐. 감성의 긍정성과 신념의 힘을 입증해주는 거지."

"궁금한 게 또하나 있어요. 우리가 제대로 알고 있지 못하기 때문에 빛을 발하는 생각들이 작동하지 못하고 있다고 하셨잖아요. 그게 의식의 발전에서 예측할 수 없는 요소인가요?"

이번엔 내가 말했다.

"간단히 말하면, 어떤 것을 받아들일 것인가 그렇지 않을 것인가를 결정하는 근거는 세 가지야. 첫번째는 선명한 직접적 지각 또는 통찰.

'이것은 빨갛다' '원은 사각이 아니다' 와 같은 것들이지. 두번째는 인식의 직관 혹은 가치로 나타나는 감성의 양상, 그리고 세번째가 '개연성'이지. 세 개의 시계 중 둘은 시간이 같고 하나만 다르다고 하면 우리는 대개 시간이 다른 그 시계가 틀렸다고 생각하게 되는 식이야. 하지만 이런 결정이 반드시 옳은 것은 아냐. 일상의 신념들 중에는 오직 이런 개연성에만 근거를 두고 있는 것들이 많지만, 내가 말하는 의식의 변화를 위해서는 개연성만이 아니라 실제적인 명증성이 요구되지. 실습과 관찰, 비교가 없이는 확실성에 이를 수 없어."

"상당히 냉정한 태도네요."

"물론이야."

"반대할 이유가 없겠는걸요."

"지성인들이 힘을 합쳐 긍정적 의식 변화의 선봉에 나서서 이런 것들을 활성화하면 좋을 텐데 말야."

"그렇게 될까요?"

"아니, 그렇지는 않을 거야."

몬탁의 이런 비관적 생각은 오히려 내 결심을 굳히게 했다. 심리학을 공부해서 향상된 의식에 대한 연구에 전념하겠다는 의욕이 솟구쳤다. 확실한 논거를 마련한다면 사람들도 분명 관심을 가질 것이다. 세상이 왜 이토록 황폐해지고 있는지를 밝혀내고, 이 상황에서 벗어날 길을 찾겠다는 믿음은 너무 순진한 것이었을까? 어떤 변화에든 예측할 수 없는 변수가 튀어나오게 마련이라는 것을, 그 변수를 담담하게 받아들여야 한다는 것을 그때 나는 알지 못했다.

우선은 나 자신이 문제였다. 긍정성의 수트라가 실현되도록 애를 쓰면 쓸수록, 나는 늘 긍정적인 것을 향해 열려 있다고, 자연의 긍정적인 힘과 하나가 된다고, 또 이 세상의 긍정성의 총합을 증가시킨다고 생각하면 할수록 교도소에 있는 아버지와 어머니의 죽음, 내가 곧 아버지가 된다는 생각들도 더욱 강해져 내 내면을 뒤덮어버리곤 했다.

내가 너무 쉽게 생각한 것인지도 몰랐다. 현실의 문제들은 마음속 깊은 곳에서 여전히 살아 있었고, 긍정성을 향하려는 나의 소망을 방해하며 부정적 잠재력을 발휘하고 있었다. 수트라가 방어벽을 구축하고 저항하고 있었지만, 나는 그전에 문제를 지각할 때면 느낄 수밖에 없는 고통을 견디고 헤쳐나가야 했다. 아버지의 파산은 이미 예정되어 있었다거나 어머니에겐 세상을 헤쳐갈 만한 힘이 없었다는 식의 설명은 아무 소용이 없었다. 결국 십자가를 지는 것은 내 몫이었다. 나는 고통을 '느껴야' 했다.

12

몬탁은 이런 식의 저항을 몸으로 느끼면서 대처해나가라고 충고해주었다. 그리고 언젠가 했던 말을 상기시켜주었다. '육체의 고통에 주의를 기울이는 것이 때론 유리할 수도 있지. 그렇게 하다가 몸이 다시 균형을 잡고 건강을 회복할 수도 있으니까.' 그때 그는 영혼도 마찬가지라고 했다. 영혼의 환부에 주의를 기울이면 영혼의 균형 역시 되찾을 수 있을 거라고. 고통에서 도망치거나 그것을 그저 응시하지만 말고 고통을 낱낱이 느끼라고 말이다. 나 자신도 이미 느끼고 있었다.

"사실 혹독한 치료법이지. 만트라를 할 때처럼 그 환부에 저절로 주의가 가게끔 해야 해. 고통이 가지고 있는 힘이 다 떨어질 때까지. 만트라가 되풀이하지 않으려고 저항한다면, 그건 내면의 저항에 맞서 만트라를 명확하게 하려고 잘못 애를 쓴 탓이야. 만트라가 자신의 형태를 스스로 찾아가도록 해야 한다는 규칙을 어긴 거야. 만트라가 부정적 감성의 영역에 나타나게 되는 것도 규칙을 지키지 않은 결과지.

고통은 때로 그 자리를 옮길 수도 있어. 그럴 땐 가만히 그쪽으로 따라가야 해. 고통과의 숨바꼭질에 화가 날 때는 네 화의 근원이 고통에 있음을 인식해야 해. 정신을 똑바로 차려야 할 거야. 고통이 파놓은 함정에 빠지지 않도록 말이야. 고통에 굴복하고 싶은 유혹을 물리쳐야 해. 고통에 굴복해버리고 나면 그 자체가 네 선택이 되어버리니까. 고통이 얼마나 다양한 가면을 쓰고 나타나는지, 그 변장술이 얼마나 교묘한지 알게 된 후에야 우리는 비로소 고통의 지배에서 벗어날 수 있게 되는 거야.

참선을 하면서 많은 사람들이 불쾌한 경험을 하게 되지. 몸이 아프고, 불안이 엄습하고, 압박감에 시달리고, 무서운 모습이 떠오르고, 환각이 보이고, 근육이 떨리는 거야. 그러다보니 때론 참선이 이런 고통을 만들어내는 게 아닌가, 그렇다면 참선은 오히려 해로운 것이 아닌가 생각하는 사람들도 있어. 자신이 도리어 고통 속으로 빠져드는 수련을 하는 게 아닌지 의심하기도 하고 말야. 하지만 이때 경험하게 되는 불쾌한 경험들은 참선을 통해 만들어지는 게 아니야. 오히려 예전에 가지고 있던 부정성이 소멸되는 과정이지. 부정적 잠재성을 해체하려면 고통을 체험하고 받아들여야 해. 그렇게 하지 않으면 정신은 흐려지고 결정의 자유 역시 방해받게 되니까.

참선의 과정을 고통을 생산하는 과정으로 잘못 이해하면 감상에서 벗어날 수가 없어. 부정적 잠재성을 해체하는 것도 더욱 어려워지지. 그렇게 되면 고통에서 해방되어야 한다는 집착에서도 자유로워질 수가 없어. 참선이 해체의 과정이라는 점을 믿고 수련에 임해야 해. 이

점을 진심으로 받아들이고 인정하지 않으면 수련에 실패할 수밖에 없어. 장애물에 맞서지 않고 피해 돌아가려 하면 참선에서 큰 성과를 볼수가 없어. 무엇이든 쉬운 길은 없단다.

그래서 이런 과정을 설명해주는 경험 있는 스승이 필요한 거야. 자신 역시 이런 비슷한 어려움을 겪었음을 이야기해주고, 점차 부정적 감성의 수위가 낮아지면서 평정감을 얻게 된다고 격려해주는 거지.”

“그러니까, 고통을 피해 도망가는 것도 ‘집착’이라는 거죠? 고통에서 자유로워야 한다는 가치에 대한 집착 말이에요. 그렇다면 역시 가치 판단이 문제네요.”

“그래, 맞아. 우리가 하는 수련을 통해 바람직하지 않은 가치 판단에서도 해방될 수 있어.”

“도덕적 판단에서 벗어나는 건 아니구요?”

“아니, 도덕적 판단이 없이는 정신적 순수성도 있을 수 없으니까. 사람이 뼛속 깊이 부도덕적인 존재라면 늘 괴로워하면서 살 수밖에 없을 거야. 도덕적이라고 해서 행복이 보장되는 건 아니지만 이것과 어긋나 있다는 건 어쨌거나 불행으로 가는 확실한 길이지. 잔인하긴 하지만 이게 바로 자연이 인간에게 심어놓은 진화의 기본 원칙이야. 도덕의 존재 근거가 바로 여기에 있어. 이것은 논리 판단 같은 선험적 인식이 아니라 경험 가치야. 내면을 들여다보는 눈을 길러야 해. 내면에서 일어나는 모든 현상을 너의 도덕적인 혹은 부도덕적인 행동과 관련지어서 생각해봐. 그리고 내가 가르쳐준 정신적 수단을 사용해서 도덕적 의구심과 그에 따른 고통에서 자유로워지는 것을 연습해보렴. 해낼 수 있을 거야. 우리는, 도리에 어긋나는 행동은 할 수 있지만, 그런 행동에 뒤따르는 마음에서는 벗어날 수가 없어. 이런 마음을 보지 않으려고 눈감아버릴 수도 있겠지. 하지만 그렇다고 괴롭지 않은 건 아니지.”

"그렇게 하려면 자유의지 같은 걸 전제해야 하는 거 아닌가요?"

"자유의지에 관해서 쇼펜하우어는 이렇게 말했어. '사람은 자신이 원하는 것을 할 수는 있다. 하지만 자신이 원하는 것을 의도할 수는 없다. 무언가를 결정할 때 사유나 의도, 모티프, 가치 등으로 나타나는 의지는 그 사람의 신념에 따라 달라지는 게 아니다. 그때그때의 의지에 관한 한, 우리는 자유롭지 못하다.' 하지만 참선이 좀더 심화되면 장애물을 인정해버리거나, 제대로 의식하지 못할 때 비로소 그것이 작동한다는 게 드러나지. 선택은 흔히 생각하는 것보다 훨씬 자유로워. 하지만 이런 선택의 가능성은 어디에서 비롯된 걸까? 혹시 우리가 모르는 무언가가 있는 건 아닐까? 의지 역시 결정되어 있는 건 아닐까?

이 점에 있어서 자유의지는 미스터리로 남아 있어. 확신을 뒷받침하는 사유적 근거나 감성을 제외하고 나면 우리의 선택을 규정하는 것은 하나도 없어. 물론 선택의 자유가 기실 보잘것없다는 건 분명 고통스러운 사실이지. 인간이 늘 선택할 수 있다는 것은 사르트르가 세상에 내놓은 일종의 신화야. 사르트르는 극심한 고통, 보다 큰 불안이 우리에게 더 나은 것을 가르쳐줄 수 있다고 믿었어. 보통의 경우 극심한 고통은 구속력을 지니고 있지. 하지만 이성적 통찰과 근거는 그렇지 않아. 그렇다면 숨겨진 규정적 요소가 없는 걸까? ……우리가 알 수 있는 것은 다만 우리 내면의 가능성을 의식하고 있다면 새로운 행동의 가능성이 열린다는 사실이야. 예전에는 실현할 수 없었던 새로운 행동 양식을 성취하게 되는 거지. 다른 가능성을 선택할 수 있는 자유가 우리 앞에 놓이게 되는 거야.

그런데 더 깊은 단계에 이르면 사유의 원천으로 보이는 어떤 의식 상태가 갑자기 나타나게 돼. 주의력이나 자아가 어떤 생각으로 나아갈지 아직 방향을 잡기 전, 아직 생각이 떠오르기 전 발아단계의 모습이 나타나는 거지. 그 순간 우리는 자유의 어떤 형태를 보게 돼. 결정론이나 비결정론 같은 철학적 구분으로는 다가갈 수 없는 자유가 거기 있는 거야. 아주 새로운 범주의 경험과 마주하는 거지. 경험이 없는 사람은 이것을 상상이나 환각, 몽상 정도로 생각하겠지만 그게 아냐. 이건 공허한 형이상학이 아냐.

새로운 의식형태라는 점을 제외하면 오히려 훨씬 현실적이라고 할 수 있어. 누구든 조금만 신경 쓰면 익힐 수 있는 가전제품 사용법과도 같은 거야. 평이한 형태의 자유라고 할 수 있지. 여기에서 우리는 어떤 결정을 내리게 되는데, 이때 중요한 요소들을 말해볼게.

일단, 매력적인 긍정적 감성에 맞서고, 거부감이 느껴지는 부정적 감성을 받아들여야 해. 다른 방향으로 뻗어나가려는 의심이나 체념 같은 건 무시해버리고 오로지 내면을 향해 집중한 채 이 모든 것을 해야 하는 거야. 곧바로 결정을 내릴 수 있으면 좋겠지만 잘 되지 않을 때는 일련의 과정들을 찬찬히 들여다본 후에 선택해야겠지. 간단한 일은 아니야. 거부감과 매력이 함께 어울려 있거나 고통과 욕망이 묘하게 섞여 있을 때는 사실 자유 같은 것엔 신경 쓰기 싫어지거든. 우리의 자유는 추상적이고 매력도 없어. 욕망이나 고통과는 비교할 수가 없지. 게다가 우리는 포기하지 않으려 하고…… 이런 집착이 우리의 자유를 방해하는 거야. 우리는 언제나 더 많은 것을 원하니까."

몬탁은 말로 표현할 수 없는 내면세계를 늘 새로운 표현으로 설명하기 위해 애쓰고 있었다. 실제로 몬탁이 지난 몇 달 동안 내 앞에 펼쳐놓은 것은 의식의 커다란 모자이크 같은 것이었다. 모자이크를 이루고 있는 조각 하나하나의 기능과 위치를 알기 위해서는 매번 다른 각도에서 새로운 눈으로 보는 것이 필요했다.

몬탁의 배려에 고마워하지 않을 수가 없었다. 이 사람은 어디에서 이런 참을성을 얻는 걸까? 내가 그럴 만한 가치가 있는 사람이긴 한 걸까? 몬탁에게서 더없이 소중한 선물을 받은 듯한 느낌이 들었다. 그 선물이 망가지지 않도록 조심해서 다루면서 그걸 계속 가꾸어나가야 겠다는 생각이 들었다. 그가 가르쳐준 모든 것을 실행에 옮겨보고 싶었다. 그러다보면 그의 주장을 검증할 만한 수단과 길을 찾을 수 있을지도 몰랐다.

다음날 몬탁은 내게 몇 가지를 더 가르쳐주었다. 그전날 모두 끝났다고 생각했던 나는 조금 놀랐다. 이번에는 문제의 핵심을 들여다보는 것에 대해서였다.

"누구에게든 문제는 있게 마련이지. 잘 알고 있으면서도 피하려고 애쓰는 그 문제들은 사슬처럼 하나로 꿰어져 있어. 그것들을 축소시키거나 미화하거나 그 자리에서 없애려고 하면 안 돼. 일단 그걸 그저 응시하는 거야. 그 문제들이 존재하지 않는 것이 더 바람직할 거라고 생각하면서 말이야. 그러면 그 문제들과 연결되어 있는 아주 섬세한 부정적 감성들을 지각하게 되지. 그 지각을 통해서 어느새 홀가분해지는 걸 느낄 수 있을 거야.

좀더 나아가볼까. 어떤 문제를 응시하면서 나타나는 감성의 양상을 그냥 느끼지만 말고 거기에 적당한 이름을 붙여보는 거야. 애매하기만 한 감성에 이름을 부여하면 아주 오래된 갈등들도 함께 녹아버리는 순간이 올 거야. 순식간에 문제를 일으키는 부정성이 사라지고 문제가 허물어지는 거야.

어떤 감성에 올바른 이름을 붙였는지 어떤지는 감성만이 결정할 수 있어. 열등감이나 근거 없는 질투심, 실패에 대한 불안감 등의 이름을 붙일 수 있겠지. 적당한 명칭을 찾을 수 없으면, 나중에 한번 더 해보는 거야. 때때로 막연히 어떤 감성을 지각하고 또 거기에 적당한 이름을 붙이는 사이에 주의력이 흩어질 수도 있으니까. 이름을 붙여 느낌의 변화가 나타나면 그 감성에 충분한 공간을 주는 일이 성공한 거야.

놀라운 건, 그러고 나면 정신뿐 아니라 육체 역시 가벼워지게 된다는 거야. 문제의 에너지가 미처 없어지지 전까지 남아 있던 육체적 고통이 아예 없어지거나 약해지는 거야.

아주 효과적인 방식이라고 할 수 있지. 의심이나 무력감같이 막연한 어떤 감성에 이름을 붙여 분명하게 의식할 수 있게 되면 그 감성들은 녹아버리거나 변해버리니까. 아니면 이런 감성들을 거리를 두고 바라보면서 그것들을 부차적인 것으로 만들어버리는 거야. 제대로 작용할 수 없도록 말이야.

'더 바랄 것이 없다'고 생각하면서 그때 일어나는 섬세한 감성적 반응에 이름을 붙인다면 어쩌면 집착에서 완전히 벗어나는 것도 불가능한 것만은 아닐 거야. 비언어적 형태로 사유된 그대로의 감성적 반응을 선명하게 파악하든지, 아니면 감성의 반응에 적당한 명칭을 붙임으로써 '더 바랄 것이 없'는 상태의 전제를 만들어놓는 거지.

물론 더 바랄 것이 없기를 원하는 것 역시 어느 정도 집착을 하고 있는 거야. 여기에서마저 벗어나고 싶다면 해방이라는 또다른 소망을 불어넣을 수도 있을 거야. 하지만 이 역시 집착이야. 자유롭지 못한 거지. 전에 내가 한 말 기억하니? 집착에서 완전히 벗어나는 것은 불가능하다고 했던 것 말이야. 집착하지 않는다는 것 자체가 이미 집착하고 있는 어떤 가치라는 것, 집착하지 않음 그 자체가 곧 집착이라는 것 말야.

이런 테크닉을 사용할 때 보다 중요한 것은, 그때그때 의식이 갖는 일반적 성향에 이름을 붙이는 일이야. 부정성, 근접 부정성, 긍정성 등의 이름을 붙이는 거지. 이건 가치에 대한 막연한 감성과 기분, 우리 내면의 깊은 바닥에 있는 감성에만 해당하는 것이 아니야. 우리의 사유에 대해서도 마찬가지야. 그 진실성이나 개연성과 상관없이 부정적인 사유가 나타나는 경우가 종종 있지. 그러니까 사유의 모습을 확실하게 파악하고 그 부정성을 부차적인 것으로 만드는 건 아주 유용한 일이야.

여기서 더 나아가면 우리는 평정을 유지하면서도 각성된 어떤 초월적인 지평에 서서, 사유와 지각에서 나타나는 불필요한 부정적 감성이 사라지게 할 수도 있어. 부정적 감성의 양과 질을 최소로 줄이는 거지. 종종 우리를 위험에 빠뜨리고 과도한 긴장을 유발시키는 부정적 감성이 어떤 생각을 품음으로써 사라지게 된다면 우리는 이런 가능성도 활용해야 할 거야. 삶의 의미, 천지창조의 의미, 진화의 목적은 결국 가치 있는 것을 증가시키고 그렇지 않은 것들을 감소시키는 것이니까. 또한 우리가 증가시켜야 할 가치는 감성을 통해서 경험되는 것, 감성을 바탕으로 이루어지는 것이니까.

자, 이제 참선을 통해 내면을 여행한 과정을 정리해볼까. 첫번째 단계는 의식의 진행과정으로부터 거리를 두고 증인으로서, 제3자로서 자아를 들여다보는 것. 두번째 단계는 사유와 감성, 가치가 어떤 식으로 우리를 조종하는지, 어떻게 해야 우리가 자유를 지각할 수 있는지 인식하는 것이었어. 세번째 단계는 대상을 똑바로 바라봄으로써 부정적인 것을 변화시키는 것, 네번째는 이름을 붙임으로써 이것이 용해되게 하는 것, 다섯번째는 의식적으로 어떤 생각을 품음으로써 부정적인 것을 제거하고 긍정적인 것을 확대시키는 것이었지."

몬탁은 말을 끝낸 뒤 카롤라가 충분히 발전하면, 이런 방법들을 가르쳐주라고 당부했다.

"직접 가르쳐주지 않구요?"

내가 놀라서 물었다.

"너는 앞으로 훌륭한 스승이 될 재목이야. 그런 제자와 일을 나눠 해도 괜찮지 않겠니?"

"아들이야. 검사 결과가 나왔는데, 아들이래."

병원에 다녀온 안네 마리가 말했다.

대단하군. 악마의 아들이라…… 왜 하필 남자 후계자지? 마녀들이 심통을 좀 부리겠는걸. 하긴 그런다고 악마와 맞서지는 못할 테지만.

"조금도 기쁜 것 같지 않네?"

"그럴 리가 있겠니."

언덕 위에 있는 집으로 이사 온 후 나는 파이퍼가 우리를 지켜보고 있는 듯해 내내 꺼림칙했다. 어디를 가든 파이퍼의 눈이 따라다니는 듯했다. 밤에 침대에서조차 안네 마리와 단둘이 있는 것 같지가 않았다. 물론 망상일 뿐이었다. 혹시 이런 증세가 참선 때문에 생긴 건 아닌지 가끔 자문해보기도 했다. 몬탁은 마음이 병든 사람에게는 참선 역시 그 효과가 한정될 수밖에 없다고 했다. 그래서 항상 경험 많은 전문가가 지켜볼 필요가 있다고 말이다. 정신질환 역시 스트레스로 인해 생긴 병이기 때문에, 참선을 하면 숨어 있던 정신질환이 밖으로 끌려 나올 수 있다는 것이었다. 그리고 정신질환에 참선이 아무 효과가 없다면 그건 무언가 문제가 있는 거라고도 했다. 경험 많은 스승이나 의사 없이 참선을 했을 때는 무의식에서 비롯된 어떤 두려움에 압도됨으로써 문제가 생긴다는 것이다.

나는 갑작스레 변화된 파이퍼의 태도가 모두 위선이라고 생각했다.

그가 본모습을 숨기고 있는 거라고 말이다. 사탄의 자식을 위해 의붓 아버지 역할을 자처한 건 아닌가 하는 생각이 다시 나를 사로잡고 있었다.

내 의심을 뒷받침할 증거를 찾기 위해 나는 헛된 노력을 하기도 했다. 어느 날 밤 나는 나지막한 합창 소리를 들었다. 그 소리는 지하실에서 울려나오고 있었다.

나는 손을 뻗어 안네 마리가 자리에 있는지 더듬어보았다. 귓가에는 그애의 고른 숨소리가 계속 들려오고 있었다. 잠시 후 소리가 그치자 나는 자리에서 일어나 지하실로 내려갔다. 밖에서 자동차 문이 닫히는 소리가 들리더니 곧이어 헤드라이트 불빛이 지하실 창문을 휙 스쳐 지나갔다. 나는 보일러실 뒤쪽에 놓여 있던 나무탁자 위로 올라가 지하실 천장에 매달려 있는 전구를 만져보았다. 아직 따뜻했다.

다음날 나는 내 침실 장롱 밑에서 소형 마이크로폰을 찾아냈다. 마이크로폰에 연결된 전선은 방 두 개를 지나 창고까지 이어져 있었다. 책장에는 녹음기도 있었다. 하지만 나는 파이퍼를 추궁하지 않았다. 녹음기와 마이크로폰도 그대로 놔두었다. 내 예감이 틀리지 않았다는 사실에 오히려 마음이 편해졌다. 안네 마리와 나는 파이퍼에게 아무것도 거리낄 것이 없었다. 우리의 대화를 도청하면서 어쩌면 파이퍼는 안심하고 있는지도 모를 일이었다.

우리는 6월 초, 안네 마리의 열여섯번째 생일에 몬탁을 초대하기로 했다. 그게 자연스러울 것 같았다. 아무 이유 없이 그를 초대해놓고 사탄이나 악에 대한 믿음 같은 민감한 주제에 대해 얘기하면, 파이퍼가 목적이 뭐냐고 따지고 들지도 모르는 일이었다.

안네 마리는 마침내 나의 스승을 만나게 된다는 사실에 한창 들떠

있었다. 시험기간이라 카롤라가 올 수 없다는 것도 안네 마리를 한층
유쾌하게 했다. 사실 카롤라는 '정신나간 여자애'—카롤라는 안네 마
리를 그렇게 불렀다—를 만나고 싶지 않았던 것뿐이었다. 카롤라는
안네 마리와 파이퍼의 내면이 완전히 변한 것은 아닐 거라고 확신하고
있었다.

생일날 안네 마리는 심플한 푸른 원피스를 입고, 검은색 가죽 밴드
로 머리를 묶고 있었다. 이젠 누가 봐도 임신부였다. 한껏 부풀어오른
배 때문에 마치 무거운 짐이라도 안고 있는 듯한 인상을 주었지만 그
애는 파티에 온 사람들이 뱃속에 있는 아이에 대해 물어오면 활짝 웃
으며 당당하게 대답하곤 했다. 처음에 우리는 식사 전에 간단한 티타
임을 가지고 이런저런 부담없는 대화를 가질 계획이었다. 몬탁이 사탄
에 대한 믿음에 관해 이야기할 수도 있다는 말은 한마디도 비치지 않
았다. 안네 마리 역시 아무 내색도 하지 않고, 내 스승과 만날 일이 기
대된다고만 말했지만 파이퍼는 이미 눈치를 챈 듯했다. 파이퍼는 물
었다.

"너희들은 왜 그렇게 그 사람한테 관심이 있는 거지?"

"마크가 그 사람 이야기를 많이 했거든. 삶을 바라보는 태도가 아주
독특하더라구."

"독특하다고? 그래서 그걸 지금 나더러 듣고 있으라는 거야?"

"마크 말로는, 누구나 자신의 문제를 스스로 해결할 수 있는 길을
찾도록 도와준대. 감성과 사고의 급격한 변화를 통해서 그럴 수 있다
는 거야. 내가 제대로 이해한 거니, 마크?"

"응, 말하자면 그런 거지."

파이퍼는 비웃는 듯 말했다.

"누구든 갈 수 있는 길이라…… 인간이 지금까지 걸어온 길은 피비

린내 나는 폭력의 길이었어. 인간은 맹수야. 도끼가 세계의 역사를 만들어왔지."

"몬탁이 뭐라고 하는지 그냥 들어보기만 해봐. 오늘은 내 생일이니까 그렇게 좀 해줘."

도끼를 휘두른 아버지를 빗댄 파이퍼의 혹독한 말에는 아무 대꾸도 않고 안네 마리는 그렇게 말했다.

"나는 세계 개선론(改善論)을 좋아하지 않아."

파이퍼는 앞으로 어떤 이야기가 오고갈지, 몬탁의 말이 얼마나 폭발력을 지닐지, 그러니까 자신에게 얼마나 위험한 것일지 이미 알아차린 것 같았다. 어쩌면 계속 안네 마리와 나의 대화를 몰래 엿듣고 있었는지도 모를 일이었다.

다행히도 이때 마틴의 누이 마그리트가 샴페인을 들여왔다. 더이상 이야기에 휘말리고 싶지 않았던지 파이퍼는 얼른 그 순간을 이용했다.

"생일 축하한다, 안네 마리."

그는 짐짓 웃으면서 안네 마리와 건배했다.

"안네 마리는 아주 조금만 마셔야 한다. 아이 생각 해야지."

마그리트 고모가 말했다. 자상한 중년 부인이 주인공인 영화를 만든다면 충분히 그 주연을 맡을 만한 여자였다.

마틴 삼촌은 안네 마리와 몬탁이 편하게 이야기를 나눌 수 있도록 자리를 배치했다. 나는 파이퍼가 어떻게 하고 있는지 곁눈질해보았다. 언젠가 그는 화방에서 나와 몬탁이 함께 있는 것을 본 적이 있었지만, 그가 몬탁을 알아보는지 어떤지는 알 수 없었다.

"마크가 댁 이야기를 많이 하더군요. 선생님의 철학이 어떤 것인지 간단하게 설명해주실 수 있을까요?"

마틴 삼촌이 먼저 입을 열었다. 그는 냅킨으로 입을 닦은 후 동의를 구하듯 다른 사람들을 둘러보며 말했다. 나는 숨을 죽이고 의자 속으로 몸을 깊숙이 밀어넣었다. 몬탁은 언제라도 자신의 생각을 논리정연하게 말할 수 있는 사람이었지만 파이퍼가 어떻게 나올지는 알 수가 없었다.

"간단하게 이야기할 수 있는 주제는 아니지만, 한번 해보죠."

"지금 당장 선생님의 철학으로 우리를 설득시켜보라는 건 아닙니다. 저는 철학은 필요하지 않다고 생각하는 사람입니다. 직감을 따라가면 그걸로 충분한 것 아닐까요?"

마틴은 침착하게 대화를 이끌어갔다.

"방금 말씀하신 '직감'이 감성을 뜻하는 것이라면 어느 정도 맞는 말입니다. 하지만 감성은 종종 그릇된 길로 우리를 인도하지요. 감성에 굴복해서 그저 그것을 따라가기만 한다면 자신에게도 다른 사람들에게도 해를 끼칠 수 있습니다."

"조금 더 생각한다고 해서 그런 일을 피할 수 있는 건 아니지 않습니까?"

"우리가 그릇된 길에 발을 들여놓는 것도, 그렇게 해서 결국 파국을 맞는 것도 대부분 세계를 바라보고 이해하는 기준이 잘못 설정되어 있어서 그런 겁니다. 저는 다만 거기서 간단한 공통분모 몇 가지를 찾아낸 것입니다.

'삶의 터전에 관한 이론'이라고나 할까요. 중요한 사항 몇 가지만 언급해보죠. 감성에 나타나는 긍정성이 없이는 가치도 있을 수 없습니다. 의식의 변화는 자신이 행하는 비언어적 사고, 가치에 대한 감성을 지각해야만 이루어질 수 있습니다. 비언어적 사고, 가치에 대한 감성을 찾아내기 위해서는 마음을 닦는 간단한 테크닉이 필요하죠. 어떻게 보면 인간세계는 긍정적 감성을 경험하려는 목표를 향해 나아가고 있다고 할 수 있을 겁니다. 그렇다고 쾌락주의자들이 말하듯 단순한 욕정을 말하는 것은 아닙니다. 가치가 감성을 근거로 하게 되면 극도의 개인주의와 이기주의가 야기될 거라는 걱정은 타당하지 않습니다. 무지(無知)에서 비롯된 행위가 인간의 기본적인 정서체계와 어긋나는 경우에도, 이것은 변함없이 공동체의 진화를 향해 나아가려 하니까요.

저승이 아니라 이승에서, 이 세상에서 자아를 충만하게 하려는 것입니다. 삶의 나무에 꽃을 피우려는 거죠. 이것을 이기주의와 혼동해서는 안 됩니다. 타인의 권리와 소망을 보듬고 격려해주어야만 정서체계 역시 충만해지고, 또 이를 바탕으로 해야 자아 역시 충만해질 테니까요."

"상당히 설득력 있는 말씀이군요. 솔직히 말씀드려서, 그런 생각은 지금까지 거의 해본 일이 없습니다. 우울한 생각을 모조리 몰아내면 훨씬 편하게 살 수 있지 않을까요?"

"물론 표면적으로는 그렇겠지요. 하지만 얼마 지나지 않아 마음속 깊은 곳에서 다시 문제들은 나타나게 됩니다. 그건 결국 위험천만한 도피였던 거죠."

"그렇게 되면?"

"다른 식으로 표출되어 병이 나지요. 미국 국민의 절반이 치료를 받아야 할 심리적 문제를 안고 살아가고 있다고 합니다. 어디나 크게 다르지 않을 겁니다. 의욕 상실과 권태로움으로 표출되는 자아 소외나 우울증은 보통으로 여겨지는 것이 요즘이니까요."

나는 파이퍼가 한마디하기를 기다리고 있었다. 그는 몸을 약간 앞으로 숙인 채 창백한 얼굴로 자기 앞에 있는 접시를 노려보고 있었다. 파이퍼는 실은 자기에게 말을 건네는 것처럼 느끼고 있는 듯했다. 크게 틀린 것은 아니었다. 몬탁은 파이퍼 쪽으론 눈길을 주지 않은 채 말을 이었다.

"감성 속에 녹아 있는 긍정적인 것을 선택하고, 그것을 선한 것과 결합시켜야 합니다. 문제점을 해결해줄 이런 가능성들을 의식하고 지각하는 거죠."

"말도 안 되는 소리!"

파이퍼는 이를 악문 채 그렇게 말함과 동시에 자리에서 벌떡 일어나 식탁에 두 팔을 짚고 당장이라도 달려들듯 몸을 앞으로 내밀었다. 머리카락이 이마로 흘러내렸다.

"정신이 모자란 사람이 아니면 이런 말도 안 되는 얘기를 누가 곧이 듣는다고 계속 그렇게 지껄이는 거죠?"

"어서 자리에 앉지 못하겠니! 몬탁 씨는 우리 손님이야!"

마틴 삼촌이 말렸지만 파이퍼는 그만두지 않았다.

"선의 힘이 이 세상에 해놓은 게 뭐죠? 당신이 말하는 기독교적 감성 나부랭이가 어떤 일을 해놓았다는 겁니까? 인류의 역사는 폭력의 역사입니다. 하나님의 어린양들은 도축업자들의 도끼 밑에 깔려 있어요. 도축업자와 형리야말로 이 세상의 진정한 주인입니다. 이 세상을 지배하는 것이 감성이라는 말은 맞는 것 같군요. 욕구 말입니다. 그게 어떤 욕구일까요?"

"오빠, 그만 해!"

"그건, 증오와 분노에서 생겨난 파괴욕입니다."

안네 마리 역시 몬탁의 눈치를 보며 말했지만 파이퍼는 멈추지 않았다. 그는 자기 앞의 접시들을 밀어냈고, 접시들은 산산조각이 났다.

"온화한 척하는 위선에 대한 정당한 증오와 분노란 말입니다. 진정한 권력은 파괴의 힘에 들어 있으니까요. 파멸을 통해 세상을 정화하고 처벌하는 거지요. 그렇게 해서 낡은 것은 제거되고 그 자리에 부정적인 힘, 대우주의 영원한 원천인 부정적인 힘이 들어설 수 있게 되는 겁니다. 힘있는 자는 자기에게 필요한 것을 취할 수 있지요. 악의 발톱으로 나약한 것들을 움켜쥐고 멸종시켜, 그것들이 사탄의 세계에 다시는 발을 들여놓지 못하게 하는 겁니다."

좌중을 둘러보는 파이퍼의 눈은 악의로 번뜩이고 있었다. 롤로가 팔꿈치로 나를 툭툭 건드리며 입을 실룩거렸다. 롤로와 내가 언젠가 지하실에서 들었던 말이었다. 파이퍼는 그 말을 달달 외우고 있는 듯했다.

"파괴와 부정의 힘이란 병이 들었다는 표시에 불과해. 당사자도 어느 정도 그것에 책임이 있지."

몬탁은 침착하게 말하며 처음으로 파이퍼를 바라보았다. 하지만 화방에서 마주쳤을 때와는 달리 파이퍼는 그의 시선을 피하지 않았다.

"내가 무엇을 생각하는지, 내 행위를 어떻게 생각하는지, 긍정적인 것에 얼마나 강하게 집착하는지, 어느 정도의 결단력으로 긍정적인 것을 택하는지, 부정적인 것을 피하려고 얼마나 노력하는지, 부정적인 것에 얼마나 강하게 집착하는지, 나의 사고가 부정적인 것에 얼마나 영향을 받는지 하는 것들이 나의 정서 수준을 결정하지. 그리고 우연이나 교육, 건강상태, 자질, 유전자, 정치, 인습, 사회 문화적 환경 등의 요소도 있고…… 그러니까 어떤 일정한 테두리 안에서는 자기 자신에 대해 어떻게 생각하는지에 따라 의식이 만들어지는 거야."

몬탁은 그렇게 강연을 끝맺었다. 확실하고도 분명하게. 파이퍼와의 논쟁에 휘말리지 않음으로써 이번에는 눈길이 아니라 말로 그를 꼼짝 못 하게 만든 것이다. 파이퍼는 여전히 두 손을 식탁에 짚은 채 몸을 약간 숙이고 서 있었다. 반박할 말이 없는 듯했다. 사탄의 독생자치고는 꽤나 초라한 모습이었다.

그러다 마침내 결단을 내린 듯, 그는 우리를 향해 회심의 미소를 지어 보이며 팔을 번쩍 들고는 손에 들린 유리잔을 그대로 부숴버렸다. 그러곤 피범벅이 된 유리 조각들을 천천히 식탁 위로 흩뿌렸다.

그때까지 가만히 지켜보고만 있던 마틴 삼촌이 자리에서 일어섰다. 파이퍼보다 훨씬 키가 큰 그는 그 큰 손으로 파이퍼의 어깨를 짓눌렀다. 파이퍼가 그대로 부서져버릴 것만 같았다. 마틴은 아무 말 없이 버릇없는 고양이를 대하듯 파이퍼의 목덜미를 움켜쥐고 문 밖으로 끌고 나갔다. 거실에서 끌려나가는 파이퍼의 모습은 참혹하기까지 했다. 하지만 그는 무슨 일이 있어도 우리에게 사과하지는 않을 것이었다. 그런 예감이 들었다.

13

"파이퍼가 이제 어떻게 할까?"

잠자리에 들기 전 나는 안네 마리에게 물었다.

"그는 우리를 증오하고 있어. 우리 모두를 말이야."

"특별히 나아진 것 같지는 않지?"

"속으로 무슨 생각을 하고 있는지 난들 어떻게 알겠어."

그애가 말했다. 어둠 속에서 나는 그애가 숨을 죽이고 흐느끼는 소리를 들었다.

"괜찮아. 네가 그의 광기를 어떻게 생각하고 있는지가 중요한 거야. 그게 우리 아기가 생각하는 것이기도 하니까."

그애는 다시 흐느끼기 시작했다. 그리곤 내 쪽으로 돌아누워 내 목을 감싸안으며 말했다.

"오! 마크, 난 정말 걱정돼. 그는 난폭하잖아. 그렇게까지 화를 돋우지는 말았어야 하는 건데……"

"본색을 드러냈으니 차라리 잘된 일이야. 이제 우리는 최소한 우리가 처한 실상을 알게 된 거니까."

한밤중에 우리는 복도에서 들리는 듯한 무거운 쇠뭉치 소리에 잠에서 깼다. 소리는 몬탁이 자고 있는 옆방에서 나고 있었다. 그는 여기서 하룻밤 자고 우리와 아침식사를 같이 하기로 되어 있었다.

침대 머리맡의 스탠드를 켜자 안네 마리는 겁에 질린 눈을 하고 침대에 똑바로 앉아 있었다.

"파이퍼일 거야."

나는 서둘러 자리에서 일어나 실내화를 신었다.

"조심해, 마크. 그는 위험해."

조심스럽게 방문을 열고 밖을 내다보니 파이퍼는 자루가 긴 도끼를 두 손으로 잡고 몬탁이 자고 있는 방문을 찍어대고 있었다. 그가 입고 있는 검은색 여름 정장이 땀에 젖어 번들거렸다. 예전에 지하실에서 봤던 것처럼 그는 검은 악마의 마스크를 쓰고 있었다. 카니발 때 쓰는 우스꽝스럽기 짝이 없는 장난감이었다. 그는 문을 힘차게 내리치고 있었지만 문은 꼼짝도 하지 않았다.

"경찰을 불러, 그가 몬탁을 죽이려고 해."

나는 방 쪽으로 고개를 돌리고 목소리를 낮추어 말했지만 안네 마리는 어느새 내 뒤에 서 있었다. 심한 통증이 느껴지는 듯 양손을 배에 얹고 있었다. 얼굴이 창백했다.

"너 어디 아픈 거야?"

"마크, 아기! 아기가 벌써 나오려고 해."

그애는 쓰러지지 않으려고 두 손으로 문틀을 꼭 잡고 있었다. 나는 그애를 부축해서 침대로 데려가 자리에 누인 뒤 물에 적신 수건으로 얼굴을 닦아주었다.

"의사를 부를게."

"먼저 몬탁에게 가봐……"

"참을 수 있겠니?"

"됐으니까 이제 그만 가봐."

그애의 얼굴은 고통으로 일그러져 있었다. 조산인가? 그렇다면 몇 분 이내에 아기가 나올지도 모르잖아. 나는 잔뜩 겁이 났다. 빌어먹을 그놈의 의식은 대체 어디에 있는 거야? 중도적 관찰자는 뭘 하고 있는 거야? 나는 나 자신을 타일렀다. 나는 허겁지겁 옆방으로 통하는 문을 열었다. 몬탁은 벌써 옷을 챙겨입고 전화를 걸고 있었다. 그에게서 등 골이 오싹할 정도의 침착함이 느껴졌다.

"곧 경찰이 올 거야."

나는 고개를 끄덕이고는 그제서야 문 쪽을 쳐다보았다. 문은 이미 여러 군데 부서져 있었다. 도끼로 얼마나 찍어대는지 점점 더 큰 나뭇 조각들이 문에서 떨어져나오고 있었다.

"구급차도 좀 불러주세요. 아이가 나올 것 같아요!"

바로 그때 복도에서 마틴 삼촌의 화난 목소리가 들렸다. 잠시 도끼 소리가 멈췄다. 파이퍼의 목소리 역시 심하게 흥분해 있었다. 들리는 소리로 보아 몸싸움이 벌어지는 것 같았다. 그리곤 다시 도끼질이 계 속되었다.

몬탁과 나는 서로 한 번 쳐다보고는 옆방과 통하는 문 쪽으로 시선 을 돌렸다. 순간 우리는 똑같은 생각을 하고 있었다. 내가 먼저 옆방을 통해 복도로 나갔다.

파이퍼는 내 쪽으로 등을 돌리고 서 있었고, 마틴 삼촌은 한쪽 팔에 얼굴을 묻은 채 바닥에 쓰러져 있었다. 도끼로 그의 어깨를 내리친 것 같았다. 셔츠 소매가 피로 물들어 있었다. 몬탁이 내게 신호를 보냈다.

나는 파이퍼를 뒤에서 밀어 바닥에 쓰러뜨렸고, 그사이 몬탁은 도끼를 낚아챈 후 파이퍼가 머리를 들지 못하도록 얼른 도낏자루로 목을 눌렀다. 영광스럽게도 친히 이 땅에 강림하신 사탄의 모습치고는 너무나 초라했다.

"마크, 널 용서하지 않을 거야! 세상 끝까지라도 너를 따라가서……"

뭐라고 그는 계속 떠들었지만 제대로 알아들을 수가 없었다.

"그래도 난 널 용서해! 넌 길을 잘못 든 환자일 뿐이니까. 원한다면 제정신을 찾는 데 힘이 되어주지. 부르면 언제든지 달려갈게. 괜찮아지면 꼭 연락해."

안네 마리는 아기를 낳았다. 그리고 그것으로 비극은 시작되었다. 아이의 진짜 아버지가 제정신이 아니라는 걸 직접 목격했으니…… 그리고 아이가 이미 죽은 채 태어났다는 걸 그애가 알았을 땐 나 역시 병원을 떠난 뒤였다.

나중에 간호사에게 전해들은 바로는, 안네 마리는 아주 태연하게 죽은 아기를 한번 안아보고 싶다고 간청했고, 의사 선생님은 잠시 머뭇거리다 그렇게 하도록 해주었다고 했다. 그리고 잠시 후 간호사가 병실에 들어갔을 땐 아이와 안네 마리 둘 다 사라지고 없었다는 것이었다. 병원에서 연락을 받고 우리는 곧장 그애를 찾아나섰다.

"이 근처에 자네들이 함께 간 곳이 있는가?"

마틴 삼촌이 물었다. 다행히 상처가 그리 깊지는 않아 그는 깁스를 하고 집으로 돌아와 있었다.

"며칠 함께 묵은 여관이 하나 있긴 한데, 여기서 꽤 멀어요. 그리고 장애인 학교의 구내 카페에 간 적도 있구요."

"그 여관에 한번 가봐야겠어."

"쓸데없는 짓 아닐까요? 거긴 뭐 하러 가겠어요?"

"그야 모르는 일이지. 가끔은 아무 의미 없이 그럴 때도 있으니까. 예전에 갔던 곳을 한번 가보는 거야. 아무도 귀찮게 하지 않는 그런 곳 말일세."

그러고 보니 그때 우리에게 방을 내준 마음씨 좋은 주인 여자가 떠올랐다. 차를 타고 시외로 나가는 동안 나는 생각했다. 몇 마디 말 때문에 이런 비극이 생길 수 있는 건가. 매일같이 사람들이 죽어간다. 기아에 허덕이고 방치되고 배반당하고 기만당한다. 이 모든 것이 우리의 냉담함 때문에 생긴 일이지만 사람들은 끄떡도 하지 않는다. 허튼 소리를 들어넘기듯 전혀 아랑곳하지 않는다. 하지만 말은 총알처럼 사람의 폐부를 관통한다.

지방도로를 달리다가 우리는 안네 마리를 발견했다. 그애는 병원에 갈 때 입었던 푸른색 옷을 그대로 입고 있었다. 죽은 아기를 안고서…… 자동차 헤드라이트 불빛을 본 그애는 우리 쪽으로 얼굴을 돌렸다. 우리를 빤히 쳐다보는 그 얼굴은 마치 영혼이 빠져나간 사람 같았다.

마틴 삼촌은 그애 앞에 차를 세웠다. 나는 차에서 내렸다. 그애가 나를 알아볼지 확신이 서지 않았다.

"아기는 이리 줘. 집으로 데려다줄게. 다 잘될 거야."

"네 아이가 아냐……"

"우리 둘의 아이잖아, 안 그래?"

"마크, 넌 내 아기의 아빠가 아냐."

"그래 나도 알아……"

"남자 구실도 제대로 못 하는 주제에…… 저리 꺼져! 다신 널 보지 않을 거야."

그애의 차가운 시선에 나는 그대로 얼어버리는 듯했다. 아이의 죽음이 나 때문이라고 생각하고 있는 듯했다.

일이 잘못되면 왜 꼭 우리는 다른 사람의 탓으로 돌리는 걸까? 생각지도 못한 불운이나 우연의 피해자가 되더라도 세상을 좀더 냉정하게, 객관적으로 바라볼 순 없는 건가? 이 우주에서 나 혼자뿐이라는 견딜 수 없는 사실을 마주했을 때, 그럴 때 아마도 사람들은 신이나 악마 같은 초월적인 존재를 만들어내는 것 같았다.

나는 맹세하듯 말했다.

"우리 이제 돌이킬 수 없는 것들은 접어두도록 하자. 아기의 죽음에 대해 네가 얼마나 슬퍼하는지 잘 알고 있어. 난 파이퍼 대신 아빠가 되기로 했어. 널 사랑하니까."

"사랑 따윈 집어쳐……"

"대체 왜 그러는 거야?"

"그 잘난 창녀한테나 가란 말야"

"카롤라는 창녀가 아니야. 그리고 나는 그녀와 잔 적도 없어. 카롤라는 단지 내 선생님일 뿐이었어."

"그럼 너희들은 아무 일 없이 서로 쳐다보기만 했단 말이니!"

"물론 난 카롤라를 좋아해. 우린 관심 분야가 같으니까. 하지만 그게 다야."

"마크, 난 무슨 일인가 일어날 거라는 예감이 자꾸 들었어. 이런 일이 일어나리라는 걸 난 이미 알고 있었단 말이야."

마틴 삼촌이 차에서 내렸다. 그는 다치지 않은 팔로 안네 마리의 어깨를 감쌌다.

"차에 타자꾸나, 응? 불쌍한 것…… 집에 데려다주마."

그날 밤 안네 마리는 나와 함께 지내기 전에 쓰던 히치콕 탑의 방에서 잤다. 그것이 과거로 돌아가는 불길한 징조인지, 단지 사산의 후유증인지는 알 수 없었다. 하지만 그애는 분명 아이의 죽음을 나와 몬탁의 책임으로 돌리고 있었다. '어째서 늘 얘기하던 그 신비로운 정신의 힘으로 이 비극을 내다보지도, 막아내지도 못했지? 그건 바로 너희들도 다른 보통 사람들처럼 무능하다는 증거 아니야?' 그것이 안네 마리의 주장이었다.

늦은 밤 잠결에 나는 텅 빈 그애의 자리를 더듬었다. 그리고 다시 잠에서 깨어 그애가 자고 있는 탑 쪽으로 올라갔다. 한참 문을 두드렸지만 안에서는 아무 소리도 나지 않았다. 얼마 후 그애는 문을 반쯤 열었다. 얼굴이 어두워 보였다.

"네 방으로 가, 마크!"

"우리 얘기 좀 하자."

"나는 내 아기를 잃었어. 이 일이 내게 어떨지 너도 알잖아?"

"우리 아이였어, 안네. 우리 아이였다구."

"생각해줘서 고마워. 하지만 넌 정말 우리가 정말 계속 이렇게 함께 지낼 수 있을 거라고 생각하니?"

"사실 넌 아기를 키우기엔 너무 어려. 하지만 우린 앞으로 얼마든지 아기를 가질 수 있잖아."

"네가 악을 불러냈잖아, 마크. 이젠 그게 얼마나 막강한지 너도 알 거야."

"아니, 그렇지 않아. 우리 자신이 악인걸. 우리가 어떻게 될지는 우리 선택에 달린 거야, 그걸 알든 모르든 간에."

"내 오빠가 어떻게 됐는지 몰라서 그래? 그가 앞으로 얼마나 힘들겠니? 너희들이 그를 부추긴 거야."

"그건 우리 모두를 위해서 어쩔 수 없는 일이었어, 안네 마리. 그뿐이야."

방문은 다시 닫혔다. 나는 한참 동안 멍하니 문 앞에 서 있었다. 창문 너머 맑은 밤하늘이 보였다. 저 멀리서 별빛이 번져나오고 있었다. 우리가 거의 지각할 수조차 없는 별들이 어둠을 뚫고 내보내는 빛일 터였다. 그 가운데 몇은 유난히 밝아서 내게 무슨 전갈을 보내고 있는 것만 같았다. 나는 발꿈치를 들고 살그머니 다락의 창고로 올라갔다. 낡은 나무의자에 앉아 두 눈을 감고 나는 지난 몇 주간 내가 겪은 일들을 다시 한번 내면의 눈앞으로 불러왔다. 엄마의 죽음, 안네 마리의 팔에 안긴 죽은 아기……

나는 관찰당하기 싫어하는 모든 감성에 이름을 붙여주었다. 그리고 그 감성들의 뒤를 따라 의식의 깊은 곳까지 갔다. 그곳은 저 우주만큼 드넓었다. 의식이란 우주의 무한성을 이어가는 것에 불과한 듯했다.

우리는 사흘 후 그 집을 떠났다. 시에서는 아냐 누나를 우리 가족의 임시 보호자로 인정하고, 우리에게 방이 넷 딸린 집을 제공했다. 우리가 파산하기 전에 살던 집에서 많이 멀지 않은 곳이었다.

파이퍼는 지역 정신병원의 독방에 격리되어 치료받고 있었다. 진단 결과는 '치유 가능성이 희박한 편집증적 망상'이었다. 그는 위험한 환자로 분류되었다.

어떤 이유로 안네 마리가 심경에 변화를 일으켰는지는 알 수 없었다. 아이를 잃은 쇼크 때문에 일시적인 혼란과 좌절을 느끼는 건지, 아니면 오빠와의 관계를 숨기고 번듯한 애 아빠를 마련하기 위해 그 동안 내내 나를 사랑하는 척했던 건지 알 수가 없었다.

몬탁은 마틴 삼촌과 함께 안네 마리의 상태를 지켜보았다. 그에게 고마울 뿐이었다. 그의 말로는 안네 마리가 매일 밤 소스라치게 놀라며 패닉상태에 빠져들곤 한다고, 이젠 더이상 나와 새로 시작할 용기가 없어진 것 같다고 했다. 그리고 파이퍼의 미친 짓에서 손을 떼려고 했던 것은 사실인 듯하다고도 했다.

"그녀에게 용서해달라고 해볼까요?"

"그애는 지금 부정성으로 가득 차 있어. 파이퍼처럼 부정적 인간이 되기로 한 거야. 그러면서도 자신이 어떤 결정을 내렸는지 전혀 의식하지 못하고 있어. 자기 결정을 구체적으로 의식하질 못하는 거지. 언젠가 감성의 개념화에 대해 얘기했던 것 기억하니?"

"물론이죠. 매일 실험해보고 있는 걸요. 놀라울 정도로 유익한 방법이던데요."

"그앤 아기가 태어나기 전에 벌써 뭔가 잘못될 수도 있을 거라고 예감하고 있었어. 이런 중요한 생각을 할 때는 자신의 생각을 지각할 수 있어야 해. 그것이 곧 결정이 되고 선택이 되니까. 그렇게 하지 않으면 그저 끌려가버리지. 당장의 생각이 타당하다고, 자신의 가치 판단이 객관적이라고 믿어버리는 거야. 파멸에 이르는 전형적인 메커니즘이지. 일단 이 메커니즘에 걸려들면 아무 소용이 없어. 네 부모님도 마찬가지였지. 그러니까 결국 이 메커니즘을 명확하게 인식하고 있는 경우에만 사태를 긍정적인 방향으로 돌릴 수 있는 거란다. 그 사람들은 결국 자신의 잠재력을 미처 지각하지 못했어. 그릇된 방향을 보고 나아갔기 때문에 좌초한 거야."

"그럼 할아버지는 우리가 했던 방식대로 안네 마리를 인도할 생각인가요?"

"원칙상으로는 늘 그런 목표를 가지고 있다고 할 수 있지. 하지만 때로 우리가 그 일을 하기에 부적합할 수도 있단다. 우리 힘이 미치지 않는 어떤 이유 때문에 말이야. 우리는 투자를 잘못했어. 우리 노력으로는 모자랐던 거지. 안네 마리는 더이상 널 신뢰하지 않아. 그러니 너의 친구인 나도 믿지 않을 거야."

"할아버지는 정말 제 친구인가요? 그리고 스승이구요?"

"그 동안 나는 내가 알고 있는 모든 걸 너에게 가르쳐주었어. 그걸 대학에서 학문적으로 한번 연구해보렴, 마크. 전문가들에게 내 가르침이 타당하다는 걸 증명해 보이는 거야. 그게 바로 네가 할 수 있는 일이란다. 내 임무는 이것으로 다했어."

그는 미소지으며 손을 내밀었다. 그때 나는 그 악수의 의미를 전혀 눈치채지 못했다.

솔직히 말하자면 나는 안네 마리의 생각을 바꾸기 위해 그리 애쓰진 않았다. 그애를 서너 번 더 만나긴 했지만 그저 잡담만 몇 마디 나누었을 뿐이었다. 참선을 한번 해보지 않겠냐고 권한 적은 있었지만 그애는 자기는 참선하기에 적당한 사람이 아니라고 대답했고 나도 더이상 권하지는 않았다.

내 사랑이 생각만큼 절실하지 않았던 걸까? 아니면 그애의 삐딱한 태도가 불쾌했던 걸까? 그 무렵 나는 집착에서 벗어나기 위해 더욱 집중하고 있었다. 수련을 할수록 어떤 커다란 힘이 나오는 듯 느껴졌고, 그 힘 덕분에 나는 나태하지 않을 수 있었다. 나는 분명 느낄 수 있었다. 무슨 일인가 일어나고 있었다. 때론 너무나 고통스러웠지만 오히려 그 덕분에 나는 다른 사람 같으면 쉽게 절망할 수도 있을 상황을 극복할 수 있었다.

일 년이 조금 지나서 아버지는 가석방되었다. 도르넨포겔이 태국의 한 호텔에서 붙잡힌 것이었다. 그는 장부 조작을 포함해 자신의 죄를 모두 자백했고, 아버지는 처음보다 훨씬 나은 상황에서 재판에 임할 수 있었다. 변호사는 재판을 처음부터 다시 하자고 제안했지만 아버지는 거절했다. 혹시 그간 숨겨져 있던, 혹은 잊고 있던 사실들이 새롭게 드러나진 않을까 걱정하는 눈치였다. 결국 아버지는 채무자들에게서 돈을 돌려받았고, 우리는 다시 국립박물관 옆에 있는 집으로 이사할 수 있었다. 일이 돌고 돌아 이렇게 매듭지어지는 과정을 생각하다보니 나는 이상하게도 편안한 마음이 들었다.

옛 집으로 이사한 후 며칠 동안 나는 창가에 서서 아기 천사와 악마의 조각상이 있는, 잡초가 무성한 정원을 내려다보았다. 그리고 예전과 다름없이 반질반질하게 닦인 박물관의 연갈색 마룻바닥을 바라보았다. 나는 내 인생을 송두리째 바꿔놓은 그 노인을 기다리고 있었다. 하지만 그는 나타나지 않았다. 박물관 일을 그만두고 외국으로 갔다는 소문이 있었지만 그가 어디로 갔는지 아는 사람은 아무도 없었다.

나는 멀리서 몬탁이 살던 집 현관을 바라보며 또 많은 밤을 보냈다. 어느 날 갑자기 검은 롱코트를 입은 몬탁이 계단에서 걸어나오면 모든 게 예전 그대로일 것만 같았다. 건물 일층에는 안과를 겸한 안경점이 들어와 있었다. '눈을 만들어드립니다' 라고 씌어진 금속 팻말이 입구에 걸려 있었다.

몬탁이 살던 집엔 노부부가 살고 있었는데, 재활용 가구를 취급하는 일을 했다. 키가 작달막하고 얼굴이 둥그스름한 남자는 개나 고양이가 다가올 때마다 발길질을 해댔다. 그렇게 발길질을 해대도 불테리어는 결코 고개를 숙이거나 꼬리를 내리는 일이 없었다. 오히려 달아나면서 이빨을 드러내고 으르렁거렸다.

어느 순간 나는 내가 훌쩍 성장해 있음을 알았다. 그리고 더이상 사람들에게 몬탁이 어디로 갔는지 묻지 않았다. 나는 스스로에게 말했다. 그는 내게 작별인사 한마디 남기지 않았다. 그냥 받아들여라. 그럴 만한 이유가 있을 것이다. 있는 그대로 받아들여라……

회의가 솟구치고, 예전처럼 나 자신이 초라하게 느껴질 때, 그리고 머릿속에 있는 보이지 않는 손이 스위치를 돌려놓기라도 한 것처럼 갑자기 방향감각이 사라질 때, 그래서 내가 지금 얼마나 많이 변했는지, 예전의 내 의식이 얼마나 흐리멍덩했는지, 자아와 얼마나 소외되어 있었는지 상기할 때면, 나는 다시 스스로에게 질문을 던졌다. 돌이킬 수 없는 상실감, 무력감, 의타심이 닥쳐올 때면 나타나게 마련인 우울증이나 자기 연민 등에 시달리지는 않았지만 늘 같은 질문에 사로잡혀 숨을 쉴 수 없었다. 몬탁은 왜 떠났을까? 왜 그는 고별식도 없이 무대에서 사라져간 걸까?

이제 자기 임무를 완수했다고 생각한 걸까? 자신의 후계자를 찾았다고 생각했던 걸까?

14

몬탁의 강연이 일으킨 파장은 결국 사탄의 자식을 사산하는 것으로 끝이 났다. 내가 감히 가련한 핏덩어리의 희생을 이런 식으로 말해도 된다면 말이다. 어쨌든 그것은 말이란 것이 듣는 사람의 이해력이 부족하거나 그가 제대로 받아들이지 않을 경우 아무 영향도 끼칠 수 없음을 단적으로 보여준 사건이기도 했다. 그럼에도 불구하고, 아니 바로 그 때문에, 나는 가망이 없다고 해서 어떤 일을 지레 그만두는 일은 내 삶에서 다시는 없을 거라고 다짐했다.

얼마 후 나는 대학에 입학했다. 카롤라 역시 나와 함께 다시 심리학과 심리치료를 전공으로 택했다. 우리는 학과 교수들 중에서 마음이 트인 선생님 한 분을 만날 수 있었다. 의식에 관한 학문은 이제 막 걸음마 단계라고 생각하는 분이었다.

그리고 몇 해 뒤 카롤라는 나에게 없어서는 안 될 조력자가 되어 있었다. 그녀는 실험에 대한 탁월한 감각과 재능으로 참선이 가져오는 생체학적 영향을 연구하는 데 전념했다. 이미 발표된 몇 가지 중요한 연구결과가 없지는 않았지만, 만트라에 대한 의학적 탐구는 1950년대 이후에야 시작된 일이었다.

나는 카롤라와 결혼했다. 아니, 그녀가 나와 결혼해주었다고 해야 할 것이다. 우리가 결혼한 건 아버지가 석방된 지 몇 달이 지난 후였다.

의식에 관해 함께 연구하며 지내온 몇 년 동안 단 한 번도 몬탁에 대한 소식은 들려오지 않았다. 그런 사람은 아예 이 세상에 존재하지도 않는 듯했다. 아직까지도 나는 몬탁의 어머니가 어째서 나와 같은 성(姓)이었는지 이해할 수가 없다. 그저 우연에 불과한 것을 내가 무슨 숙명처럼 받아들이는 걸까? 사람들은 때로 어떤 일을 무작정 믿으며 살아간다. 때때로 나는 내가 몬탁의 목소리로 얘기하고 있다는 생각이 든다. 그럴 때 나는 마치 주인의 걸음걸이와 몸짓을 좇아 따라하는 늙은 개처럼 느껴지기도 한다.

정신적으로 그를 닮아가고 있기 때문일까? 아니면 우리 모두 어떤 거대한 의식의 한 부분이기 때문일까? 이런 생각은 모두 사변이다. 직접 확인할 수 있는 것만 생각하는 편이 더 나을 것이다.

의사이자 학자로서 나는 의식의 합리적 변화를 탐구하는 데 몰두해왔다. 그 결과 이제 나는 몬탁이 제시한 수련방식이 선택을 제공하는 수단이라는 점을 더욱 확신하게 되었다. 다른 방식으로는 결코 배타성이나 폭력, 탐욕에서 자유로워질 수 없다. 그저 호소하는 것만으로는 부족하다. 부정성이라는 질긴 매듭을 잘라버리기 위해서는 가치와 감성, 의식과 전의식, 사고와 자아, 자아의 지각을 포함하는 실천적 방식이 요구되는 것이다.

바로 이것이 몬탁이 남긴 가르침이었다. 의식의 변화를 실천적으로 이끌어가는 방식, 고통을 줄이는 방법, 철학의 근본 물음에 대한 대답, 자아 성찰에 대한 학습, 심리학의 결정적 범주를 정밀하게 하는 일, 시대의 첨단을 달리는 가치이론, 오랫동안 해내지 못한 도덕의 근거 찾기 등등.

몬탁은 이 모든 것을 내게 가르쳐주었다. 아니 그 이상이었다. 하지만 나는 현실주의자이고, 몬탁의 무의식적 확신을 따라가기에는 아직 사람들의 판단력이 충분히 성숙하지 않았다는 것도 알고 있다. 비판적 냉소주의자들까지도 자신의 어리석음과 무지를 깨달을 수 있을 정도의 확실한 논증을 찾아내야 하는 것이다. 그렇다고 몬탁의 사상에 담긴 진리가 손상되는 건 아니다. 나는 내면세계 더욱 깊숙한 곳까지 들어가 실험을 통해 이런 관계들을 증명해내는 데 온 힘을 바쳤다. 그리고 지금도 사람들의 영혼을 살리는 일에 매진하고 있다.

물론 가끔은 나도 내면세계를 통찰하지 않고도 행복할 수 있지 않을까 싶을 때도 있다. 아직 수백만, 수천만의 사람들이 몬탁의 진리를 전혀 모르고 있고, 앞으로도 크게 달라지지는 않을 것이다. 그렇다고 그들이 잘못 살고 있는 걸까? 아니, 그들은 좀 다르게 살고 있다고 하는 편이 맞을 것이다. 아마 그들은 자신이 실현할 수 있는 것들을 제대로 성취하지 못한 채, 자신이 무엇을 할 수 있을지도 정확하게 모르는 채 살아가고 있을 것이다. 그들은 위태롭게 살고 있다! 그러니까, 심적인 갈등에 빠지면 즉흥적으로 반응할 수밖에 없을 것이고, 그러다보면 자살을 하거나 아니면 군인으로, 테러리스트로 생을 마감할 수도, 교수형에 처해지거나 정신병동에 수감될 수도 있을 것이다. 정신병원이야말로 좌초한 사람들의 고향인 것이다. 또 어떤 사람들은 내면세계에 대한 통찰을 통해 도움을 받을 수 있을 정도로 충분한 지적 소양을 갖추지 못하고 있다. 누구나 다 모차르트처럼 천부적인 재능을 갖고 있지는 않다. 또 어떤 사람들은, 일상에 부대끼며 하루하루 겨우 살아가는 사람들은 몬탁이 가르쳐준 삶의 지혜를 누릴 여유가 없다. 그렇다고 그 지혜에 담긴 진실이 달라지겠는가?

의식이 깨어 있는 사람들은 고통이 얼마나 쓰라린지, 유혹이 얼마나 달콤한 것인지 잘 알고 있다. 미세하게 꿈틀대는 자신의 소망들을 잘 지각할 수 있다. 의식하지 못했을 때, 분별력이 모자랄 때 위험이 닥치리라는 것도 알고 있으며 어떤 소망들은 자칫 은밀한 망상을 만들어낼 수 있다는 것 역시 알고 있다. 이런 사람들은 내면세계를 어느 정도 파악하고 자아를 지각할 수 있으며, 사고와 감성으로부터 거리를 취하고, 보다 큰 자유 안에서 자신의 의지대로 선택할 수 있다. 그들은 우리의 지각이 가치 평가의 속성을 지니고 있으며, 이 속성이 우리 모두의 행복에 함정이 될 수도 있음을 선명하게 의식하고 있다. 이것이야말로 계속해서 우리의 의식을 깨워나가는 일일 것이다.

하지만 나는 아무리 말로 설득해봐야 별 성과를 거둘 수 없다는 것도 잘 알고 있다. 자신의 개체성과 독창성을 모든 판단과 가치 평가의 척도로 삼아야 한다고 아무리 떠들어도 아마 그렇게 되지는 않을 것이다. 영혼이 그토록 자주, 심하게 방황하는데, 그렇게 가까운 곳에 문제의 해결책이 있다는 것을 믿을 사람이 얼마나 되겠는가? 문제의 해결책은 바로 우리 코끝에서 십오 센티미터도 채 떨어져 있지 않다. 이 지점은 주의력의 중심점이 위치한 뇌가 있는 곳이다.

얼마 전 나는 에고에 사로잡혀 노이로제 증상을 보이는 한 여류 예술가에게 편지를 썼다. 그녀와 여러 번 상담했지만 별 성과를 보지 못했다.

친애하는 ○○ 부인,

선생은 지금 선생 자신의 에고에 시달리고 있습니다. 자신의 편안함만을 추구한다든가, 주변 사람들과 잘 어울리지 못한다는 말이 아닙니다. 선생은 지금 자기 자신에게 전혀 도움이 안 되는 지각을 하고 있다는 말입니다. 무수한 사례들이 이를 입증합니다. 저는 이미 오래 전부터 이 사실을 알고 있었고, 이제 선생을 통해 더욱 분명히 알게 되었습니다. 선생께 제 의견을 말하는 것은 그리 중요한 일이 아닐 겁니다. 저는 이미 인식의 나무에서 많은 것을 따먹었기에, 기껏해야 눈으로 웃고 눈으로 우는 것으로 저의 즐거움과 불쾌함을 기록합니다. 제가 '선생은 에고에 시달리고 있다'고 말했을 때, 그건 단순히 저의 개인적인 소견이 아닙니다. 저는 그 동안 정신적 불구를 판단할 수 있는 전문가가 되었으니까요.

선생의 에고가 새로운 형태로 바뀌기 전에는 선생 자신과 다른 사람들이 계속해서 고통받게 될 것입니다. 새로운 형태의 에고를 아마 선생은 아직 전혀 모르고 있을 것입니다. 기껏해야 조금 예감하는 정도겠지요. 하지만 선생도 잘 알고 있을 겁니다. 선생 자신이 스스로를 염려하고 우려하는 어떤 순간에는 말입니다. 그 밖의 경우에는 아마 그것을 예술적 천재성 정도로 여길 테지요.

나약한 것들을 강건하게 일으켜세우기 위해서 선생 자신의 예민한 신경과 판단력, 특히 감지력을 동원하지 않는다면, 선생은 자신의 가능성을 계속 방치해두게 될 것입니다. 빠른 시일 내에 내면으로 여행을 떠나십시오. 비교할 수 없을 정도로 흥미롭고 평화로운 삶, 고통스러움이 사라지는 삶을 영위할 수 있습니다. 신비주의적이거나 종교적인 것이 아닙니다. 오히려 철저하게 합리적인 가능성이지요. 이 가능성은 심리적인 어떤 형태, 또하나의 자아 형태입니다. 이 형태를 쉽게 포착할 수 있다고 말씀드리기는 힘듭니다. 그건 아주 가까우면서도 아주 먼 곳에 있으니까요. 의지나 선한 계획과는 아무 상관이 없습니다. 그것이 무엇이고 어떻게 그것을 획득할 수 있을지 더이상 말씀드리지 않겠습니다. 이번이 마지막이 될 것 같습니다. 여생을 망치고 싶지 않다면 얼른 내면세계를 탐구하는 여행길에 오르십시오. 혼자서만 할 수는 없는 일입니다. 이 역시 선생에 대한 제 진단과 마찬가지로 분명한 사실입니다. 선생의 여행길을 돌봐줄 수 있는 사람들과 함께 길을 찾으십시오. 그럼 이만 줄입니다.

역자 후기

기공수련을 받으면서 분명 체험은 있으되 이를 설명할 수 없다는 점이 아쉬움으로 남아 있었다. 삶 자체가 마음의 수련장이기는 하겠지만, 부대끼는 삶 속에서 우리는 그저 마음을 따라갈 뿐 마음을 들여다보면서 갈고 닦는 일은 소홀히 넘기곤 한다. 우리의 내면이 어떻게 이루어져 있는지, 내면의 움직임을 조종하는 것은 무엇인지, 이것들이 어떻게 작동하고 있는지, 이런 질문들은 매번 대답 없는 물음에 그칠 뿐이다.

『몬탁 씨의 특별한 월요일』(원제 : 몬탁 혹은 내면으로의 여행 *Montag oder die Reise nach innen*)은 우리의 의식이 극히 원시적인 상태에 머물고 있다는 사실에서 출발하여 어떻게 의식을 확대하고 자아를 성장시켜 진정한 자유를 얻을 수 있을지, 소설의 형식을 빌려 탐구하고 있다. 정치스릴러 문학의 대가인 페터 슈미트는 흥미로운 이야기 얼개 속에서 까다로운 의식의 문제를 차근차근 풀어나간다. 진로를 정해야 할 기로에 서 있는 한 고등학생이 아버지의 파산, 어머니의 죽음, 여자 친구의 임신 등의 문제를 겪으면서 몬탁이라는 노인과의 만남을 통해 새로운 내면의 세계를 접하고, 내면을 파악하고, 내면을 성장시키는 과정은 때로는 재미있고, 때로는 곤혹스럽기까지 하다. 곤혹스럽다는 건 그만큼 우리가 우리의 내면풍경을 모르고 있었다는 반증이 아닐런지.

개념과 정신으로 도(道), 선(禪), 기(氣)의 정체를 파악하는 게 정당한지, 그것이 바람직한 일이지 좀더 생각해봐야 할 문제이다. 하지만 수도(修道), 참선(參禪), 기공(氣功) 등을 신비로운 일로만 규정한 채 해명조차 하지 않으려는 것 역시 지양해야 할 태도일 것이다. 그런 점에서 페터 슈미트의 『몬탁 씨의 특별한 월요일』은 우리 독자들에게 소설적 재미를 주는 데 그치지 않고 인간의 사유, 감성, 의식, 자아를 섬세하게 들여다보는 소중한 계기가 되리라 생각한다.

2004년 봄

안소현

옮긴이 **안소현**

연세대 독어독문과와 동대학원 박사과정 졸업. 연세대 출강중. 김원일의 『바람과 강』(독일 펜드라곤, 1998), 『한국 현대 단편소설집—모든 시간의 끝에서』(독일 펜드라곤, 1999) 등을 독일어로 옮겼으며, 「가능성을 끌어내는 언어—로베르트 무질의 문학세계」 「문체 번역하기, 우리 소설 독역의 몇 가지 논점들」 등의 논문이 있다. newtrendkr@yahoo.co.kr

문학동네 세계문학

몬탁 씨의 특별한 월요일

1판 1쇄 │ 2004년 3월 5일
1판 8쇄 │ 2010년 12월 30일

지은이 페터 슈미트
옮긴이 안소현
펴낸이 강병선
책임편집 조연주 황문정 이상술 박기효
마케팅 신정민 서유경 정소영 강병주 │ 온라인 마케팅 이상혁 한민아 정진아
제작 안정숙 서동관 정구현 김애진 │ 제작처 (주)상지사 P&B

펴낸곳 (주)문학동네
출판등록 1993년 10월 22일 제406-2003-000045호
주소 413-756 경기도 파주시 교하읍 문발리 파주출판도시 513-8
전자우편 editor@munhak.com │ 대표전화 031)955-8888 │ 팩스 031)955-8855
문의전화 031) 955-8890(마케팅) 031) 955-8864(편집)
문학동네카페 http://cafe.naver.com/mhdn

ISBN 89-8281-795-6 03850
www.munhak.com

파우스트

요한 볼프강 폰 괴테 | 외젠 들라크루아 · 막스 베크만 그림 | 이인웅 옮김

괴테가 거의 육십 년에 걸쳐 쓴 생의 대작이자 독일문학 최고의 걸작으로 일컬어지는 영원불멸의 고전. 프랑스 낭만주의의 거장 들라크루아의 인간의 심연에 대한 진지한 분석과 독창적인 성찰을 보여주는 석판화, 원전과 충실한 조화를 이루면서도 날카로운 현대성을 표출하는 독일 표현주의의 대가 막스 베크만의 펜 소묘 삽화가 어우러져 새로운 감동을 자아낸다.

변신

프란츠 카프카 | 루이스 스카파티 그림 | 이재황 옮김

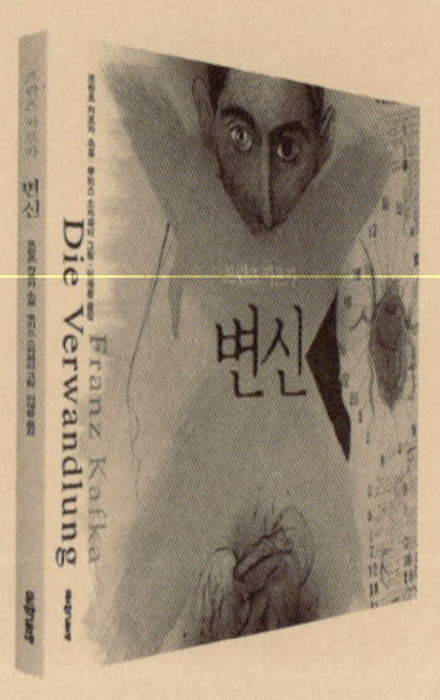

모든 것이 불확실하고 출구를 찾을 수 없는 현대인의 삶 속에서 인간에게 주어진 불안한 의식과 구원에의 꿈 등을 군더더기 없이 명료하고 단순한 언어로, 기이하고도 아름답게 형상화해내고 있는 「변신」은 20세기 문학의 신화라 일컬어진다. 「변신」의 한 장면 한 장면을 더없이 '카프카적'으로 그려 보이고 있는 루이스 스카파티의 삽화들은, 「변신」뿐 아니라 카프카 문학세계 전체의 이미지를 생생하게 보여주고 있다.

검은 고양이

에드거 앨런 포 | 루이스 스카파티 그림 | 강미경 옮김

19세기 미국 낭만주의를 대표하는 작가이자 추리소설의 선구자 에드거 앨런 포의 공포 단편선. 인간의 비이성적인 광기와 분노를 그린 「검은 고양이」를 비롯해, 극한까지 치닫는 죽음의 공포를 적나라하게 표현한 「나락과 진자」「때 이른 매장」이 실려 있다. 작품의 한 장면 한 장면을 섬뜩하리만큼 예리하게 표현한 루이스 스카파티의 삽화는 포 작품의 어둡고 괴기스러운 분위기를 한층 돋보이게 한다.

지킬 박사와 하이드 씨

로버트 루이스 스티븐슨 | 마우로 카시올리 그림 | 강미경 옮김

『보물섬』의 작가 로버트 루이스 스티븐슨의 또다른 대표작. 명망 높은 과학자 헨리 지킬 박사와 말할 수 없이 혐오스러운 흉악범 에드워드 하이드, 이 두 사람의 미스터리한 이야기를 통해 인간의 마음속에 공존하는 선과 악의 대립에 대해 심오한 질문을 던진다. 또한 에드워드 하이드의 흉측한 모습과 작품의 주요 장면을 섬세한 터치로 담아낸 마우로 카시올리의 삽화가 명작의 재미와 감동을 더해준다.